MAX GALLO

Les Hommes naissent tous le même jour

★★

Crépuscule

ROMAN

ROBERT LAFFONT

LES HOMMES NAISSENT TOUS LE MEME JOUR : CREPUSCULE

Romancier à succès, l'un des plus féconds de ces dernières années, Max Gallo est né en 1932 à Nice.
*D'abord professeur, agrégé d'histoire, docteur ès lettres, il a enseigné l'histoire contemporaine au lycée puis à la faculté des lettres de Nice et enfin à l'Institut d'Etudes politiques de Paris. Il a consacré de nombreux ouvrages historiques à l'étude du XX*e *siècle.*
En 1972, il publie son premier roman Le Cortège des vainqueurs. *Avec* La Baie des Anges *(1976), une trilogie romanesque, il connaîtra un immense succès.*
Auteur d'une dizaine de romans (dont Un pas vers la mer *et* Les Hommes naissent tous le même jour*) il a fait l'unanimité de la critique. Ses livres ont été traduits dans de nombreux pays.*
Max Gallo a collaboré à différents journaux. Il est actuellement éditorialiste à L'Express.

Max Gallo achève avec le deuxième tome, *Crépuscule,* de *Les hommes naissent tous le même jour,* le roman où il raconte notre siècle. Les sept héros, nés le 1er janvier 1900, ont atteint, quand commence ce volume, le « milieu de la vie ». Que vont devenir, alors que débute la Seconde Guerre mondiale, ces personnages qui ne peuvent qu'être emportés par la tourmente : Karl Menninger, l'officier allemand ; Serge Cordelier, le haut fonctionnaire français décidé à la Résistance ; Allen Roy Gallway, le lucide écrivain américain ; Lee Lou Ching, qui est devenu l'un des chefs du communisme chinois ; Anna Spasskaia, la jeune femme russe de Leningrad, révolutionnaire de 1917 persécutée par le régime de Staline ; Sarah Berelovitz, la grande pianiste d'origine polonaise ?
Autour de ces héros, tout un monde d'événements et de personnages surgit qui nous entraîne jusqu'à aujourd'hui, car, comme dans la vie, à côté de la génération qui vieillit, Max Gallo fait naître d'autres acteurs du récit : Christophe Le Guen, Nathalia Berelovitz, Catherine..., beaucoup d'autres, adolescents des années 70, dont le destin raconte notre présent.

ŒUVRES DE MAX GALLO

Dans Le Livre de Poche :

MAXIMILIEN ROBESPIERRE.

QUE SONT LES SIÈCLES POUR LA MER.

LES HOMMES NAISSENT TOUS LE MÊME JOUR : AURORE.

" ... la véritable histoire, celle de l'espoir des hommes, dont la racine est le malheur. "

Albert CAMUS
in préface aux *Œuvres complètes*
de Roger Martin du Gard,
Gallimard, « La Pléiade », tome I.

Les personnages

Les MENNINGER DE MUNICH

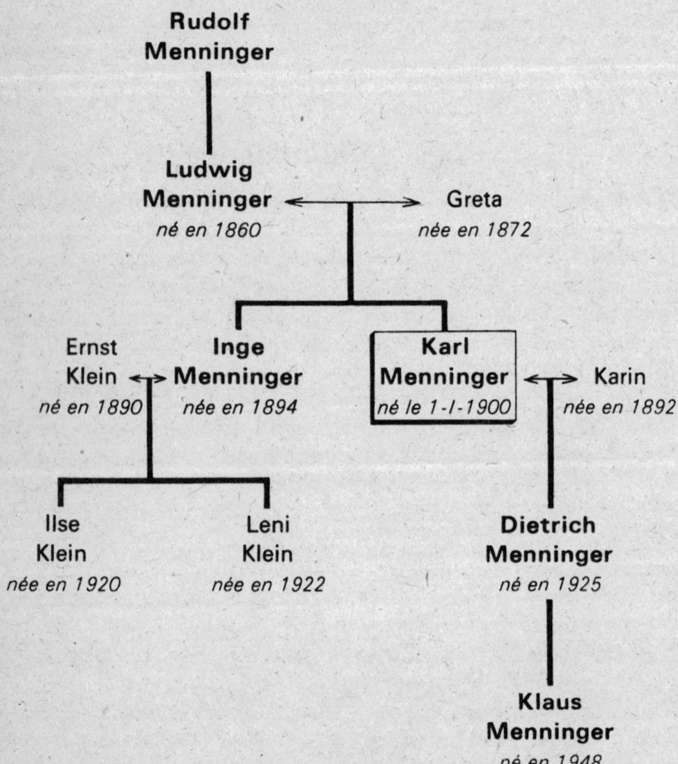

***KARL MENNINGER*, né le 1er janvier 1900 à Munich.**
Il a fait toute sa carrière dans l'armée allemande.
Engagé volontaire en 1917, il a, après une conduite héroïque durant la Première Guerre mondiale, participé à la répression des troubles révolutionnaires de Hambourg en 1919.
Sa sœur Inge, ardente nationaliste, a épousé un officier, Ernst Klein.
Karl Menninger a longtemps été affecté au Service de Renseignements de l'Armée, à Berlin, l'Abwher, sous les ordres de son beau-frère, devenu le général Ernst Klein.
Il a accepté le régime hitlérien comme l'un des moyens de redonner à l'Allemagne sa force, sa dignité et sa grandeur.
En 1939, Karl Menninger, qui n'a jamais été membre du parti nazi, a demandé à être muté dans une unité combattante.
Il est colonel d'un régiment de panzers, engagé dans la guerre contre la Pologne.
Karl Menninger est marié à Karin Voegel, veuve d'un soldat tué en 1914, au front.
Ils ont un fils, Dietrich, membre des organisations de jeunesses nazies.

Les GALLWAY DE SAN FRANCISCO

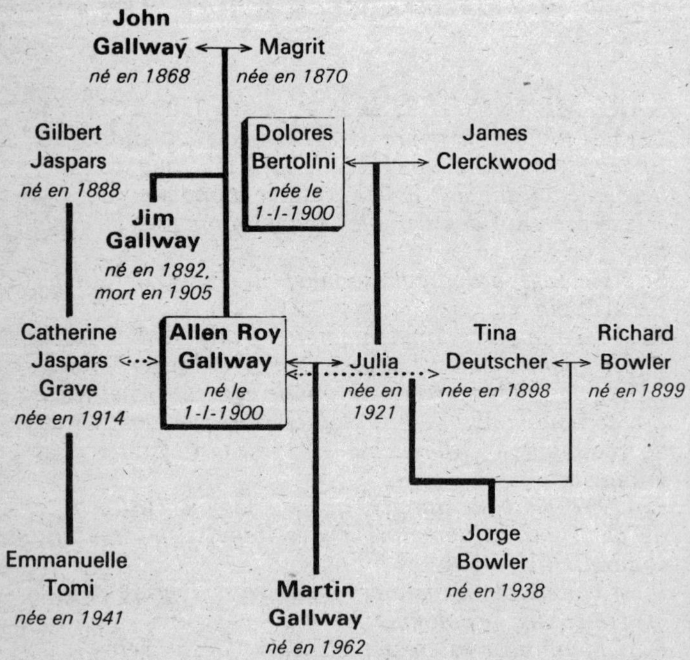

***ALLEN ROY GALLWAY*, né le 1er janvier 1900 à San Francisco.**

Après s'être engagé pour une durée de cinq ans dans la marine de guerre des Etats-Unis (1917-1922), a gagné sa vie comme marin à bord de paquebots transatlantiques, notamment sur le paquebot Providence.

Allen Roy Gallway a toujours écrit.

Son premier texte, Le Chemin de Mama Caterina, *publié en 1923 dans le* Boston Literature Guide, *revue dirigée par son ami Richard Bowler, l'a fait connaître. Ses romans,* L'Autre Côté de l'Océan, La Maison ouverte, *lui ont assuré le succès. Il a effectué pour différents journaux américains des reportages : en Chine auprès des partisans communistes — il a interviewé l'un de leurs chefs, Lee Lou Ching — en Allemagne nazie, en Espagne durant la guerre civile (voir son livre* Le Village espagnol*).*

Ecrivain célèbre, il vit souvent en Europe.

Il a eu une longue liaison interrompue à plusieurs reprises avec Tina Deutcher, une journaliste américaine. Un fils en est né, Jorge. Tina Deutcher s'est mariée avec Richard Bowler et le fils d'Allen Roy Gallway porte donc le nom de Jorge Bowler.

En 1939, Allen Roy Gallway, qui est installé à Paris, gagne Varsovie afin de rendre compte de la guerre qui commence en Pologne.

DOLORES BERTOLINI DE LA PAZ

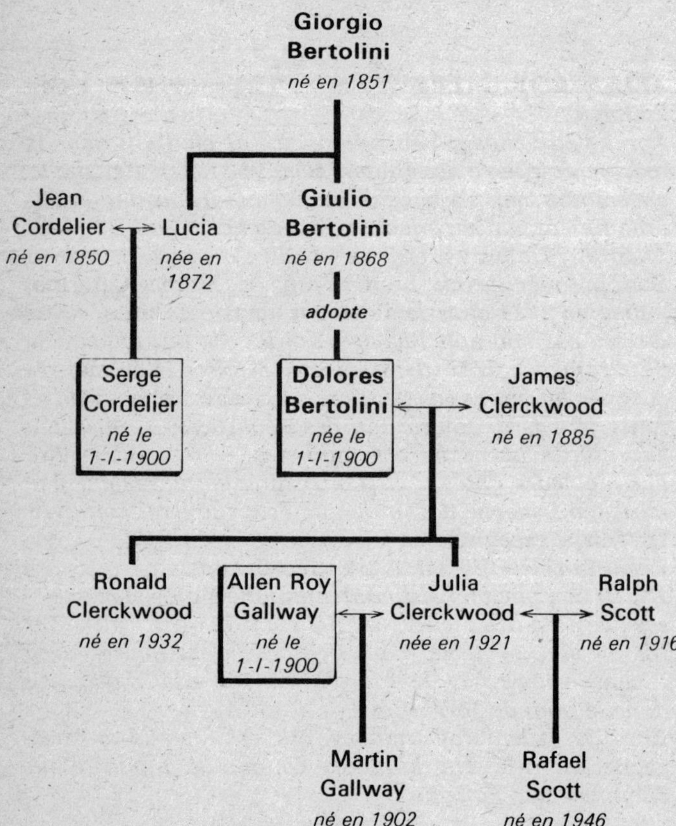

DOLORÈS BERTOLINI, née le 1er janvier 1900 à La Paz.
Sa mère, une Indienne, est morte en couches. Adoptée par le père jésuite Guilio Bertolini, Dolorès porte son nom et dispose de ses biens. Elle a bénéficié d'une éducation remarquable, d'abord dans un couvent de La Paz, puis dans un collège très huppé de Buenos Aires. Dans cette ville elle a épousé, à l'âge de dix-sept ans, un diplomate américain, James Clerkwood.
Elle a dès lors, avec lui, souvent changé de lieu de résidence.
Ils ont vécu à Paris dans les années 20, à Hambourg, à Moscou à l'époque des grands procès de 1936-1937.
En 1939, James Clerkwood est en poste à l'ambassade des Etats-Unis à Londres.
Ils ont eu deux enfants, Julia qui a dix-huit ans en 1939, et Ronald, né en 1932.
Dolorès, lorsqu'elle habitait Paris, a rencontré Lucia Cordelier, née Bertolini (qui est la sœur du père jésuite Giulio Bertolini) et le fils de Lucia, Serge Cordelier.

LEE LOU CHING
DE WUSHI

Wang ↔ ?
né vers 1865

Lee Lou Ching
né le
1-I-1900

→ *rencontre avec père 1912*

Guilio Bertolini
père adoptif de

Dolores Bertolini
née le
1-I-1900

***LEE LOU CHING* est né le 1er janvier 1900 à Wushi, un village non loin de Shanghai.**

Sa mère est morte. Son père, un paysan, a été enrôlé de force dans l'armée d'un Seigneur de la guerre chinois. Enfant errant, Lee Lou Ching a été recueilli en 1912 par le père jésuite Giulio Bertolini qui, sur ordre de ses supérieurs, avait dû quitter la Bolivie pour la Chine. Lee Lou Ching a suivi les cours de la Mission catholique de Shanghai. Brillant élève, intelligence ouverte et sensible, il est gagné par les idées nationalistes puis révolutionnaires.

Devenu communiste, il est chef d'un groupe de partisans. Il est resté en relation avec le père Giulio Bertolini et c'est ce dernier qui lui fait rencontrer l'écrivain américain Allen Roy Gallway qui réalise un reportage en Chine, dans les années 30. Lee Lou Ching atteint ainsi à une renommée internationale.

Il participe à la « Longue marche » qui conduit en 1935 les communistes, sous la direction de Mao Tsé-toung, dans les collines du Yunnan où ils fondent une « République rouge ».

En 1939, au Yunnan, Lee Lou Ching est l'un des principaux dirigeants communistes et participe à l'éducation politico-militaire des jeunes recrues de l'Armée populaire engagée dans la lutte contre les troupes japonaises qui occupent la Chine.

Les CORDELIER DE PARIS

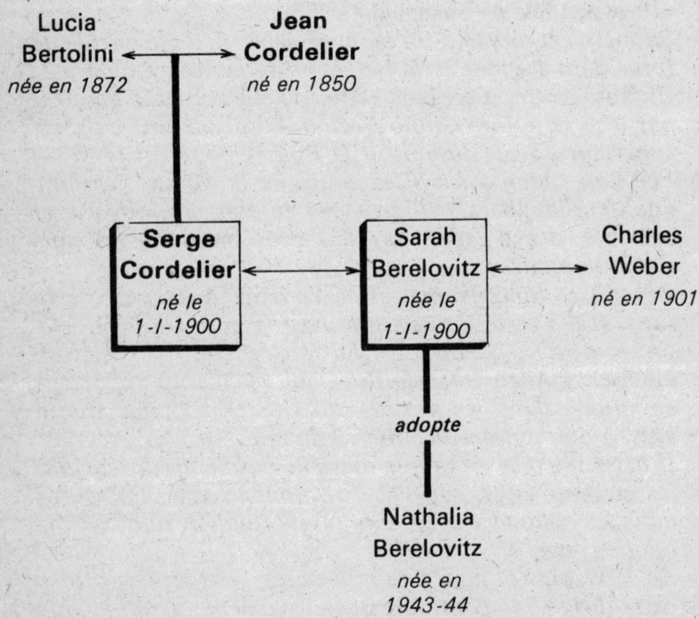

SERGE CORDELIER **est né le 1ᵉʳ janvier 1900 à Cabris, un village du Sud-Est de la France.**

Il vit à Paris. Fils d'un professeur au Collège de France – Jean Cordelier – et de Lucia – née Bertolini – il suit les cours de l'Ecole Libre des Sciences Politiques. Il se destine à la diplomatie. En 1923, au moment où les troupes françaises occupent la Ruhr, il est à Essen le délégué du Haut-Commissaire français auprès des autorités militaires. Proche de la gauche, il sera, dans le gouvernement du Front populaire, l'un de ceux qui organiseront, avec l'accord du président du Conseil, le socialiste Léon Blum, l'envoi d'armes aux républicains espagnols en lutte contre les troupes du général Franco. Il est au Quai d'Orsay partisan de la résistance à Hitler. En 1939, quand la guerre éclate, il est chargé des relations avec le gouvernement britannique. A ce titre il est souvent en mission à Londres. Il est le neveu du père jésuite Giulio Bertolini. Il vit depuis 1924 dans un appartement de l'île Saint-Louis, à Paris, avec Sarah Berelovitz, une pianiste de renommée internationale.

Les BERELOVITZ DE VARSOVIE

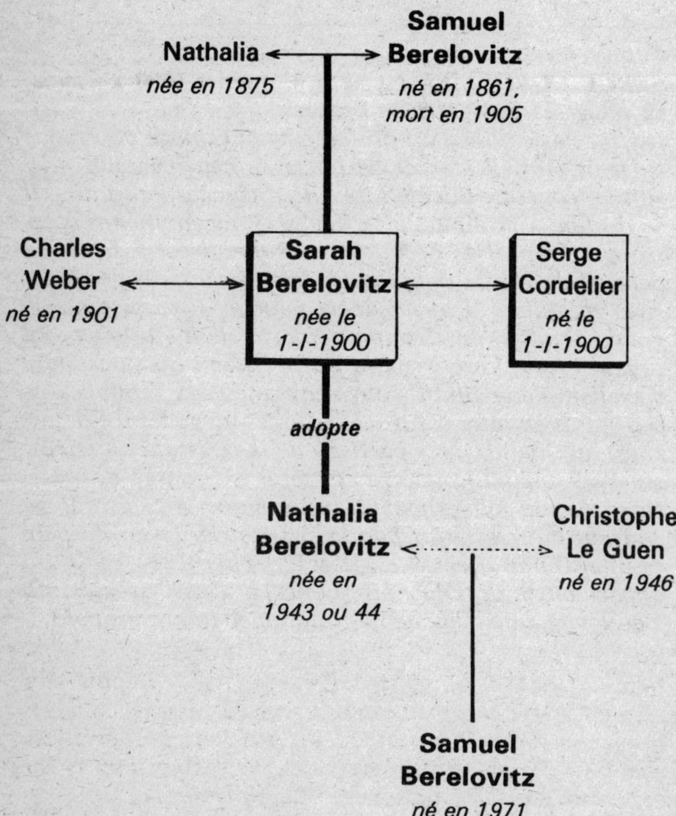

SARAH BERELOVITZ **est née le 1er janvier 1900 à Varsovie.**
Son père, Samuel Berelovitz, est mort en 1905. Sarah et sa mère – Nathalia – ont alors émigré à Paris où elles vivent.
Sarah Berelovitz est devenue une pianiste de renommée internationale et à ce titre elle parcourt l'Europe.
Mariée à un violoniste, Charles Weber, elle en a divorcé en 1923.
Depuis 1924 elle vit avec Serge Cordelier, un haut fonctionnaire du ministère des Affaires étrangères français.
Au cours de ses tournées elle rencontre fréquemment, à Varsovie, le docteur David Wiesel. Celui-ci, communiste, fournit des renseignements au Komintern – l'Internationale Communiste.
Parce qu'elle a pu constater l'antisémitisme nazi, Sarah Berelovitz accepte d'entrer au service du Komintern. Son premier contact a lieu à Berlin en 1934 avec le diplomate soviétique Kostia Loubanski.
Les grands procès de Moscou – Kostia Loubanski y sera jugé et condamné en 1937 – ouvrent les yeux de Sarah Berelovitz sur la dictature de Staline.
Elle rompt avec le Komintern. Les Soviétiques tenteront de l'assassiner à Barcelone, en 1937. Depuis elle réside à Paris, ayant renoncé à ses tournées de concert.
Elle séjourne souvent au Mas Cordelier, à Cabris, où elle accueille ses amis, l'écrivain Allen Roy Gallway ou le peintre d'origine polonaise Mietek Graevski.

Les
SPASSKAIEF
DE SAINT-PETERSBOURG
LENINGRAD

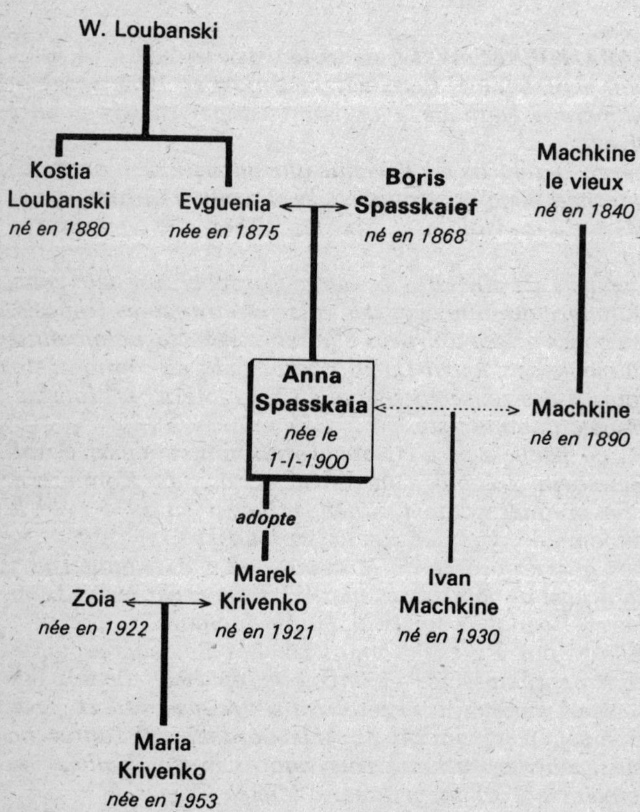

***ANNA SPASSKAIA* est née le 1er janvier 1900 à Saint-Pétersbourg.**
En 1917, alors que s'ouvre devant elle un avenir de grande pianiste, elle choisit, influencée par son oncle, le bolchevik Kostia Loubanski, de se ranger aux côtés des révolutionnaires.
Ses parents – l'ingénieur Boris Spasskaief et sa femme Evguenia Loubanski – émigreront en Allemagne en 1923 puis aux Etats-Unis.
Anna Spasskaia vit avec l'ouvrier Machkine, membre du parti communiste et dirigeant de l'usine métallurgique Ogirov, à Leningrad.
De Machkine, Anna a un fils, Ivan, né en 1930.
Au début du règne de Staline, Machkine est emprisonné puis déporté comme « saboteur » et comme partisan de Trotski, l'adversaire du dictateur.
En 1937, ce sera au tour de l'oncle d'Anna, Kostia Loubanski, d'être arrêté.
Au procès de Kostia Loubanski, Anna est contrainte de déposer contre son oncle, comme témoin de l'accusation.
Elle se présente à la barre, accompagnée de son fils Ivan Machkine et de son fils adoptif, Marek Krivenko, l'un de ces garçons abandonnés qui traînaient dans la Russie affamée des années 30 et qu'elle a recueilli.

En 1939, Anna Spasskaia enseigne le piano à Leningrad où elle vit avec Ivan Machkine, âgé de neuf ans, et Marek Krivenko qui, âgé de dix-huit ans, est, après avoir été aide-mécanicien de locomotive, appelé à servir dans l'Armée rouge.

I

UNE FORÊT OBSCURE

1940

La guerre. Der Krieg.

Ce mot, telle une pierre qui ricochait, heurtait Karin Menninger à chacun de ses gestes. Une porte claquait, parce que le vent de Prusse, glacial, soufflait sur Berlin, et Karin sursautait comme au bruit d'une explosion.

Ce 3 janvier 1940, elle s'était levée la première et, sans attendre l'arrivée de la bonne, elle débarrassait la table. Elle savait que si elle restait assise, elle se mettrait à trembler puis à transpirer, une étrange sensation, insupportable, une eau froide tombant sur ses épaules et une brûlure dans la poitrine, le corps partagé et l'envie – le besoin – de hurler, pour les empêcher, Karl, Dietrich, le père et le fils, de revêtir ces uniformes, de la laisser seule entre ces cloisons, dans cet espace mort, l'appartement vide, et bientôt Berlin tout entier serait vidé, peuplé seulement de femmes comme elle.

Karin regardait par la fenêtre, suivait le long de la Taubenstrasse les silhouettes pressées du matin et elle imaginait – voyait – les murs tombés, la ville comme un champ de pierres.

Etait-elle seule à connaître la guerre?

Elle se souvenait de l'été 1914, le départ de son mari,

l'annonce de sa mort le deuxième jour de la guerre et les années de deuil, ces convois de soldats qui traversaient Munich, ces permissionnaires trop gais dont l'ivresse était autant faite de peur que d'alcool, les blessés qu'on évacuait de l'hôpital tard dans la nuit, ce désespoir qui peu à peu imprégnait toute la ville comme un hiver qui n'en finit pas, l'angoisse redoublée quand elle avait rencontré Karl, qu'elle l'avait aimé, soldat lui aussi.

Un coup discret à la porte d'entrée, un bruit de clef, Lauren, la bonne, qui arrivait. Karin la rejoignait dans la cuisine, posait les assiettes sur la table.

« Je me suis levée tôt, disait-elle, j'ai commencé. »

Elle hésitait, retournait à la salle à manger, revenait :

« Votre mari ? demandait-elle enfin à Lauren.

— Hier, Madame, il est reparti hier matin. »

Lauren ouvrait le robinet, s'essuyait les yeux et le nez du revers de la main, se tournait vers Karin.

« Puisqu'on a pris Dantzig, Varsovie, murmurait-elle, que le Führer dit qu'on gagné, peut-être qu'il va y avoir la paix.

— Peut-être, Lauren, peut-être. »

Karin quittait la cuisine.

Dans le vestibule, accrochée au portemanteau, la capote de Karl, ornée des épaulettes argent de colonel et du col noir des unités de panzers; la casquette était posée sur le coffre bavarois, l'un des seuls meubles que Karin avait emportés avec elle quand elle s'était mariée.

Karin s'assit sur le coffre, les yeux mi-clos, caressant le bois de sa paume, reconnaissant les motifs qu'elle avait si souvent détaillés lorsqu'elle était enfant, les rosaces et les feuilles qui décoraient les flancs. Alors, elle aimait s'agenouiller, poser une feuille de papier sur le bois, essayer de tracer les contours des motifs sculptés.

« Karin. »

Karl devant elle, la croix de fer à son cou, la vareuse boutonnée, les mains derrière le dos.

« Je vais partir. »

Il murmurait comme pour se faire excuser, sachant ce qu'elle éprouvait.

« Je suis persuadé que... » reprenait-il.

Karin restait immobile. Il allait dire que son régiment n'attaquerait pas, que les officiers de son grade n'étaient plus exposés au feu, que...

Déjà au moment de l'offensive de septembre 1939, en Pologne, il avait essayé de la rassurer, puis Ernst Klein, le général Ernst Klein, l'époux d'Inge, la sœur de Karl, était venu un soir, peu après la chute de Varsovie, embrassant distraitement Karin, mais prenant Dietrich par les épaules : « Ton père est un soldat magnifique, j'ai lu ses rapports, le Führer les a sur sa table, Rommel lui-même les a annotés, tu veux savoir avec quel commentaire ? » Klein sortait son carnet, lisait d'une voix solennelle : « *Officier exemplaire, a conduit lui-même l'attaque du régiment de panzers. A pris, alors qu'il était isolé avec les premières vagues d'assaut, les initiatives qui ont rendu possible la victoire. Le colonel Karl Menninger associe les qualités d'un stratège à celles d'un meneur d'hommes. Je propose une promotion.* »

Klein s'interrompait, fermait son carnet, le frappait contre sa paume : « *Signé général Rommel,* ajoutait-il, peut-être avec Guderian le meilleur général de la Wehrmacht. »

Karin s'était contenue, raide, les bras croisés, elle baissait la tête, ne répondait pas à Ernst Klein qui pérorait, lui demandait d'être fière. Il avait longuement parlé avec Dietrich, lui avait conseillé l'école des officiers de la Luftwaffe, il avait ri : « La guerre sera peut-être finie avant, puisque tout va si vite. » Karin l'avait raccompagné et sur le seuil, elle avait dit, la tête droite, le regard cherchant les yeux d'Ernst : « Général, je ne suis pas fière des morts. Ceux que j'aime, je veux les garder vivants. » Elle s'était détournée et parce qu'il claquait la porte, elle sut qu'elle l'avait atteint.

« Karin. »

Karl lui effleurait l'épaule. Elle sursautait.

« Tu pars, disait-elle en souriant. Tu as vu Dietrich ?

– Je lui ai dit de te surveiller, disait Karl. Repas pris régulièrement, moral, je l'ai nommé officier-intendant de cette maison. »

Elle l'aidait à passer sa capote. Il coiffait sa casquette. L'ordonnance attendait sur le palier, joignant bruyamment les talons quand la porte s'ouvrait. Karin continuait de parler puis, tout à coup, elle s'interrompait, se laissait aller contre la poitrine de Karl. Elle reconnaissait l'odeur de laine, l'odeur de la guerre.

La guerre, écrivait Allen Roy Gallway, *a en septembre 1939, en Pologne, une nouvelle fois changé de visage. J'ai vu, comme je l'avais vu en Espagne, des hommes mourir. J'ai subi à Varsovie, comme je les avais subis à Barcelone, les bombardements aériens, mais je n'avais jamais entendu le grincement que font des dizaines de chenilles de tanks avançant de front à près de soixante kilomètres à l'heure. Un millénaire séparait les cavaliers polonais de ces machi-*

nes d'acier lancées dans les plaines de l'Europe orientale.

Dans quelques mois, dans quelques semaines peut-être, ces armées tourneront leurs tourelles, leurs lunettes de visée et leurs canons vers l'Ouest. Il suffit de lire dans les journaux allemands les listes de promotion, les messages de félicitation de Hitler à son armée, pour découvrir qu'une nouvelle génération d'officiers supérieurs a vu le jour dans le IIIe *Reich. Ces généraux, Rommel ou Guderian, ces colonels Menninger, qui ont quarante ans, sont des aventuriers de la stratégie. Les vieux généraux français ou anglais, dont certains étaient déjà à l'âge de la retraite en 1914, pourront-ils s'opposer à ces hommes jeunes qui – tel Menninger ou Rommel – conduisent eux-mêmes les vagues d'assaut...*

Allen repoussa la machine à écrire. Voilà qui ne ferait pas plaisir aux Français, peut-être Serge Cordelier pourrait-il comprendre. Il y a un an, chez lui, à Cabris, au Mas Cordelier, il avait montré à Allen ces photos de panzers qui roulaient dans la campagne prussienne. Serge craignait le pire.

Un an. Premiers jours de janvier 1939, de belles journées ensoleillées, la Corse qu'Allen apercevait à l'horizon depuis les planches d'oliviers situées en contrebas du Mas Cordelier. Sarah Berelovitz, à l'une des fenêtres du mas, au-dessus du porche, appelait Allen, lui jetait une lettre : « D'Amérique, de New York », criait-elle. Allen avait cru un instant que Tina lui annonçait sa venue, mais ce n'était que les vœux pour l'année nouvelle et une photo de Tina avec Bowler, et entre eux, l'enfant, Jorge.

Un an passé. Les événements broyant les jours, l'accord entre Staline et Hitler, Sarah qui faisait une moue de dégoût.

« ... Si je vous disais, Allen, qu'un moment j'ai travaillé pour les Russes, pour Staline. »

Allen souriait, serrait Sarah contre lui :

« ... Je sais, Sarah, disait-il, je sais. Ils ont même essayé de vous tuer à Barcelone, j'ai compris ça. »

« ... J'ai honte maintenant, disait Sarah, honte. »

« ... C'est de la colère qu'il faut », répondait Allen.

Pour la distraire, il se penchait vers elle, montrait une jeune femme au profil régulier, c'était une soirée d'août, le rouge sur Paris, la Seine encore bruissante d'éclats dorés, et les fenêtres de l'appartement de Sarah, quai de Béthune, étaient grandes ouvertes, les tentes de toiles baissées, la jeune femme avait le visage teint par cette lumière ocre, ce crépuscule.

« Catherine ? » interrogeait Sarah.

Allen, discrètement, désignait du doigt la jeune femme immobile.

« Catherine Jaspars, la fille de Jaspars, l'écrivain, académicien, vous ne le connaissez pas, Allen ? Un pacifiste, bougon, sympathique, blessé à Verdun. Les premiers livres que j'ai lus en arrivant à Paris étaient les siens, j'ai un peu compris ce pays grâce à eux.

– Elle... » demandait Allen.

Sarah souriait, détournée enfin de son passé, de Staline qu'on voyait épanoui à la première page des journaux aux côtés de Ribbentrop, le ministre de Hitler.

« Je vous présente Allen ? »

Déjeuner avec Catherine, le lendemain. Dîner quelques jours plus tard, un nouveau rendez-vous pris début septembre malgré la déclaration de guerre. Rendez-vous manqué. Allen partait pour la Pologne envahie. Il voulait voir. De New York, Schuller, l'agent littéraire d'Allen, avait téléphoné : « Tu peux faire le meilleur reportage de ta vie, Allen. » Comme si Allen se rendait à Varsovie pour cela. Mais pouvait-il leur dire, à Schuller, à Malcolm, son éditeur, à Mervin, du *Herald,* qu'il avait simplement envie d'être ailleurs, arraché à lui-même par le spectacle de la guerre, peut-être oublierait-il cette petite douleur qui le prenait quand il pensait à Tina, à cette nuit à Barcelone, en mai 1937, quand elle avait dit : « Je suis venue, je veux un enfant de vous, Allen. Je l'appellerai Jorge. » Il avait feint de croire que Tina plaisantait. La nuit était passée et il avait laissé partir Tina. Puis elle s'était mariée à Bowler, elle faisait un livre avec lui, sur la Chine – pourquoi pas ? – et elle avait envoyé il y a un an cette lettre, parvenue au Mas Cordelier, une enveloppe, les vœux pour l'année 1940 et une photo d'amateur, bien nette, ce gosse entre Bowler et Tina, Jorge. Qu'avait-elle avoué à Bowler ?

Mais à quoi bon savoir ?

Allen avait vu Varsovie en flammes, il s'était enfui avec la cavalerie polonaise décimée, labourée par les panzers. Il avait télégraphié ses articles de Bucarest, d'Istanbul, puis il était rentré à Paris, avait trouvé le télégramme de Malcolm glissé sous la porte de l'atelier qu'il louait boulevard Raspail : *Bravo, Allen. Tu es le plus grand : talent et émotion. Grosse impression ici. Te passe commande d'un livre. Schuller a préparé le contrat. Ton cher éditeur. Malcolm.*

Il écrivait le livre. Il faut bien. Peu à peu, pourtant, il s'était laissé dévorer par les mots. A chaque fois, Malcolm gagnait. Allen croyait terminer en quelques semaines un livre bâclé, mais la page était là devant lui, ouverte, et le plaisir venait, sans même qu'Allen s'en rendît compte. Par Serge Cordelier il avait obtenu quelques renseignements biographiques sur les nouveaux officiers allemands. Il essayait de les comprendre, ce Karl Menninger par exemple, fils d'un ingénieur, volontaire en 1917, né comme Allen le 1er janvier 1900.

Allen alors s'arrêtait d'écrire. Son bureau était installé face à la haute verrière qui donnait sur le boulevard Raspail. Il découvrait que le ciel de Paris est atlantique, lui revenaient les longues rêveries, ses dérives quand il faisait la ligne Hambourg-Southampton-New York comme marin à bord du paquebot *Providence;* ces longues traînées diaprées de nuages bleutés, voilà qu'il les retrouvait à Paris, et le souvenir des coïncidences qui tant de fois étaient apparues dans sa vie, repères qu'il effaçait parce qu'il craignait d'y reconnaître les affleurements, visibles à peine un instant, d'un continent profond qui liait entre eux les hommes et les événements.

Pour échapper à ces pensées, il sortait, flânait dans le jardin du Luxembourg, observait le travail des jardiniers, les palmiers qu'on rentrait dans les serres, les amoncellements de feuilles mortes, volumes brunâtres emprisonnés dans des treillages rouillés; une nuée d'oiseaux de passage, la pluie sur le grand bassin.

Un jour, novembre 1939, peut-être le 27 du mois, pour échapper à l'averse, il était entré dans un café de la rue Médicis et là, au comptoir, une jeune femme au profil régulier, comme une image tremblée, il s'approchait, elle avait les cheveux courts ébouriffés par la pluie, il posait sa main sur la sienne, près de la tasse, cette façon de sourire, ce regard désinvolte, à la fois candide et insolent, il la reconnaissait.

« Catherine Jaspars, disait-il, vous me devez un dîner, n'est-ce pas ? »

Déjà, la phrase à peine prononcée, l'envie de ne pas s'y rendre, le souvenir de Tina, la lassitude aussi, ces mots, ces gestes, l'usure qui allait venir plus ou moins vite, des vers de Dante qui surgissaient de la mémoire, l'ouverture de *L'Enfer,* lus à bord du *Providence,* quand Allen avait toujours un ou deux livres calés entre sa ceinture et son dos. Dès qu'il avait un moment, il retirait le livre, chaud, humide de sueur. Ces vers qu'il se remémorait :

In mezzo del camin... A mi-parcours de cette vie
Je me retrouvais dans une forêt obscure
Car j'avais perdu le droit chemin.

« Dîner, pourquoi pas ? disait Catherine. Sarah Berelovitz et Serge Cordelier me parlent sans cesse de vous. Je n'ai pas pu vous oublier, Allen Gallway, j'ai même lu *Le Village espagnol,* votre dernier livre, je crois. »

Quelques jours plus tard, l'habitude était prise. Elle passait la nuit boulevard Raspail. Le matin, elle descendait de la loggia en peignoir, s'allongeait sur le canapé, à droite du bureau où travaillait Allen. Elle allumait une cigarette, le regardait sans indulgence et cette attention critique troublait Allen Gallway.

« Tu n'as pas cours ce matin ? » demandait-il.

Elle secouait la tête, se tournait, vive, s'installait sur le dos, le peignoir entrouvert, ses jambes trapues croisées, ses pieds larges de paysanne appuyés au dossier du canapé.

« Puritain, disait-elle, puritain, Gallway. »

La nuit, elle l'inquiétait par son avidité tranquille, avouée, les mots crus qu'elle employait dès qu'elle était nue, l'autorité parfois avec laquelle elle l'obligeait à agir. Gallway avait la sensation désagréable mais aiguë d'un plaisir malsain, d'une double solitude plutôt que d'un partage ou d'une union où chacun donne. Souvent il pensait à Tina, à la nuit si courte de Barcelone, à ses seins nus.

« Le puritain, continuait Catherine, c'est celui qui ne prend pas de vrais risques. Tes livres – elle se tournait, s'appuyait sur un coude – tu restes extérieur aussi, Allen.

– Une amie... » commençait Allen.

Tina lui avait écrit : « *Tailladez-vous un peu les veines et écrivez avec ce qui en jaillit.* »

« Le même jugement que toi », ajouta-t-il.

Catherine se levait, s'approchait d'Allen, lui caressait distraitement les cheveux.

« Peut-être es-tu tout à fait indifférent. Je m'interroge. »

Il voulait l'attirer contre lui, si tendres les femmes qu'il rencontrait, fières et nobles, Allen plus lâche qu'elles toujours. Mais Catherine se dégageait, traversait l'atelier en courant, grimpait l'escalier, criait depuis la loggia :

« Je rentre. Vous venez chez Sarah, ce soir ? »

Elle laissait la porte de la salle de bain ouverte, continuait de parler, jurait parce que l'eau était trop chaude ou trop froide. Allen l'imaginait nue, penchée sur la baignoire, les seins alourdis. Il se levait.

« Sarah est allée donner un récital pour le réveillon, dans la Ligne Maginot. Elle vous l'a dit ? »

Allen retournait s'asseoir à son bureau, griffonnait.

Il avait vu Sarah Berelovitz peu de temps après être

rentré de Varsovie. Ils s'étaient rencontrés rue d'Assas, chez Nathalia, la mère de Sarah, qui tout en se lamentant apportait le thé, les pâtes de fruits. Mietek Graevski, le peintre, était arrivé en retard, rien n'allait, disait-il en maugréant, son modèle :

« ... Hello, tu la connais Sarah, mon Héloïse s'est cassé le bras, en tombant d'un tabouret. »

Il se retournait vers Gallway :

« ... Gallway, Gallway, l'écrivain, Allen Roy Gallway ? »

Il prenait la main de Gallway, la secouait :

« ... Alors vous étiez à Varsovie, dites-moi, Gallway, la rue Mila, la place Tlomackie ? Détruites. »

Allen ne pouvait répondre.

« ... Des réfugiés, racontait-il, ils ont fui devant les Allemands, beaucoup de juifs bien sûr. »

Mietek faisait une grimace, se passait les doigts dans les cheveux :

« ... Si la France et l'Angleterre n'écrasent pas Hitler, vite, vite, ça va être dur, très dur pour ceux qui sont restés là-bas. »

Il embrassait Sarah, baisait la main de Nathalia Berelovitz :

« ... Vous voyez, Nathalia, vous avez de la chance, vous êtes ici, à l'abri. »

Nathalia murmurait en baissant la tête :

« ... Nous autres, nous ne sommes jamais à l'abri, nulle part. »

Sarah haussait les épaules nerveusement :

« ... Vous savez que Serge est à Londres, disait-elle à Gallway, il fait la liaison entre les deux gouvernements, je ne le vois que... »

Catherine était sortie du bain, elle se frictionnait les cheveux, debout dans l'escalier.

« Ce récital de Sarah, reprenait-elle. Serge était fou de rage. Il passait quelques jours à Paris, pour une fois, leur anniversaire, le 1er janvier, comme toi, n'est-ce pas ? Tu as quarante ans aussi ? »

Allen l'observait cependant qu'elle parlait. Les bras levés, les cheveux dissimulés par la serviette, il lui découvrait un visage rond et lourd, une vulgarité vigoureuse, celle qui s'exprimait quand elle faisait l'amour.

« Quarante, dit Allen, oui, quarante. »

Il pensa à nouveau aux vers de Dante « *In mezzo del camin, à mi-parcours de cette vie* » et ils demeurèrent en lui jusqu'au soir, si bien que Sarah Berelovitz, qui avait pris le bras d'Allen dès qu'il était arrivé chez elle, le forçait à quitter le salon – la grande pièce plutôt, celle qui donnait sur le quai de Béthune – l'entraînait dans le bureau, aux fenêtres ouvertes sur la petite cour fleurie, l'accusait d'être distrait.

Elle s'asseyait près d'Allen sur le divan de cuir noir et Do, le chat, surgissait d'on ne savait où, bondissait sur les genoux de Sarah, commençait à ronronner.

« A quoi rêvez-vous, Allen ? » demandait Sarah.

Elle caressait le chat qui s'étirait, posait une patte sur le bras d'Allen.

« Ce récital, je ne vous ai pas raconté ? A je ne sais combien de mètres sous terre, une salle immense, des canons énormes, de véritables tours, très impressionnant, Allen. Une forteresse. Indestructible, j'en suis sûre, l'écho se prolongeait, chaque note... »

Sarah riait.

« Très bien, dit Allen machinalement, très bien. »

Il voulait dire : ces forteresses de la ligne Maginot,

quels magnifiques tombeaux. Il se retint, prit une cigarette, caressa le chat.

« Je n'ai pas vu Catherine, dit Sarah. Tout va bien, Allen ? »

Elle s'inquiétait toujours des accidents de sa vie privée, elle l'interrogeait comme le fait un médecin avec un malade incurable. A voix basse, en se penchant vers lui, elle ajouta :

« Vous ne pensez plus à cette... »

Allen secoua la tête.

« Tina, dit-il, je vous ai raconté, Sarah, Tina mariée avec mon meilleur ami bien sûr – il rit – un fils, vieille histoire. Elle m'envoie ses livres. »

Il sourit, se souvint.

Le concierge lui remettait un paquet surchargé de tampons *imprimés-books, Malcolm Publishers and Co., New York.* Allen s'installait au Sélect, commandait son petit déjeuner, un geste suffisait, le garçon connaissait ses habitudes. Allen buvait rapidement une tasse de café, feuilletait les journaux, puis demandait un couteau, ouvrait le paquet. Un livre, dont il découvrait d'abord le dos : une photographie occupait toute la couverture. Il reconnut ce communiste chinois qu'il avait interviewé dans les années 30. Allen avait déjà rencontré Tina et parce qu'elle le fuyait, il avait accepté ce reportage en Chine. Les années avaient défilé comme arbres au bord d'une route mais le Chinois Lee Lou Ching avait peu changé. Ses avant-bras appuyés à une table sur laquelle on distinguait une boîte marquée COFFEE et un étui d'appareil photographique, il faisait face à l'objectif sans paraître le voir, regardant au-delà, vers les collines dénudées du Yunnan qu'on apercevait à l'arrière-plan de la photo. Lee portait la tenue des communistes, une vareuse, une casquette souple marquée de l'étoile rouge. Richard Bowler était assis à la gauche de Lee Lou Ching. Impossible d'en vouloir à Bowler : il avait le même sourire ironique et tendre qu'autrefois, au temps où il publiait dans sa revue les premiers textes de Gallway. Gallway avait posé le livre, demandé un autre café, lu lentement la légende de la photo : « *Richard Bowler a rencontré au Yunnan les principaux dirigeants communistes. On le voit ici avec Lee Lou Ching, qui, né dans les environs de Shanghai, vers 1900, est considéré comme le plus occidentalisé des chefs de la république du Yunnan.* »

Allen retourna le livre. Le fond de la couverture était bleu, les lettres rouges.

Richard Bowler
with
Tina Deutcher

RED RIVER
THE COMMUNIST REPUBLIC OF YUNNAN

A peine une douleur.

« Tina écrit aussi ? » demanda Sarah Berelovitz.

Allen haussa les épaules :

« Un jour ou l'autre, dans notre petit milieu, tout le monde écrit. Qu'attendez-vous, Sarah ? »

Sarah prit la main d'Allen.

« Vous n'êtes pas bien, Allen, pas bien du tout.

– La guerre », dit-il.

Sarah secoua la tête. Ils restèrent un long moment silencieux, écoutant les bruits de voix qui venaient du salon.

« Vous ne connaissez pas Gilbert Jaspars, le père de Catherine ? dit Sarah. Vous l'entendez ? »

Une voix sonore à l'accent méridional dominait souvent le brouhaha, « la paix, la paix, je dis, je répète ce qu'a écrit Marcel Déat : " mourir pour Dantzig ", c'est con, con ».

« S'il y a un con », disait Serge Cordelier.

Il entrait dans le bureau, s'asseyait lourdement sur le divan, faisant sursauter le chat. Il croisait les mains derrière la nuque, fermait les yeux, la peau du visage creusée de fines rides. Allen, qui ne l'avait plus revu depuis un an, depuis son séjour au Mas Cordelier, à Cabris, au début du mois de janvier 1939, le trouvait amaigri, tendu.

« Excusez-moi », dit Cordelier.

Il entourait de son bras les épaules de Sarah.

« Il y a des propos que je ne peux plus entendre, reprit-il.

– Je vous laisse, dit Sarah. Moi, je ne veux pas être pessimiste, et comme vous l'êtes, tous les deux... »

Elle plaça le chat sur les genoux d'Allen.

« Occupez-vous de lui, dit-elle, aimez-le, il vous aimera – elle s'éloigna, revint – les chats sont comme les femmes, Allen. Ils devinent. »

Elle sortit du bureau et ils l'entendirent qui improvisait au piano puis commençait à chanter en polonais, accompagnée par la voix grave de Mietek Graevski.

« Sarah ne se trompe pas, dit Serge Cordelier, je suis très pessimiste. Personne ne veut tirer les leçons de la victoire allemande en Pologne. Personne. »

Il se leva, alla s'asseoir à son bureau.

« J'étais sur le front du Rhin, avec une mission parlementaire britannique. Vous savez ce que fait l'armée française, Gallway ? Elle joue aux cartes. Les soldats et les sous-officiers à la belote. Les officiers au bridge.

— Et le poker ? » demanda Allen.

Il chassait le chat. Il se sentait amer. Il avait envie de boire pour user le temps.

« Trop de risques au poker, dit Cordelier.

— J'ai soif », dit Allen.

Dans le salon, il reconnut Mietek Graevski qui gesticulait; près de lui, Héloïse, le bras gauche dans le plâtre, rêvait, lointaine; le docteur Lazievitch se tenait à l'écart, indifférent, les yeux mi-clos. Nathalia Berelovitz passait au milieu des groupes, offrant à boire. Allen s'approcha, prit deux coupes qu'il vida d'un seul trait, puis deux autres. Il s'inclina, riant tout à coup tant l'expression de Nathalia Berelovitz exprimait la surprise.

« Vous aimez notre champagne, monsieur Gallway ? »

Gilbert Jaspars s'était approché d'Allen, il riait aussi.

« Nous ne nous connaissons pas, dit-il — il tendait sa main — Gilbert Jaspars, je crois que vous rencontrez ma fille quelquefois. »

Petit et vigoureux avec une tête léonine, des cheveux blancs en désordre, Jaspars paraissait à peine la cinquantaine. Allen montra ses deux coupes d'un mouvement du menton, Jaspars retira la main, rit de plus belle.

« Vous n'avez rien lu de moi, je n'ai rien lu de vous, reprenait-il, c'est mieux comme ça, pas de politesse et puis vous n'êtes pas un écrivain français, pas de concurrence. »

Il buvait à petites gorgées, tournait la tête :

« Voyez-vous, Gallway, voilà une soirée très parisienne. Je suis le seul Français ou presque, les autres... »

Il fit un geste de la main qui pouvait signifier, quelle

importance mais aussi : il faudrait chasser tous ces gens-là. Allen vida les deux coupes bruyamment tout en regardant Jaspars fixement.

« Pourquoi ne les fusillez-vous pas? dit-il. On fait ça en Allemagne. »

Jaspars qui hésitait sur l'attitude à prendre, but, se mit à rire.

« Vous êtes sympathique, Gallway. Gall, Gallway, vous avez sûrement des origines celtes. »

Allen lui tourna le dos, alla s'asseoir près du docteur Lazievitch. Ils demeurèrent silencieux, puis sans bouger la tête Lazievitch dit à voix basse :

« J'ai lu vos articles sur la Pologne, horrible ce massacre.

– La guerre, murmura Allen, la guerre. »

Il se souvint de cette femme qui, à Barcelone – Tina venait de partir, Tina qu'il n'avait pas retenue – fouillait les ruines de sa maison, découvrait une poupée maculée et la serrait contre elle en hurlant.

« Vous et moi, dit Lazievitch, nous sommes contraints de savoir. »

Il se tourna vers Allen. Il avait un visage étonnamment jeune, un regard naïf et doux.

« J'opère tous les jours, reprit-il. Des interventions plus ou moins graves. Mais j'ai toujours les mains pleines de sang. Vous aussi, n'est-ce pas? Vos reportages. Comme moi, vous ne pouvez ignorer qu'on meurt.

– Je sais qu'on tue », dit Allen.

Peut-être à cause du livre de Bowler et de Tina, il pensa à la Chine, à ces hommes agenouillés dans la rue, les mains liées et qu'on exécutait d'un seul coup de sabre à lame courte.

« Etes-vous croyant? » demanda-t-il brusquement à Lazievitch.

Il venait d'avoir une fois de plus le sentiment que les événements, les pensées, les souvenirs, les rencontres convergeaient, comme des lignes de force attirées par le même point central. Ici, dans cet appartement du quai de Béthune, il avait appris qu'il y a quelques années que Cordelier était le neveu de ce père jésuite, Giulio Bertolini qui, rencontré à Shanghai, avait guidé Allen vers Lee Lou Ching. Et Tina avait écrit avec Bowler un livre sur Lee.

« Qui ne l'est pas? dit Lazievitch. Beaucoup ne croient qu'avec leur corps, ils l'ignorent, mais ils croient. Comment demeurer vivant si le corps ne croyait pas à son éternité? – Lazievitch se tut, sourit à Allen – ce que je dis vous paraît étrange, n'est-ce pas? Expérience de médecin. Que le corps reste rassemblé me semble un mystère. Il doit vouloir vivre. Chaque cellule croit, Gallway, c'est notre corps qui est mystique, bien plus que l'âme. »

Lazievitch mit la main sur le genou d'Allen.

« Vous êtes encore très jeune, Gallway. Si, si, vous découvrez à peine l'ordre des choses.

– Leur désordre », dit Allen.

Lazievitch secoua la tête.

« Même le désordre a ses lois. Seulement – Lazievitch fit une pression avec sa main – seulement, Gallway, reconnaître qu'il y a un ordre, cela effraie. Nous préférons ne pas savoir, ne pas interpréter les coïncidences, les signes. Les malades sont ainsi, ils ignorent les symptômes. Ils les découvrent trop tard.

– La guerre, commença Allen en se levant.

– Une maladie », dit Lazievitch.

Il se levait aussi, prenait le bras d'Allen :

« Contagieuse, hélas! » ajoutait-il à mi-voix.

Souvent Giulio Bertolini pensait que la guerre était à l'œuvre en lui comme une tumeur insidieuse. Il suffisait d'un coup de feu la nuit pour que son épaule, sa nuque, l'avant-bras, les doigts soient pris, broyés par la douleur. Il se levait, tâtonnait, guettait ces nouvelles détonations qui allaient suivre, proches de la Mission catholique. Il s'immobilisait, vivait la scène, la sentinelle japonaise épaulant méticuleusement son long fusil à baïonnette, suivant dans l'obscurité le mouvement du Chinois, peut-être un enfant ou une femme qui essayait de pénétrer dans le territoire des concessions, quelque peu préservé des violences nippones, et le claquement du coup souvent redoublé déchirait le temps. Puis la lumière du projecteur qui éclairait la rue, la façade de la Mission, effleurait, brisée par les volets, Giulio Bertolini, s'éloignait, s'attardait sur le corps immobile vers lequel s'avançait le soldat. Il donnait un ou deux coups de baïonnette, poussait le cadavre du pied, reprenait sa faction.

Giulio s'agenouillait dans la nuit. Il pesait sur ses articulations rougies, il priait pour que ses os se brisent, que cette enflure des jambes, des bras, l'étouffe, l'empêche de savoir. Il retrouvait les prières naïves de l'enfance, les récitait à voix haute. Quelquefois, quand les hurlements avaient semblé couvrir tous les bruits de Shanghai, jusqu'aux sirènes des bateaux dans le port, les cornes des sampans du Yang-Tseu-Kiang ou les cymbales des veillées funèbres, Giulio s'allongeait, face contre terre, les bras en croix comme au jour de son ordination, mort à la vie pour quelques instants, priant de ne jamais renaître en ce monde où l'on tranchait – et il l'avait vu – les têtes d'un seul coup de sabre à lame courte, où des soldats japonais – et des témoins avaient en sanglotant décrit la scène – attachaient des enfants à un arbre et, baïonnettes horizontales, bras tendus, pieds écartés, faisaient l'exercice sur ces corps vivants. Crier sa prière avec la même terreur, la même révolte que les victimes, demeurer sur le sol, comme elles, partager. Giulio restait plusieurs heures ainsi, le froid du ciment s'agrippant à ses os, la douleur si forte, étoilée, qu'elle lui faisait par à-coups perdre conscience. Quand Tieng, son assistant chinois, le prenait par les aisselles, l'obligeait à se lever, le conduisait jusqu'à son lit, Giulio était apaisé. Il savait qu'une fois encore il devait se soumettre et non se rebeller. Il demandait à Tieng de l'aider à s'installer à son bureau. L'aube était brumeuse et glacée. Les Japonais avaient coupé l'électricité. Tieng allumait la lampe à pétrole, puis attendait un ordre. Giulio lui saisissait la main : « ... Va, disait-il, va, je reste ici, je n'ai besoin de rien, je ne veux rien. »

Tieng, à regret, s'arrêtait sur le seuil.

« Père », murmurait-il.

Giulio levait la tête. Un instant il se persuadait que Tieng ressemblait à Lee Lou Ching, la même silhouette râblée, la même voix. Tieng faisait un pas, sortait de la pénombre, effaçait l'image de Lee.

« Père, puis-je rester là, avec vous, je prierai aussi.

– Va, va », répétait Giulio.

Ne pas céder à la tentation de la présence qui rassure et console, mais s'ouvrir à l'amour par la solitude, combattre seul le lâche désir de mourir.

« Va, allons... Je dois », ajoutait Giulio.

Tieng partait enfin.

Giulio se recroquevillait, étreint par le silence froid de la pièce vide. Dans le tiroir de son bureau il prenait le livre que les deux officiers japonais avaient laissé lors de leur visite.

Ils s'étaient présentés à la porte de la Mission, au début du mois de décembre 1939. Un commandant et un capitaine, arrogants, écartant d'un signe de tête les domestiques chinois qui s'inclinaient devant eux. Le capitaine, jeune, ouvrait sa sacoche devant Giulio Bertolini, tendait cérémonieusement le livre qu'il en sortait au commandant, plus âgé, un homme d'une cinquantaine d'années, au visage rond, aux mains potelées. Le commandant s'asseyait en face de Giulio, lui montrait la couverture du livre.

« ... Vous le connaissez, n'est-ce pas ? » disait-il.

Giulio, sans mettre ses lunettes, identifiait Lee Lou Ching revêtu de l'uniforme des communistes, la vareuse, la casquette à étoile rouge. Lee paraissait absent, ignorant l'objectif du photographe. Appuyé à une table, figé et lointain, avec cette expression d'indifférence ironique qu'il avait déjà étant adolescent, il était pourtant plus présent que son compagnon, un étranger, sans doute un journaliste, assis près de lui, qui souriait mais qu'on ne voyait pas au premier regard, tant Lee saisissait l'attention comme un élément éternel du paysage.

« Des Américains ont consacré tout un livre à ces bandits », disait l'officier japonais.

Giulio retournait le livre, lisait :

Richard Bowler
with
Tina Deutcher

RED RIVER
THE COMMUNIST REPUBLIC OF YUNNAN

« Vous allez lire ce livre, continuait l'officier. Il y est question de votre Mission catholique. »

Il frappait à petits coups de son poing fermé sur le bureau de Giulio.

« Cet homme, Lee Lou Ching, aurait été instruit ici. Vous nous expliquerez, vous nous parlerez de lui, n'est-ce pas ? »

L'officier souriait.

« Peut-être – il tournait la tête autour de lui, observait les quelques enfants chinois qui jouaient dans la cour – en cachez-vous d'autres ? Les instruisez-vous contre nous ? » Il se levait. « Réfléchissez, souvenez-vous. Sinon nous fermerons la mission. »

Giulio, en s'appuyant des deux mains au bureau, s'était redressé.

« Je suis italien. Nous sommes protégés par l'ambassadeur d'Italie, nos deux pays sont alliés. »

Le plus jeune des officiers avait fait un pas en avant, rapide, comme pour se saisir de Giulio, mais le commandant demeurait immobile, le regard un peu las.

« Tous les Italiens ne sont pas fascistes, disait-il dans son anglais lent et nasal. Lisez le livre, puis nous parlerons. »

Giulio Bertolini avait lu le livre comme une longue lettre de Lee que le destin lui faisait parvenir par des voies détournées. Voilà des années que Giulio cherchait à connaître la vie et les pensées de Lee, mais ses recherches s'étaient heurtées à l'épaisseur mouvante et secrète de la Chine, aux obstacles que dressaient la guerre et l'occupation japonaise, à ces distances – et elles n'étaient pas que d'espace – qui séparaient Shanghai de la République rouge du Yunnan où Bertolini espérait que Lee Lou Ching avait trouvé refuge. Le livre le rassurait. Richard Bowler présentait Lee Lou Ching comme l'un des dirigeants communistes.

Cet homme modeste, écrivait-il, *est à sa manière un mystique. L'éducation jésuite qu'il a reçue – sans doute à la Mission catholique de Shanghai – a-t-elle imprégné son communisme de religiosité ? A écouter Lee Lou Ching parler de la Chine future, on imagine que certains prédicateurs du Moyen Age devaient décrire ainsi la société parfaite. D'ailleurs, le mode de vie de Lee Lou Ching – et semble-t-il des autres dirigeants – est bien proche de l'ascétisme. Sobriété des repas, austérité des demeures, rigueur des mœurs. J'ai interrogé Lee Lou Ching sur sa vie familiale. Il a souri : « La guerre, m'a-t-il répondu, la lutte, ne m'ont pas permis de fonder un foyer. » D'une voix mesurée, il a ajouté ces propos extrêmes : « Le peuple chinois est ma famille. »*

Giulio Bertolini reconnaissait sous la poussière des mots le langage de la foi et en Lee Lou Ching un serviteur de Dieu, car le Seigneur emprunte toutes les routes pour atteindre le cœur des hommes. Il ouvrait le livre de Bowler. Les soldats le lui avaient apporté comme une menace alors qu'il était la preuve que chaque événement d'une vie obéit à l'ordre divin du monde et vient à son heure.

Un jour, à Barcelone, écrivait Bowler dans sa préface, *je me trouvais avec mon ami, l'écrivain Allen Roy Gallway. L'aviation italienne au service du général Franco bombardait la ville. Nous nous étions réfugiés dans une cave. Elle était éclairée de bougies et les locataires de l'immeuble, des femmes pour la plupart, qui y étaient descendus priaient, agenouillés. Nous découvrîmes, enfoncés dans les parois, des crânes et des ossements. La cave avait sans doute servi, des siècles auparavant, de lieu de culte et de cimetière. Allen me raconta alors comment il avait rencontré dans une galerie de fouilles archéologiques de la province de Shanghai, un chef de partisans communistes, Lee Lou Ching, dont la personnalité l'avait frappé. Je me souvenais parfaitement du reportage d'Allen Roy Gallway. A son retour de Chine, il m'avait d'ailleurs fait part des coïncidences qui avaient entouré son rendez-vous avec Lee. Allen Roy Gallway prétendait avoir, enfant, déjà croisé dans des circonstances tragiques le père jésuite qui le conduisait vers Lee Lou Ching. A l'époque j'avais cru que le récit de Gallway n'était que le produit de son imagination de romancier. Mais la manière dont il m'en parlait à nouveau à Barcelone, cette nouvelle coïncidence puisque les lieux évoquaient la galerie de fouilles – « les morts se ressemblent », disait Gallway – me troublèrent. Rentré à New York, quand mon journal me proposa un reportage – que l'on disait difficile et dangereux à cause de la guerre sino-japonaise – dans les provinces tenues par les communistes, j'acceptai immédiatement. Je voyais là, moi aussi, un clin d'œil ironique de ce que faute de mieux j'appellerai le destin. Je relus les articles que Gallway avait écrits et je ressentis une émotion que n'expliquait pas seulement le talent de l'écrivain. La figure de Lee Lou Ching me devenait proche, fraternelle.*

Les articles de Gallway, par leur sincérité et leur probité, me servirent d'introduction auprès des communistes du Yunnan et d'abord de Lee Lou Ching qui se souvenait parfaitement d'Allen Roy Gallway.

Je dédie donc ce livre à mon vieil ami Allen Roy Gallway, qu'autrefois, au temps de notre jeunesse partagée, j'appelais Dosto.

Giulio relisait cette préface, refermait le livre, priait. Il se souvenait de l'enfant de cinq ans qu'il avait pris par la main sur les quais d'Extrême-Orient, à San Francisco et reconduit jusqu'à sa mère un jour noir. L'enfant devenu homme avait été guidé — par qui sinon par Dieu ? — jusqu'à cette Mission catholique de Shanghai où Giulio Bertolini avait longtemps vécu en compagnie de Lee Lou Ching. Ils s'étaient l'un et l'autre reconnus.

L'échange, par-delà le temps, malgré les océans et les continents, avait eu lieu. Le livre de Richard Bowler en apportait la nouvelle. Giulio, le plaçant devant lui, en ce mois de janvier 1940, pressentait qu'il venait de franchir un seuil. Peut-être était-ce l'instant ultime, celui où l'homme sort du labyrinthe, mesure enfin le chemin qu'il a parcouru et vit le moment où tout se rassemble.

Tout à coup, Dolorès Clerkwood pensa à Giulio Bertolini, à son visage, à cette douceur inquiète qu'il avait quand il venait vers elle dans le cloître du couvent de La Paz, aux phrases qu'il commençait et dont elle devinait, sans en comprendre le sens – elle avait à peine cinq ans alors – qu'elles étaient chargées d'amour pour elle; ses lettres plus tard, découvertes chez les Cordelier, à Paris, et dans lesquelles il parlait de *l'avenir de sa petite Dolorès;* Lucia Cordelier – la sœur de Giulio Bertolini – qui racontait :

« ... Giulio, si grave, il m'impressionnait aussi, j'étais une enfant espiègle, capricieuse, mais avec lui, je le regrettais aussitôt, il prenait déjà tout à cœur. Il est bon, Giulio. Vous savez qu'il n'a jamais vu Serge mais j'ai toujours senti, chaque fois qu'il m'écrit, qu'il pense à mon fils, avec une force qui protège Serge. Il prie pour nous, pour vous aussi, vous êtes comme sa fille, presque ma nièce, Dolorès. Vous faites partie de notre famille... »

Le souvenir de Giulio Bertolini comme un éclat brillant et rouge dans la poitrine de Dolorès. Elle fit un effort pour écouter Ralph, un jeune lieutenant de la Royal Air Force, un partenaire de tennis de Julia qui était amoureux d'elle, bien sûr; Dolorès souriait à Ralph, hochait la tête – Ralph parlait de sa famille, de son père Sir George Scott, ambassadeur à Moscou :

« ... Vous avez été à Moscou, n'est-ce pas? Votre mari...

– ... James n'était que premier conseiller », répondait Dolorès.

Elle cherchait Julia, l'apercevait devant l'embrasure d'une fenêtre. Un moment de bonheur pour Dolorès, Julia plus que belle, forte, les cheveux noirs et la peau mate d'une Indienne mais les yeux et le corps élancé des Clerkwood, si bien qu'il y a un peu plus d'un an, quand James Clerkwood avait été nommé à l'ambassade américaine à Londres, tous les squales du corps diplomatique avaient commencé à frôler Julia, « Mademoiselle Clerkwood, jamais les Etats-Unis n'ont eu meilleur représentant, votre père... ».

Dolorès, d'abord affolée, s'était souvenue des chuchotements et des regards subis – elle avait alors dix-huit ans, un an de moins que Julia – du plaisir éprouvé aussi, des regrets qu'elle avait parfois. Si vite, trop vite traversés les salons, sa jeunesse, et James dont elle avait pris le bras, cessant d'être la très belle Mlle Bertolini pour devenir la jolie Mme James Clerkwood. Puis les enfants, Julia, Ronald; James qui se voûtait, la surprise douloureuse qu'avait ressentie Dolorès quand, classant des photos de Julia et de Ronald, elle avait retrouvé un portrait de James, il était alors consul à Hambourg, James le visage plein, les cheveux plantés bas sur le front. James était entré à cet instant, et Dolorès avait découvert qu'en quelques années seulement il était devenu un homme âgé, amaigri et chauve. Elle avait dissimulé le portrait, tenté d'oublier, y réussissant parce que la vie à Londres, avec la guerre qui commençait, était une course contre le temps. Réceptions, réunions, décisions à prendre, fallait-il renvoyer les enfants aux Etats-Unis, Londres serait peut-être bombardé comme l'avait été Varsovie? Et Julia qui présentait ce Ralph Scott, déjà, déjà.

Dolorès s'excusa auprès de Ralph, quelque chose, une crispation de la poitrine, comme si son corps, au centre d'elle, se rétractait et l'anxiété l'obligeait à se lever. Elle allait vers Julia pour se rassurer, oppressée, avec le désir d'ouvrir une fenêtre, de respirer l'air humide de janvier, retrouvant cette sensation d'étouffement qu'elle avait eue à La Paz quand elle courait dans les rues de la ville haute, et ce souvenir, le martèlement même de sa course qu'elle entendait, comme s'il était le battement de sa mémoire, lui rappela une nouvelle fois Giulio Bertolini. Elle craignait que Serge Cordelier, qui était arrivé parmi les premiers invités, ne fût déjà parti. Elle se haussa sur la pointe des pieds, surprise par Julia qui s'était approchée d'elle, s'inquiétait. Dolorès souriait, un peu calmée.

« ... Je n'ai pas vu Serge Cordelier », disait-elle.

Julia la prenait par la main, la conduisait vers le buffet, lui montrait Cordelier qui parlait avec l'attaché militaire américain.

« Je vous l'arrache quelques minutes », disait Dolorès.

Mais une fois seule avec Cordelier, elle ne savait que dire.

« Votre mère, toujours à Paris ? » interrogeait-elle simplement.

Cordelier riait.

« Ma mère pleure, répondait-il, mais elle est à Paris, oui. Serait-elle dans ce salon que je n'en serais pas surpris. Les mères latines, chère amie, ont le poids des divinités. Elles ne vous abandonnent jamais. Au début du mois j'étais à Paris, vous connaissez Sarah Berelovitz, n'est-ce pas ? »

Il parlait vite comme le font les Français, incapable d'imaginer qu'on ne comprenne pas parfaitement leur langue. Dolorès, indifférente à Lucia Cordelier et à Sarah Berelovitz, ne l'interrompait pas.

« Votre oncle, dit-elle quand Serge Cordelier eut terminé le récit de cette réception chez Sarah, est resté en Chine ? »

Serge eut un geste d'ignorance.

« Que voulez-vous que nous sachions ? Les Japonais occupent Shanghai. Bertolini écrivait peu, maintenant le silence total. Nous ignorerions même sa mort. »

Dolorès ferma les yeux, eut la sensation que sa nuque et ses tempes se couvraient de sueur.

« Ce n'est pas possible, n'est-ce pas ? » murmura-t-elle.

Serge Cordelier haussait les épaules, lui saisissait le poignet.

« Excusez-moi, disait-il à voix basse. Je suis brutal, mais tant de choses m'inquiètent. En ce moment, je suis persuadé que le pire est sûr. »

Il entraînait Dolorès qui s'appuyait à lui.

« Voyez-vous, reprenait-il, nous sommes entrés dans l'une de ces périodes de l'histoire où tout est sombre; beaucoup ne le savent pas encore, ils sont comme les voyageurs d'un train, la locomotive, les premiers wagons roulent déjà dans le tunnel, eux continuent d'être au jour, et ils ne veulent pas regarder. »

Ils s'assirent côte à côte. Serge maintenant parlait lentement détachant chaque mot comme s'il voulait être sûr que Dolorès en saisisse le sens.

« Vos enfants, disait-il, Julia, Ronald, faites-les rentrer aux Etats-Unis, immédiatement. Personne ne peut dire ce que sera la situation dans quelques mois. » Il se tut regardant devant lui. « Pourquoi ne partez-vous pas avec eux ? »

Dolorès fit non d'un petit mouvement de tête. Elle venait de se décider en écoutant Serge.

« Nous sommes une famille, monsieur Cordelier, nous tous ensemble ou personne. »

Serge l'observait, souriait :

« Vous êtes aussi latine que ma mère. Je comprends. Vous avez tort, mais je comprends.

– Pour le père Bertolini, commençait Dolorès.

– Aucune nouvelle précise, disait Cordelier. Cependant, ajoutait-il après un long silence, une inquiétude, et... »

Dolorès l'interrompait :

« Un pressentiment, n'est-ce pas ? »

Serge Cordelier se levait pour répondre.

« En somme, dit-il, puisque Giulio Bertolini vous a adoptée, nous sommes cousins ? Je vous embrasse, Dolorès. »

Il la serrait avec tendresse contre lui.

Quand ils arrivaient en vue d'un village, Lee Lou Ching laissait le paysan qui lui servait de guide avancer seul. Il attendait assis sur le bord du chemin, parfois couché dans le fossé, la neige collant à ses vêtements et il en sentait l'humidité comme une sueur glacée, celle de la peur. Si le paysan tardait à revenir, Lee s'approchait, prenant à travers champs, aux aguets, prêt à s'enfuir, serrant sous sa veste la crosse froide du pistolet qu'il réchauffait peu à peu. Les Japonais pouvaient avoir installé un poste de contrôle ou bien l'une de leurs patrouilles qui sillonnaient la campagne aux abords de la frontière avait pu s'arrêter pour quelques heures dans le village. Lee tentait d'identifier les bruits, sursautait quand, d'un enclos, une dizaine de cochons noirs s'enfuyaient poursuivis par un enfant qui en courant, une baguette à la main, faisait voler la neige. Lee s'immobilisait, il suivait la silhouette de l'enfant, il crispait ses doigts autour de la crosse comme s'il se fût agi de cette branche qu'il avait tant de fois levée lorsque enfant il pourchassait lui aussi des cochons noirs. Quand il avait réussi à les regrouper, à les faire rentrer dans l'enclos, il descendait vers le village, longeant l'étang jusqu'aux premières maisons. Son père l'attendait chaque soir, assis sur les talons, le menton appuyé sur la poitrine, les yeux clos. Il avait calé contre le sol la charge qu'il portait arrimée aux épaules. Lee Lou Ching se glissait derrière son père, passait ses mains sous la charge, répétait, c'était le rite, « ho, hon, ho, hon ». Il soulevait, tirait de toutes ses forces sur ses bras, et le père répondait « ho, hon, fils ». La charge oscillait, énorme comme un rocher. Le père se redressait, les jambes écartées, les mollets tremblants de fatigue, géant derrière qui marchait Lee, soutenant de sa tête la charge, les mains posées sur les hanches de son père, plaçant ses pieds là où son père avait posé les siens, tous deux avançant ainsi comme un seul corps.

Un soir, en hiver, peut-être en janvier, le père n'attendait pas Lee à l'entrée du village; les vieux levant à peine leur bras montraient à Lee la direction qu'avaient prise les soldats après avoir enrôlé tous les paysans en âge de porter les armes. Et Wang, le père de Lee Lou Ching, était de ceux-là.

A cette nuit d'hiver, à son enfance, à Giulio Bertolini qui l'avait recueilli, Lee Lou Ching n'avait plus jamais pensé jusqu'à ce qu'il se mît en route, au début de ce mois de janvier 1940, quittant le Yunnan pour marcher vers le nord. Il devait établir le contact avec de petits groupes de partisans communistes qui guerroyaient en Mandchourie sur les arrières des Japonais puis franchir la frontière, passer en Union soviétique, connaître les intentions de Moscou, expliquer la stratégie de Mao, et revenir. Mais la route était longue, les paysans qui se relayaient de village en village, silencieux, et la marche dans la campagne aux formes adoucies par la neige devenait rêverie sous le ciel pacifique de janvier.

Quand le paysan apercevait au bout du sentier les premiers enclos, il s'arrêtait retenant Lee par le bras, le ramenant à ce mois de janvier 1940, à la guerre, à la vigilance, à la peur. Le paysan s'éloignait mais il suffisait de la course d'un enfant, d'un villageois dans un champ, pour que Lee Lou Ching laisse à nouveau affleurer ces souvenirs, comme si à tant d'années d'oubli succédait le flux de la mémoire.

Le paysan qui le secouait par l'épaule, qui d'un geste lui indiquait que la route était libre et le village sûr, imaginait que Lee s'était assoupi. En quelques mots il annonçait qu'on lui préparait une natte, que tout était prêt pour son repos dans une maison amie, qu'il veillerait et qu'à l'aube, ils repartiraient.

Lee se reprochait ses dérives loin du présent, ce plaisir nostalgique qu'il prenait à évoquer dans la solitude de l'attente la Mission catholique de Shanghai, les cours de catéchisme de Bertolini ou les leçons d'anglais et de français.

Il s'asseyait face aux camarades du village, il les écoutait parler de leur vie – « Tao Lang vient une fois par semaine, disait l'un, il prend à sa guise dans nos maisons, et il vend aux Japonais. » Les autres approuvaient baissant la tête : « Tai, la fille de Peng, reprenait celui qui avait commencé à parler, a été conduite à la ville, Tao Lang l'a choisie, pour les soldats. » – « Il faut brûler la maison de Tao Lang, répondait Lee, et s'il est seul, un jour sur un chemin, le tuer. » Il répétait, expliquait comment constituer un groupe de partisans qui se rassemblent la nuit et s'égaillent le jour. Mais les paysans partis il ne trouvait pas le sommeil. Si différent d'eux, à jamais, puisqu'il possédait une mémoire où ne régnaient pas seulement le travail et le malheur. Le passé des paysans était fatigue; ils communiaient par l'oppression subie. Lee découvrait qu'il demeurerait toujours, quoi qu'il fît, quoi qu'il devînt, l'élève auquel le père Bertolini parlait seul à seul de Mozart, l'adolescent qui avait dû décider de sa route, rejoindre les combattants ou vivre aux côtés de Bertolini à la Mission.

Il avait choisi et non subi son sort. Il était seul comme l'une de ces tours de guet que dans sa marche vers la frontière il apercevait parfois, haute, au sommet d'une colline dénudée.

Certains jours, quand la fatigue serrait ses tempes et rendait les talons douloureux, chaque pas sur le sol gelé résonnant jusqu'à la nuque, Lee maudissait le moment où il avait rencontré Giulio Bertolini.

Il marchait plus vite, oubliait un instant sa fatigue et tourné vers le paysan, s'emportait contre les hommes qui imaginent que leur vie est singulière et refusent d'être un grain de poussière de la route. Il donnait un coup de pied sur une plaque de glace, continuait de monologuer.

« Tu cries, dit à voix haute le paysan, tu as mal ? »

Paysan du Nord qui n'avait pas écouté ou compris. Lee Lou Ching se taisait, répondait d'un signe, sentait à nouveau la fatigue et retrouvait la cadence régulière de la marche.

« ... Un jour, commençait le paysan, le ciel est comme tous les autres jours – le paysan levait la tête pour montrer les nuages bas – ni plus gris ni plus clair, et toi tu as mal, dedans – il frappait de son poing fermé sa poitrine – comme si tu avais avalé de l'eau brûlante, tu as mal même si la récolte est bonne, tu as mal et c'est la faute de personne, tu as mal à cause de toi seul, tu sais pourquoi, toi ? »

Lee hochait la tête.

« ... Dedans, disait encore le paysan – il se mettait à rire – comme la nuit où tu attends pour la première fois une femme. »

Il fredonnait, voix grave dans la gorge, rythme lent semblable à celui des chants liturgiques et l'émotion venait à Lee au souvenir du père Bertolini, agenouillé dans la chapelle de la mission. « Celui qui souffre est notre frère, disait souvent Bertolini. De tout ce qui fait ma foi, je voudrais que tu ne retiennes que cela, qui est le bien commun des hommes, la braise qu'ils doivent transmettre de siècle en siècle. Le reste, tu l'apprendras, n'est que cendre. »

Lee posait sa main sur l'épaule du paysan.

« ... Arrêtons-nous », disait-il.

Ils s'asseyaient sur un talus. Devant eux la campagne blanche, les stries parallèles des sillons, la vague figée d'une colline, quelques arbres dispersés et au loin, sur un sentier, les silhouettes avançant en file, découpées sur l'horizon plombé.

Lee prenait du tabac, roulait une cigarette qu'il tendait au paysan, puis après avoir préparé la sienne, et alors que la flamme du briquet de cuivre hésitait, que le paysan la protégeait de sa paume, il disait :

« ... Tu marches avec moi, tu as quitté ta maison, les Japonais peuvent nous prendre, nous tuer toi et moi, et je ne sais pas qui tu es. »

Le paysan tenait sa cigarette avec plusieurs doigts, la

cachant presque entièrement, les yeux mi-clos avec une expression ironique.

« ... Je suis un grain de poussière de la route, disait-il en riant. Tu criais cela, non ? Tu t'intéresses à la poussière, toi qui viens de loin et vas plus loin encore ? »

Lee Lou Ching lui donnait une bourrade, riait à son tour.

« ... Tu es sage, continuait le paysan, un grain de poussière dans l'œil, et tu ne vois plus rien, et ton œil pleure. »

Ils se turent, demeurèrent ainsi un long moment puis le paysan écrasa dans sa main le mégot de sa cigarette.

« ... J'aime bien le tabac, dit-il. Pour le mal qui est là – il frappait à nouveau sa poitrine – un bon remède. »

Il se levait.

« Il faut marcher. »

« ... Ils en ont tué un, racontait Marek Krivenko, l'autre, les Japonais ne l'ont pas eu. On l'a amené, il est resté avec nous plus de dix jours, le mauvais temps, le brouillard est noir là-bas, il ne parlait pas, je lui avais prêté une plume, de l'encre, il dessinait, mais pour eux, c'est écrire, ils font comme des petites flammes, des feuilles. »

Marek buvait le thé en faisant claquer sa langue. Anna Spasskaia était assise devant la fenêtre ouverte. Elle attachait avec du fil brun qu'elle avait réussi à acheter le matin – un miracle – les boutons dorés de la capote de Marek. Ivan, assis à la petite table, crayonnait, la chapka de Marek enfoncée sur la tête.

« ... Sergent, demandait-il, tu commandes à combien d'hommes ? »

Marek posait la tasse près du lit, s'étirait, marchait vers Ivan.

« ... Toi, dans neuf ou dix ans, quand tu seras soldat, tu seras tout de suite major.

– ... Je suis Pionnier, répondait Ivan, chef de brigade. »

Marek s'appuyait à la fenêtre, une main sur l'épaule d'Anna,

« ... Ici – il avait un moment d'hésitation comme chaque fois qu'il devait appeler Anna. Elle attendait, elle aussi, anxieuse – ici, Mama, reprenait-il enfin, je suis bien, avec toi, avec Ivan. »

Il se penchait, et aux arbres du boulevard les premières feuilles, l'air comme un duvet.

« ... Là-bas, reprenait Marek, c'est encore la glace partout, les fleuves – il se tournait vers Ivan – on dirait la mer, on ne voit pas l'autre rive. »

Il y eut un bruit de voix dans le couloir. Anna fit une grimace et un mouvement de tête pour avertir Marek que les autres locataires de l'appartement pouvaient entendre, qu'on n'était sûr de personne. Marek haussa les épaules mais baissa la voix.

« ... Je suis parti dans l'avion du major-général, dit-il. Ils sont venus chercher le Chinois et le major-général a signé lui-même ma permission... »

Marek s'interrompait, s'asseyait à même le sol, près d'Anna Spasskaia pour qu'elle lui caresse les cheveux, comme autrefois. Mais quand elle fit le geste, que les doigts effleurèrent sa nuque, il lui saisit la main, l'embrassa.

« ... Il m'arrive toujours des choses, dit-il, je crois que je vais tout droit, et hop, ça tourne tout à coup. »

Anna enfonça son aiguille dans le col de la capote, prit le menton de Marek comme elle l'avait fait le premier jour, plus de dix ans déjà, quand elle l'avait adopté.

« ... Tu as l'air bien », murmura-t-elle.

Il se laissa aller, la tête contre les genoux d'Anna.

« Vatouchine, reprenait-il, le major-général, ils le craignent tous là-bas, il est entré dans le dortoir avec le lieutenant Nesterov, notre chef de poste. J'ai salué, Vatouchine est allé vers le Chinois, ils ont parlé anglais, puis il est venu vers moi : « Tu t'es bien conduit sergent, « tu es d'où ? » J'ai dit Leningrad. Il m'a demandé ce que je faisais avant. Quand j'ai dit mécanicien de locomotive, il a ri, a parlé à nouveau au Chinois. « Eh bien, « tu vas prendre l'avion avec nous. Si tu es prêt dans « trois minutes, tu as une permission d'une semaine « pour Leningrad. » Une minute après j'étais dehors – Marek riait, se levait, mimait avec des gestes saccadés la manière dont il s'était habillé – j'avais une théière sibérienne, pour toi, dit-il à Anna, mais trop vite, je n'ai rien emporté avec moi.

– ... La prochaine fois », dit Anna.

Elle se remit à coudre, l'inquiétude plus forte d'avoir prononcé ces trois mots, comme si d'évoquer l'avenir était défi. Tout était calme pourtant, la guerre lointaine, les queues devant les magasins d'alimentation plus courtes depuis quelques semaines – on disait que les Allemands expédiaient les pommes de terre et le blé par trains entiers et que Staline avait été le plus malin en restant hors de la guerre, et rien n'est pire que la guerre. Le 1er mai 1940 avait même été pour Anna un vrai jour de fête. Leningrad pavoisé de soleil, et l'éclat des couleurs vives – le rouge des foulards, l'or des banderoles – dans les vitres des palais des bords de la

Neva. Ivan, après le défilé des Komsomols, courait vers Anna, elle partait avec lui vers le siège des Fédérations des Travailleurs de l'Enseignement. Les élèves, ces petites filles en jupes noires et blouses blanches, leurs nattes serrées, entouraient Anna et Ivan, timide, se tenait à l'écart. Quand elle disait " voici Ivan, mon fils ", il se blottissait contre Anna, elle le repoussait, lui parlait à l'oreille : " Allons, tu n'es plus un bébé, tu as dix ans, tu es le chef de brigade des Pionniers, allons. » Elle l'abandonnait dans les coulisses, s'asseyait au piano, les filles devant elle, le chef de chœur Gorievitch levait la main d'un geste autoritaire et quand on tirait le rideau, que le chant commençait aigu, vif, Anna oubliait, ni passé ni futur, l'instant seulement, comme si elle était seule dans une forêt et que des milliers d'oiseaux pépient autour d'elle avec l'obstination joyeuse et l'élan des premiers jours de vie.

Dans le tramway qui les ramenait chez eux, Ivan somnolait, et Anna l'avait couvert de son manteau. Des soldats et des marins riaient sur la plate-forme et Anna s'assombrit, tous ceux qu'elle avait croisés dans ces rues mêmes, dans les Assemblées et Machkine qui n'avait pas connu son fils, Ivan aux cheveux blonds, et Kostia, contre qui elle avait dû témoigner, trois ans passés depuis, mais les mots qu'elle avait prononcés, « oui, monsieur le Président, Kostia Loubanski, mon oncle, a tenté à plusieurs reprises de me faire entrer dans son organisation contre-révolutionnaire », les mots brûlants derrière ses lèvres, tous ceux-là, Machkine, Kostia, morts.

Elle était descendue, portant Ivan, baissant la tête pour ne pas voir ce portrait de Staline accroché à la façade de l'immeuble et que le vent soulevait donnant aux yeux et à la bouche une apparence de relief. Il claquait parfois comme s'il avait été prêt à se déchirer ou bien à se détacher et à envahir la rue, étouffant Anna. Elle avait traversé vite, déposant Ivan, l'obligeant à monter l'escalier, incapable de porter son fils jusqu'au cinquième étage.

Devant la porte de l'appartement, la tête appuyée sur une marche, le col de sa capote relevé, la chapka des troupes de Sibérie dissimulant à demi son visage, Marek, Marek dormait.

Fête ce premier mai 1940, jour comme un gué dans un fleuve boueux. Marek avait une semaine de permission exceptionnelle, de l'ordre du major-général Vatouchine, commandant la 117e Division. Marek agitait son titre de permission devant Anna Spasskaia : « Sept jours ici, plus le voyage, ce Chinois, quand je l'ai sorti des mains des Japonais, j'aurais pas cru, j'imaginais un paysan, il était habillé comme eux, on en voit qui arrivent souvent, et puis le P.C. de la Division a envoyé un message. Vatouchine allait venir chercher le Chinois. Y a eu le mauvais temps, on est restés ensemble dix jours, il n'a jamais dit un mot à nous autres, seulement à Vatouchine, et il connaissait le nom de Vatouchine, quand on l'a recueilli, il a simplement dit « mission pour Vatouchine » et puis jamais plus un mot. »

Le lendemain matin, dans la cuisine commune, Anna avait présenté Marek à Maria Blumen, la douce Maria, professeur de lettres, poétesse silencieuse et discrète qui chuchotait au lieu de parler : « Vous ne m'aviez jamais dit, un fils adoptif, il a les yeux neufs, oui, neufs. » Elle embrassait Marek, apportait quelques biscuits, « pour vous Anna, pour fêter Marek ». Elle s'écartait du réchaud pour qu'Elena Kornevitch, la dernière locataire, puisse faire chauffer l'eau du thé qu'elle servait chaque matin à son mari, un employé du Soviet municipal de Leningrad, un homme jeune au visage mou, aux cheveux blonds, maladif. « Comment va votre Sacha », demandait Anna à Elena Kornevitch. Elle craignait les Kornevitch, sans doute les mouchards de l'immeuble et pour cela placés dans un appartement qu'elle occupait. Depuis son témoignage au procès Loubanski, elle devait être suspecte, surveillée. « Miracle, Anna, miracle que vous soyez encore à Leningrad », murmurait Maria Blumen. « La prochaine fois... » avait répondu Anna avec une amertume lasse.

Et l'expression lui était revenue. Elle cessait à nouveau de coudre, se forçait à dire d'une voix gaie :

« ... Tous les trois, nous allons sortir, moi entre mes enfants, un bras pour l'un, un bras pour l'autre. »

Ivan se levait :

« Cinéma, maman, disait-il.

– J'ai ma solde, maman », ajoutait Marek.

Il plaçait sur la table une poignée de pièces et des billets.

Anna prenait Ivan et Marek par le cou.

« La prochaine fois », murmurait-elle encore.

II

LES MORTS SONT HEUREUX

1942-1945

« ECOUTEZ, écoutez-moi », murmurait Maria Blumen.

Anna Spasskaia ouvrait les yeux, tendait le bras, touchait l'épaule de Maria, reconnaissait la couverture dont sa voisine s'enveloppait les épaules et la tête.

« Lisez », disait Anna.

Elles étaient assises de part et d'autre du four en brique qui se trouvait dans l'un des angles de la cuisine. Elles vivaient là une bonne partie du jour et de la nuit, immobiles, le haut-parleur de la radio placé entre elles et souvent la voix du speaker, que rien n'annonçait, les faisait sursauter : « *Camarades, frères et sœurs, citoyens de Leningrad, notre ville, la ville de Lénine, sera le tombeau de dizaines de milliers de soldats de Hitler. Ce matin, les glorieux combattants de l'Armée rouge, renforcée par les bataillons de volontaires, ont repoussé un nouvel assaut. La forteresse d'Orechek...* »

La voix s'effaçait, les laissant seules, avec le froid. Anna serrait Ivan contre elle, s'efforçait à garder les yeux ouverts. On disait que la mort s'avançait dans le sommeil, silencieuse. Elle avait pris Elena Kornevitch à la mi-décembre 1941. Anna et Maria l'avaient trouvée, couchée dans son lit, sous un amoncellement de manteaux et de couvertures. Elles ne virent d'abord d'Elena que le front, puis les yeux que Maria ferma d'une caresse. « Yeux gelés », avait-elle dit. Elles l'enroulèrent dans un drap, la posèrent sur la luge avec laquelle un an auparavant Ivan glissait dans les jardins de la Dadovaya. Devant le cimetière Okhta elles laissèrent Elena sur la terre, au milieu des autres corps, des cercueils démantelés car les vivants avaient besoin de bois et non les morts.

Dans l'appartement, elles étaient maintenant seules avec Ivan. Elles brûlaient les portes des deux chambres de Kornevitch. Sacha Kornevitch, qui savait ce qu'il était devenu ? Il avait disparu dès le premier jour de la guerre, ce samedi 22 juin 1941, quand les jasmins commençaient à fleurir sur les quais de la Neva. La nuit était si brève, la plus courte de l'année, l'aube venait, blanche alors que les promeneurs, ces jeunes gens qui chantaient sous les fenêtres de l'appartement d'Anna, avaient à peine cessé leurs chœurs et déjà, la cloche des tramways. Ce jour-là une lettre de Marek, du bout du pays, cachet de la poste d'Irkoutsk. Il l'avait écrite le 1er mai 1941, et elle avait mis près de deux mois pour parvenir jusqu'à Leningrad. « *Il y a un an,* écrivait Marek, *j'étais avec vous, le temps est long et court, je crois parfois que vous êtes là, Ivan et toi, et que je vais en levant la tête vous voir devant moi, qu'Ivan va coiffer ma chapka et que nous allons partir, tous les trois, bras dessus, bras dessous, passer devant l'hôtel Astoria, acheter une glace chez Eliseiv, mais je rêve. Si je regarde devant moi, je vois la forêt encore blanche et le ciel toujours gris...* »

Dernière lettre de Marek.

Anna Spasskaia la relisait souvent. Ivan dormait recroquevillé la tête contre la poitrine d'Anna. Maria

Blumen, les doigts enveloppés de chiffons, écrivait, l'encrier posé sur le four afin que l'encre ne gèle pas. Anna, avec des gestes lents pour ne pas réveiller Ivan, sortait le portefeuille qu'elle gardait sous sa blouse. Là ce qu'elle avait de plus précieux, les deux cartes d'alimentation – et si on les perdait, des semaines à attendre leur renouvellement, la mort, donc. Dans les queues devant les centres de distribution du pain, Anna tenait les poings serrés, les bras croisés sur sa poitrine, des voleurs parfois arrachaient les cartes des mains et disparaissaient dans les ruelles qui entourent le marché au foin, non loin de l'appartement d'Anna, dans ce quartier où l'on échangeait des trésors pour un quignon de pain.

Les cartes étaient toujours là. Anna les lissait de sa paume, dépliait la lettre de Marek, plaçait près d'elle les photos, « ma vie » avait-elle dit à Maria Blumen la première fois où elle les lui avait montrées. « Mes parents. » Une photo, ce devait être vers 1910, ou peut-être, mais oui plus tard cette robe blanche d'Anna, le jour du concours du Conservatoire, en 1914, « juste avant la guerre ». Anna était assise sur l'herbe entre son père et sa mère, lui Boris Spasskaief, les bras en arrière, elle Evguenia tenant Anna par le cou, « je riais, disait Anna, je riais toujours avec maman ».

« ... Vous ne devriez pas, répondait Maria. En ce moment, si on se souvient, on se noie, vous ne devriez pas, Anna. »

Maria Blumen se levait, plaçait ses deux mains sur la théière.

« ... L'eau est presque chaude », disait-elle.

Elle faisait quelques pas en traînant les pieds.

« ... La radio ne devrait jamais s'interrompre, reprenait-elle. Vous savez, Anna, quand il y a un naufrage, les rescapés se tiennent entre eux, ils forment un cercle, ils chantent, celui qui reste à l'écart, tout seul, il ne lutte plus. La radio, c'est notre cercle. »

Elle versait l'eau tiède sur quelques brins de thé :

« ... Nous allons fêter la nouvelle année. A 1942, Anna. »

Elle donnait un verre à Anna, l'embrassait, approchait la bougie des photos. L'une représentait Kostia Loubanski, l'oncle d'Anna. Il levait son fusil au milieu des soldats, devant le palais Smolny. C'était 1917 ou 1918. Vingt ans plus tard, on l'avait condamné.

« ... Votre oncle, murmurait Maria, n'est-ce pas celui qu'ils ont jugé ? »

Elle regarda longuement la photo.

« Un jour ou l'autre, ajoutait-elle, nous y avons cru, et maintenant même si nous sommes sans illusion, Anna, nous devons croire. »

Elle retournait s'asseoir devant le cahier.

« ... Pas le choix, Anna, il faut que la Russie vive. »

Anna replaçait les photos dans le portefeuille. Elle avait longtemps caché celle de Kostia, sous une latte du parquet. Il suffisait de si peu pour qu'ils vous prennent, vous jettent dans un wagon qui de cahot en cahot roulerait jusqu'à une contrée glacée dont une chanson de prisonniers dit : « Douze mois d'hiver et puis c'est l'été. »

Mais quand les obus avaient commencé à tomber sur Leningrad — « la ligne de défense de Louga a cédé, que voulez-vous qu'on fasse contre leurs panzers ? » chuchotait-on parfois dans les queues et les haut-parleurs placés aux carrefours répétaient « *la ville de Lénine et de la Révolution d'Octobre ne tombera jamais aux mains des fascistes* » — que les soldats gardaient les ponts et que la faim et le froid avaient commencé leurs danses macabres dans la ville assiégée, et dès septembre 1941 la neige était tombée, puis la nuit glaciale et maintenant en ce mois de janvier 1942 quand les morts étaient laissés sur la terre glacée et qu'on brûlait jusqu'aux planches des cercueils, et que...

« ... Est-ce possible, Maria ? » avait demandé Anna Spasskaia.

Elle entourait la tête d'Ivan de ses bras pour qu'il dorme dans le silence, qu'il n'entende pas.

« ... Est-ce possible ? »

Maria Blumen faisait non d'une lente oscillation de la tête et ses yeux disaient oui, possible que ces hommes joufflus, aux regards brillants qu'Anna avait vus vendre sur le marché au foin de petits pâtés de viande, oui possible qu'ils tuent des hommes pour s'en nourrir. On disait qu'ils guettaient les soldats, plus gras que les civils, ou bien les femmes et les enfants. On disait qu'on avait vu dans un appartement « près d'ici, Maria, le long de la Fontanka » cinq corps accrochés au plafond, « il y a des cercles de mangeurs d'hommes, Maria. Possible, Maria, dites-moi ? »

Maria Blumen recommençait à écrire, baissant les yeux.

Alors à quoi bon la prudence ? Anna Spasskaia avait soulevé la latte du plancher, placé la photo de Kostia Loubanski dans son portefeuille, aux côtés de celles de Marek Krivenko, d'Ivan Machkine et d'Evguenia et Boris Spasskaief. Que pouvait-on leur faire subir de plus que le siège ne faisait déjà ? Il tuait chaque jour. Faim, froid, scorbut. Il fallait vivre pourtant.

Anna ne quittait jamais son fils. Ils allaient ensemble tirer de l'eau de l'un de ces trous qu'on avait creusés dans la glace. Il était avec elle, place Alexandrinsky, dans l'immeuble de l'Ecole de Danse transformé en hôpital militaire. Ivan s'asseyait au milieu des blessés qui entouraient le poêle. Ils se passaient une cigarette, aspirant une longue goulée de fumée à tour de rôle, ils chantaient quelquefois à voix basse, et Anna se souvenait de ces chants d'autrefois, à l'hôtel Bristol, en 1917, de Machkine qu'elle rencontrait là pour la première fois, Machkine dont elle n'avait même pas une photo et qui ne connaîtrait jamais Ivan, son fils. Elle rentrait avec Ivan, évitait le marché aux fourrages, ses trafiquants, peut-être ses assassins et ces dévoreurs. Elle portait sous son manteau le morceau de pain qu'un soldat lui avait donné, sûrement cinq cents grammes, une fortune, de quoi vivre deux ou trois jours.

Mais si elle partageait avec Maria, un jour seulement.

La neige en congères sales barrait de place en place la perspective Nevski. Une patrouille, une femme qui traînait une luge sur laquelle était placé le cadavre d'un enfant enveloppé d'un drap et les passants indifférents. Qui pouvait encore pleurer en Russie? Les larmes, un luxe, un plaisir d'avant.

Silencieuse – parler donne faim – Anna traversait la ville, tenant Ivan par la main. A chaque fois, la peur qu'un obus n'ait crevé la façade de la maison, car les Allemands tiraient au hasard sur la ville. Mais l'immeuble se dressait encore dans son apparence tranquille. L'entrée était sombre, l'escalier vide. Une partie des habitants avait eu la chance d'être évacuée au mois de septembre 1941, avant les grands froids. Les autres avaient disparu, et parfois Anna se demandait si elle n'était pas seule avec Maria et Ivan. Si Ivan mourait...

Anna rentrait dans la cuisine. Ne pas partager le pain, le donner à ronger à Ivan quand Maria dormirait.

Maria Blumen écrivait. Elle souriait. Anna s'asseyait

près du four en brique, prenait Ivan sur ses genoux.
« Ecoutez, écoutez », disait Maria.
Elle approchait encore la bougie du cahier, commençait à lire :

Les yeux gelés et les mains prises
Nous refuserons la mort grise
Nous vivrons
De colère et d'espoir têtus
Nous ouvrirons de nos mains nues
La banquise.

« Je le dédie à Ivan, reprenait Maria, pour cette année 1942. »
Anna Spasskaia se taisait, berçait Ivan.
« Ma mère, commença-t-elle, je me souviens, ce poème qu'elle avait écrit, l'année de ma naissance, je l'ai trouvé plus tard, le premier vers :

Neva des aurores blanches. »

Anna s'interrompit, glissa sa main sous son manteau, toucha le morceau de pain durci, le prit, le posa sur le four, près de la théière.
« Nous allons faire une fête, dit-elle, pour 1942. »
Elle brisa le pain en trois morceaux.

Ils ne lui avaient pas encore fermé les yeux à coups de poing et de pied. Ils avaient ouvert la porte de la cellule et ils l'avaient poussé en avant, et parce qu'il avait les mains liées dans le dos, il était tombé sur le front et le visage, son nez commençant à saigner et peut-être sa bouche, pleine d'une glu douceâtre. L'un d'eux, celui qui durant le trajet en voiture s'était tenu à sa gauche, lui donnant de temps à autre un coup de coude au bas des côtes, qui pliait Serge, avait crié avant de refermer la porte :

« On va te crever, Cordelier, comme une paillasse, mais d'abord tu cracheras tout ce que t'as là – il avait fait un geste, le poing fermé vers sa tête – tu cracheras et tu crèveras. »

Il avait craché vers Cordelier qui s'était à demi redressé.

Bruits de verrous. Voix. Les pas dans le couloir, le silence.

Serge s'était traîné vers le mur, s'y appuyant de l'épaule, et là, presque contre sa joue, ces mots tracés dans le plâtre :

Nous refuserons la mort grise
Nous vivrons.

Une lettre isolée, A, le début d'un nom sans doute, sous ces deux phrases écrites avec le bout de l'ongle et sur lesquelles Serge Cordelier posait ses lèvres.

Les mots comme graine que le vent porte, qui peut les suivre ?

Ils revinrent, redressèrent Serge d'un coup de la pointe du pied, le saisirent sous les aisselles.

« Finie la sieste », dit l'un.

Le couloir devant soi. Au bout de ce rectangle clair, une fenêtre et ce souvenir, les pigeons au jardin du Luxembourg, dans les pelouses de l'enfance, Serge tendait les mains, ils étaient si proches, il suffisait d'un mouvement brusque, courir, jeter sa tête en avant, tomber.

Serge retrouva cette odeur de terre et de foin, la nuit claire, les lampes de poche au-dessus de lui comme des lucioles intermittentes selon que le vent déportait le parachute plus ou moins loin de l'aire d'atterrissage, le choc, les sillons, les secondes durant lesquelles Serge était resté agenouillé, le visage dans l'herbe; les mains qui l'aidaient à se relever, les chuchotements : « Ça va ? » « Vite. » « Ils ne sont pas loin. » La course dans les bois, la ferme, le lait tiède, à peine trait.

Il hésita. La fenêtre à quelques mètres au bout du couloir. Mourir pour ne pas parler. Mais le poème tout à coup retrouvé, un sursaut de volonté venu de la mémoire.

Les yeux gelés et les mains prises
Nous refuserons la mort grise
Nous vivrons
De colère et d'espoir têtus
Nous ouvrirons de nos mains nues
La banquise.

Il ferma les yeux, ignora le rectangle de la fenêtre, s'enfonça dans l'ailleurs, ce lointain, suivant ces graines que le vent porte, les mots.

Un soir, début janvier 1943, dans les salons de l'ambassade de l'U.R.S.S. à Londres, Julia, la fille de Dolorès Clerkwood, Julia dont le mari Ralph Scott venait d'être abattu au-dessus de l'Allemagne – vivant, mort? – s'approchait de Serge Cordelier.

« ... Ces Russes, disait-elle, cette jeune femme – elle montrait la jeune secrétaire d'ambassade qui avait accueilli Serge Cordelier – elle arrive de Leningrad, elle m'a récité un poème extraordinaire, Serge, je l'ai noté. »

Julia fouillait dans son sac, dépliait une petite page de carnet quadrillée, lisait le poème de Maria Blumen, écrit un an auparavant dans la cuisine glacée d'Anna Spasskaia, à Leningrad, non loin de ce marché aux foins où l'on disait que des hommes gras faisaient commerce de chair humaine.

Plus tard, dans la soirée, après le discours de l'ambassadeur qui exaltait la grande alliance contre le nazisme et levait son verre aux combattants de Stalingrad, Serge s'approcha de la jeune diplomate. Elle se tenait un peu à l'écart, les mains derrière le dos, sa blouse d'uniforme aux larges épaulettes lui donnait une allure masculine, accusée encore par des cheveux coupés très court, mais l'expression du visage, le sourire étaient naïfs, juvéniles. Un instant, Serge imagina qu'elle ressemblait à Sarah Berelovitz dont elle avait la taille.

« Vous êtes soldat ou diplomate? » demanda-t-il.

Elle avait été surprise par la question, elle se figeait. Avec son visage rond de paysanne russe, elle ne ressemblait pas du tout à Sarah.

« France Libre, dit Cordelier, de Gaulle. »

Elle recommença à sourire mais la naïveté avait disparu. Elle était grave, parlait anglais sans accent :

« Conseillère traductrice Vera Vatouchine, dit-elle. Soldat d'abord et diplomate.

– Vous venez de Leningrad? »

De l'inquiétude dans son regard, un simple mouvement de tête pour répondre. Cordelier expliqua.

« Ce poème, commença-t-il, que vous avez récité à Julia Scott... »

Il chercha Julia, la vit qui parlait avec Dolorès, la désigna à Vera Vatouchine :

« La fille de James Clerkwood, le premier consul américain – Vera Vatouchine se détendait – je voudrais dans ma chronique hebdomadaire... »

Serge s'arrêta, fit un geste le poing fermé, imita le bruit sourd de l'indicatif d'*Ici-Londres.* Vera Vatouchine sourit.

« Radio-Londres, reprit-il, Stalingrad, Leningrad, pour nous tous, en France, ce sont des noms qui...

– Pour nous aussi, dit Vera Vatouchine. Vous m'attendez? »

Elle avait traversé le salon d'une démarche décidée et rapide et Serge avait bavardé quelques instants avec l'attaché militaire soviétique, peut-être un homme de leur police politique. « Vous avez admiré l'anglais de Vera, n'est-ce pas? C'est la fille de Vassili Vatouchine, le général qui commande en second à Stalingrad. Elle a eu un voyage difficile, Mourmansk, son convoi, sept cargos anglais, a été attaqué neuf fois par les sous-marins, puis les avions... »

Vera Vatouchine s'approchait, tenant un petit livre à couverture grise. Elle était essoufflée.

« *Les Voix sacrées de la Patrie,* dit-elle, en montrant le titre à l'officier soviétique. Nos meilleurs poètes, la traduction est excellente. »

Elle donnait le livre à Serge Cordelier.

« Vous avez eu un voyage mouvementé, je crois », dit Serge.

Elle regarda à nouveau l'officier, haussa les épaules.

« Il faisait froid, répondit-elle en riant. Le bateau

était couvert d'embruns gelés, comme des algues. Pas plus froid qu'à Leningrad. »

Elle reprit le livre à Serge, l'ouvrit.

« Voilà le poème que vous cherchiez. »

Serge lut : *Ecrit à Leningrad le 1er janvier 1942.* Il chercha la signature, interrogea :

« Maria Blumen ?

– Une inconnue, dit Vera Vatouchine. Je ne sais rien d'elle, mais un grand poète sûrement. Leningrad est la ville des poètes, notre Pouchkine, Anna Akhmatova...

– Je dirai cela aussi », murmura Cordelier.

Quand dans le studio de radio – ce silence glauque du studio – Serge avait levé les yeux vers le technicien qui, de l'autre côté de la vitre, les deux mains ouvertes, indiquait qu'il restait dix secondes avant l'indicatif – *Ici Londres, les Français parlent aux Français, Serge Cordelier, délégué du général de Gaulle à l'information, vous parle.* Serge, regardant les papiers placés devant lui et le livre de Vera Vatouchine, réalisa qu'il avait oublié de traduire ce poème de l'anglais et qu'il devait renoncer à le lire ou bien, le découvrir ici, en français en même temps qu'il le lisait. *Five,* dit le technicien. Serge fit un signe de tête, et quand l'indicatif fut achevé, il dit : « *Ce soir, 1227e jour de lutte du peuple français pour sa libération, ce soir, alors que des dizaines de milliers de soldats allemands avec leurs généraux viennent de capituler à Stalingrad, ce soir jour de deuil pour le IIIe Reich qui connaît le prix du sang et des larmes, ce soir je veux lire un poème venu de Leningrad, la ville que Hitler n'occupera jamais, la ville de Lénine et des poètes. Ce poème est celui de toutes les résistances. Je le lis en hommage aux combattants soviétiques et aux citoyens de ce pays. Que l'auteur soit une femme est le symbole de ce pays en lutte. Ce poème est aussi la voix de notre résistance. »*

Serge traduisit lentement, il parla comme s'il créait ces mots, l'un après l'autre. Et les mots devinrent siens :

Nous refuserons la mort grise
Nous vivrons

Et quelqu'un dont le nom commençait par A avait fait de ces mots son sang. Il les avait gravés sur le mur d'une cellule du 84 de l'avenue Foch, à Paris, le siège de la Gestapo. Et ils étaient si vivants dans la mémoire de Serge Cordelier, que dans ce couloir du quatrième étage, 84, avenue Foch, alors que Serge marchait vers la torture, il ferma les yeux, pour ne pas voir ce rectangle clair, cette fenêtre qui lui eût permis de mourir d'un seul saut au lieu d'agoniser avec la peur d'avouer ce qu'il savait. Les noms des camarades des réseaux. Les lieux de rendez-vous. Les adresses des imprimeries clandestines, tout ce qui était enfoui dans sa mémoire et que la douleur pouvait faire jaillir. Mais les mots de Maria Blumen, à chaque pas de Serge dans le couloir du 84, avenue Foch, quatrième étage devenaient certitude.

Nous refuserons
Nous vivrons

Ses gardiens poussèrent une porte. Serge Cordelier ouvrit les yeux. En face de lui, derrière un bureau, un homme en civil jouait avec une règle métallique.

« Asseyez-vous, monsieur Cordelier », dit-il.

D'un geste il ordonna qu'on enlève à Cordelier les menottes. Il montra la chaise.

« Nous allons parler en gentlemen, voulez-vous ? »

Il alluma une cigarette, la tendit à Cordelier qui refusa.

« Nous vous avons cherché longtemps, dit-il. Mais vous étiez à Londres. Nous avons cherché Sarah Berelovitz, puis les amis de Sarah, vos amis. Quand on vous a parachuté, nous l'avons su, monsieur Cordelier, mais oui. »

Ne pas bouger un seul muscle du visage, devenir inerte, s'enfoncer sous cette épaisseur de chair, son propre corps abandonné, et quand ils l'auront déchiré, aller plus loin, plus profond, retrouver ce mois de mai 1940, les dernières heures avec Sarah, quai de Béthune, des journées si longues que la nuit était à peine une halte, l'amour entre eux comme jamais, à cause de leur inquiétude, pour que demeure, quoi qu'il arrive, ce temps gagné. La sueur unissait leurs corps indistincts. Sarah, au moment du plaisir, cherchait la main de Serge, serrait ses doigts entre les siens, enfonçait sa tête dans les épaules, cachait ses yeux, sa bouche dans le cou de Serge. Il reconnaissait ce mouvement des hanches alors qu'il la caressait, ces gémissements, cette façon de se blottir comme si elle voulait n'être plus que ce sexe qu'il pénétrait, jusqu'à ce qu'elle se tende, raidie, puis tout son corps empli de douceur. Serge imaginait que la joie qui le prenait quand Sarah se laissait aller ainsi, nue et pleine de plaisir, était celle de la femme qui berce et allaite. Il lui semblait alors que la loi du monde aurait pu être l'amour, que derrière les rituels et les commandements – il n'entrait plus dans les églises qu'au moment des cérémonies officielles auxquelles il devait assister – sous l'or des parures, la religion proclamait cela, l'amour dont toutes les formes pouvaient être confondues. Les hommes fous avaient établi des frontières, élevé des interdits au lieu de donner à l'autre soi, sans défense, sans calcul, pour qu'il devienne lui. L'échange alors, la quiétude et la joie.

Serge et Sarah restaient fenêtres ouvertes dans un Paris qui paraissait désert, jusqu'à ce que vienne la nuit jamais profonde de mai. Le chat s'étendait près d'eux, couché sur le flanc. Sarah prenait une cigarette, fumait un bras sous la nuque et souvent Serge posait la tête sur ses seins.

Temps du silence, toute la vie reprise en cet instant pacifique. Sarah disait : « J'aurais aimé que tu connaisses mon père, quand je pense à lui, il est toujours en train de partir, il portait un long manteau de fourrure, un chapeau immense. » « Mon père... », commençait Serge. Il prenait une cigarette à son tour. Sarah lui posait la main sur la poitrine, à la hauteur du cœur. « Ton père ? » demandait-elle. « J'ai si peu parlé avec lui, reprenait Serge, ma mère là, toujours entre nous. » « Nos mères, disait Sarah en riant, nous devrions les réunir. »

Serge imaginait Nathalia Berelovitz et Lucia Cordelier se surveillant l'une l'autre, chattes rivales à moins qu'elles ne s'entendent pour les dévorer Sarah et lui. Complicité du rire puis silence à nouveau. « Mon oncle, ajoutait Serge, le jésuite, en ce moment, à cause de la guerre peut-être, souvent j'imagine... » Il s'interrompait. Giulio Bertolini dont ils ne recevaient plus de nouvelles depuis l'occupation de Shanghai par les Japonais. « Tu crains », disait Sarah.

Il aimait qu'elle le devance ainsi, qu'elle comprenne ce qu'il ressentait, cette attirance pour cet oncle inconnu dont la vie tout entière avait été vouée aux autres, cherchant à atteindre l'essentiel. « Il ne s'est pas perdu, disait Serge. Mon père non plus. »

Il se redressait, s'appuyait sur le coude, la joue posée sur la main, son visage proche de celui de Sarah. « Un axe dans leur vie, donner, comprendre, Gallway aussi, il invente, il exprime; toi, tes concerts. Moi, Sarah, je me perds, quel est le sens ? Diplomate ? – il commençait à rire – Tu te souviens... »

Elle l'attirait, l'obligeant à poser sa tête à nouveau entre ses seins.

« ... Tu te souviens ? » répétait-il.

Elle l'empêchait de parler pour qu'il ne dise pas qu'à leur première rencontre, dans l'appartement qu'occupait toujours Nathalia Berelovitz, rue d'Assas, Sarah lui avait demandé, ironique, s'il n'était pas acteur.

« Un clown, murmurait-il. Père savant, et moi clown. »

Il disait cela sans amertume car ces nuits du mois de mai 1940 étaient celles d'une attente sans hâte, le moment où l'on sent venir la haute vague et avant qu'elle ne déferle il faut reprendre souffle.

Souffle.

La bouche de Serge s'ouvrait malgré lui quand ils lui tenaient trop longtemps la tête dans cette eau noire, épaisse comme la merde. Il vomissait par spasmes qui semblaient lui arracher les yeux. Ils le tiraient par les cheveux, ils le souffletaient, avant de le plonger à nouveau jusqu'aux épaules dans la baignoire placée à l'angle d'une pièce dallée aux tuyauteries nickelées qui ouvrait sur le couloir au quatrième étage du 84 de l'avenue Foch. Serge ne savait pas qu'il battait des pieds et des jambes, si bien qu'ils se mettaient à trois pour le tenir, un par chaque épaule et le dernier, celui qui l'interrogeait, lui appuyait le ventre sur le rebord de la baignoire.

Après plusieurs heures, ils le jetèrent dans une cellule sans lui lier les mains tant il était meurtri, le corps lacéré et fangeux, les yeux gonflés comme des fruits éclatés.

Il reprit conscience.

Nuit, jour ?

Serge l'ignorait.

Il se passa lentement les mains sur le corps, les bras retombant souvent. Serge eut l'impression qu'il s'arrachait une peau sale et morte, qu'il restait à vif et qu'il lui fallait, s'il voulait tenir jusqu'au bout, s'enfouir, n'être que l'âme de lui-même, se persuader que Sarah était à l'abri, que cette part de lui ne serait jamais atteinte, qu'elle était avec les noms des camarades, au centre du dernier cercle, secret comme la mort. Il tâtonna, frôlant le mur, se dirigeant vers une partie de la cellule qui lui semblait, au travers des fissures de ses yeux, plus claire.

Fenêtre, sauter.

L'idée revint, se brisa à nouveau sur les mots de Maria Blumen.

Cette clarté lui rappela la lumière du 8 juin 1940 quand il avait rencontré Allen Roy Gallway dans son atelier du boulevard Raspail. Tôt le matin, Paris vide, une immobilité inquiétante de l'air, les événements suspendus dans cette roseur de l'aube, dans les vitres les plus hautes, des éclats encore froids du soleil masqué, l'annonce de la violente chaleur diurne, de la guerre bruyante qui s'étendait sur Paris.

Serge Cordelier avait fait arrêter son chauffeur, puis il avait monté l'escalier en courant, sonné longuement et Allen devant lui, les cheveux ébouriffés, le cou enveloppé malgré la saison par un pull-over de grosse laine, qu'il portait comme une écharpe.

« ... Gallway, je m'excuse, je pars pour Londres dans une heure. » Serge regardait sa montre, suivait Allen Roy Gallway dans l'atelier, inclinait la tête pour saluer Catherine Jaspars debout dans l'escalier, un peignoir blanc jeté sur ses épaules. Elle portait une veste de pyjama bleu, qui appartenait peut-être à Gallway, trop longue qui lui descendait à mi-cuisse laissant les jambes nues.

Ce souvenir, plus de trois ans passés et le corps crevé de coups, voilà qu'il revient à Serge Cordelier qui se recroqueville, les deux mains sur son sexe et ses parties douloureuses. Il se redresse, son dos contre le mur, sent en posant ses mains sur le sol qu'il est humide. Son sang, son urine.

Catherine s'était assise sur une marche, ses bras entourant ses genoux, le peignoir ramené sur ses jambes. « Ils vont être là, reprenait Cordelier, c'est une question de quelques jours, d'heures peut-être, tout a cédé, vous ne pouvez pas imaginer. Ils ont franchi la Somme, Gallway – Serge regardait Catherine puis Gallway – tout le monde l'ignore encore, cette nuit les panzers de Rommel ont atteint la Seine au sud de Rouen. »

« ... La Seine », répéta Gallway.

Serge Cordelier s'appuyant des deux mains au bureau de Gallway.

« ... Foutu, Gallway, je ne vois rien de pire dans notre histoire depuis... – il avait haussé les épaules – les officiers ? Leurs bagages et leurs ordonnances, voilà ce qui les préoccupe, c'est tout, Gallway, il n'y a plus de résistance organisée. »

Cordelier s'était tout à coup tourné vers Catherine.

« Mademoiselle Jaspars, votre père va être satisfait. Nous n'avons pas résisté. »

Elle s'était levée :

« ... Les opinions de mon père lui appartiennent, avait-elle dit en montant les escaliers. Il pense que les Français ne veulent plus se battre, Monsieur Cordelier. Pourquoi êtes-vous ici ? Vous n'êtes pas sur le front, je m'étonne. »

Elle avait claqué une porte...

Peut-être pour cette phrase que plus tard, à Londres, Serge avait demandé à plusieurs reprises à être parachuté en France.

« ... Suicidaire Cordelier », répondait Louis Letel, responsable des missions et des liaisons avec la Résistance.

Chaque semaine, il recevait Cordelier dans un bureau qui faisait face à celui du général de Gaulle.

« ... Cordelier, disait-il, le Général désire que vous restiez près de lui, ici. A l'information vous êtes irremplaçable. »

Letel était un ancien universitaire au visage volontaire, lèvres fines, front haut, mains déliées, longues. En quelques semaines, au début de l'année 1941, il avait organisé les services de renseignements de la France Libre. Serge Cordelier devinait à la vivacité de son regard, à la précision lente de ses gestes quand il cherchait une fiche, ouvrait un dossier, que Letel éprouvait à exercer sa fonction une jouissance de conspirateur stendhalien. Il était âgé d'une quarantaine d'années et Cordelier l'avait croisé à l'époque du Front populaire dans ces comités d'intellectuels de gauche où se retrouvaient des professeurs et quelques hauts fonctionnaires.

Pafois Letel posait une fiche sur son bureau, regardait Cordelier, disait d'une voix basse :

« ... La guerre, Cordelier, m'aura définitivement appris que le pouvoir n'est pas affaire de discours mais d'action et de commandement. »

Letel souriait, appuyant sa nuque au dossier de son fauteuil.

« ... Précisément, commençait Serge, l'action...

— ... Je sais, Cordelier, vous allez me redire que vous voulez être parachuté. J'y suis opposé, les Allemands vous connaissent trop — Letel fermait à demi les paupières — suicidaire Cordelier, je le répète. »

Puis un jour, de Gaulle convoquait Cordelier, Letel debout, déférent, écoutant la voix un peu gouailleuse du Général : « Je sais que vous voulez y aller, Cordelier, Letel y est opposé, mais la situation a changé depuis qu'ils ont pris Moulin... »

Bientôt l'odeur de terre et de foin, la barrière sombre des arbres séparant la nuit claire et le balancement du parachute dans le silence retrouvé après le fracas de la carlingue et le hurlement « GO, GOOD LUCK » du copilote qui donnait à Serge une violente poussée dans le dos, cette descente lente vers la terre où vivait sans doute encore Sarah.

Tout fait pourtant afin qu'elle quitte la France avant que les nazis ne l'occupent, ce dont Serge Cordelier était sûr dès le 8 juin 1940, quand il disait à Gallway, maintenant que Catherine Jaspars s'était enfermée dans la chambre du haut :

« ... Vous connaissez Sarah, n'est-ce pas? Je pars pour Londres, pourrai-je rentrer avant que Paris ne capitule, je ne sais pas. »

Il regardait longuement Gallway qui demeurait silencieux, une main sur ses lèvres, l'autre de temps à autre dans ses cheveux, il cherchait à les peigner du bout des doigts.

« ...Mais ils vont prendre Paris, une question d'heures, deux ou trois jours au plus, et je ne veux pas laisser Sarah ici. Vous savez qu'elle a travaillé pour les Russes ? Puis elle les a lâchés. Ils ont essayé de la tuer à Barcelone. Les Allemands n'ignorent rien de cela. »

Cordelier s'interrompait, voulait parler des interrogatoires de la Gestapo, préférait ne pas dire car les mots parfois font naître le réel.

« ... Un guêpier, Gallway. Vous êtes américain, quittez Paris avec elle, tâchez de passer au Portugal, ou en Algérie. Sinon, Gallway, ils ne la rateront pas. Dès le premier jour, ils la chercheront. Juive, antinazie, un gibier de choix pour eux. »

Cordelier s'était laissé tomber sur le divan, Gallway s'asseyant près de lui.

« ... Je vais faire ça, Cordelier – Gallway lui entourait les épaules – aujourd'hui même. Je n'ai plus rien à écrire, les Allemands ne m'aiment pas, il faut que je parte aussi. Ils ne m'ont pas eu à Varsovie, je ne vais pas me laisser prendre à Paris... »

Serge faisait une grimace pour marquer le regret qu'il avait à se lever.

« ... Il y a sa mère, ajoutait-il, Nathalia Berelovitz, elle va vouloir...

– ... Ne vous inquiétez pas », répétait Gallway.

Il avait raccompagné Serge, lui prenant le bras par le coude, et de l'autre main lui serrant la nuque dans un geste fraternel... dont Cordelier se souvenait encore, au mois d'août 1943, quatrième étage, 84, avenue Foch, siège central de la Gestapo à Paris, dans sa cellule au sol humide de sang et d'urine.

Le résistant, un homme d'une trentaine d'années, vêtu d'un blouson de cuir, d'un pantalon de toile bleue et d'espadrilles, repoussait de son bras gauche la mitraillette pendue à son épaule, ouvrait la porte, se tournait vers le groupe des journalistes américains, Bowler, Gallway et son photographe Tom Griffith, Talmon du *Stars and Stripes,* le journal de l'armée.

« Ici », commençait-il.

Il s'effaçait, montrait de sa main droite la pièce, une chambre d'environ trois mètres sur trois dont le parquet était souillé de taches brunes et les murs nus griffés de rayures ou d'inscriptions tracées dans le plâtre. Bowler s'était penché, tentait de lire l'une d'elles, sortait son carnet pour la noter.

« La Gestapo », continuait le résistant.

Tom Griffith, d'un regard, demanda à Gallway s'il devait prendre des clichés. Gallway eut un mouvement brusque de refus. Les mots, seulement les mots qui s'enfonceront dans le cœur et les yeux.

« Au quatrième étage, reprenait le résistant, la Gestapo gardait ceux qu'elle voulait faire parler à tout prix – il montrait le couloir – il faut que vous décriviez ça, venez voir. »

Le résistant s'éloigna dans le couloir avec Bowler, Griffith et Talmon. Gallway, resté seul dans la pièce, marcha vers la fenêtre, l'ouvrit.

En bas, l'avenue Foch.

Serge Cordelier, s'il s'était trouvé dans cette cellule, avait-il eu la tentation de sauter, comme tant d'autres qui avaient préféré le suicide au risque de l'aveu ? Gallway ferma la fenêtre. Qui saurait jamais si Serge avait pu ou voulu décider de sa mort ? Gallway avait seulement appris qu'il avait été arrêté, moins d'un mois après son parachutage dans le Jura, livré sans doute par un agent de la Gestapo infiltré dans les réseaux ou un résistant qui avait cédé à la torture.

« ... Répondre avec précision est impossible », expliquait Louis Letel à Gallway.

Le chef des services de renseignements de la France Libre avait reçu Gallway dans un bureau sombre du ministère de la Guerre à Paris, quelques jours après la libération.

« ... Il a peut-être été raflé par hasard. On ne peut exclure aucune hypothèse. »

Letel s'était levé, avait pris dans une armoire remplie de dossiers une bouteille de whisky et deux verres. Il versait lentement l'alcool, s'étonnant que Gallway ne lui fasse pas signe de s'arrêter, mais Allen Roy imaginait Serge accroupi dans la carlingue de ces bimoteurs noirs qui, comme des chauves-souris, frôlaient la cime des arbres, puis le copilote ouvrait la porte latérale, l'air s'engouffrait avec le fracas des moteurs et l'odeur de la terre montait.

« ... Ou bien, reprenait Letel en tendant le verre à Gallway, quelqu'un sur qui les Allemands avaient un moyen de pression, a donné Cordelier. Rien n'est jamais clair dans ces affaires. »

Letel gardait longuement le whisky dans sa bouche.

« ... Vous croyez que l'arrestation de Moulin est claire ? » disait-il.

Il accompagnait Gallway, ajoutait :

« ... J'ai tout fait pour dissuader Cordelier, tout, et puis... » La porte du bureau ouverte, il gardait la main de Gallway dans la sienne :

« ... N'écrivez encore rien sur Serge. Nous n'avons aucune preuve de sa mort, aucune. Ils l'ont peut-être déporté. »

Sur les registres saisis avenue Foch, la Gestapo avait seulement noté le début de l'interrogatoire : *3 septembre 1943, Cordelier Serge, né le 1er janvier 1900.*

Cette date, comme la preuve de tout ce qui liait Gallway à Serge. Leur dernière rencontre boulevard Raspail, le 8 juin 1940, Sarah Berelovitz que Gallway avait réussi à convaincre de partir.

« ... Je ne peux pas laisser ma mère ici », répétait Sarah.

Nathalia Berelovitz pleurait en s'asseyant dans la voiture aux côtés de Gallway, Catherine Jaspars derrière avec Sarah.

Les routes de l'exode, la peur et la honte sur ces visages où la sueur se mêlait aux larmes. Les gendarmes qui, peu après Ambert, alors que les forêts du Massif central s'ouvraient comme un refuge, avaient arrêté la voiture : « papiers », « rangez-vous sur le côté ».

Casqués, le fusil en bandoulière, ils ressemblaient trop à ces soldats bornés que tant de fois dans sa vie Gallway avait rencontrés. Il avait roulé lentement vers le bas-côté, paraissant vouloir exécuter l'ordre des gendarmes et tout à coup il avait accéléré, vers la forêt, Nathalia Berelovitz sanglotant « mais vous êtes fou, ils vont nous tuer ».

Il ne s'était arrêté qu'au-delà de La Chaise-Dieu, dans l'âcre et tonique senteur des arbres serrés.

Puis la descente vers le sud, vers le Mas Cordelier où ils avaient séjourné quelques semaines. Catherine Jaspars était retournée à Paris. Sarah refusait de quitter la France :

« ... Mon cher Allen, qui viendra me chercher ici, qui ? Que voulez-vous que nous fassions en Algérie ou au Portugal ma mère et moi ? Nous sommes tout à fait bien ici, j'aime cette maison, je m'y sens en sécurité, c'est comme si Serge m'entourait. »

Septembre 1940, ils marchaient ensemble, Sarah et Allen, au milieu des oliviers gris, sur ces chemins de pierre qui courent à flanc de massif et d'où l'on aperçoit, au-delà du moutonnement des collines, la mer et les îles.

« ... Je vais partir, disait Gallway, mais je suis inquiet pour vous. »

Il prenait le bras de Sarah, il essayait d'une pression de ses doigts de lui dire encore de quitter la France, de suivre le conseil de Serge.

« ... Au moins, ne restez pas au Mas Cordelier. S'ils s'en prennent à Serge, ajoutait-il, ils viendront le chercher ici. »

Sarah l'embrassait sur la joue :

« ... Cher Allen, je vous adore, vous êtes le plus tendre, le plus sensible des hommes que j'ai connus; si je n'aimais pas Serge, je vous aimerais. » Elle riait. « Il ne m'arrivera rien, rien, Allen, je veux vivre pour revoir Serge, je vivrai, je vous le jure. »

Elle se baissait pour cueillir quelques genêts.

Leur couleur jaune, comme le souvenir de ce temps-là.

A son retour en France, en septembre 1944 — villages traversés depuis la Normandie, les voitures des correspondants de guerre doublant les colonnes de blindés et de camions, Richard Bowler assis dans la jeep près de

Gallway, Bowler qui criait en agitant une lettre : « Tu sais ce que me dit Tina, qu'elle veut venir me rejoindre à Paris avec Jorge, qu'est-ce que tu en dis, plus de danger n'est-ce pas ? » Le passé qui s'ouvrait comme une fleur tardive. Serge, Sarah, Catherine Jaspars, et Tina toujours présente.

Gallway retrouvait le boulevard Raspail, la guerre n'était dans l'atelier qu'une couche de poussière et l'odeur épaisse de moisi. Il s'installait à l'hôtel voisin, commençait à téléphoner, rendait visite à Letel, passait sans oser interroger la concierge quai de Béthune, devant l'appartement qu'avaient occupé Sarah et Serge, rue d'Assas là où avait habité Nathalia Berelovitz. A chaque pas, à chaque coup de sonnette, la peur de rencontrer la mort. Rue Médicis, Lucia Cordelier, la mère de Serge, prostrée dans un fauteuil placé devant la fenêtre paraissait regarder les arbres que septembre commençait à couvrir de roux. Une jeune femme, la fille de la concierge, chuchotait à Gallway : « Elle ne sait plus rien, les gens de la Gestapo s'étaient installés ici, toujours deux ou trois. »

Elle montrait une chaise dans l'entrée, une autre dans le salon. « Il y en avait un dans la loge, Mme Cordelier était comme folle, elle... » La jeune femme fermait ses poings, les plaçait devant sa bouche : « Elle se tenait comme ça, disait-elle. A chaque fois qu'on sonnait, les Allemands... » Elle s'interrompait, secouait la tête. « On ne sait pas, pour moi, c'étaient des Français. »

La voix de Lucia Cordelier :

« Michèle, Michèle, qu'est-ce que vous faites, avec qui parlez-vous ? »

Une voix aiguë où Gallway ne reconnaissait pas l'accent italien mais l'angoisse.

« Un après-midi, j'étais là, continuait Michèle — Oui,

madame Lucia, répétait-elle de temps à autre, oui, ne vous inquiétez pas, je viens – j'étais là dans le couloir, je faisais un peu de ménage – il y en a un qui est arrivé, il a dit " on l'a eu ". Celui qui était dans le salon avec Mme Lucia s'est mis à rire – votre fils, on va – il a fait un geste – kaputt. »

Allen Roy Gallway suivait Michèle dans le salon : « Depuis elle est comme ça », murmurait-elle.

Gallway s'inclinait devant Lucia Cordelier, il imaginait ce jour d'août 1943, à peine un an écoulé, quand l'homme de la Gestapo avait broyé d'un mouvement des deux mains, torsion des poings, le corps de Serge Cordelier devant sa mère.

« Je suis un ami de Serge, disait Gallway.

– Serge, Serge. »

Lucia Cordelier tournait la tête, lentement, comme si elle cherchait à voir celui qui avait prononcé le nom de son fils.

« Mon frère Giulio prie pour Serge, il le protège, reprenait-elle, je suis tranquille, *io prego anche, preghiamo tutti, bisogna pregare,* il faut prier, monsieur, je prie tout le temps. »

Elle joignait les mains, sa voix devenait plus grave, apaisée aussi et Gallway quittait le salon à reculons, laissant la vieille femme assise devant les arbres du Luxembourg.

Il traversait le jardin, suivait les allées immuables qui le conduisaient au cœur de sa mémoire, ces flâneries d'avant la guerre, automne 1939, printemps 1940, le livre de Bowler et de Tina qu'il avait ouvert au « Sélect », boulevard du Montparnasse.

Tina Deutcher rencontrée dans une réception à New York, en janvier 1941, il la voyait entrer dans le salon avec Bowler, une émotion, comme un battement dans sa gorge, il détournait la tête, s'éloignait de quelques pas, s'asseyait de manière à être dissimulé par les invités qui bavardaient debout et il pouvait ainsi la regarder. Quand elle se penchait pour écouter, ses cheveux, un instant, masquaient son visage, puis elle redressait vivement la tête, dégageant ainsi son profil et Gallway imaginait que cette crispation des lèvres, cette manière d'avancer le menton, de creuser ainsi les rides de sa bouche, était le signe de l'amertume, du regret qu'elle avait d'avoir engagé sa vie avec Richard Bowler, au lieu de l'attendre lui, qui serait un jour venu. Elle avait croisé le regard de Gallway sans paraître le reconnaître, puis comme s'il avait fallu le temps pour que la mémoire retrouve ce visage, elle l'avait fixé, levant la main vers lui, l'étonnement dans les yeux.

« Allen, je vous croyais en France », disait-elle.

Il ne pouvait se lever, il haussait les épaules, enfonçait la tête dans son cou, écartait les mains comme pour s'excuser.

« Richard et moi », commençait-elle.

A nouveau cette expression au bas du visage. Elle s'asseyait près de lui.

« D'où arrivez-vous ? » disait-elle, changeant de voix.

Il commença à parler sans la regarder, accumulant les mots, les émotions pour oublier qui elle était, « l'exode, disait-il, j'ai eu de l'essence par le correspondant de l'Associated Press, il voulait rester à Paris pour assister à l'arrivée des Allemands, moi j'ai filé, trois femmes avec moi – il riait – les gendarmes, dans le centre de la France, nous ont tiré dessus, direction la forêt, un western. Je suis resté quelques semaines dans le Midi, chez des amis, et puis l'Espagne, Barcelone... »

Impossible de ne pas s'interrompre. Elle était venue là-bas.

« Votre fils ? demanda Gallway.
– Jorge va avoir trois ans », dit Tina.
Le bruit des voix qui couvrait leur silence, celle de Bowler, forte.
« Et après Barcelone ? interrogea Tina.
– Lisbonne », dit Gallway.
Il ne pouvait plus raconter. Il dit en quelques mots les semaines d'attente, un bateau enfin, les ponts chargés d'émigrés, Allemands qui, depuis 1933, fuyaient devant les troupes de Hitler, Français, juifs, journalistes, femmes du monde, espions.
« Les meilleurs et les pires. Encore un livre à écrire », conclut-il sur un ton ironique en osant se tourner vers elle.
Tina le regardait avec tendresse, le visage rajeuni, lavé de ses rides, les lèvres entrouvertes.
« je ne suis bon qu'à ça », ajouta Gallway à mi-voix.
Elle effleurait son genou du bout des doigts, elle secouait la tête, elle murmurait.
« Cessez de vous faire mal, Allen. Cela ne sert à personne. »
Elle lui tendait une cigarette, l'allumait, commençait elle-même à fumer.
« Depuis que Jorge est né, disait-elle, j'ai changé, Allen. Je suis heureuse d'avoir cet enfant, si heureuse, Allen. »
Elle appuyait sur les mots, gardant longtemps la cigarette à ses lèvres.
« Je ne regrette pas d'être allée vous retrouver à Barcelone. Jorge, c'est toute une partie de notre vie, de la mienne en tout cas. Je ne voulais pas vous oublier, Allen. »
Des invités s'arrêtaient devant eux, disaient quelques mots – « Gallway, tiens, vous êtes là, je vous félicite, ce

que vous avez écrit de Varsovie... » – une écume irritante, qui forçait Tina à s'interrompre. Mais elle reprenait calmement dès que Gallway avait répondu d'un sourire, et la nécessité de leur intimité était telle qu'on ne les dérangea plus, que Tina put enfin dire : « Richard, je ne l'aime pas comme vous, Allen, mais je l'aime bien, il ne sait rien à propos de Jorge, et plus tard je ne dirai rien à Jorge non plus, quelle importance ?

– Pour moi », dit Gallway.

Tina lui touchait la main, laissait son épaule contre la sienne.

« Mais non, Allen, mais non, je vous connais bien, vous vous seriez cru emprisonné. Et qui vous empêche de voir Jorge autant que vous le voulez, de me voir ? Pourquoi les relations entre les gens, vous, moi, mon fils – elle riait, murmurait espiègle, « le vôtre, Allen, il vous ressemble trop, c'est le seul ennui, mais moi cela me plaît, ou peut-être suis-je la seule à voir qu'il a vos traits – toutes vos expressions déjà, toutes – ces liens, reprenait-elle plus haut, entre ceux qui s'aiment, pourquoi devraient-ils cesser, commencer, au gré de la loi, des conventions, du mariage, une folie, Allen.

– Mais vous vivez avec Bowler », dit Allen.

Il s'écartait de Tina, croisait les bras.

« Oui, dit Tina et j'aurais préféré vivre avec vous, plus simple, mais vous n'êtes pas simple, Allen, moi non plus, alors, peut-être tout cela nous ressemble-t-il, nous convient-il ? »

Il n'avait pu répondre à Tina, Richard Bowler l'avait vu, s'exclamait « Allen, Dosto », le prenait aux épaules, l'embrassait, riait : « Tu es là, j'aurais dû m'en douter, je ne voyais plus Tina. » Bowler ajoutait tout de suite : « Tu ne connais pas mon fils Jorge ? Demain... »

Gallway n'écoutait plus, il avait dit oui, plusieurs fois, noté les numéros de téléphone, convenu d'un rendez-vous, d'un dîner, d'un long week-end dans les Catskill Mountains, et il était parti le lendemain pour San Francisco, pour s'enfoncer loin dans un passé essentiel, à jamais immobile, les docks, les paysages de l'enfance, un remorqueur qui coupait la baie, le quartier chinois et ses odeurs de friture, Jim, père, mère. Le premier livre et la première femme. Il avait loué une chambre dans une maison qui ressemblait à celle où il avait vécu au temps où il écrivait son premier texte, et il lui semblait, passant la porte de l'appartement du rez-de-chaussée, que la vieille Mama Caterina allait ouvrir, et qu'elle lui tendrait ses chemises repassées : « J'ai fait ce que j'ai pu, je l'ai reprisée, disait-elle, mais c'est la fin, on voit à travers le tissu. »

Il portait maintenant des chemises neuves et c'est la peau, sa vie qui s'étaient usées.

Il ne resta que quelques jours à San Francisco. Le désir l'avait pris d'aller plus vite au bout. Que la toile se déchire au lieu de s'effilocher puisque après tout, il était seul. Sa vie n'avait de sens que pour ces morts, Jim, père, mère. Les autres ? Même Tina, la plus proche, trop sage pour se fier à lui, le tenant à distance et lui, trop enfermé pour aller vers elle.

Alors autant...

Première tentative de suicide dans la vie de Gallway.

Dans la véranda de la villa que Mackievicz, le premier mari de Tina, lui avait prêtée à Beverly Hills.

Pelouse trop lisse. Décor. Vie nue. Vie morte.

Mais de la villa voisine on avait vu le corps de Gallway, allongé sur les lattes dans la véranda. Appels, ambulance, téléphone, le brancard posé sur le gazon, Gallway qu'on forçait à vomir. Il avait passé quelques semaines à l'hôpital, l'estomac douloureux, la nuque raide, la langue couverte d'une épaisseur blanchâtre. Puis les premiers pas, ce sourire de tout le corps quand la porte s'ouvrait et que le soleil faisait cligner les yeux, une envie de pleurer, la douceur de l'infirmière, sa sollicitude : « Vous vous sentez mieux, n'est-ce pas, monsieur ? »

La honte, tout à coup, une rougeur intérieure, il les avait tous trahis, les hommes et les femmes de la tendresse, ceux dont la seule voie était les actes simples de la vie quotidienne, repasser une chemise, s'appuyer contre un mur au moment de la pause comme le faisaient les ouvrières de la blanchisserie Petersen, et mère, parmi elles, mère qui tendait à Gallway son déjeuner, une boule de viande hachée : « Mange maintenant, Allen, tu profites mieux. »

Mort-trahison.

Il était assis sur son lit, à quelques jours de sa sortie de l'hôpital quand Tina Deutcher était entrée. Il avait d'abord vu ses yeux, cette question qu'elle lui posait, son désarroi. Il haussait les épaules pour s'excuser. Elle restait devant lui, les doigts jouant avec le fermoir de son sac.

« Mackievicz m'a téléphoné, disait-elle. Ou plutôt – elle hésitait – il a téléphoné à Richard, mais Richard est à Londres, j'ai...

– J'étais un peu ivre, dit Allen, la côte Ouest ne me réussit pas, le passé... »

Il fit un geste pour indiquer que le flot l'avait recouvert.

« Vous connaissez ce livre de Jack London ? reprenait-il. Martin Eden. Martin Eden nage vers le large, puis vers le fond, toujours plus profond. Je n'avais que de l'alcool, c'est tout, après j'ai voulu dormir. »

Tina avait fait un pas vers lui.
« Vous rentrez à New York avec moi, Allen; maintenant. »
Il s'était appuyé à son bras pour traverser le parc qui entourait l'hôpital. Il riait de la difficulté qu'il éprouvait à marcher.
« Vous ne savez même plus marcher, Allen, disait Tina. Jorge, lui, sait mieux que vous. »
Jorge à l'hôtel, assis dans un fauteuil, une nurse lui lisant un conte. Il avait les deux mains posées sur les accoudoirs, et la nuque appuyée au dossier du fauteuil. Ses cheveux étaient bouclés, blonds. Il bondit, saisit Tina par sa jupe. Elle s'accroupit, l'embrassa, lui caressa les cheveux. Gallway ne lui connaissait pas cette douceur, ces gestes lents.
« C'est Allen, disait-elle. Il va voyager avec nous. Il te racontera des histoires, il raconte des histoires, c'est son métier. »
La nurse était sortie.
« Je voulais ça, dit Tina, tous les trois, quelques jours. »
Allen acheta une voiture et ils mirent près de trois semaines pour atteindre New York. A plusieurs reprises, des bourrasques de neige les obligèrent à rester deux ou trois jours dans l'un de ces hôtels aux murs de bois que le vent semble pouvoir soulever. Jorge jouait dans le salon, Allen et Tina assis côte à côte demeuraient silencieux. A table Allen parlait avec une profusion joyeuse, et chaque éclat de rire de Jorge, ses étonnements, faisaient jaillir les mots. Allen se surprenait à inventer des fables. Il découvrait au détour d'une phrase le souvenir d'un livre prêté par le docteur Allenby. Il retrouvait son enfance.
Tina posait sa main sur la sienne, puis elle se levait,

prenait Jorge dans ses bras. « Sommeil Jorge, Jorge a sommeil », murmurait-elle. Allen les regardait monter. Il allumait un cigare.

Mort. Vie. Si vite. Si vite de l'une à l'autre.

Dans sa chambre, il écrivait quelques phrases dans son journal, se couchait, guettait le bruit des pas dans le couloir, mais il n'entendait jamais Tina. Elle le surprenait toujours au moment où elle ouvrait la porte. « Je vous dérange, Allen ? »

Ils s'aimaient. Jamais Allen n'avait mieux compris que ces nuits-là combien il était juste et nécessaire qu'on puisse avec un seul mot dire le sentiment et le corps.

Ils s'aimaient sans hâte. Elle était douceur et noblesse, et Allen, pour elle, attention et tendresse. A la fois effleurée et saisie, elle découvrait ce rythme instinctif des hanches, cette cadence accordée à l'autre. Et qui est l'un et qui est l'autre ?

Le dernier jour, la banlieue de New York les enfermant peu à peu, les voitures autour d'eux comme une foule, la sensation après les semaines d'horizons ouverts, de ciel à l'infini, de pénétrer dans un espace cloisonné, poutrelles, murs, lignes tendues de pylône en pylône, le dernier jour Tina et Jorge assis sur la banquette arrière de la voiture et Allen devait se pencher pour apercevoir dans le rétroviseur le visage de Tina.

« Vous repartez quand ? » demanda-t-elle.

Il eût suffi peut-être qu'il dise : « Vis avec moi, quitte Bowler, viens, Jorge est notre fils, installons-nous dans un lieu neuf, où jamais ni toi ni moi n'avons posé les yeux, viens, commençons à vivre, demain est l'origine. »

« Pour Jorge, reprenait Tina, Richard... »

Elle racontait l'été 1939, sur la plage de Long Island,

Richard Bowler qui prenait Jorge par la taille et le soulevait au-dessus des vagues.

« L'Europe, dit Allen, j'aimerais qu'ils me renvoient là-bas, la guerre va se prolonger. »

Jorge dormait quand ils arrivèrent devant l'immeuble qu'habitaient, 44e Rue, Tina et Bowler.

« Je ne veux pas le réveiller », dit Tina.

Allen se pencha vers Jorge recroquevillé dans le coin du siège, le souleva, le garda contre lui.

« Ne monte pas, murmura Tina.

– Bête, dit Allen, trop bête. »

Il avait l'impression d'être cet aveugle qui se cogne contre tous les obstacles, et qui zigzague, cherchant vainement sa route.

A mi-parcours de cette vie..., In mezzo del camin
Je me retrouvais dans une forêt obscure
Car j'avais perdu le droit chemin.

Certitude qu'il était trop tard, la route effacée. Il ne restait qu'à tâtonner en essayant de ne pas faire trop de mal aux autres.

Tina l'embrassait et lui abandonnait Jorge. Elle souriait, elle faisait non de la tête, elle fermait les yeux.

« Il ne faut pas trop demander, disait-elle – de sa main gauche, tout en soutenant Jorge qui continuait de dormir, elle s'essuyait les joues – nous avons déjà beaucoup obtenu. Vivre ensemble... »

Elle haussa les épaules d'un mouvement brusque, sa bouche serrée, amertume ou résolution.

« Si nous ne l'avons pas fait, reprenait-elle, c'est que nous ne le voulons pas, ni toi ni moi, cela ne sert à rien de rêver. »

Elle s'écarta de lui.

« Vous partez quand, Allen ?

– Si je le pouvais, demain.

– Il y a longtemps – elle était revenue vers lui – vous m'avez téléphoné, depuis le quai, vous alliez en Chine, vous m'avez demandé de venir avec vous – elle se mit à rire – naturellement je n'ai pas pu. Après – elle rit plus nerveusement – bien sûr, je l'ai regretté, j'ai téléphoné, le bateau était loin.

– Deux idiots, dit Allen.

– Oui, Allen, deux idiots. »

Elle l'embrassa avec vivacité, presque de la gaieté.

« Téléphonez-moi avant de partir », dit-elle.

Et elle lui tourna le dos.

Ecrire. Elever le barrage des mots qui déjà tant de fois l'avait protégé. Mervin, Malcolm, Schuller, téléphonaient. Allen enfermé dans son appartement 6 Bedford Street refusait de les voir.

« ... Ça va, disait-il, ça va bien. »

Ils s'inquiétaient.

« ... Tina, expliquait Malcolm, m'a dit que tu devais partir pour l'Europe, je suis prêt, je t'organise le voyage, qu'est-ce que tu veux, Londres, Lisbonne, Rome ? »

Allen grognait.

« ... Dans trois mois, en mai ou juin. J'aurai fini.

– ... Un livre ? » Malcolm poussait, toujours théâtral, un cri de joie. « Et tu ne le disais pas à ton éditeur ? Comment veux-tu que je prépare le lancement ?

– ... Je n'en savais rien moi-même. »

Gallway s'était assis à sa table, dès le lendemain matin de son retour à New York. Il avait jeté la housse de la machine à écrire par terre, glissé une feuille dans le tambour, et le bruit d'engrenage qu'il provoquait en faisant tourner le papier, ces secousses, cette rotation saccadée l'entraînaient en même temps que la page, la hâte de commencer, cette chiquenaude du bout des doigts de sa main gauche pour passer une ligne à l'autre, ce coup de pouce sur le clavier, et le tintement à l'extrémité du curseur, ce rituel mécanique qui faisait de l'écriture une action, la joie, une fébrilité heureuse — la salive qui vient, acide, l'avidité — ces sensations qu'il reconnaissait les mêmes que celles de l'alcoolique, du drogué, du jouisseur, du chasseur ou du guerrier — peut-être du tueur. Il allait enfin posséder tout, dans l'unité première, se goinfrer de mots, s'en barbouiller le visage, le nez, les lèvres, le sexe, à grogner de plaisir et de dégoût, à se vautrer dans l'auge pleine, un livre à lui, à vider à grands coups de langue, à s'en remplir à en crever. Dehors ce flux, dedans ce pain.

Il avait décroché le téléphone, ordonné en deux ou trois phrases à la femme de ménage noire de ne plus monter au grenier, où il s'était installé pour être séparé d'elle.

« ... Pommes, riz, jambon, chocolat, pain italien, OK ?

— ... Tous les jours la même chose, monsieur Gallway ?

— ... Pommes, riz... »

Il répétait en martelant les mots. Elle hochait la tête.

« ... Je fais pas le ménage en haut ? » Il hurlait :

« ... Non ! »

Il reprenait d'une voix douce :

« ... Excusez-moi, dans deux mois je m'en vais, vous aurez des années pour tout nettoyer, on est d'accord ? »

Il relisait chaque soir ce qu'il avait écrit. Pages qu'il raturait, dont il aimait les alternances grises et noires, tableau abstrait où s'inscrivaient les jours de 1940, Catherine Jaspars, Sarah Berelovitz. Roman, témoignage, Tina s'appelait Erika. Il évoquait sa rencontre avec Gilbert Jaspars devenu depuis l'idéologue du maréchal Pétain dont, disait-on, il écrivait les discours. Le titre, bon, mauvais? *The grey sun, Le Soleil gris,* pour dire l'éclatante lumière des jours de juin en 1940 et cette France que peu à peu recouvrait la poussière de la peur et de la guerre.

Fin mai 1941 Gallway téléphonait à Malcolm.

« ... Alors, ce voyage, tu l'organises?

— ... Fini?

— ... Je te l'apporte », répondait Gallway.

Il avait appelé Tina. Il entendait, cependant que la bonne allait la chercher, un bruit de voix, une réception sans doute, Bowler avait dû rentrer de Londres. Gallway imagina Jorge courant dans le salon, d'un invité à l'autre. La voix de Tina différente, sèche, mondaine. Puis il se nommait et dans l'étonnement « Allen, Allen », la douceur de jadis, les jours de route quand commençait à tomber la neige et qu'elle chantonnait, berçant Jorge. Quelques mots seulements.

« ... J'ai travaillé, disait-il, je sais le faire. »

Elle riait.

« ... Je suis heureuse, Allen, de vous entendre, j'étais inquiète, Malcolm m'avait dit, mais...

— ... Je voulais vous dire au revoir... »

Il s'offrait un repas de prince dans un restaurant italien. Le vin pétillait, couvert d'une écume rose et la sauce des pâtes avait la même saveur que celle que préparait autrefois Mama Caterina. Il mangeait lentemant, comme un ouvrier manuel qui a accompli sa tâche. Mais la paix était brève. Il rentrait et l'abattement, coup sur la nuque. Un livre encore écrit, à quoi bon. Pour qui ? L'appartement sans la rumeur des mots était vide. Gallway ressortait, passait la nuit à somnoler dans un bar, des femmes autour de lui, comme des lucioles qui se dérobent.

Heureusement, il lui fallait les jours suivants obtenir les visas, discuter avec Schuller et le départ venait enfin. Lisbonne, Madrid et les salons de l'hôtel Escurial où l'on croisait les informateurs et les espions du monde entier. Les événements, les articles à téléphoner, quelques femmes, rien que la guerre, jusqu'à ce mois d'août 1944 où il retrouvait Bowler à Londres, leur arrivée en France en septembre, cette lettre de Tina que Bowler montrait à Gallway, dans la jeep qui roulait vers Paris. « Elle veut venir me rejoindre ici, avec Jorge, qu'est-ce que tu en dis ? » Les souvenirs du « soleil gris » de juin 1940, Serge Cordelier, Sarah Berelovitz, la cellule du 84, avenue Foch, la peur de rencontrer à chaque pas leur souffrance ou leur mort.

Sarah Berelovitz savait. A chaque pas la souffrance et la mort. Les S.S. avaient commencé à tuer sur la place d'appel, avant même le départ. Ils tuaient pour un regard qui se détournait, un corps qui chancelait ou bien parce qu'une déportée – cette grande femme brune que tous aimaient dans le baraquement, qui réussissait à chanter parfois d'une voix grave et résolue – avait encore visage humain, qu'elle restait digne sous leurs coups.

Mort donnée pour un silence ou un chuchotement.

Mort que Sarah Berelovitz ne craignait plus, car la

mort était comme la neige ou le vent, les saisons sur le camp. Elle venait attendue, inattendue, un coup de gourdin parce qu'on ne marchait pas assez vite, ou l'épuisement, ou bien un geste, qui désignait pour la file de gauche, la chambre à gaz. Là-bas à l'extrémité des barbelés. Et le four dont la fumée couvrait le camp, ou s'effilochait au-dessus des étendues sombres de hêtres et de sapins. La mort vers laquelle Sarah avait quelquefois envie de se laisser glisser pour enfin cesser de se souvenir ou d'espérer. Elle deviendrait l'une de ces formes blanches et anguleuses qu'on empilait sur un camion et qu'on portait là-bas, à l'extrémité des barbelés.

Les morts sont heureux, ils oublient.

Sarah se souvenait.

Le soir dans le baraquement, quand la puanteur malgré l'habitude l'empêchait de dormir, qu'elle serrait la main de sa mère, couchée près d'elle, vieille sans cheveux, les yeux usés comme des pierres noires, elle craignait ce manège de la mémoire qui allait l'entraîner de plus en plus vite, son père, Varsovie, les arbres du quai de Béthune, Serge dont elle savait seulement qu'il était revenu en France puisqu'elle avait reçu peu de temps avant qu'on ne les arrête, elle et sa mère, une carte postale de lui. Serge l'avait adressée – à tout hasard sans doute – à *Monsieur et Madame Cordelier, Le Mas Cordelier, Cabris.* Il avait écrit : « *J'écoute ici le concerto de Mozart et je pense à vous. Votre ami, Do.* »

La carte postale avait été postée à Paris.

Sarah, dès qu'elle l'avait lue, était sortie pour marcher seule dans la campagne.

« ... Tu me laisses », disait Nathalia Berelovitz.

L'effroi de sa mère depuis que la guerre avait commencé, qu'il avait fallu quitter Paris avec Gallway, cette peur de Nathalia comme une maladie contagieuse, contre laquelle Sarah devait lutter à chaque seconde.

« ... Maman, disait-elle, tu sais bien qu'ici tu ne risques rien. »

Nathalia secouait la tête, restait sur le seuil, visage, corps gris de la peur.

Sarah s'éloignait, la carte postale de Serge contre sa paume, dans la poche. Elle prenait les chemins où elle s'était promenée, à l'automne 1940, avec Allen Roy Gallway. Elle cueillait des fleurs, écrasait entre ses doigts des feuilles de menthe sauvage. Elle marchait vite pour fuir la voix de sa mère, puis elle portait en elle ce murmure qui devenait son inquiétude, ses regrets de ne pas avoir quitté la France comme le voulaient Allen et Serge. Elle s'asseyait sur le talus, se souvenait de l'insistance d'Allen. Pourquoi lui avait-elle résisté ?

Elle regardait la mer, au loin, les toits de tuile rouge, et à droite, contre la falaise, entre les oliviers, les bâtiments du Mas Cordelier, ces murs de pierre qui avaient vu naître Serge et qu'elle n'avait pu abandonner. Quand elle lisait, au-dessus du porche, l'inscription de la clé de voûte, taillée dans le calcaire grenu *1777. Jean Cordelier,* elle était apaisée. Les guerres passaient mais les hommes laissaient leurs traces qui demeuraient vives. Regret alors de ne pas avoir eu d'enfant de Serge, trop vieille déjà.

Peut-être, n'avait-elle pas suivi Allen à cause de ces lieux qu'elle aimait, du sentiment aussi qu'elle n'avait rien à défendre d'autre que sa propre vie, si peu. Pas de fils. Pourquoi fuir alors ?

Elle s'allongeait. Les plantes sauvages piquaient sa nuque et ses épaules. Le ciel paraissait se mouvoir au-dessus d'elle autour de l'axe blanc d'un nuage.

« ... Sarah, Sarah. »

Sa mère n'avait pu rester seule au Mas et la cherchait déjà. Sarah se redressait, allait à la rencontre de Nathalia Berelovitz. Elle l'apercevait, menue, désemparée, silhouette qui annonçait le malheur.

« ... Je suis là », criait Sarah.

Elle marchait lentement vers sa mère, elle se persuadait qu'elle n'avait pas fui pour oser affronter enfin le destin tragique que depuis l'enfance Nathalia Berelovitz prédisait.

Ce défi, Sarah le renouvelait lorsque Mietek Graevski, arrivé de Paris, racontait comment ils avaient arrêté le docteur Lazievitch, séparé les familles, enfermé tous les juifs au Vélodrome d'Hiver avant de les expédier dans un camp à Drancy.

« ... Et de là, disait Mietek, l'Allemagne – il crachait avec violence – les cons, quand on leur a dit mettez une étoile jaune, ils l'ont mise. » Il se frappait la poitrine avec le poing fermé. « Là, ils l'ont accrochée là, une belle cible, du côté gauche, sur le cœur. Des cons. »

Il s'arrêtait en face de Sarah :

« ... Tu ne vas pas rester ici, disait-il. Ils vont venir.

– ... Où voulez-vous que nous allions, Mietek », murmurait Nathalia.

Mietek hurlait.

« ... Ta mère, tu la connais ! »

Mais Sarah voulait s'enfoncer dans ce désespoir maternel qu'elle portait depuis si longtemps qu'à la fin il fallait bien qu'elle sache si elle pouvait y résister ou bien s'il l'écraserait.

« ... Deux folles », avait dit Mietek.

Il était revenu avec un ami, Sam Lasky, un peintre qui habitait Saint-Paul-de-Vence, qui connaissait une filière pour passer en Espagne.

« ... Trop tard, maintenant », disait Sarah.

Les troupes italiennes contrôlaient la région, les Allemands tenaient la frontière des Pyrénées. Toute la France était occupée.

Mietek s'était approché de Sarah. Il avait le visage déformé par la colère. Il lui avait saisi les poignets.

« ... Tu es lâche », disait-il. Tu te crois courageuse parce que tu t'obstines à les attendre. Tu sais qu'ils te prendront. Je te méprise. »

Il crispait ses mâchoires. Sarah voyait des larmes dans les yeux de Mietek. Tout à coup, il l'avait lâchée, giflée, se mettant à sangloter, criant :

« ... Viens, Sam, laisse-les crever, ces folles. »

Quelques jours plus tard, Sam Lasky avait téléphoné, donnant le nom d'une amie à Nice, Violette Revelli, une autre à Vence, Elisabeth Loubet.

« ... N'hésitez pas, disait Sam, deux personnes sûres, elles vous aideront. »

Au début du mois de septembre 1943 — au moment où Serge Cordelier était interrogé 84, avenue Foch — les Allemands avaient occupé le Sud-Est de la France. Maintenant qu'ils étaient là, que les voitures noires de la Gestapo commençaient à sillonner les routes, à rechercher les juifs, Sarah retrouvait son énergie. Elle fermait les volets du mas, le quittait sans regret.

Par Violette Revelli, elle obtenait des faux papiers au nom de Jeanne et Madeleine Cordier.

« ... Tu t'appelles Madeleine », répétait-elle à sa mère.

Elles s'installaient toutes deux dans un hôtel de Vence, rendaient souvent visite à Elisabeth Loubet, une jeune femme vigoureuse, au front bombé, aux cheveux rejetés en arrière, à la peau cuivrée qu'ont les blondes quand elles vivent au soleil. Sarah la surprenait souvent bêchant dans le jardin, en short, un foulard noué autour de la poitrine tenant lieu de soutien-gorge. Des hommes passaient, rapides, discrets, chuchotant quelques mots, donnant une enveloppe.

Elisabeth souriait à Sarah :

« ... Vous n'avez rien vu. »

La Gestapo arrêta Elisabeth Loubet pour ses activités de résistance, un matin, à la mi-décembre 1943.

Elle a tenté de fuir. Ils l'ont blessée, jetée dans une voiture, torturée plus tard.

En perquisitionnant sa villa, ils ont trouvé le numéro de téléphone de l'hôtel où habitaient Sarah et Nathalia Berelovitz. Ils les ont guettées, assis dans leur voiture basse et noire.

Elles arrivaient d'une promenade sur les remparts, bras dessus, bras dessous, et quand Sarah a remarqué la voiture devant l'hôtel elle a murmuré à sa mère :

« ... Madeleine Cordier. Tu as perdu la mémoire, tu ne sais que ton nom. »

Ils ont ouvert les portières brutalement. Leurs visages et leurs gestes, leurs voix semblables à celles des hommes qui à Varsovie, dans l'enfance de Sarah, surgissaient au bout de la rue, criant la haine.

A Nice, dans le salon de l'hôtel Atlantic, devenu le siège de la Gestapo, ils ont frappé Sarah à coups de poing. Ils l'ont traînée dans une cave où elle a vu allongée sur le sol Elisabeth Loubet, une tache rouge sur la jupe à la hauteur du ventre.

« ... Tu la reconnais ?

– ... Elle nous vendait quelques fruits, répétait Sarah, je vous le jure, ma mère et moi... »

Lehaim. Vivre.

Sarah et Nathalia Berelovitz furent déportées sous le nom de Jeanne et Madeleine Cordier.

Labyrinthe de la vie.

Elles furent du même convoi qu'Elisabeth Loubet. On tatoua sur leur bras gauche cinq chiffres bleus, 35000 pour Elisabeth, 35021 et 35023 pour Sarah et Nathalia. Elles couchèrent côte à côte.

La nuit, quand la fatigue était trop lourde pour qu'elles puissent dormir, que chaque muscle durci était pris dans les griffes de la douleur, que l'estomac faisait mal, gonflé de faim, elles murmuraient, leurs bouches à tour de rôle contre l'oreille, Sarah parlait de Serge ou de son père, ou de David Wiesel, mort de la guerre avant qu'elle n'éclate. Elisabeth chuchotait le nom de Marco Naldi, cet officier italien qui travaillait avec son réseau de résistance et qu'elle aimait.

Elles gardaient entre elles, pour la réchauffer et la bercer comme un nouveau-né, Nathalia Berelovitz. Elles lui caressaient le visage, embrassaient ses joues, ses tempes, sentaient sous leurs lèvres ces os de glace, découvraient que se creusaient chaque jour davantage les orbites, que les cheveux tombaient par touffes et que les yeux perdaient leur regard.

Le matin, elles la soulevaient en la prenant aux aisselles, elles la soutenaient durant les appels quand la neige se mêlait à la fumée du crématoire et que s'arrêtait devant les baraques le camion où l'on jetait – balancement de cet objet long et raidi que des déportées tenaient par les extrémités – les corps laissés par la nuit.

Puis elles entendirent le canon au loin, comme un remuement du ciel.

Les S.S. les regroupèrent sur la place d'appel. Nathalia Berelovitz tenue aux épaules par les épaules de Sarah et d'Elisabeth qui l'encadraient. Le cœur de toutes, ces déportées rassemblées sous les aboiements des chiens et des kapos, battait au rythme des explosions de l'horizon.

La liberté bientôt.

Serge vers qui Sarah courait. S'il était en vie. Et elle retrouvait la peur. Si elle en avait la force. Et elle était résolue à ne pas mourir.

Les S.S. commencèrent à tuer et Sarah se recroquevilla, sa main serrant le poignet de sa mère. Elle regardait droit devant elle sachant qu'Elisabeth tenait l'autre poignet de Nathalia Berelovitz, qu'elles allaient peut-être réussir à la sauver encore, pas après pas.

Ils donnèrent l'ordre du départ et le cortège des femmes s'allongea sur la route, traversant les forêts. Les galoches déchiraient les talons, la faim poignait. Les coups de feu fermaient la colonne, couchant celles que la fatigue avait agenouillées.

Nathalia ne marchait plus. Elle laissait sa tête dodeliner, et Sarah se souvenait d'un oiseau qu'elle avait recueilli dans sa paume où ? quand ? Elle s'accrochait à ces questions pour oublier ces pointes qui s'enfonçaient dans les talons et les mollets, fouaillaient de part et d'autre de sa poitrine au-dessous des seins, déchirant le souffle – où ? quand ? La tête de cet oiseau mort, ballante.

Elle va mourir. Elle est morte.

Ma mère est morte.

Tomber avec elle sur la route. Les rangs s'ouvriraient et certaines qui avançaient les yeux fermés trébucheraient sur leurs corps. Les S.S. sans même s'arrêter tireraient plusieurs rafales.

Une main s'est posée sur la nuque de Sarah, une autre desserrait ses doigts qui s'accrochaient au poignet de Nathalia Berelovitz. Elisabeth poussait ainsi Sarah en avant, la forçait à avancer, à abandonner sans se retourner ce qui l'avait fait elle, sa mère, tant de peurs depuis Varsovie, toute une vie traversée à craindre cet instant qui était venu sans qu'elle le sache, pensée, yeux morts depuis longtemps déjà. Trop épuisée Sarah pour hurler que ce n'était plus elle qui continuait de marcher, que la meilleure part d'elle-même, la plus vraie, celle par qui elle était, demeurait couchée sur la route, avec cette femme chauve qu'un S.S. retournait de la pointe de sa botte et sur laquelle il ne tirait pas, une pierre déjà.

« Sarah, Sarah, disait Elisabeth, ne te retourne pas. »

Elle donnait en parlant, son souffle. Elle partageait ses chances.

Elle a soutenu Sarah jusqu'à ce que la nuit vienne, qu'elles s'allongent toutes deux sous les arbres, mâchonnant la mousse terreuse parce que la faim leur ouvrait la bouche malgré elles.

Coups de feu encore, précédés par la flamme courte et violente qui éclairait les troncs et les corps. A l'est, derrière la forêt, par saccades jaunes, accompagnées d'un roulement sourd, les explosions se rejoignaient l'une l'autre dans ce magma sonore qui annonçait la chute du Reich.

Elisabeth entourait de ses bras la tête de Sarah pour l'empêcher de voir au-delà, ces heures écoulées, sa mère laissée.

La pluie mêlée de neige commença à tomber, perçant l'épaisseur des arbres, ajoutant le froid à la faim. Sarah et Elisabeth se serrèrent, poitrine contre poitrine.

« Si je vis », commença Sarah...

Elisabeth lui embrassait les yeux.

« Nous vivrons, dit Elisabeth. Même s'ils nous tuent. »

Sarah vit l'aire devant le Mas Cordelier. Une petite fille courait, se cachant derrière les oliviers, ses cheveux dénoués au-dessus de la mer lointaine.

« J'adopterai un enfant », dit Sarah.

Mère morte. Mère recommencée.

La pluie mêlée de neige retardait l'aube et les phares camouflés éclairaient mal la route qui traversait la forêt. Karl Menninger assis sur la banquette arrière du côté opposé à Berthold, le feldwebel qui lui servait de chauffeur, avait essayé avec une lampe de poche d'étudier les cartes ouvertes sur les genoux, de tracer ce front de Poméranie vers lequel il roulait, traversant l'Allemagne de l'ouest au nord-est, appelé par le Grand Quartier Général du Führer à prendre le commandement des troupes qui s'accrochaient autour de Koenigsberg, enterrées dans le sol encore gelé, soldats guettant le bruit des chenilles des tanks russes. Ce grincement qui hérissait la peau. Dietrich... peut-être parmi eux, la tête rentrée dans les épaules, l'œil droit cherchant la visée du panzerfaust, le char qui dressait sa masse, vague figée un instant, déferlement d'acier qui allait retomber.

Karl Menninger eut la nausée, la lecture des cartes sur cette route sinueuse ou bien l'image de son fils menacé comme des centaines de milliers d'hommes qui avaient accepté de jeter leurs corps contre le métal et qui depuis cinq ans s'y étaient déchirés.

Le chauffeur freina brutalement et Karl Menninger, qui avait fermé les yeux, fut projeté en avant. Il porta la main à son revolver. Le Reich n'était plus que lambeaux. Des avant-gardes russes, ou des groupes de prisonniers évadés pouvaient contrôler certaines régions. Les temps superbes quand les routes de France s'ouvraient devant les colonnes blindées de Menninger, dans l'odeur du blé mûr, étaient révolus. L'ennemi souillait le pays.

« Des femmes, mon général », dit Berthold, en baissant la voix.

Elles étaient rassemblées sur la route, formant une colonne dont Menninger distinguait les premiers rangs. Elles avaient la tête nue et rasée, elles portaient l'uniforme rayé des bagnards. Dans la faible lueur bleutée des phares, elles paraissaient, surgissant ainsi de la forêt, à peine vivantes et il semblait qu'elles allaient s'effacer englouties par le brouillard qui s'accrochait aux arbres.

Il y eut des aboiements, des hurlements, des coups de feu. Des S.S. que Menninger apercevait maintenant descendaient rapidement le talus qui conduisait à la route, parfois les troncs d'arbres les masquaient puis ils reparaissaient, leurs longs manteaux de cuir noir brillant de pluie. Ils s'arrêtaient, tiraient une rafale dans les broussailles, recommençaient à descendre. Certains tenaient des chiens en laisse. Karl Menninger sortit son revolver, le posa près de lui sur la banquette.

Quand une armée se défait, qu'un peuple se répand sur les routes comme d'un sac crevé, qui peut savoir ce qu'il advient? Qui est l'ennemi de l'autre?

Menninger vit deux S.S., la mitraillette calée sous le bras droit, se diriger vers la voiture. Il se souvint de Hambourg, des années 20, combats de rues entre Allemands, ces marins rouges qu'il fallait traquer dans les ruelles proches du port, et tout à coup un autre souvenir lui vint, oublié, si nombreux les combats depuis, les hommes morts près de lui... Une route de France, au début de juin 1940, une colonne de camions que les panzers avaient arrêtée, qui s'était rendue sans combat. Menninger avait voulu voir l'officier, un lieutenant-colonel qui croisait les bras, fixait Menninger avec mépris, refusait de répondre aux questions, d'abandonner sa colonne et ses hommes. Menninger s'était tourné vers le major Haupt, son aide de camp :

« ... Haupt, prenez-le dans votre char, si nous le laissons ici, il va secouer ses soldats et nous les aurons sur nos arrières. Je veux avancer encore. »

Menninger avait fait quelques pas en direction de son char. Il s'était retourné. La scène lui était présente comme si elle se déroulait à l'instant. Haupt répétait l'ordre.

« ... Suivez-moi ou je vous abats. »

Trois sommations sèches. Un mouvement de tête méprisant du lieutenant-colonel français. Un geste de Haupt à un officier de la compagnie de grenadiers qui accompagnait les panzers. Une rafale, un coup de feu. Un corps de plus sur le bord de la route.

Un des S.S. s'était placé à côté de la portière avant et sans diriger son arme vers le chauffeur le surveillait. L'autre se penchait vers Menninger. Un visage que le casque découpait. Menninger baissait la glace. Le S.S. saluait.

« Mon général, nous contrôlons cette route. »

Menninger sans répondre tendait son ordre de mission. Le S.S. l'éclairait avec une lampe de poche pendue à sa poitrine. Les femmes immobiles, à quelques mètres devant la voiture, serrées les unes contre les autres comme un essaim, ne semblaient rester debout que parce qu'elles étaient ainsi, ensemble, épaule contre épaule, si l'une d'elles cédait, toutes peut-être tomberaient avec elle.

« Vos papiers, mon général, excusez-moi. »

Le S.S. rendait l'ordre de mission, saluait, donnait un coup de sifflet, courait vers le premier rang des femmes. D'autres S.S. taillaient la colonne en deux avec leurs longues matraques de caoutchouc. Des femmes chancelèrent, soutenues par leurs camarades.

En quelques minutes, la route fut dégagée, et la voiture du général Karl Menninger roula lentement entre ces visages de femmes aux pommettes anguleuses, aux cheveux ras.

L'aube se levait comme poussée par le vent qui déchirait le brouillard. Seuls la route et les arbres qui la bordaient restaient encore enveloppés d'une couche cotonneuse. Berthold se mit à tousser, quintes brèves qu'il essayait d'étouffer en se penchant sur le volant, mais qui se répétaient, aiguës.

« ... Excusez-moi, mon général », dit-il plusieurs fois.

Menninger remonta sa glace lentement et reposant la main sur la banquette retrouva la crosse du pistolet.

Ce lieutenant-colonel français avait eu, quand le major Haupt l'avait désarmé, un mouvement de révolte, puis il avait croisé les bras et n'avait plus bougé, regardant l'officier de grenadiers qui s'approchait le pistolet mitrailleur à la main. De la tourelle de son char, Menninger avait suivi toute la scène, l'exécution, le corps s'affaissant sur le bas-côté, Haupt qui hurlait aux soldats français d'enterrer leur officier. Menninger avait levé le bras donnant l'ordre aux panzers de se remettre en marche. Devant lui, ces routes ouvertes, ces villages qu'ils traversaient empruntant la rue principale sans rencontrer d'opposition, et la poussière qui se levait comme un brouillard...

« Ces femmes, dit Menninger, il avait posé sa nuque sur le haut du siège, fermé les yeux, sûrement des partisans russes ou yougoslaves, il faut bien s'en défendre, n'est-ce pas ? »

Berthold recommença à tousser. Il avait le front proche du pare-brise, cherchant à voir la route malgré la nappe de brouillard.

« Les femmes ne devraient pas être mêlées à la guerre », reprit Menninger. Il ajouta comme pour lui-même, d'une voix étouffée : « A la guerre, il y a des lois qu'il ne faut jamais violer. »

Ils avaient abattu le lieutenant-colonel français, tôt le matin, le brouillard s'accrochait encore aux bouquets d'arbres, couvrait les canaux et les fossés. L'avance toute la journée avait été rapide, quelques coups de semonce des panzers de tête et les nids de résistance placés ici et là par les Français cessaient de combattre. Le soir, Menninger avait établi son poste de commandement dans un hôtel à quelques kilomètres de Cherbourg. Il se souvenait de la grande salle, des poutres noires découpant le plafond blanc. Il avait dîné très légèrement, refusant le vin que le propriétaire lui proposait, écrivant à Karin. Chaque jour, il tentait ainsi d'arracher quelques minutes à la guerre. Il avait besoin, après la tension des combats, des décisions à prendre, de laisser sa main et sa pensée glisser au gré de l'émotion.

« Chère Karin », commençait-il.

Ces mots changeaient Menninger comme si du seul fait de les avoir tracés, il échappait au cercle de fureur de la guerre.

Dans cet hôtel de Normandie, sa lettre éclairée par une bougie, il avait raconté l'exécution du matin.

> La guerre est affreuse, *notait-il.* J'ai dû donner l'ordre d'abattre un officier français et t'écrivant je me rends compte que cette décision que je ne regrette en aucune façon — il y allait du succès de notre offensive et de la vie de mes soldats — me poursuit. Je crois que je me souviendrai toujours de son visage obstiné, du mépris que je lisais dans le regard de cet adversaire. Me reviennent des souvenirs de l'autre guerre, ce soldat français, si jeune, qui s'était effondré devant moi, tué. Je sais que j'aurais pris la même attitude que l'officier de ce matin si je m'étais trouvé dans une situation identique à la sienne. Mais un homme reste un homme et la guerre a ceci de singulier qu'elle contraint à tuer des ennemis, qui sont parmi les hommes ceux qui sont les plus semblables à soi.

J'ai reçu aujourd'hui la reddition de deux généraux dont le seul souci était de conserver leurs bagages et leur ordonnance. Je les ai laissés en vie et traités comme il se doit, mais je les méprise. Et j'ai fait exécuter l'officier de ce matin dont tout me rapprochait.

Comprends-tu cela, chère Karin, la mort qu'on donne comme la forme la plus folle de l'estime qu'on porte à autrui.

Je sais que tu penses que la guerre est barbare. Mais en même temps elle nous contraint à vivre des situations extrêmes où seuls gardent un visage d'hommes ceux pour qui la vertu n'est pas un vain mot.

Je vis la guerre, chère et aimée Karin, comme une exigeante morale...

A plusieurs reprises déjà, la voiture avait heurté des obstacles placés sur la route et que le brouillard masquait. Menninger, secoué par les cahots, avait été contraint de se tenir au dossier du siège avant.

« Qu'est-ce qu'il y a, Berthold ? » demandait-il.

Berthold secouait la tête, ralentissait.

La route commençait à descendre vers la vallée où le brouillard s'accumulait, dissimulant les villages. Cependant, sur le flanc de la colline, le soleil achevait de le dissiper, laissant apparaître les cimes des hêtres et des sapins, et les lacets de la route.

« Nous allons pouvoir aller plus vite », ajouta Menninger.

Il ferma à nouveau les yeux.

Un jour, en Cyrénaïque, le jour où Haupt avait été blessé près de lui, le bras gauche emporté, l'avion anglais revenant pour mitrailler la piste, Menninger avait sauté dans le sable, tiré Haupt du véhicule incendié peu après. Ce jour-là, pendant qu'il secouait le sable qui le recouvrait, qu'il marchait près du brancard où geignait Haupt, Menninger avait tout à coup craint pour Karin. Il la voyait ensevelie sous le plâtre et les gravats de l'immeuble éventré, dans Berlin en flammes. Elle l'appelait puis sa bouche se remplissait de terre.

Au quartier général, lorsque Menninger, après avoir accompagné Haupt au poste de secours, entrait dans la salle de réunion, Rommel venait vers lui. Il était tête nue, la ride qui partageait son front profonde, le visage amaigri.

« ... Haupt ? demanda-t-il.

— ... Il vivra », répondit Menninger.

Rommel le prit par le bras, l'entraîna hors de la pièce. Les dunes semblaient avancer vers eux, menaçant les bâtiments de terre rouge, une école, quelques habitations, ce village où l'état-major de Rommel s'était installé.

« Nous allons devoir reculer, dit Rommel. Ni essence, ni pièces de rechange. »

Ils marchèrent jusqu'aux dernières maisons, là où les automitrailleuses qui protégeaient l'état-major avaient pris position.

« Quel âge, votre fils ? » demanda Rommel.

Dix-sept ans, Dietrich. Dans sa dernière lettre Karin indiquait qu'il venait d'être mobilisé dans une unité de défense antiaérienne.

Je crois qu'ils sont si jeunes, *écrivait-elle,* qu'ils ne les enverront pas au front. Pour le moment, en tout cas. Mais comment, si la guerre dure, pourront-ils éviter de les jeter aussi dans le feu ? J'essaie de toutes mes forces de ne pas penser à ce moment-là. Mais je me souviens que tu es parti te battre en première ligne au même âge que Dietrich.

Si j'avais imaginé que mon fils... Mais à quoi bon te dire mes pensées ? Tu les connais.

Inge a quitté Berlin avec Leni et Ilse. Elles sont allées s'installer dans les Alpes bavaroises. Ta sœur a insisté pour que je la rejoigne. J'ai refusé. Inge a la chance d'avoir ses deux filles avec elle. Pour moi, la situation est différente. Si mon mari et mon fils sont à la guerre pourquoi devrais-je me protéger, moi ?

Ici, de temps à autre, je vois Dietrich. On leur donne quelques heures de permission qu'il passe à dormir. Je m'assieds près de lui et le voir, l'entendre respirer me calme. Il est si jeune encore. Il me semble impossible qu'on me l'ait pris pour en faire un soldat.

Le mari de Lauren – tu te souviens d'elle, je pense – est porté disparu. Il était sur le front de l'Est et les nouvelles qu'on nous donne de là-bas sont très mauvaises. Elle ne peut plus travailler, elle vient ici chaque jour comme par le passé, mais elle reste assise dans la cuisine et je ne peux que la comprendre et pleurer avec elle.

Je sais bien que les lettres que je t'écris ne sont pas celles de l'épouse d'un général. Ta sœur me fait par correspondance la leçon et son mari qui parfois me téléphone – ou me fait téléphoner par un de ses officiers d'ordonnance – me sermonne. Brièvement il est vrai. Le général Ernst Klein n'a guère le temps de parler à une femme qui déteste la guerre.

Quoi qu'ils disent tous, je ne changerai pas. Je suis pareille à Lauren. Tu n'es que mon mari. Je t'aime sans uniforme, sans épaulettes, sans décoration. Et je n'ai qu'un seul fils.

Que Dieu te protège.

Je t'embrasse. Karin.

« Dietrich », commença Menninger.

Rommel lui serra le bras, fit non de la tête.

« Ils ont encore bombardé Berlin, dit Rommel. Votre femme. »

Karin la bouche pleine de terre.

La guerre s'était refermée sur Menninger. Il n'entendait plus la voix de Rommel. Il marchait cependant près de lui, impassible semblait-il, mais il se savait mort, pareil à ces maisons bombardées, dont les façades demeurées droites, au bord de la rue, cachent les décombres et le vide.

« ... Vous partez avec l'avion du courrier, Menninger, disait Rommel, ce soir même. Vous expliquerez notre situation aux gens du Grand Quartier Général. Prenez quelques jours, voyez votre fils. »

Dans l'avion qui frôlait la crête des vagues pour échapper aux radars anglais, Menninger avait voulu écrire quelques mots sur le carnet où, lorsqu'il était empêché d'envoyer une lettre à Karin, il notait ce qu'il aurait pu lui dire. Appuyé à un sac de courrier, coincé dans la carlingue étroite, il tournait les pages machinalement, relisait ces mots tracés il y a quelques jours seulement :

> Très chère Karin. Aujourd'hui encore, je sais que je ne pourrai pas vous expédier cette lettre, j'écris dans ce journal que vous lirez plus tard. Si je meurs, Haupt vous le transmettra et vous verrez qu'à chaque instant, j'ai pensé à vous et à Dietrich.
>
> La bataille a fait rage. Nous avons combattu dans des étendues sableuses que parsèment presque régulièrement des touffes jaunâtres d'épineux. Quelle est la couleur de l'herbe ? L'Allemagne est devenue pour moi un rêve vert. Nos soldats ont la couleur du sable. Nous avons – moi aussi – creusé des trous et nous nous y sommes enterrés. Nous donnerons le meilleur de nous-mêmes. Mais l'ennemi a une supériorité

telle que la défaite est possible, probable peut-être.

Il faut cependant accepter de mourir. Le soldat qui meurt au combat face à l'ennemi n'est pas vaincu.

Karl Menninger ferma le carnet. Il n'avait plus de voix. Les mots étaient morts avec Karin, enfouis dans la terre. Il mesurait combien il l'avait aimée, depuis cette année 1917, ces rues de Munich quand elle l'avait accueilli à l'orée de sa vie, au moment où il entrait dans la guerre. Elle lui avait tenu la main au bord du gouffre, elle était la part humaine de sa vie de tueur.

Un soldat est un tueur.

Brusquement, parce qu'elle était morte, il avait honte de toute sa vie comme s'il avait accepté, s'y engageant, que Karin meure, de sa guerre à lui, le général Karl Menninger, guerrier depuis l'adolescence et demeuré vivant alors qu'il avait choisi de tuer.

Cet officier français au bord de la route, les bras croisés...

A Berlin, il avait rencontré Ernst Klein, le visage gonflé par le manque de sommeil, le teint gris des surmenés. Ils se donnaient l'accolade dans la pièce des opérations au troisième sous-sol du ministère de la Guerre, cependant que résonnaient, coups de boutoir qui faisaient trembler le plafond, les explosions d'un nouveau bombardement. A tout instant, Klein était dérangé par des plantons qui apportaient un pli : « Mon général... » Au bout de quelques minutes il entraîna Menninger dans un petit bureau qu'il ferma à clef. Il s'assit, croisa les mains sur la table. Menninger, d'un mouvement de la tête, fit signe qu'il voulait rester debout.

« Karl, votre sœur a tout fait pour que Karin la rejoigne, quitte Berlin. Nos filles lui ont écrit. J'ai téléphoné plusieurs fois. Elle a refusé.

– Je sais, dit Menninger.

– Si cela continue, dit Klein d'une voix sourde, il n'y aura plus de ville allemande...

– Et plus un Allemand », murmura Menninger.

Ernst Klein se leva brusquement.

« Vous avez une solution, Menninger?

– Ce n'est pas dans mes attributions, mon général », dit Menninger.

Il salua, claqua des talons et sortit.

Ernst Klein, si longtemps un modèle. Quand Inge l'avait épousé, Klein avait eu à la fois un sentiment de fierté et de jalousie. Ce jeune capitaine, son aîné de quelques années, qui ne pensait qu'à reconstruire une Reichswehr invincible, à faire de tout homme un soldat, Menninger l'avait admiré. Karin, seule hostile, craintive comme si Klein avait voulu lui voler son fils.

Il avait réussi. Dietrich était soldat et Karin était morte. Honte au cœur de Menninger d'avoir laissé faire cela, sentiment qu'il avait trahi Karin, livré Dietrich. Peur de le rencontrer.

Ils se virent moins d'une heure, entre deux alertes, à quelques mètres des canons de la batterie antiaérienne, les tubes d'acier encore brûlants d'avoir longuement tiré. Ils ne se regardaient pas mais leurs épaules, parce qu'ils étaient assis côte à côte sur les sacs de sable qui protégeaient l'emplacement de tir, se touchaient.

« Pénible ? demanda Menninger.

– Le bruit, le manque de sommeil. »

Dietrich faisait tourner son casque entre ses mains.

« Savoir aussi, reprit-il, qu'on ne peut rien empêcher. Ils sont trop nombreux. Même si nous en touchons dix, il en reste cent. »

En Afrique, pour un tank anglais immobilisé, cent autres qui surgissaient au-dessus des dunes.

« Je sais », dit seulement Menninger.

Il s'interrompit. Le désir, si fort, de poser sa main sur le genou de son fils.

Ils demeurèrent silencieux.

L'officier qui accompagnait Menninger se présenta devant eux.

« Il est l'heure, mon général », dit-il. Menninger sursauta.

« Déjà », dit Dietrich en se levant.

Ce mot, l'un des plus beaux que Menninger ait entendus.

Ils hésitèrent, face à face, puis Menninger serra Dietrich contre lui.

Entre eux Karin présente qu'ils n'avaient pas nommée.

Dietrich plus jamais vu depuis. Des lettres brèves du front d'Italie. L'espoir de le rencontrer quand Menninger avait été affecté au début du printemps 1944, commandant du secteur de Cherbourg, puis le débarquement allié, les combats dans les haies et les vergers, le long de ces routes de Normandie où en juin 1940 Menninger roulait dans le char de tête de la colonne de panzers. Et de ces jours exaltés par la victoire, voilà qu'il ne restait plus à Menninger que le souvenir de cet officier français, abattu, conformément aux lois de la guerre, après trois sommations, après que Haupt lui eut laissé le temps de choisir entre la vie et la mort, mais tué cependant, cet homme, l'un des meilleurs. Folie, Folie.

Le soleil brusquement qui ouvrait le paysage, dévoilait la route, obligeait Menninger à regarder. La forêt commençait à s'éclaircir, interrompue de place en place par le damier des champs.

La voiture continuait de rouler très lentement. Berthold freinant souvent, semblant aller d'un côté à l'autre de la route. Menninger se redressa, distingua au milieu de la chaussée un corps étendu, que Berthold évitait, passant à droite, montant avec la roue avant sur le talus.

« Arrêtez-vous, dit Menninger.

– Depuis que je les vois sur la route, j'en ai compté dix-sept, mon général », dit Berthold.

Il posa la tête sur le volant.

« Dans le brouillard, j'ai dû en écraser », reprit-il d'une voix basse.

Menninger descendit.

Le Feldwebel Hans Berthold indique dans son rapport qu'il n'avait pas remarqué si le général Menninger avait déjà son arme à la main quand il avait quitté la voiture.

Berthold affirme que, pour sa part, il est resté au volant, profitant de l'arrêt pour somnoler car il conduisait depuis quatorze heures.

Il a été réveillé par le coup de feu. Il est alors descendu. Le général Menninger était affaissé au bord de la route. Le suicide ne fait aucun doute. Les doigts étaient crispés sur la crosse du pistolet. La balle a fait éclater le cœur.

Il semble que le général ait déplacé le corps d'une femme portant la tenue rayée des camps de travail – matricule tatoué sur le bras gauche 35023 – qui, selon le témoignage du feldwebel, se trouvait au milieu de la chaussée, et qui a été découverte près du général, sur le talus. Il s'agit d'une vieille femme non identifiée, au crâne chauve.

III

LE LABYRINTHE

1953

Sarah Berelovitz l'avait appelée Nathalia parce qu'elle voulait se souvenir de cette route qui montait vers la forêt, du corps de sa mère qu'elle sentait glisser, du bruit des galoches et du fracas proche des détonations, de la neige mêlée à la pluie. Elle regardait Nathalia, cheveux noirs dénoués sur les épaules. Elle se levait, marchait vers elle, l'embrassait, lui caressait les cheveux. Nathalia, assise les jambes croisées, le dos appuyé à un olivier, souriait.

« Il faudra que je te lave les cheveux », murmurait Sarah.

Elle les démêlait, pensait aux mèches blanches que sa mère laissait chaque matin derrière elle sur la paillasse du camp. Elle osait se souvenir de ce crâne chauve puisque Nathalia disait :

« Oui, maman, lave-les-moi, tu me raconteras aussi ? »

Dans la salle de bain, au premier étage du Mas Cordelier, la fenêtre ouverte, les feuilles du platane formant un rideau vert que soulevait en fin de journée le vent, et l'on apercevait alors la roche nue de la falaise, Nathalia se déshabillait rapidement.

« ... Vite, vite, maman, j'ai froid. »

Elle jouait à grelotter pour se blottir contre Sarah :

« ... Chauffe-moi », répétait-elle.

Sarah l'enfermait entre ses bras, l'embrassait puis ouvrait le robinet, attendant que Nathalia crie « trop chaud » bondisse, rie. Les cheveux longs, comme une eau ruisselante collée à la peau.

« ... Brûle, disait Nathalia, brûle, maman. »

Dès qu'elle était entrée dans la baignoire, elle retrouvait le langage élémentaire des jeunes enfants, ces premières phrases qu'elle avait prononcées, si tard que Sarah se demandait si elle parlerait jamais, si ce qu'elle avait vu durant les premiers mois de sa vie, cette peur que Sarah découvrait dans ses yeux enfoncés au creux des cernes noirs, ne l'avait pas enfermée dans le silence, trop de cris rentrés.

De cela Sarah, dès qu'elle l'avait aperçue dans cet hôpital d'Allemagne où elle s'était rendue, à la fin de l'année 1945, avait eu peur.

Nathalia était couchée les poings fermés devant sa bouche, les yeux brillants et fixes, le visage d'une vieille, et Sarah s'était détournée, sa mère présente dans ce regard, ces traits d'enfant terrorisé.

L'infirmière chuchotait :

« ... On l'a recueillie au bord d'une route, on ne sait rien, des réfugiés, des déportés, ce n'est pas une Allemande, enfin on ne croit pas, elle doit avoir un an et demi, comment savoir ? »

Sarah pleurait en silence, elle se penchait sur le lit, elle embrassait les poings, elle disait pour la première fois : « Tu seras avec moi, Nathalia, je ne te quitterai plus, Nathalia. »

Elle soulevait l'enfant qui se raidissait, se cambrait, elle commençait à la bercer, la gardant contre elle dans le bureau où le médecin anglais lui présentait le dossier d'adoption .

« ... Je l'appelle Nathalia, disait-elle, elle s'appelle Nathalia. »

Le médecin regardait Sarah Berelovitz, le front crispé.

« ... Ce ne sera pas facile, disait-il, cette enfant est profondément traumatisée, vous-même — il s'interrompait, reculait son fauteuil, se tournait de manière à voir les arbres — ce que vous avez vécu, reprenait-il, ce qu'elle a vécu et qu'on ne connaîtra jamais, a mis vos sensibilités à vif, à l'une, à l'autre. » Il se levait, s'appuyait au rebord de la fenêtre. « Je ne sais pas si elle a besoin de quelqu'un comme vous, en conscience... »

L'enfant avait ouvert ses poings et ses deux mains étaient posées sur les épaules de Sarah. De sa main gauche aux doigts écartés, Sarah tenait la tête de la petite fille, sentait sous sa paume la soie des cheveux.

« Ce sera difficile, madame, dit le médecin, pour elle et pour vous. »

Mais il s'était approché du bureau et poussait vers Sarah le dossier.

« Vous devez signer là », disait-il.

La nuit, Sarah obtint de coucher à l'hôpital avec Nathalia dans une chambre individuelle.

Elle avait menacé.

« ... Si vous refusez, je pars avec elle, je trouverai en ville. »

L'infirmière haussait les épaules.

« ... Il n'y a plus de ville, madame, les Américains et les Anglais ont tout rasé. »

C'était une Allemande d'une trentaine d'années au corps maigre, la blouse blanche serrée à la taille, un brassard noir de deuil à son bras gauche. Sarah Berelovitz avait eu un mouvement de colère, des épaules et de la tête, mais au moment où elle allait répondre, Nathalia s'était mise à pleurer pour la première fois, et Sarah, tout en caressant le dos de la petite fille, disait simplement :

« ... Il me faut une chambre ici pour Nathalia et moi. »

Elle y avait séjourné quelques jours, dormant à peine deux ou trois heures chaque nuit, tenant le poignet de Nathalia afin de la rassurer, que leurs corps s'habituent l'un à l'autre, deviennent l'un à l'autre indispensables.

La première nuit, Nathalia s'était recroquevillée, les poings à nouveaux fermés devant la bouche, la poitrine secouée pendant son sommeil de spasmes qui la mettaient en sueur. Agenouillée près du lit, Sarah lui parlait, lui essuyait le front, « dors, ma chérie, dors ».

Elle retrouvait pour Nathalia des chansons que sa mère lui avait chantées dans sa chambre, à Varsovie, quand elle était enfant. Elle les chuchotait et la respiration de Nathalia devenait régulière.

Sarah avait téléphoné à Serge, dès le premier soir. Elle avait dû attendre plusieurs heures la liaison avec le Mas Cordelier où Serge achevait sa convalescence après son retour de déportation. Sarah percevait l'enthousiasme de Serge.

« ... Quand revenez-vous ? demandait-il. Je veux la voir. Elle habitera ici, je vais lui faire préparer une chambre, quelle couleur pour elle ? »

Il riait, il parlait vite, mais ces interruptions tout à coup, la disparition de la voix qui revenait après quelques secondes plus aiguë, Sarah savait qu'elles n'étaient pas dues à la distance ou aux parasites. La fatigue, l'épuisement de Serge ne s'effaçaient pas.

Il n'était rentré en France que longtemps après Sarah. Libéré et soigné par les Russes, il avait été rapatrié au mois de septembre 1945. Sarah l'avait attendu quai de Béthune imaginant qu'il allait apparaître, vieilli sans doute mais plein d'allant comme autrefois. Le téléphone sonnait. Il avait été hospitalisé au Val-de-Grâce. Elle s'y rendait aussitôt, folle de colère parce qu'on la retenait à l'entrée pour des contrôles, qu'on ne la guidait pas dans les couloirs, qu'elle était obligée de traverser les vastes salles où somnolaient les blessés dans une odeur de sueur et de désinfectant.

« ... La chambre 11? » demandait-elle à tous ceux qu'elle croisait dans les corridors.

L'un d'eux enfin, un homme grand, dont le regard frappa Sarah dès qu'elle l'affronta, des yeux très clairs, sans un voile de douceur ou de tendresse, l'interrogeait :

« Qui cherchez-vous ? »

Il s'était immobilisé devant Sarah comme pour l'empêcher d'avancer.

« Serge Cordelier, disait-elle avec vivacité, indiquez-moi donc où est la chambre 11 si vous le savez.

— Vous êtes Sarah Berelovitz, n'est-ce pas ? »

Il lui prenait le bras, marchait lentement avec elle.

« ... Letel, disait-il, j'étais à Londres avec Cordelier, il m'a souvent parlé de vous.

— ... Où est-il ? »

Il ne répondait pas, marchait plus lentement encore.

« ... Nous avons tous craint qu'ils ne l'aient tué. » Il s'arrêtait. « Qu'il s'en soit sorti, c'est miraculeux. » Il la prenait aux épaules. « Vous devez d'abord vous dire cela. »

Il lui montrait la porte d'une chambre.

« ... Ne restez pas trop longtemps. » Il faisait quelques pas, revenait. « Il faudra que nous nous voyions, ce sera nécessaire. »

La pénombre, volets tirés, rideau de toile jaunie baissé, les mains de Serge posées à plat, sur le revers lisse du drap, les doigts, ces phalanges enveloppées de bandages. Oser aller des doigts vers le visage, le cou qu'elle ne reconnaissait pas. Elle se souvenait de sa vigueur, de la peau brune, elle découvrait une peau marbrée, la pomme d'Adam saillante, la mâchoire prise dans une armature d'aluminium, et les pommettes qui semblaient à vif tant les joues étaient creuses. Elle s'approchait sans qu'il ouvre les yeux, elle effleurait ses doigts, il lui serrait la main sans parler encore, sans la regarder mais elle savait qu'il l'avait reconnue et ils demeuraient ainsi, silencieux, l'un près de l'autre. Il disait le premier, avec la gorge, l'appareil qu'on avait placé pour soutenir sa mâchoire l'empêchant d'ouvrir normalement la bouche – et sa voix était mutilée comme la confidence de tout ce qu'il avait souffert :

« ... Vivants, Sarah, vous et moi, après tout ça. »

Elle l'avait embrassé, elle avait dit :

« ... Je veux que tu sois chez nous, je vais le demander, je m'occuperai de toi, je ne veux pas que tu restes ici. »

Il ouvrait enfin les yeux :

« ... Ils t'ont fait mal », murmurait-il.

Elle haussait les épaules :

« ... Les autres, tant et tant », commençait-elle.

Brusquement, elle était prise par les sanglots, elle n'aurait pas dû, pour lui, pour sa voix, ses doigts, sa mâchoire, pour les tortures qu'il avait subies, pour le courage qui lui était nécessaire, mais elle était emportée.

« ... Ma mère, reprenait-elle, toutes les autres, je ne croyais pas, je... Vivre encore avec tout ça. »

Elle se cachait les yeux, pleurait, elle sentait sur sa nuque les doigts de Serge, maladroits.

« ... Il faut le garder en toi, disait-il, mais ne pas se laisser pourrir, alors ils auraient gagné. »

Il se redressait, s'appuyait sur les coudes :

« Nous allons vivre à nouveau. Je veux rentrer aussi chez nous, vite. »

Sarah s'était heurtée au refus des médecins. Elle téléphonait à Letel :

« ... Ils ne comprennent rien, rien, des bureaucrates, il a besoin de moi, et moi sans lui je ne peux pas, ils ne vont pas le garder comme s'il était en prison? Enfin vous êtes son ami, vous imaginez. »

Letel disait seulement :

« ... J'allais vous appeler, venez me voir au ministère, nous parlerons. »

Elle s'insurgeait.

« ... C'est très simple, disait-elle.

– Venez », répétait Letel.

Il parlait avec autorité et quand elle le retrouvait dans son bureau, il adoptait le même ton froid et sévère, lui indiquant d'un geste rapide le fauteuil puis il allumait un cigare comme si elle n'existait plus, ne la regardant pas et elle allait se lever quand il disait :

« ... Bien entendu, j'ai fait ce qu'il fallait pour Serge, il sort ce soir du Val-de-Grâce. Il sera chez vous – il s'interrompait, reprenait – chez lui, vers cinq heures. »

Il consultait sa montre.

« ... Vous voyez, nous avons le temps de bavarder et si vous le voulez, nous pouvons déjeuner ensemble – il la fixait un bref instant – mais peut-être ne le désirez-vous pas. »

Elle répondait d'un mot glissé entre ses dents :

« ... Effectivement.

— ... Bien. »

Letel écrasait son cigare, croisait les doigts, les coudes posés sur le bureau.

« Je pourrais vous parler, commençait-il, de votre activité au service des Russes. Cordelier était au courant bien sûr. Nous aussi, cela va de soi. Vous avez payé le prix, mais ne jouez plus, ce n'est pas une partition pour vous. Retournez au piano. »

Sarah allumait une cigarette tout en observant Letel. Elle remarquait pour la première fois ces lèvres minces, ce front haut, la lourdeur de la mâchoire, un visage où elle lisait la détermination, l'intelligence pliée à la loi de l'ambition.

« J'ai beaucoup d'estime pour vous, disait-il. Je sais ce que vous avez vécu là-bas. »

Il prenait une feuille de papier, ne regardait plus Sarah.

« ... Vous avez été mariée, n'est-ce pas? Après votre divorce, avez-vous revu Charles Weber? »

Sarah se levait :

« ... J'ai autre chose à faire, monsieur, que de parler de Charles Weber. »

Letel s'approchait d'elle :

« ... Nous l'avons arrêté, disait-il. Il a dénoncé Cordelier à la Gestapo. Je voulais vous en avertir. »

Sarah faisait face à Letel. Elle revoyait Web au Conservatoire, ses cheveux blonds, ses mains fines et blanches, un peu bleutées, l'écharpe de laine rouge vif qu'il portait dénouée sur son costume de velours noir.

« Jugez-le », disait seulement Sarah.

Letel se plaçait entre elle et la porte.

« Bien sûr, bien sûr, mais votre Weber a un système de défense. Vous auriez travaillé avec lui, dès avant la guerre, pour les Russes et les Allemands. »

Elle eut une brusque nausée. Elle vit la route, elle entendit le claquement des galoches, le bruit mat du corps de sa mère qui heurtait la chaussée.

« Il se venge, continuait Letel. Je crois qu'il vous aimait beaucoup. Vous l'avez humilié. Il ne vous a pas pardonné. »

Il allumait un autre cigare, s'asseyait à son bureau. Elle se laissait tomber dans le fauteuil. Voilà que de ce qui était le fond lointain de sa vie, cette grisaille oubliée, les tournées de concerts avec Web, les chambres séparées dans les hôtels, surgissait cette fange. L'envie de mourir de dégoût ou de lassitude.

« C'est Serge que je veux protéger, dit Letel... Il ne mérite pas ça et vous non plus. Nous allons... »

Sarah frissonna. Un matin, au moment de l'appel, alors que la surveillante du bloc hurlait, la matraque de caoutchouc à la main, Sarah avait commencé à frissonner. Rester couchée, les laisser toutes, sa mère, Elisabeth Loubet, les camarades, toutes bondir, courir sous les coups, attendre sur la place du camp que le froid s'empare d'elles, refuser de continuer, choisir la mort pour ne plus rien affronter. Sarah avait abdiqué quelques secondes, puis, d'où vient l'énergie? elle avait pensé à Serge. Lui refuserait de mourir, accepterait la souffrance. Lui était le courage. Et elle avait sauté de la paillasse, soulevé sa mère avec l'aide d'Elisabeth et toutes les trois avaient couru.

Sarah se leva.

« J'avertirai Serge moi-même, dit-elle. Que le procès ait lieu. Lui et moi, nous vous faisons confiance. Nous ne craignons rien.

– Vous serez confrontée à Weber, dit Letel.

– Quand vous voudrez. »

Elle était rentrée quai de Béthune, calme. Elle disposait dans l'appartement les fleurs qu'elle avait achetées à l'intention de Serge, poussant le lit dans la grande pièce dont les fenêtres donnaient sur la Seine. Et quand Serge, dans la soirée, le dos appuyé aux coussins, lui demanda de jouer pour lui, elle s'installa au piano, paisible, heureuse.

Il n'y a jamais d'autre issue que le courage. Il nettoie. Elle se sentait neuve, sûre maintenant qu'une autre période de leur vie s'ouvrait. Elle joua, regardant Serge qui fermait les yeux et dont le visage se détendait.

« Je vais adopter un enfant, dit-elle quand elle eut terminé.

– Et moi ? interrogeait Serge.

– Je veux qu'il garde le nom de Berelovitz. »

Elle s'était assise au bord du lit, mais pour lui parler de Weber, elle préféra s'éloigner afin que Serge la juge sans complaisance.

« J'ai rencontré ton ami Letel », commença-t-elle.

Elle raconta.

Serge se tut un court moment après qu'elle eut terminé.

« Pour cet enfant, dit-il, fille ou garçon ? »

Sarah revint s'asseoir au bord du lit.

« Je choisirai celui qui a le plus souffert », dit-elle.

Elle avait consulté les organismes de réfugiés. Elle voulait adopter un enfant en Allemagne, là où elle avait laissé sa mère. Que du lieu de la mort revienne la vie.

En décembre 1945, elle obtint l'autorisation de se rendre dans la zone anglaise d'occupation, d'entrer dans cet hôpital où l'on rassemblait les enfants abandonnés.

Elle passa dans les salles. On lui montra cette petite fille aux cheveux noirs, aux cernes dévorant les joues.

« ... Elle ne parle pas, elle ne pleure jamais, elle a peur même de sa voix, disait l'infirmière.

– Elle, dit Sarah, celle-là oui... »

La joie de Serge quand elle lui téléphonait, son essoufflement. Sarah l'écoutait, elle l'imaginait debout dans l'entrée du Mas Cordelier, appuyé à ses deux cannes.

« Nous te rejoignons, disait-elle, nous, Nathalia et moi... »

Il riait à nouveau.

« Je suis heureux que ce soit une fille, je t'aimerai deux fois. »

Le téléphone raccroché, Sarah s'allongeait, tenant le poignet de Nathalia. Elle réfléchissait à ses relations avec Serge, comment elles avaient changé avec la guerre. Ils étaient plus proches, plus tendres l'un pour l'autre. Ils n'avaient pas encore osé pourtant se coucher côte à côte, peur de découvrir le corps de l'autre blessé. Mais Sarah n'était pas impatiente. Elle était sûre qu'un jour le désir renaîtrait dans sa généreuse et flamboyante violence, avivé par leur longue retenue.

Elle passa quelques jours à Paris avant de repartir pour le Mas Cordelier. Comme elle s'engageait sous le porche, quai de Béthune, portant Nathalia, la concierge l'appela, lui remit une lettre, quelques lignes de Letel :

> Si vous n'avez encore rien dit à Cordelier, inutile de le faire, Charles Weber s'est suicidé dans sa cellule.

Sarah froissa la lettre, murmura à Nathalia :

« ... Tu verras, les arbres, le soleil, et Serge, tu seras comme une reine. »

Elle était sûre, à la pression du front de Nathalia sur son cou, que l'enfant devinait.

Serge les avait attendues sur le quai de la gare de Nice dans l'un de ces matins de janvier bleus de froid quand le ciel est lustré par le vent d'est.

Il avançait lentement vers elles les bras tendus sur ses cannes, la tête levée, dans une attitude de défi, les épaules rejetées en arrière, les cheveux gris. Sarah allant à sa rencontre découvrait à quel point il avait blanchi, peut-être le remarquait-elle à cause du visage hâlé de Serge. Nathalia était réveillée, silencieuse, mais Sarah la sentait craintive dans ses bras. « Serge, il t'aime », répétait-elle à voix basse à Nathalia qui avait posé sa tête contre la poitrine de Sarah et ne voulait pas voir.

« Toute petite, elle est si menue », disait Serge.

Il riait, obligeait Sarah à se tourner pour qu'il puisse apercevoir le profil de Nathalia.

« Si je disais qu'elle te ressemble, commençait-il.

– Elle me ressemble », répondait Sarah.

Déjà elle ne savait plus si elle plaisantait. Nathalia en quelques jours était à ce point devenue sienne qu'il lui semblait qu'elle l'avait portée toute une vie, n'osant la mettre au monde qu'après le temps des épreuves, quand – elle y avait pensé toute la nuit dans le wagon-lit, balancée par les cahots réguliers du voyage – sa mère morte, elle était seule avec sa vie, démunie mais libre. *Enfin*. Ce mot, Sarah osait à peine le formuler parce qu'il crevait brutalement le voile dont depuis l'enfance elle entourait ses relations avec sa mère. Amourprison qu'elle craignait d'explorer. Elle aurait voulu rester couchée, morte, près de sa mère sur la route qui montait vers la forêt et pourtant, elle savait que d'être seule, *enfin,* la libérait. Honte de penser cela.

Serge marchait près d'elles sur le quai, la voix presque retrouvée.

« ... Mietek m'a accompagné, disait-il. Il s'installe tout près de chez nous, il est fou de joie à l'idée de te voir. »

Il était là, Mietek, devant la gare, le col de la chemise ouvert sur une poitrine brune, les manches retroussées, faisant, quand il les apercevait, un grand geste des deux bras. Remords pour Sarah. Si elle avait accepté de quitter la France avec lui, sa mère serait encore vivante. Mais l'avait-elle voulu ? Nathalia bougeait.

« ... Tu es avec moi, avec Serge », murmurait Sarah et cette phrase, l'attention que Nathalia exigeait d'elle, chassaient au loin, comme un grand coup de vent le fait de l'orage, le remords de Sarah.

« Lehaim, Lehaim », disait Mietek.

Il enfermait Sarah et Nathalia dans ses bras, il les soulevait toutes les deux :

« ... Donne-la-moi », disait-il à Sarah.

Elle lui confiait Nathalia qui acceptait sans pleurs. Sarah pouvait alors embrasser Serge, marcher entre lui et Mietek tenant la main de Nathalia.

« Tu sembles très bien, disait-elle à Serge.

– Nous allons vivre comme des dieux », répétait Mietek.

A moins d'un kilomètre du Mas Cordelier, il avait acheté une grande propriété que limitaient au nord la falaise et au sud une double rangée de cyprès centenaires. Il avait transformé le dernier étage de la bastide qui se trouvait adossée à la falaise – dans la même situation que le Mas Cordelier – en un vaste atelier qu'il faisait visiter à Sarah.

« Dix pièces, il y avait dix pièces ici – il balayait l'espace de la main – j'ai fait tomber les cloisons, ouvert, ouvert, »

Il s'approchait des fenêtres, montrait au-delà de l'éperon sur lequel était serré le village de Cabris, les collines, l'échancrure de la baie, les îles.

« Je ne bouge plus, disait-il, travaille jour et nuit pour mes dernières vingt années de vie. »

Il riait, embrassait Nathalia que Sarah portait, aimant cette fatigue qu'elle ressentait dans les reins et les épaules.

« J'ai décidé de mourir à quatre-vingt-dix ans », ajoutait Mietek.

Tout à coup, il cessait de rire, croisait les bras, immobile devant la fenêtre.

« Quel âge aura-t-elle dans vingt ans ? demandait-il en désignant Nathalia d'un mouvement de tête.

– Vingt-deux, disait Sarah.

– Et toi ? »

Il se tournait vers Sarah, la tête enfoncée dans les épaules, une expression de tristesse figeant et alourdissant son visage.

Sarah refusait de répondre, elle posait Nathalia sur le sol :

« ... Marche », disait-elle.

Nathalia trébuchait, s'agenouillait, commençait à avancer à quatre pattes, regardant Sarah et Mietek.

« La vie est trop courte », dit Mietek rageusement.

Il hésita, fit quelques pas dans l'escalier, se passa

la main sur le visage comme s'il se débarbouillait.
« Le clown efface son maquillage », ajouta-t-il.
Puis il s'accroupit devant Nathalia, miaula, sautilla, jusqu'à ce que Nathalia se dresse, fasse un pas vers lui et tombe dans ses bras en souriant.

Ce premier pas, le 27 février 1946, Sarah l'avait noté sur son agenda. Il y eut quelques mois plus tard le premier mot, enfin.
Mois de juin, Allen Roy Gallway, les mains croisées derrière la nuque, installé sur la chaise longue sur l'aire devant le Mas Cordelier. Il était arrivé depuis trois jours, morose, le corps plus lourd, la démarche lente. Serge lui avait donné l'accolade, et ils étaient restés quelques secondes l'un contre l'autre, Sarah les surprenant ainsi, se précipitant :
« ... Allen, on ne savait plus rien de vous, pas une lettre. »
Gallway s'éloignait de quelques pas, jaugeait Sarah et Serge :
« ... Vous êtes des jeunes gens », disait-il.
Serge esquissait un pas de danse.
« ... J'ai jeté mes cannes, il y a deux mois, je suis refait à neuf. »
Il s'approchait de Sarah, la prenait par le cou, l'embrassait avec tendresse :
« ... Sarah, la maternité l'épanouit, disait-il, elle donne son premier concert à la rentrée, une renaissance, n'est-ce pas ? Nous sommes indestructibles. »
Nathalia sortait de la maison, s'immobilisait quand elle apercevait Gallway. Elle ne portait qu'une culotte bleue.
« Elle est noire comme une olive », disait Gallway.

Il se baissa vers elle, lui tendit la main, mais Nathalia avec vivacité l'embrassa sur la joue puis s'enfuit en courant.

« Toujours séducteur », dit Serge en s'éloignant.

Sarah le regardait marcher rapidement et chaque pas qu'il faisait était pour elle un peu de bonheur. Elle se tourna vers Gallway et parce que l'émotion rend perspicace, l'amour généreux, elle découvrit la lassitude de Gallway.

« Seul ? » demanda-t-elle.

Il écartait les mains pour affirmer de manière excessive et comique son dénuement.

« Catherine Jaspars ? Vous ne l'avez pas revue ?

– Je revois toujours tout le monde », répondait-il en riant.

Allen avait déjeuné avec Catherine dans les jours qui avaient suivi son retour à Paris à l'automne 1944. Peu changée en apparence, la même vigueur paysanne, le visage différent suivant qu'on la regardait de profil – fin et régulier, imaginait-on – ou de face – lourd, rond – un appétit pour la vie qui inquiétait Gallway comme autrefois l'avaient troublé les audaces de Catherine la nuit. Il l'avait invitée au Bouillon-Gras, un restaurant de Montparnasse où l'on servait des repas d'avant-guerre aux journalistes américains qui payaient en dollars. Avide, pressée de goûter à tous les plats, Catherine parlait la bouche pleine :

« ... Allen, vous ne savez pas ce que c'est que d'avoir faim. – Elle riait. – Que c'est bon de manger – et sa gaieté était contagieuse – je me suis mariée, disait-elle au détour d'une phrase, nous sommes séparés – elle riait à nouveau – déjà oui, j'ai une fille, jolie je crois, Emmanuelle, j'enseigne toujours, j'écris un peu, journaux, revues. Tu connais Sartre ? »

Elle le vouvoyait, le tutoyait. Il lui servait à boire un vin sirupeux qu'elle humait d'abord les yeux fermés.

« ... Vous ne pouvez pas comprendre, disait-elle, la guerre m'a beaucoup appris. Je prenais le métro et je ne savais jamais si à la station suivante on n'allait pas nous faire descendre et nous embarquer comme otages. » Elle acceptait le cigarillo que Gallway lui offrait. « Tu sais, j'ai rompu avec mon père – elle grimaçait – quelques mois il a fait partie du gouvernement Pétain, il écrivait les discours du Maréchal, moi, Résistance, le Parti... » Elle s'interrompait, répétait : « Le Parti, mon cher Allen, je suis communiste. »

Peut-être le vin ou bien la chaleur, la fumée, Gallway l'écoutait comme si elle avait parlé de très loin, ou bien derrière une vitre. Il hochait la tête, semblait approuver ses colères :

« ... Mon père a été abject, reprenait-elle. Un intellectuel a des responsabilités, les mots ça devient du sang pendant une guerre, il a joué avec eux, il faut qu'il paie, Drieu a été le seul honnête, il s'est jugé lui-même et, père ou pas – elle haussait les épaules, prenait un autre cigarillo, fumait, la tête renversée en arrière – cela ne change rien. On ne transige pas avec les principes. »

Elle restait un moment silencieuse, croisait les bras sur la table, y appuyant le menton :

« ... Je signe mes articles du nom de ma mère, Grave, Catherine Grave, j'aime et je n'engage personne, ni mon père ni mon mari. »

Gallway souriait, elle tendait sa main vers lui, dans un geste tendre :

« ... Tu as toujours ton atelier, boulevard Raspail ? » demandait-elle.

Il faisait oui.

Une nuit de plus. Comme un article de circonstance qu'il faut écrire puisqu'on s'y est engagé, et parce qu'on est déjà un vieux professionnel – ou simplement un vieil homme retors qui connaît trop bien les recettes, le moyen de mettre en mouvement la machine – on joue à s'illusionner, et on rédige avec un apparent enthousiasme qui dupe le temps de l'article, et l'on fait l'amour, parce qu'on sait aussi faire naître le désir. Mais reste vide le cœur.

« Tu es toujours puritain, disait Catherine en l'embrassant distraitement. Je me dépêche – elle s'était déjà rhabillée – ma fille... »

Gallway était assis à son bureau comme à l'automne 1939. Il avait cinq ans de plus. Les mots, les visages, les émotions arrivaient jusqu'à lui, plus lentement encore, comme s'il était placé au centre d'un espace vide, où la rumeur de la vie s'atténuait d'elle-même, comme au terme de sa trajectoire. Il avait parfois l'impression, alors qu'il entendait fort bien, d'être devenu sourd, surdité de son âme, usée par la répétition.

« Tu m'entends, Allen, je m'en vais. »

Catherine penchée sur lui. Il se levait, l'embrassait, la suivait du regard cependant qu'elle lançait la phrase rituelle : « On se téléphone, n'est-ce pas ? »

Catherine avait pourtant un élan, une curiosité qui surprenaient Gallway.

« ... Tu es un écrivain progressiste, tu sais ? Il faudra qu'on discute de tout ça. Pourquoi pas une interview pour les *Lettres françaises* ? Je t'appellerai. Le point de vue d'un écrivain américain, comme toi, antinazi, très intéressant pour nous. »

Antinazi? Gallway se sentait différent des Français qui classent, droite, gauche, communiste, socialiste. Catherine qu'il revoyait parlant du Parti, du rôle du Parti dans la Résistance, du danger fasciste que représentait de Gaulle. « Il veut concentrer le pouvoir entre ses mains, nous... »

Nous : un drôle de petit mot qui fascinait Gallway et lui faisait peur, un mot comme un trou noir, on a envie d'y entrer pour savoir et on y tombe, et on s'y perd. Il n'avait jamais pu, jamais su dire nous. Il n'avait même jamais vraiment constitué ce petit parti qu'est un couple. Ni avec Tina ni avec Catherine. Trop tard pour commencer avec une autre ou pour s'engager dans l'une de ces cohortes couronnées de drapeaux et d'emblèmes, parti, association. Même les guerres, d'abord celle d'Espagne, puis l'autre, il les avait vues en solitaire, payé pour être un témoin qui s'expose avec les combattants puis « salut, les gars », on ferme son carnet, on remet en place le couvercle de la machine à écrire, on s'en va et l'on boit un verre au bar d'un hôtel de Barcelone ou d'Istanbul pour oublier les soldats du général Lister ou les cavaliers polonais.

A chaque fois qu'elle rencontrait Gallway, Catherine lui exposait la politique du Parti. De Gaulle se retirait, Churchill condamnait le rideau de fer qui désormais partageait l'Europe en deux. « Anticommunistes tous, disait-elle, conspiration contre l'U.R.S.S., mais nous... »

Gallway allumait un cigare et le coude posé sur la table du restaurant, il fumait lentement, trempait ses lèvres dans le verre de vin, paraissait écouter Catherine, la regardait plutôt. Ce qu'elle disait avait-il de l'importance? Elle avait l'énergie, l'enthousiasme, l'aveuglement qui lui avaient manqué. Souvent elle lui montrait des photos d'Emmanuelle, visage joufflu, veste blanche épaisse, bonnet tricoté enfoncé jusqu'aux sourcils.

« ... Tu veux la voir ? » demandait Catherine.

Il souriait, aspirait une longue bouffée pour se donner le temps de ne pas répondre, laisser à Catherine le soin d'interpréter comme elle voulait son silence.

« ... Non, ça ne vous intéresse pas, je sais bien », disait-elle.

Il reprenait la photo au moment où Catherine s'apprêtait à la ranger. Il regardait une nouvelle fois cet autre couple, le plus profond, une femme, un enfant. Catherine souriante, derrière elle le bassin, les arbres qu'il reconnaissait, ceux du jardin du Luxembourg et sur ses épaules, Emmanuelle mains ouvertes. Il ne trouvait qu'à dire, si bêtement, « elle vous ressemble », alors qu'il voulait parler de Jorge et de Tina. Il eût pu se lever, traverser la salle bruyante de La Coupole, demander un jeton de téléphone, former trois lettres puis quatre chiffres et la voix de Tina proche.

Elle vivait à Paris avec Jorge, Richard Bowler restant en Europe comme correspondant permanent de *Life*. Elle avait téléphoné à Gallway le jour même de son arrivée et il avait cru quelques secondes au regain en lui de la joie. Ils déjeunaient ensemble le lendemain. Tina très belle, les cheveux coupés court, les yeux d'une vive douceur, mais déjà l'élan de Gallway s'était effrité; la certitude d'être incapable de changer sa vie, de dire comme il l'avait si souvent rêvé " ne rentre pas, installez-vous toi et Jorge, chez moi " le rendait morose.

« ... Comment va Jorge ? » demandait-il.

Tina venait avec lui le lendemain, Jorge s'asseyait sur les marches de l'escalier dans l'atelier. Il avait un visage de poupon boudeur.

« ... Gâté, disait Tina, Richard le comble. »

Gallway paralysé, incapable de parler, d'aller vers Jorge, de lui mettre la main sur la nuque. Il restait derrière son bureau.

« ... Nous vous dérangeons, reprenait Tina, vous voulez travailler, n'est-ce pas ? »

Qui comprendrait qu'il écrivait parce qu'il ne pouvait dire en un seul cri tout ce qu'il ressentait, les mots toujours fuyants, les phrases, partielles, l'émotion, la pensée, émiettées, la voix, les autres avec leur présence qui rongeait l'espace et le rendait vivant, comme un brouillage de ce que Gallway voulait leur dire. Ecrire alors parce qu'il était seul et voulait être tout avec tous.

« Vous jouez au loup solitaire », disait Sarah Berelovitz quand Gallway lui avait raconté en quelques phrases, comment malgré Tina, Jorge, Catherine, il demeurait seul. Serge revenait avec des verres, des bouteilles.

« Confession terminée ? » demandait-il en riant.

Allen, les bras levés au-dessus de la tête, s'étirait.

« Sarah me fait parler, disait-il. Elle adore les commérages. Mais elle refuse de croire que l'écrivain est par vocation un solitaire. Elle ne veut pas me désespérer. Elle est la seule femme qui me veut du bien. Mais voilà, elle est à vous, Serge. »

Comédie des bavardages, grimaces échangées. Le jeu, le truquage. Parler, était-ce toujours masquer la vérité ?

Choisir de se taire alors, de monologuer ou d'écrire ? Et vivre avec la nostalgie de la rencontre avec l'autre.

Allen n'écoutait plus, observant Nathalia qui, revenue jouer devant le mas, courant entre les chaises, essayait de rattraper un chat qui s'enfuyait. Elle riait, les cheveux dénoués, toute à sa course, s'arrêtant parfois devant Gallway, lui donnant une tape sur le genou, espiègle. Ce qui manquait à Gallway, la vie avec un enfant, cette obligation où il serait de se laisser prendre la main, d'échapper à son soliloque, à cette complaisance pour lui-même dont il sentait bien qu'elle était poussière de mort.

Serge s'était assis près d'Allen.

« ... De plusieurs côtés, disait-il, les camarades de la Résistance, Letel que vous avez rencontré, Allen, et me dit-on, le général de Gaulle, oui... »

Serge parlait avec passion, se tournait de temps à autre vers Sarah qui avait pris Nathalia sur les genoux.

« ... Sarah n'aime pas ce projet, continuait Serge, mais si l'on veut éviter un retour à l'avant-guerre, il faut que nous qui nous sommes engagés, oui, je le crois...

– Vous serez élu député, Serge, vous le savez bien, dit Sarah. Et puis si vous le désirez vous deviendrez ministre. »

Elle avait un ton indifférent, elle embrassait Nathalia.

« Pourquoi pas ? dit Gallway. Serge a choisi l'action, il doit aller plus loin. »

Sarah releva la tête. Son visage s'était figé. Elle tenait Nathalia enfermée dans ses bras comme si on avait voulu la lui prendre.

« Vous, dit-elle en regardant Gallway, vous laissez les autres descendre dans l'arène, vous restez sur les gradins, et vous jugez. Bon, ou mauvais spectacle. Moi je sais ce qu'est l'action. J'ai agi, mon cher Allen. Et vu, vu. »

Elle avait répété le mot avec une violence retenue.

« Je croyais que Serge le savait aussi, ajouta-t-elle.
– Voyons, dit Serge, voyons, ce n'est plus la guerre.
– L'action, c'est toujours la guerre, dit Sarah. Je ne me mêle plus de ça. »

Sur le bras gauche de Sarah, Gallway vit les chiffres tatoués, petits signes bleus sur la peau de l'intérieur du bras, blanche.

Ils restèrent un long moment silencieux. Les hirondelles au-dessus d'eux piaillaient en se précipitant vers l'avancée du toit. Quelques-unes s'immobilisaient un instant accrochées à une tuile, mais la plupart paraissaient entraînées dans une ronde.

Serge servait à boire.

« Tu as soif ? » demanda Sarah à Nathalia.

La petite fille, la tête tournée vers le ciel, suivait le vol des hirondelles avec une telle expression de ravissement, les lèvres entrouvertes, les yeux agrandis, que tous la regardèrent. Elle leva le bras, montra les hirondelles.

« Oiseau, dit-elle, oiseau. »

Son premier mot.

Les autres vinrent comme un flot qui a brisé le barrage.

« Raconte-moi, maman, raconte-moi », répétait Nathalia.

Elle était sortie du bain, elle frissonnait, jouait à avoir froid, à claquer des dents pour que Sarah l'enveloppe dans le grand peignoir bleu, la frictionne en la gardant sur les genoux. Elle se blottissait les mains rapprochées devant sa bouche et Sarah murmurait « ne reste pas comme ça », l'obligeait à écarter ses doigts, se souvenant de la première fois où elle l'avait vue, dans cet hôpital d'Allemagne, les poings fermés cachant ses lèvres.

« Que veux-tu que je te raconte? » demandait-elle.

Nathalia minaudait, frottait comme un chat sa tête contre le menton de Sarah.

« Tu sais bien, la première fois », murmurait Nathalia.

Et Sarah recommençait :

« Tu étais assise, comme maintenant sur mes genoux, mais tu étais petite, tu avais trois ans.

– J'étais petite?

– Toute petite. »

Nathalia était fascinée par son passé comme si elle pressentait l'inconnu de ses origines. Elle voulait toujours que Sarah reprenne le récit : le premier pas de Nathalia, son premier mot, la chute dans l'escalier du mas quand elle avait cinq ans, comment elle avait sans pleurer franchi pour la première fois le seuil de l'école de Cabris. « Tu te retournais vers moi, disait Sarah, j'étais malheureuse et heureuse, tu comprends, je te laissais toute seule, je ne l'avais jamais fait, et toi tu me regardais, tu marchais presque à reculons, tu balançais ton petit cartable, le rouge, tu sais, celui où tu mets tes boîtes de couleurs maintenant...

– Alors, interrogeait Nathalia, quand j'ai parlé?

– Nous étions tous assis devant le mas, Allen était venu passer quelques jours, c'était en juin 1946, il y a sept ans, tu regardais les hirondelles, Serge... »

Serge rétabli depuis peu, qu'elle voulait retenir mais

peut-on exliquer à un homme ce qu'on devine de son avenir? Sarah craignait de n'avoir que de mauvaises raisons. Elle doutait de ce dont pourtant elle était sûre. Elle s'imaginait qu'elle était opposée à la candidature de Serge aux élections par égoïsme, pour le garder près d'elle au Mas Cordelier où elle avait décidé de vivre, ne quittant Cabris que pour deux ou trois jours, un concert à Paris, revenant vite pour Nathalia, pour l'odeur des jasmins et des genêts, les cris des hirondelles et le chant régulier de la source, derrière le mas, qu'elle aimait entendre avant de s'endormir.

Elle avait imaginé que Serge s'installerait au mas. Il serait devenu maire du village. Il aurait acheté les terrains couverts d'oliviers qui s'étendaient de part et d'autre de la propriété familiale. Il avait commencé à le faire au printemps 1946.

« ... N'hésitez pas, disait Mietek, imitez-moi, je m'agrandis, je sens ce qui va arriver, nous ne sommes pas les seuls à aimer le soleil, et moi je veux m'entourer d'un espace libre, achetez, Cordelier. »

Il aurait géré son domaine, ouvert peut-être une étude immobilière.

« ... Vous construirez, disait Mietek, vous êtes un actif, Cordelier. »

Serge avait quelques semaines rêvé à cette vie-là. Il avait invité au mas Alexandre Revelli, un architecte qui avait déjà surveillé les agrandissements du mas et ceux de la bastide de Mietek, un ami de Sam Lasky qui avait aidé la Résistance.

« Pourquoi pas? disait Revelli à Cordelier. Mais il nous faut des matériaux, et nous n'avons ni ciment, ni bois, rien. Il faut que le gouvernement comprenne... »

Serge se levait, encore maladroit sans ses cannes.

« ... Evidemment, disait-il, tout est politique. »

Est-ce pour le retenir que Sarah avait accepté de l'épouser comme il le lui demandait depuis son retour des camps ? Elle était maintenant Madame Sarah Berelovitz-Cordelier. Serge avait fait donation de tous ses biens à Nathalia dont il était devenu le tuteur. Mais Sarah n'avait pas cédé.

« ... Berelovitz, Serge. Elle ne s'appellera que Berelovitz jusqu'à son mariage et même, je voudrais qu'elle garde son nom après. »

Serge l'embrassait :

« ... Têtue, disait-il, orgueilleuse. »

Il riait. Puis un coup de téléphone de Paris, Lucia Cordelier, sa mère, au plus mal. Sarah portant Nathalia dans ses bras le regardant le soir même monter dans la voiture de Mietek qui l'accompagnait au train de Paris.

Le désespoir, cette nuit-là dans la grande maison vide. Sarah se faisait du café, lisait, s'asseyait près du lit de Nathalia, tentait en vain de dormir. L'intuition que Serge reviendrait de Paris différent, qu'il supporterait mal la mort de sa mère, qu'il en fuirait le souvenir.

Nathalia avait eu le sommeil agité, des spasmes à nouveau et l'anxiété de la petite fille avait obligé Sarah à se calmer.

Quand Serge avait téléphoné annonçant d'une voix trop indifférente la mort de sa mère, Sarah était prête à affronter les difficultés, à la manière dont elle avait rentré la tête dans les épaules sur la place d'appel du camp pour éviter de recevoir sur la nuque le coup de gourdin des surveillantes.

« ... Je dois rencontrer Letel, disait Serge, peut-être le Général. On ne se rend pas compte en province des choix qui s'imposent, il... »

Sarah avait Nathalia. Elle savait qu'elle avait pu accepter la disparition de sa mère parce qu'elle avait à côté d'elle cette petite fille qui, obstinément, poussait ses racines dans le monde, cette enfant dont les jeux, la spontanéité aussi — cette émotivité qui la rendait hypersensible à tout ce qui l'entourait — lui rappelait que la vie est croissance, avenir.

« ... Un enfant, ça vous chauffe une maison, disait Mietek quand il passait au Mas Cordelier.

— ... Vrai, Mietek, vrai. »

Sarah avait cru que Serge éprouverait cela. Mais peut-être les hommes ne sentent-ils pas ainsi, peut-être ont-ils besoin de s'aveugler sur l'essentiel, un enfant qui grandit, une mère qui meurt.

Serge revenait de Paris après quelques jours, la bouche pleine de mots sans visage, « le rôle de la France, les communistes, le ministère, le référendum, la Constitution ».

Même quand il nommait Blum, Bidault, Thorez, de Gaulle, ce n'était pas pour parler d'eux, mais de leur rôle.

Quand Sarah l'interrogeait — « De Gaulle, comment est-il ? » — Serge paraissait un instant décontenancé. Il regardait Sarah comme si elle avait posé la question la plus incongrue.

« ... De Gaulle ? Un homme d'Etat, un véritable homme d'Etat. Personne ne peut lui être comparé. Clemenceau, un politicard qui se rachète à la fin de sa vie. Napoléon, un mégalomane qui a la chance avec lui quelques années mais qui ne pense qu'à son destin personnel. De Gaulle, c'est la France d'abord. Aura-t-il les moyens, les hommes ? C'est une course de vitesse entre lui et la médiocrité française, si présente partout. »

Serge n'acceptait pas la retraite de De Gaulle.

« ... C'est la coalition des nains, disait-il, si nous les laissons faire... »

Il téléphonait à Letel qui conservait son poste au ministère malgré son gaullisme.

« Ils n'osent pas encore chasser Letel, commentait Serge en revenant s'asseoir entre les oliviers, devant le mas. Tout va se jouer aux élections. Y aura-t-il des hommes nouveaux à l'Assemblée? voilà la question. »

Il n'avouait pas à Sarah qu'il préparait sa candidature aux élections de novembre 1946 et il avait fallu la présence de Gallway en juin pour qu'il évoque ce projet mais de manière encore détournée.

Sarah était prête à le subir. Elle s'en voulait d'avoir montré ses sentiments, mais l'approbation qu'Allen donnait à Serge l'avait irritée. Que savait-il, Allen, de la politique, des illusions qu'elle donne, des risques qu'on prend pour elle, des trahisons qu'elle cache?

Nathalia, heureusement, avait dit son premier mot, elle avait commencé à parler. Voilà qui comptait vraiment. Il fallait pourtant qu'à chaque instant Sarah prenne sur elle, afin de ne pas dire ce qu'elle prévoyait, l'éloignement de Serge, cette gravitation nouvelle – le pouvoir – qui allait l'attirer, le changer sans doute.

Letel avait passé une après-midi au Mas Cordelier, au début du mois de juillet, distant et cérémonieux avec Sarah, ignorant Nathalia, agacé par le bruit qu'elle faisait à répéter la dizaine de mots qu'elle connaissait, ces jouets neufs découverts depuis moins d'un mois.

Il avait pris Serge par le bras et dit, se tournant vers Sarah :

« Chère amie, puis-je vous l'enlever pour quelques instants ?

– Il s'agit de bien plus que de quelques instants », avait répondu Sarah.

Elle avait entraîné Nathalia, s'installant au soleil sur l'aire, enveloppée par la stridulation proche des cigales. Elle savait qu'elle avait irrité Serge en répondant ainsi à Letel, mais elle n'aimait pas cet homme glacé, à la peau trop claire. Elle craignait de découvrir en lui le futur de Serge, une implacable efficacité, l'oubli que derrière les idées et les projets, il y a des vies. L'engagement de Sarah dans le Komintern était trop présent à sa mémoire, pour qu'elle ignore que la politique broyait les plus faibles ou les transformait en instruments. David Wiesel avait été assassiné. Il était de ceux pour qui les mots étaient de chair. Elle avait peur que Serge n'ait à choisir un jour entre renoncer à être lui-même ou mourir.

Serge comprenait son inquiétude. Il répétait :

« ... La situation n'est plus dramatique. Le Komintern, le fascisme, de l'histoire déjà, il s'agit aujourd'hui dans le cadre de la loi républicaine... »

Elle l'interrompait, passait près de lui en effleurant sa joue comme on le fait à un enfant :

« Serge, vous parlez comme Letel. »

Il s'insurgeait.

« Ne me vouvoie pas, je t'en prie.

– N'oublie pas le jeu, disait Sarah. L'ironie. Cela te protégera. »

Les Cordelier étaient l'une des plus vieilles familles de la région. Serge avait fréquenté l'école de Cabris, quelques années. Les journaux locaux avaient fait état de sa conduite héroïque pendant la guerre. Sur le conseil de Letel, il fut un *candidat sans étiquette.*

Mietek s'étonnait en déroulant les affiches, il en lisait le texte à haute voix :

Serge Cordelier
Républicain et Résistant
Déporté à Buchenwald
Compagnon de la Libération
Pour la Renaissance de la France

« Mais qui n'est pas républicain ? Vous n'en dites pas plus ? Tout ce que savent vos électeurs c'est que vous êtes antinazi et antimonarchiste. »

Serge, protecteur, prenait Mietek par l'épaule :

« Mietek, pourquoi choisissez-vous vos bleus dans telle ou telle nuance ? La politique aussi est un art.

– Ouais, ouais, répondait Mietek, mais moi je ne demande à personne de me faire confiance. »

Election aisée. On téléphonait de la préfecture, on félicitait. Le Mas Cordelier se remplissait de bruits de voix, de rires. Nathalia restait près de Sarah, à l'écart, levant les yeux vers elle. Mietek les rejoignait.

« ... Je félicite ou je présente mes condoléances ? demandait-il à Sarah sans la regarder, se baissant pour soulever Nathalia. Tu n'es pas couchée ? Fais l'oiseau, ma belle Nathalia, vole. »

Nathalia battait des bras, riait. Mietek la plaçait sur ses épaules.

« ... Tu prends ça au sérieux, Sarah ? Ce n'est rien, un métier comme un autre, moi je suis très fier de connaître un représentant du peuple. »

Il baissait la voix :

« ... Je ne vois pas beaucoup de peuple ici. »

Il réussissait enfin à faire sourire Sarah.

« ... Tu sais, continuait-il, les Français s'arrangent toujours. Réfléchis, toutes les capitales européennes sont détruites, mais Paris est là, comme si rien ne s'était passé... On ne tue que les étrangers ici, les juifs, quelques communistes, juifs si possible, mais entre eux, prudence. C'est fini la grande politique, comme leur peinture, il faut que ce soit moi ou Lasky ou le sorcier espagnol... Eux, petit, prudent, Sarah, ce qu'ils font, petit. Serge ne risque rien.

– Il deviendra petit », dit Sarah.

Serge s'approchait, de sa démarche qui restait boitillante. Elle eut honte. Elle était injuste parce qu'elle voulait posséder Serge pour elle seule. Au moment où le courage se payait avec le sang, Serge avait doublé la mise. Et elle osait le suspecter.

Lui faire confiance, admettre qu'il choisisse une autre manière de vivre qu'elle, voilà la générosité.

« Tu vois, disait Serge en l'embrassant, pas un mot durant toute la campagne, pas un mot que je n'aie à regretter, et je suis élu, les Français n'ont pas la mémoire courte. »

Sarah eut la tentation de dire : « Tu leur reconnais du talent parce qu'ils t'ont choisi. » Elle se retint.

Telle était la loi de la démocratie politique, la moins mauvaise des lois. Et cependant quelque chose la choquait : que des hommes acceptent de parler au nom d'autres hommes. Il y fallait de l'orgueil ou de l'inconscience. Peut-être du courage. L'avenir dirait.

Près de sept ans écoulés depuis cette soirée du

10 novembre 1946. Autant que Sarah pouvait se souvenir, c'était un très bel automne. Elle avait beaucoup marché dans les bois de chênes nains qui s'étendaient au nord du mas sur les pentes, vers la falaise. La terre était recouverte d'une épaisseur bistre de feuilles cassantes que Nathalia dans sa course brisait. Sarah s'arrêtait souvent, s'asseyait sur des pierres teintées de mousse, appelait Nathalia, l'obligeait à nommer, à découvrir, puis toutes deux se taisaient, écoutant vivre la campagne.

« ... Piano, maman », disait parfois Nathalia.

Elles rentraient, pensives.

Serge s'installait à Paris, quai de Béthune, le temps des sessions parlementaires. Il reviendrait au mas en fin de semaine. « ... Les sessions ne sont pas longues, expliquait-il. En fait, je n'assisterai qu'aux séances les plus importantes. »

Au début, la première année peut-être, il en fut ainsi. Il arrivait le samedi matin. Nathalia le guettait, criait :

« ... Maman, maman, Serge. »

Thérèse avait préparé le déjeuner, qu'elle servait suivant le temps, dehors à l'abri du vent, sur la petite terrasse d'où l'on apercevait la mer, ou bien devant la cheminée.

Serge parlait et riait. Sarah se reprochait de l'écouter distraitement, de l'interrompre par des remarques ironiques. Elle eût voulu qu'il lui prît la main, qu'il dît : « ... Tu me manques. Venez avec moi à Paris. » Elle eût refusé mais il avait accepté trop vite leur séparation. Elle pensait à Charles Weber, à la manière dont elle avait écarté ce mari, peut-être l'aimait-il vraiment et avait-il souffert au point de devenir ce dénonciateur, ce traître qui avait eu pourtant le courage de se juger, seul, de se condamner à mort. Retour des choses ? Aimait-elle Serge plus qu'il ne l'aimait, puisque d'elle et de lui, elle était celle qui supportait le plus mal l'absence ?

Quand Serge avait un mouvement de tendresse vers elle, le dimanche matin, dans leur chambre au moment où elle s'éveillait, qu'il essayait de passer son bras sous la taille de Sarah, de la faire glisser vers lui, elle jouait à la femme endormie, indifférente, espérant qu'il insisterait, mais il se redressait, s'asseyait sur le bord du lit, soupirait, fatigué semblait-il, et à ce moment-là elle était émue.

« ... Tu devrais te reposer », disait-elle.

Il secouait la tête :

« ... Nous avons les communistes sur le dos, répondait-il. Depuis qu'ils sont sortis du Gouvernement, c'est la guerre. Grèves, etc., tu sais cela. Staline est derrière bien sûr, il reconstitue l'Internationale, le Kominform, c'est l'équivalent du Komintern. Il faudrait de Gaulle, mais... »

Elle avait envie de le contredire. Elle commençait :

« ... Ça n'est jamais aussi simple, quand un ouvrier fait grève ce n'est pas Staline qui peut le décider. Il prend des risques, mon cher. Staline ne m'a jamais rien ordonné, je me suis précipitée, j'ai demandé à obéir. »

Il ne lui répondait pas, murmurait :

« ... La situation est différente. »

Si elle prévoyait un déjeuner chez Mietek, avec Sam Lasky, une promenade à Cannes ou à Saint-Tropez, Serge s'excusait : des électeurs à rencontrer, les élections municipales à préparer, la visite du Général dans les Alpes-Maritimes à organiser.

« ... Nous tiendrons peut-être une réunion des cadres du Rassemblement ici, au mas.

— ... Vous êtes chez vous », disait Sarah.

Elle se levait d'un bond, s'enfermait dans la salle de bain. Elle se regardait. Chaque jour il lui semblait qu'elle ressemblait davantage à sa mère, ses rides sur le front, autour de la bouche, le nez surtout, plus busqué qu'autrefois, les cheveux devenus gris et qu'elle ne ferait jamais teindre, s'accepter telle que l'on est, lourde, comme si l'âme de son corps, peu à peu, était recouverte par une écorce pesante, vieil arbre déjà, Sarah. Comment Serge eût-il pu encore la désirer ?

Peut-être s'enfonçait-il dans la politique — la vice-présidence de la Commission des Affaires étrangères de la Chambre, une élection comme Conseiller général du département, un poste de Secrétaire national du Rassemblement du Peuple Français — pour ne plus la voir, elle, ne pas reconnaître que le temps de leur amour était passé, qu'ils étaient à la cinquantaine, au moment où l'on devient un homme public comme on dit, parce que la vie privée est vide, ou morte déjà. Alors oui, Serge prononçait des discours, présidait des banquets, dénonçait Staline, le blocus de Berlin, la guerre de Corée. Il se battait en 1951, pour être réélu. Les temps avaient changé, il arborait l'étiquette gaulliste, la circonscription ne l'était guère, il l'emportait pourtant au second tour, rayonnant, mais jamais seul avec elles deux, Sarah, Nathalia. Avait-il peur à ce point de ce miroir qu'était Sarah, où il eût découvert son âge, son visage empâté, le double menton, la calvitie qui des tempes gagnait mois après mois et que maladroitement il essayait de masquer, plaçant les mèches de manière à faire croire... Ce geste quand Sarah le surprenait lui donnait une brutale, irrépressible envie de sangloter, comme le mouvement pathétique d'une symphonie, quand il s'accorde au désespoir qu'on cache et qu'il vous plie. Elle détournait la tête, elle préférait l'aider à oublier et s'aveugler elle aussi.

« ... Expliquez-moi, Serge, ces gaullistes qui quittent le Rassemblement, l'ambition, n'est-ce pas ? Ils veulent devenir ministres. Vous en êtes ? Ou bien fidélité, fidélité ? »

Il cessait de se coiffer, la politique, l'agressivité entre eux comme un moyen de ne pas sentir la poigne du temps.

« Vous en doutez ?

— La politique, commençait-elle.

— Mais je ne condamne pas ceux qui vous quittent. Ils font le choix de l'efficacité immédiate. Nous en avons longuement discuté avec Letel, le Général laisse chacun libre de ses décisions. Souvenez-vous de sa déclaration : « Les Compagnons, ce qu'ils auront à faire « dans le cadre du régime, ils le feront sans engager le « Rassemblement lui-même et sous leur responsa- « bilité. »

— Que pourrait-il dire d'autre ? »

Nathalia poussait la porte d'un élan joyeux qui se brisait en les voyant, Nathalia si intuitive qu'il suffisait d'un mot, d'un visage fermé pour que Sarah perçoive le désarroi de l'enfant.

Des heures parfois pour la rassurer à nouveau.

« ... Viens, nous allons jouer ensemble. » Elles s'asseyaient côte à côte devant le clavier, « commence », disait Sarah. Elle avait renoncé aux tournées mais chaque jour, pour elle, pour Nathalia, elle jouait parfois deux ou trois heures, les meilleures du jour, Nathalia blottie sous le piano, le visage contre le genou de Sarah, cette communion entre elles, Nathalia prenant parfois les jambes de Sarah entre ses bras.

A l'âge de cinq ans, Sarah avait mis Nathalia au piano, sans jamais la contraindre pour que la musique devienne partie d'elle-même si elle en éprouvait le vrai besoin. Sarah l'espérait. Entre elle et Nathalia, il y aurait alors comme un vrai lien maternel. Cinq ans maintenant que Nathalia jouait. « ... Elle a la musique dans les doigts », disait Mietek. Il embrassait Sarah. « Avoue, tu as eu cette enfant en Allemagne avec un virtuose de Varsovie et tu nous as raconté cette histoire d'adoption. » Il applaudissait bruyamment. « Concertiste plus tard? » interrogeait-il. « Pour elle, disait Sarah, d'abord pour elle. »

Quand elle rentrait de classe, Nathalia s'installait au piano, les fenêtres étaient ouvertes, Sarah lisait devant le mas. Elle aimait que la musique de Nathalia soit ainsi mêlée à la vie, au vent, aux cris d'un groupe d'enfants qui s'attardaient sur le chemin. Elle fermait les yeux. « Ma fille », disait-elle. Faudrait-il un jour lui dire comment dans un hôpital d'Allemagne... L'adoption s'étant réalisée à l'étranger, n'avait laissé aucune trace. Nathalia pouvait tout ignorer. Ni Serge, ni Mietek, ni Allen ne parleraient. Pourtant, il faudrait lui dire parce qu'il semblait à Sarah qu'à mentir sur les origines, la vie tout entière devient fausse. Elle se levait, elle s'accoudait à la fenêtre, regardait Nathalia jouer, le buste droit, la tête penchée sur le côté, les cheveux longs masquant son profil. « Tu me regardes, maman, disait Nathalia tout en continuant à jouer, je le sens. »

Peut-être avait-elle déjà deviné. Elle avait une seule fois dit : « Serge, ce n'est pas mon papa. » Sarah avait répondu d'un geste, incapable de parler. Le soir, assise au bord du lit de Nathalia, elle lui avait expliqué : « La guerre, ton père est mort, et... » Elle aurait pu à ce moment-là poursuivre, mais la peur l'avait saisie; elle avait dit en embrassant Nathalia : « Dors, dors, tu es notre fille. » Nathalia l'avait longuement fixée avant de s'accrocher à son cou : « Reste encore, raconte-moi une histoire. » Elle semblait avoir oublié sa question et s'était endormie cependant que Sarah chuchotait.

Depuis, le silence à ce sujet. A dix ans, pourtant, elle aurait dû interroger. Chaque fois, dans ces moments de tendresse et de confidences qu'était entre elles l'adieu du soir : « couche près de moi, maman », demandait Nathalia – ou bien dans la salle de bain, quand Nathalia jouait à avoir froid, Sarah craignait de nouvelles questions.

Devant le miroir de la salle de bain, un matin, Nathalia avait placé son visage près de celui de Sarah.

« On a les mêmes cheveux », avait-elle dit.

Elle avait levé les mains, ouvertes, la paume tournée vers la glace.

« Les mêmes mains. »

Elle prenait la main gauche de Sarah.

« Tu as les doigts longs comme moi. »

Pourquoi ne disait-elle pas maman ?

« Il faut fermer la fenêtre », avait murmuré Sarah.

Le vent secouait les branches du platane. Tout à coup, Nathalia avait éclaté de rire.

« A l'école, la directrice dit que je serai pianiste parce que tu l'es, qu'il y a des familles de musiciens, de père en fils, pendant des siècles. »

Sarah fermait la fenêtre, ne tournait pas la tête, le vert des feuilles comme une ondulation de la main, devant elle.

« Je leur ai dit, je serai pianiste – la voix de Nathalia avait une netteté que Sarah découvrait, une force qui la bouleversait, comme si elle ne connaissait pas l'enfant qui parlait – tu m'écoutes ? »

Sarah fit oui de la tête.

« Je serai pianiste parce que j'aime Sarah, toi, je t'aime. »

Elle emprisonnait entre ses bras la taille de Sarah.

« Toi, je t'aime comme ma maman. »

Serge Cordelier ne pouvait quitter des yeux cette femme d'une cinquantaine d'années, qui avec un détachement altier, une indifférence presque méprisante, accompagnait au piano les deux jeunes danseuses. Dès qu'il était entré dans la salle de répétition dont les hautes fenêtres éclairaient le parquet lambrissé, il avait vu cette femme, qui saluait d'une inclinaison de tête sans cesser de jouer, forçant les membres de la délégation française à baisser la voix puis à se taire, imposant dans la pièce par son maintien et la netteté de sa frappe sur les touches sa loi.

« Une pianiste remarquable », dit Serge Cordelier.

Comme vice-président de la Commission des Affaires étrangères de la Chambre, il était à la tête de la délégation forte d'une vingtaine de personnes, des représentants des Assemblées, quelques journalistes. Il répétait à l'interprète « remarquable, ma femme est concertiste, sa fille le sera, votre pianiste... ». L'interprète traduisait pour le délégué du Soviet suprême Merenov, qui guidait les Français dans leur visite de Leningrad. Le directeur de l'Ecole de danse approuvait Cordelier : « Anna Spasskaia est professeur de piano, et accompagne toujours nos danseuses. »

Etait-ce bien la qualité du jeu qui retenait Cordelier ? La pianiste lui rappelait Sarah par la rigueur de son attitude, l'austérité noble de son visage. Elle avait comme Sarah des traits accusés, une gravité aussi qui pourtant n'effaçait pas, voilait seulement une expression d'intensité juvénile. Pourquoi voyait-il Sarah si peu depuis des années ? Pourquoi s'évitaient-ils ? Ne se rencontrant que pour de brefs dialogues qui laissaient Serge mal à l'aise. Ce soir même il écrirait à Sarah, lui télégraphierait s'il le fallait pour qu'à son retour d'U.R.S.S., ils vivent quelques jours ensemble, loin de France, en Italie, au Palazzo Bertolini, à Rome puisque, à la mort de sa mère, Serge en était devenu le propriétaire.

Les deux danseuses firent en même temps le grand écart, puis saluèrent d'une révérence cependant que Serge Cordelier donnait le signal des applaudissements. Il serra les mains des deux jeunes filles, et se dirigea, surprenant les Soviétiques, vers la pianiste qui hésitait à se lever, s'exécutait sur un signe de Merenov. Serge lui prit la main, la garda longuement.

« ... Madame, j'ai été très ému par votre manière d'accompagner – il s'interrompit, attendit que l'interprète eût traduit – d'ailleurs c'était bien plus qu'un accompagnement, vous les portiez. »

Anna Spasskaia rougit, rabattit le couvercle sur le clavier. Merenov faisait un pas pour entraîner Cordelier, mais les journalistes français s'étaient approchés. Catherine Grave, des *Lettres françaises,* essayait d'interviewer Anna Spasskaia, mais l'interprète l'ignorait.

« ... Vous êtes de Leningrad ? » demanda Cordelier.

Il s'appuyait au piano, ses jambes commençaient à lui faire mal, les blessures, ces coups de crosse qui lui avaient brisé les tibias et les genoux.

« ... Leningrad pour moi, dit-il, ce sont quelques vers que j'ai récités à Londres au micro de la radio de la France Libre pendant la guerre. J'ai oublié le nom de l'auteur, une femme, une inconnue je crois, mais je les ai retrouvés dans des circonstances difficiles. J'avais été arrêté par la Gestapo... »

L'interprète traduisait. Les Soviétiques et les Français entouraient le piano et au centre du cercle qu'ils formaient, Anna Spasskaia. Les mains posées à plat sur le couvercle du piano, les doigts tendus et écartés.

« ... Un poème d'un optimisme violent et tragique, continuait Serge, pour moi le symbole même du courage soviétique, celui des Français aussi, j'avais oublié ce poème mais ici à Leningrad – il se tournait vers Merenov – la visite de votre monument au souvenir des tués et des martyrs, ce matin – il s'inclinait devant Anna – vous, madame... »

Tout en parlant il cherchait à reconstituer le poème, ne se souvenant plus que des vers qu'il avait lus sur le mur de la cellule du 84, avenue Foch. Il les dit :

Nous refuserons la mort grise
Nous vivrons

Anna Spasskaia sans bouger interrompit l'interprète et commença à parler. Au rythme des phrases, sans qu'il comprît un seul mot russe, Cordelier devina qu'elle récitait le poème dans son entier et les vers lui revinrent en mémoire. Dès qu'Anna eut terminé il les dit à son tour :

Les yeux gelés et les mains prises
Nous refuserons la mort grise
Nous vivrons
De colère et d'espoir têtus
Nous ouvrirons de nos mains nues
La banquise.

Il y eut un long silence. Catherine Grave notait sur son carnet le poème. L'interprète regardait alternativement Cordelier et Merenov.

« ... Madame, dit Serge Cordelier, doit connaître l'auteur, on m'a donné le texte à Londres, une traductrice de l'ambassade. »

L'interprète interrogea Anna Spasskaia. Elle se levait, secouait la tête à plusieurs reprises comme pour se convaincre qu'elle ignorait tout de l'auteur. Merenov prenait le bras de Cordelier.

« ... Les citoyens de l'Union soviétique... » commençait Merenov.

Cordelier n'écoutait plus la traduction, il se retournait, regardait la pianiste. Elle était debout au milieu de la scène maintenant déserte, les mains tombant le long du corps, continuant de secouer la tête. Il fut tenté de la rejoindre, de tout savoir d'elle. Mais Merenov continuait de parler, de le guider. A quoi bon ? pensa Cordelier. Il ne pouvait rien pour cette femme, mais il eut l'impression d'avoir assisté à une noyade et d'être resté sur la berge.

Les cris des danseuses firent sursauter Anna. Elles l'entouraient, la questionnaient. Qu'avait-elle dit ? Que lui voulait le Français ? Krassov, le maître de ballet, claqua des mains, les filles retournèrent à la barre.

« Je rentre, dit Anna, excusez-moi. »

Elle porta la main à son front, fit comprendre qu'elle était malade. Krassov savait qu'elle était la conscience même. Il l'embrassa :

« ... Tu es brûlante. Couche-toi, bois chaud, deviens un gros samovar et sois là demain. »

Les danseuses riaient. Anna elle-même pouffa comme une enfant qu'on surprend et à qui l'on pardonne.

« Allez, va », lui cria Krassov comme elle s'éloignait.

Dehors, le froid noir d'octobre que coloraient les flammèches rouge et or des étendards de la commémoration. Anna attendit le tramway qu'annonçait le frôlement des perches sur les câbles. Au moment où il s'arrêtait, Anna décida de rentrer à pied et le conducteur, d'un tintement de clochette rageur, lui reprocha son indécision. Mais elle n'était plus maîtresse de ses réactions. Ce jour d'octobre était, elle en était sûre, un moment singulier de sa vie.

Dès le matin, cet appel téléphonique chez le gardien de l'immeuble, une voix qu'elle ne reconnaissait pas qui lui demandait si elle était bien Anna Spasskaia, la fille de l'ingénieur Spasskaief des usines Ogirov. Ces mots étouffés en elle depuis des années, qui la surprenaient. Elle se taisait. On répétait la question et comme elle répondait d'un oui étouffé, la voix disait « bon, bon » et on raccrochait. Le gardien avait observé Anna.

« ... Des ennuis ? »

Visage chafouin de ceux qui dénoncent.

« On m'a demandé mon nom », dit-elle le plus naturellement qu'elle put.

Et tout à coup elle pensa à Maria Blumen, elle s'immobilisa en face du gardien, détailla ses traits, les yeux aux paupières gonflées des alcooliques, la peau comme boursouflée, lui bien sûr qui avait surveillé Maria, lui qui avait guidé les hommes du K.G.B. dans l'escalier jusqu'à la porte de l'appartement. Si elle l'osait elle lui cracherait au visage. Comment, depuis sept ans qu'ils avaient arrêté Maria, n'avait-elle pas pensé à lui ?

Ils étaient venus au mois de septembre 1946, un matin. Ils s'étaient précipités dans l'appartement et le gardien devait leur avoir ouvert la porte. Ils tutoyaient Maria : « Dépêche-toi, allez, allez. » Ivan s'était serré contre Anna et tous deux regardaient Maria qui calmement préparait une petite valise, à peine plus grande qu'un cartable d'écolière. Elle y plaçait des livres :

« ... Tu ferais mieux de prendre de quoi te couvrir », disait l'un des policiers.

« ... Les livres, disait Maria, cela tient chaud. »

Elle avait embrassé Ivan puis Anna et du seuil de la porte elle avait dit :

Les yeux gelés et les mains prises
Nous refuserons la mort grise
Nous vivrons.

Mais elle était morte. Krassov l'avait appris par l'un des secrétaires de l'Union des Ecrivains.

« ... A quoi ça sert d'avoir survécu au siège, avait dit Anna, d'avoir donné du courage aux autres, à moi, à des milliers d'autres auxquels elle a parlé à la radio. Ils le savaient pourtant. »

Krassov baissait la voix :

« ... Ils reprennent en main les intellectuels. Tu comprends ? Heureusement ni toi ni moi nous ne touchons aux mots. Les mots ici c'est carnivore, anthropophage. »

Anna regardait le gardien qui s'essuyait la bouche du revers de la main.

« ... J'ai une lettre pour vous. »

Elle la frottait contre sa poitrine avant d'enlever ses moufles comme s'il l'avait salie, puis elle sortait dans la cour et malgré le froid elle l'ouvrait. Marek qui depuis des mois la laissait sans nouvelles lui envoyait plusieurs pages. Curieux matin. Il parlait de Maria Blumen, de l'impossibilité où l'on serait dans l'avenir de voir se reproduire des faits semblables. « *Maintenant qu'Il est mort,* écrivait Marek, *nous allons respirer sans crainte, ici tous le disent.* » Il travaillait à la construction d'un barrage sur l'un de ces grands fleuves dont Anna ne retenait pas le nom mais dont elle savait qu'ils étaient larges comme une mer. « *Viens,* disait Marek, *décide Ivan à abandonner son Institut, à choisir lui aussi la Sibérie. Ici tout est vaste, neuf. J'ai l'impression d'avoir plusieurs vies devant moi. J'étudie les mathématiques, j'écris de la poésie en souvenir de ce que je sais de Maria Blumen et parce que j'en éprouve le besoin. Ecoute Mama, viens avec Ivan. J'aime toujours Leningrad, mais :*

Je dédie ces vers à Maria Blumen.

« La Sibérie est le pays des dieux antiques
L'homme ici a des rêves géants. »

Maria presque oubliée, que chaque instant lui rappelait dans ce jour d'octobre et nouveau signe le plus inattendu le député français, qui, à l'Ecole de danse, récitait ce poème que Maria avait écrit pour Ivan au début de l'année 1942, quand à chaque heure sonnait la mort.

Mais il avait fallu qu'ils tuent Maria, après, la paix revenue.

Depuis qu'elle avait quitté l'Ecole de danse, renoncé à prendre un tramway, Anna Spasskaia marchait lentement dans la ville, comme si elle avait voulu se soumettre à l'hiver, sentir le brouillard glacé pénétrer en elle, reconnaître dans cette pénombre hostile, ses souvenirs, la ville du siège, cette *mort grise* que Maria Blumen n'avait pu refuser.

Grise la ville, grise la Russie depuis que... Anna connaissait la spirale qui l'emporterait toujours plus loin, jusqu'à ces jours d'avant 1914, quand elle était en robe blanche, assise entre ses parents dans le fiacre qui les ramenait chez eux. « A la maison », disait le père.

La Révolution avait laissé battantes les portes de toutes les demeures. Il ne restait à chacun que sa mémoire profonde, qu'il fallait enfouir davantage, car ils voulaient aussi y pénétrer, ne tolérer qu'un passé reconstruit selon leurs règles.

Ivan Machkine, aujourd'hui assistant à l'Institut de Langues, que savait-il de son père ? Il se souvenait seulement du procès Loubanski, dont il n'avait plus jamais parlé, comme si cette scène, Anna Spasskaia en larmes, le nom de Machkine revenant plusieurs fois dans la bouche du procureur, ne s'était pas produite. Il avait pourtant à ce moment-là sept ans et Marek Krivenko, qui avait témoigné contre Kostia Loubanski, semblait lui aussi avoir oublié. La guerre pour eux tous, comme la mer sur le sable. A moins que chacun ici n'eût en lui une plaie, un témoignage extorqué, une dénonciation, une lâcheté, un vol, ou simplement la peur et le silence qu'elle dictait, et qu'ils nous tiennent tous grâce à cette maladie, la honte en soi. A cela, la mort de Staline ne pouvait rien changer. Marek – Anna Spasskaia sentait sa lettre dans la poche de son manteau – s'illusionnait. Mais il était obstinément plein de foi.

Quand il était revenu de la guerre en 1945, la tête rasée, le visage maigre, les yeux brillants de fatigue, des décorations plein la poitrine, il avait montré ses mains à Anna. Maria Blumen, discrète, lui rappelait comment il était arrivé un jour, à l'improviste, avec ses yeux neufs.

« ... Tu es l'enfant des bonnes surprises », disait Maria.

Marek riait, faisait sauter du bout des doigts ses décorations :

« ... Des jouets pour un homme ça, pas pour un enfant. »

Il avait tout à coup fermé les yeux, serré les poings :

« ... La guerre plus jamais, avait-il dit. Je veux construire. »

Anna l'écoutait, servait le thé. L'envie de vivre de Marek la bousculait.

« ... Je serai ingénieur, martelait-il. Et toi ? »

Il donnait une bourrade à Ivan.

Ivan avait les cheveux blonds presque bouclés, un regard doux, ses lunettes rondes glissaient et d'un mouvement timide il les replaçait comme s'il avait hésité à se donner un regard précis.

« ... Ivan est un excellent étudiant, disait Anna.

– ... Nous avons fait la guerre pour toi, ajoutait Marek – à toi de te battre maintenant. »

Marek avait été démobilisé en Sibérie où l'on avait besoin d'hommes jeunes. Il écrivait rarement, annonçait qu'il avait obtenu son diplôme d'ingénieur, puis le silence jusqu'à ce que, un soir, il frappe à la porte, le visage creusé de rides, la peau mangée par le soleil et le froid. Il présentait une jeune femme :

« ... Mama, c'est Zoia, mon épouse. »

Elle était médecin, timide, des yeux allongés, des tresses noires sur les oreilles.

« ... Et Maria Blumen ? » demandait Marek.

Anna avait baissé la voix, ouvert puis refermé la porte, raconté comment ils étaient venus la prendre, comment elle était morte. Marek d'abord silencieux, puis se tournant vers Ivan qui s'était placé le dos à la porte, paraissant ne pas entendre :

« ... Toi l'intellectuel, qu'est-ce que tu penses ? »

Ivan avait haussé les épaules.

« ... Tu ne penses rien ?

– ... Il faudrait connaître le dossier, disait Ivan, alors on pourrait juger. »

Marek avait eu un geste de colère :

« ... Ils couvrent tout de boue, avait-il dit, ils nous obligent à marcher dans la boue. » Après une hésitation il avait ajouté : « Je me souviens, dans mon village, quand je me suis enfui, que j'ai pris ce train... »

Mais il s'était interrompu, regardant Anna, se levant, la serrant contre lui :

« ... Mama, comme ça je suis venu chez toi, l'histoire est un grand labyrinthe, elle nous pousse les uns contre les autres. »

Il avait attiré Zoia près de lui.

« ... La Sibérie, avait-il dit, c'est là qu'il y a le moins de boue. La terre est boueuse, oui, en été elle monte jusqu'aux genoux, mais une bonne boue, une bonne terre, ici – il avait une grimace de dégoût – vous avez des rues, des quais bien propres, seulement la boue remplit la tête des gens. »

Il était reparti avec Zoia et ce matin cette lettre, la première depuis plus d'un an, où il invitait Anna et Ivan à le rejoindre, pour connaître cette petite fille qui venait de naître et à laquelle Zoia et lui, en souvenir de Maria Blumen, avaient donné le prénom de Maria. « *Maria Krivenko pèse trois kilos,* écrivait Marek. *Elle a la tête ronde comme une pomme, pas de cheveux, mais Zoia affirme que c'est normal. Elle crie toute la nuit à déchirer les oreilles, je te l'ai dit, Mama, tout est plus grand ici, le froid, la vie. »*

Anna était arrivée devant chez elle. Cette année, ils n'avaient pas encore accroché aux façades de portrait de Staline, seulement les visages des vieux dieux. Il faudrait pourtant dans quelques jours se rassembler dans les rues, agiter la main devant les tribunes. Anna se souvint de ce défilé d'autrefois, le 1er mai, le piano placé sur un camion, son père debout dans la cour de l'usine Ogirov, ironique, de Machkine penché sur elle, ses mains sur les épaules d'Anna : « Joue, camarade, joue », disait-il. Machkine, Kostia, Maria Blumen, père, mère, autour d'elle que de visages effacés auxquels elle n'avait plus pensé, parce qu'il faut bien continuer de vivre, qu'il y avait Ivan, Marek, les élèves de la classe de piano, l'âme claire comme leurs cheveux blonds.

Mais ce jour d'octobre, différent depuis le matin, jalonné d'appels venus du passé.

Anna frissonna. Elle se connaissait. Elle allait se blottir dans le lit, la tête sous les couvertures pour essayer de chasser le froid, d'étouffer l'angoisse. Si elle avait eu un piano chez elle, elle aurait joué jusqu'à ce que ses mains soient engourdies, sa tête pleine de musique, mais dans l'appartement qu'elle partageait, elle ne disposait, depuis qu'Ivan habitait l'université, que d'une chambre et de quelques meubles. Quand elle réclamait, on lui répondait, reconstruction, plan. Et elle avait renoncé.

Elle traversait la cour, le gardien ouvrant la porte pour la regarder passer, faisant un signe qu'elle ne comprenait pas. Il haussait les épaules. La minuterie comme à l'accoutumée ne fonctionnait pas. Elle monta l'escalier à tâtons, s'arrêtant à chaque palier, fatiguée par le long trajet qu'elle avait accompli depuis l'Ecole de danse.

Devant sa porte, un homme était assis, comme autrefois Marek, le 1er mai 1940. Il avait posé la tête sur les genoux. Il paraissait dormir. Elle fut contrainte de le contourner pour placer la clé dans la serrure. Quand elle alluma la lumière du couloir de l'appartement, il sursauta, se leva. Il était grand, maigre, des épaules qu'on devinait larges sous la veste molletonnée. Le visage était étrange, les cheveux blancs, rasés, l'absence de sourcils et de cils, des yeux à vif, la peau marquée de petites rides courtes et profondes. Il sembla à Anna qu'elle était à nouveau au temps du siège, au plus sinistre de l'hiver 1941, quand les hommes avaient ce même regard intense, comme l'éclat d'une dernière flamme. Elle eut peur, eut la tentation de fermer la porte, de rentrer dans sa chambre, de se coucher sans se dévêtir.

« J'ai téléphoné ce matin, c'est moi. »

Elle ne bougeait pas, elle ne le voyait même plus, attentive seulement à déchiffrer en elle le souvenir, cette voix, la silhouette.

« Je suis Machkine », dit-il au moment où elle atteignait enfin la certitude que c'était Machkine.

Elle avait peur, plus encore. Elle lui tourna le dos, laissant la porte ouverte, entrant dans sa chambre, s'asseyant près de la table. Il l'avait suivie. Il était sur le seuil, il hésitait, un balluchon à la main. Il fit un pas et elle s'enfonça dans le fauteuil, écrasée par ces années, vingt-trois ans, la guerre, le siège, Ivan, Kostia, Marek, et surgissant d'avant tout cela, Machkine.

Il restait debout. Sans se tourner, comme s'il ne voulait pas cesser de regarder Anna Spasskaia, il tâtonna de la main gauche pour fermer la porte derrière lui. Il s'y appuya comme le faisait souvent Ivan, son fils qu'il ne connaissait pas.

« Après la mort de Staline, dit-il, ils ont commencé à relâcher les plus vieux, ceux qui avaient plus de vingt ans de camp. »

Elle vit qu'il ne lui restait que quelques dents. Il parlait lentement comme s'il lui fallait pousser les mots l'un après l'autre.

« Je suis en règle », murmura-t-il.

Il fit le geste de chercher dans sa veste les documents. Elle se leva, lui prit le balluchon sans qu'il bougeât, le guida jusqu'au fauteuil, le força à s'asseoir. Mais de l'avoir touché faisait renaître sa peur.

« C'est eux qui m'ont donné ton adresse. Ils disent que je peux rester là si tu l'acceptes. »

Elle enlevait son manteau d'un mouvement vif, elle courait au placard, sortait la théière, le réchaud, versait de l'eau du broc dans la casserole, poussait vers lui le sucrier, une boîte de biscuits américains que Krassov lui avait offerte et qu'elle gardait pour Ivan ou pour les jours de désespoir quand sentir fondre la pâte dure et sucrée dans la bouche lui rendait un peu de courage.

« Je ne resterai pas longtemps », reprenait Machkine.

Il avait trempé un doigt dans le sucrier, regardait les grains de sucre, portait le doigt à ses lèvres.

« Tant qu'on n'est pas sorti, on sait pourquoi il faut vivre. »

L'eau commençait à bouillir. Anna ne trouvait plus les verres, les cuillères. Ivan, Ivan, il fallait prévenir Ivan, qu'il ne rencontre pas son père sans en être averti.

« Je viens mourir près de toi », dit Machkine de la même voix lente.

Anna se mordit les doigts pour ne pas crier.

« Bois », dit-elle.

Elle versait le thé.

« Bois. »

IV

LES GÉANTS ET LES DIEUX

1959

Les Géants et les Dieux.

Allen Roy Gallway n'avait trouvé le titre de son livre qu'au moment où il relisait le manuscrit. Il s'était interrompu, avait appelé Sarah. Il avait dû refaire plusieurs fois le numéro, les lignes téléphoniques avec le midi de la France étant toujours encombrées, enfin il pouvait l'interroger et l'entendre répéter avec enthousiasme : « ... Bon, Allen, très bon, Allen, sûrement votre meilleur titre, quand me donnerez-vous le manuscrit ? »

Comme à chaque fois il se dérobait malgré la tentation, le désir de commencer à le lui lire au téléphone, l'envie de prendre l'avion pour le lui apporter.

« Le sujet, dites-moi au moins le thème, Allen, que je commence à rêver ?

– Vous, répondait Gallway, notre siècle.

– *Guerre et Paix,* quoi – Sarah riait en répétant – le même genre de titre d'ailleurs. Avec l'âge, Allen, vous devenez audacieux. »

Il allait raccrocher, se souvint :

« Bon anniversaire, Sarah. »

Elle rit à nouveau.

« C'est dans une semaine et il me semble que c'est le

vôtre aussi et celui de Serge, nous sommes le club du 1er janvier.

– Il y a cela aussi dans mon livre, dit Gallway.

– Les dieux nous guident, dit Sarah, c'est votre thèse ? »

Il grommela, dit que s'il le pouvait il la rejoindrait au Mas Cordelier pour le réveillon, qu'il avait envie de voir et d'entendre Nathalia.

« Belle ? Encore plus belle ? demanda-t-il.

– Dix-sept ans », dit Sarah.

Ils se turent quelques secondes.

« Comment vous portez-vous à l'approche de vos soixante, c'est le cap Horn, non ? reprit Sarah.

– Bah ! dit Allen, bah ! »

Sarah rit :

« Un sale moment, dit-elle, venez, nous carguerons les voiles ensemble. Soixante, c'est une tempête pour moi aussi.

– Et notre ministre ? fit Gallway.

– Il va, il va, dit Sarah, il voit de Gaulle au moins une fois par semaine au Conseil, et il arrive qu'il le rencontre une deuxième fois, en tête-à-tête – la voix de Sarah était ironique et tendre – il voit de Gaulle plus que moi. Comment voulez-vous dans ces conditions que Serge pense à ses soixante ans ? Il pense à la France, Gallway, à la France !

– Alors mon titre vous plaît ? » interrogea à nouveau Gallway.

Sarah répéta :

« *Les Géants et les Dieux.* Ça fait aussi Malraux, dit-elle. Mais en ce moment c'est à la mode.

– Je vous embrasse, Sarah », dit Gallway.

Il raccrocha, glissa une feuille de papier dans sa machine, frappa sur les touches, lentement, espaçant chaque lettre, savourant, prenant le temps du plaisir :

Allen Roy Gallway

Les Géants et les Dieux

roman

Finir un livre, c'était un drôle de moment, la paix, l'étonnement, toutes ces pages, quand donc avaient-elles été écrites, comment, par qui ? Une détente de tout le corps, l'envie d'allonger les jambes, de rester devant la machine, de la flatter du bout des doigts, cette bonne bête qui cette fois-ci encore l'avait conduit au bout; le besoin de prendre le manuscrit, de l'effleurer comme on le fait du sexe d'une femme qu'on vient d'aimer. On la regarde. On ne comprend plus. Elle est là, elle cherche les cigarettes, elle parle, comme n'importe qui, et il y a un instant elle était le désir, l'ailleurs. Comme ce tas de feuillets dactylographiés, raturés, avec des dates au bas de chaque page pour se souvenir du jour où elles avaient été écrites, de l'heure même, et ces quelques mots, manuscrits, les événements, les rencontres, l'humeur du moment.

Gallway ouvrit son manuscrit, non point pour en relire le texte mais pour suivre ces notations, cette ébauche de journal :

> « 17 mai 1959. Fatigué. Vu Tina. Le poids du temps. Injuste écrire cela, penser cela. Mais vrai. Quel âge? cinquante-cinq - soixante? Eu envie de lui demander. Cruel. Repart pour les U.S.A. Me parle de sa solitude depuis la mort de Bowler. Désir de vivre avec moi ? Jorge a vingt et un ans. Me répète « votre fils, Allen ». Emotion. Emo-

tion. Souvenir. Mais tout cela a été manqué. Il n'est pas mon fils vraiment. S'en persuader. « Il écrit son premier reportage », m'a-t-elle dit. Encore un faiseur de mots. Je dois finir ce livre avant mes soixante ans. Sept devant moi. Ce soir, rendez-vous avec Catherine. »

Etait-ce ce soir-là que... ?

Allen tourna les pages du manuscrit, chercha la date à laquelle il avait écrit le passage suivant : « 29 mai 59. » Douze jours de creux. Une période exaltante, c'était donc bien le 17 mai que Catherine... Gallway lut les quelques phrases notées à la main au bas du texte sous la date du 29 :

« Pris du retard. Douze jours. Scandale. Mais suis peut-être au tournant de mon livre. Catherine m'a apporté le roman de Marek Krivenko (?) Je n'appellerai pas ça un roman. Un récit ? Texte passionnant qui m'a arrêté dans mon travail. M'oblige à repenser mon roman. Surtout me pose à nouveau la question du destin, des coïncidences et de ce qu'elles signifient. Elles sont peut-être la trame de ma vie. Le jésuite Bertolini sur le quai de San Francisco. La Chine. Ceux que j'appelle les « êtres du « 1er janvier ». Et si donnais ce titre à mon livre ? Rencontré Julia. Voyage à Londres, capital de ce point de vue. »

Gallway interrompit sa lecture. C'était le premier titre qu'il avait choisi, puis il y avait renoncé, avait continué sans titre – sans boussole – jusqu'à ce que, aujourd'hui, ces mots *les Géants et les Dieux.* Et tout à coup il se souvint quand, le 17 mai, il avait rencontré Catherine Grave, qu'elle lui avait dit :

« ... Il faut que vous lisiez ça, Allen, ce soir même. Une amie me l'a apporté de Londres, je vais faire un article dans *Les Lettres françaises,* Aragon devra l'accepter – elle martelait la table le poing fermé. Vous connaissez Daix, le rédacteur en chef ? Il sera de mon avis. Un livre terrible et beau. »

Il avait dans le restaurant même ouvert le livre de Marek Krivenko, la première page, le titre, ce nom du héros du livre *Machkine,* puis les deux vers cités en exergue :

La Sibérie est le pays des dieux antiques
L'homme ici a des rêves géants

Les Géants et les Dieux. Il avait fallu sept mois pour que, à partir de ces deux vers, le titre de Gallway germe. Catherine lui avait parlé avec tant de conviction du livre de Krivenko :

« D'habitude, disait-elle, les livres en anglais, je renonce, mais celui-là, je ne sais pas, je comprenais tout, sans dictionnaire, passionnant; terrible, Allen, ce qu'ils ont vécu et nous ne savions rien.

– Vous ne vouliez pas savoir, Catherine. »

Elle haussait les épaules nerveusement.

« Vous croyez que je ne me le dis pas ? Que je ne me souviens pas ? »

Elle parlait très fort, s'interrompait seulement pour boire. Gallway lui remplissait le verre à demi, il n'aimait pas, il n'aimait plus la voir dériver. Quand elle était plus jeune, dans les années où ils étaient encore amants; il y a dix ans déjà, 48-50, précisément ces années où on parlait des camps soviétiques, quand il y avait eu ce grand procès contre *Les Lettres Françaises,* l'écrivain David Rousset accumulant les preuves, démontrant que le système concentrationnaire étendait sa toile sur toute l'U.R.S.S. et *Les Lettres Françaises* accusant Rousset d'être un faussaire, un grand procès emporté avec les souvenirs, en ce temps-là, Gallway aimait encore que Catherine boive, elle devenait gaie. « Je suis fofolle », disait-elle en pouffant, son corps souvent raide et lourd paraissait s'affiner, elle avait des mouvements de bras et des mains — les coudes posés sur la table — alanguis, une manière affectée de pencher la tête, les yeux mi-clos, de s'étirer, qui était provocante, impudique.

Mais les années.

Quand elle buvait maintenant, son visage enflait, rouge, elle ne riait plus mais s'irritait et Gallway lui retirait parfois son verre.

« ... Attendez que nous commencions à dîner, Catherine. »

Elle s'insurgeait.

« ... Vous ne savez pas ce que c'est que bien vivre, Gallway. Versez-moi à boire immédiatement. »

Il regrettait sa phrase, repoussait le verre vers l'assiette de Catherine.

« D'ailleurs, disait-elle en se servant elle-même, croyez-vous vraiment qu'il faille garder les idées claires ? Vraiment, Gallway ? Pour voir quoi ? Ses rides ? Se souvenir qu'on a plus de quarante ans ? C'est vous qui êtes fou, Allen. »

Elle allumait une cigarette, chipotait, buvait encore, l'amertume dans le regard, dans le demi-sourire.

« Vous aimez rester debout les pieds nus sur le fil du rasoir, murmurait-elle, ça vous enchante au fond de savoir que le temps passe, que vous allez mourir. Dites-moi, quel plaisir éprouvez-vous à être lucide ? Vous êtes quoi, masochiste ? C'est très porté chez les intellectuels européens, je vous croyais différent. Ou alors vous êtes un mystique. Je me trompe ? »

Le désespoir d'après boire était apparu chez Catherine à la quarantaine, quand les paupières gonflent, que le bas du visage s'alourdit et que le matin, quand on est encore en chemise de nuit devant la glace, on se sent « pâteuse » comme on dit, la bouche bien sûr, mais aussi la taille, les seins, tout le corps. Catherine racontait cela à Gallway, et il aimait sa franchise. Il lui prenait la main :

« Vous êtes toujours la même, Catherine, vous... »

Il s'interrompait. Elle le regardait avec une expression de tristesse.

« Pourquoi me mentez-vous, Allen ? Vous mentez si mal. Vous aussi vous êtes vieux, vous le savez mais moi, ma fille me... »

Emmanuelle Tomi, quinze ans l'année où les tanks russes écrasaient la révolution hongroise, l'année où Khrouchtchev arrachait le masque du bon Staline et montrait du doigt au monde un tyran capricieux et paranoïaque, 1956, année de la quarantaine de Catherine.

« Ma fille, disait-elle, quand je la regarde, Allen, je ne peux plus me faire d'illusions. Parfois, je la hais d'être là avec ses petits seins. Elle est belle, Allen. » Catherine baissait la voix. « Vous savez, mon premier mouvement quand elle se met une robe qui lui va bien, c'est la colère, je l'engueule : « Tu ne vas pas sortir avec ça sur le dos, c'est comme si tu étais nue. » J'ai tout de suite honte, je l'embrasse mais souvent c'est trop tard, elle m'en veut. Elle a raison, Allen, je suis odieuse, je ne supporte plus rien, tout ce qui arrive... »

Ces désillusions, les crimes de Staline, les Hongrois,

le Parti, tout ce à quoi Catherine avait cru, bon an mal an depuis 1944, voilà que c'était fangeux, « pâteux comme tout le reste », disait-elle.

Son père qui triomphait sans retenue, publiait un livre de mémoires : *L'Histoire à rebours.*

« Ce n'est pas possible, Allen, disait Catherine, même si en U.R.S.S... Soit, nous ici, je vous assure, nous avons toujours été du côté de la générosité, Jaspars – elle avait pris l'habitude depuis qu'elle signait Grave de parler de son père comme d'un inconnu – lui c'est l'égoïsme, il a trahi ses origines, Allen, et que l'histoire lui donne raison, non, je ne peux l'admettre. »

Elle s'éloignait du Parti mais continuait d'écrire aux *Lettres Françaises.*

« ... D'abord, je dois vivre, ma fille, vous savez qu'elle entre en médecine, déjà, intelligente, trop je me dis, trop pour une femme, et puis au journal, je fais passer un peu d'air. »

Elle allait écrire un article sur le livre de Marek Krivenko, elle voulait que Gallway le lise.

« Après, vous jetterez un coup d'œil sur mon article, Allen, n'est-ce pas ? »

Ils s'embrassaient sur le seuil du restaurant, pressés l'un et l'autre de se quitter, la peur entre eux, Catherine craignant de décevoir Gallway, de découvrir dans son indifférence qu'elle n'était plus la jeune femme audacieuse qui savait prendre l'initiative, mais une femme mûre qu'on ne désirait plus que par habitude. Allen, paralysé lui aussi, incertain de vouloir vraiment faire l'amour avec Catherine, honteux par avance du risque de n'y point réussir, si désolant l'échec, la sensation charnelle de la solitude, l'impression d'être un muet qui s'obstine à crier qu'il a besoin d'aide, la pensée inquiétante que l'acte d'écrire et l'acte d'amour étaient les formes différentes d'une même énergie; l'impuissance alors comme l'annonce de la fin du pouvoir écrire. Gallway abandonnait rapidement Catherine.

Remettre à demain l'épreuve. Garder l'illusion. Mais cette prudence était pire que la tentative. Le doute, comme une taupe obstinée, creusait la sape. Et Gallway, à sentir peu à peu s'effriter la confiance qu'il avait eue en lui-même, en sa spontanéité, se persuadait qu'il était devenu vieux.

Ce soir-là, celui du 17 mai, il s'était donc éloigné de Catherine, le livre de Marek Krivenko sous le bras, faisant un signe quand le taxi de Catherine passait près de lui, qui regagnait le boulevard Raspail à pied. Alors avait commencé à tourner l'engrenage qui avait obligé Gallway à ne plus écrire durant douze jours et à modifier l'orientation de son livre. Et peut-être à incurver sa vie.

Au coin de la rue Bréa et du boulevard Raspail, il avait aperçu Serge Cordelier qui, entouré de plusieurs personnes, parlait avec volubilité. Gallway avait ralenti son pas, souhaitant que Cordelier restât un instant seul afin qu'il pût l'aborder, mais trois voitures officielles noires étaient venues se ranger en double file et Cordelier était monté dans la première. Sans doute l'un de ces dîners en ville qui faisaient partie du métier d'homme politique.

Depuis plusieurs mois, Gallway ne rencontrait pas Cordelier. Serge, avec le retour au pouvoir du général de Gaulle, était devenu Monsieur le ministre Cordelier, chargé des Anciens Combattants, une attribution qui faisait sourire Sarah. Féroce, elle avait commenté devant Gallway :

« ... Serge ne parlait que de l'avenir de la France, du futur, etc., et on lui donne les vieillards qui ont fait 14-18 et les pensionnés, vous ne trouvez pas ça comique ?

— Un premier poste, répondait Gallway.

— Symbolique, Allen, de ce qu'est la politique. Finalement, si l'on veut s'y faire une place, il faut accepter, toujours accepter, et on remet à plus tard la réalisation de ses idées. La politique, continuait Sarah, je le savais, Allen, j'en trouve la confirmation dans la « carrière » — elle enflait la voix pour tourner en dérision ce qui lui semblait être la passion de Serge — c'est abdiquer. »

A Paris, Gallway n'avait eu qu'une seule fois, depuis mai 1958, en octobre de la même année, l'occasion de rencontrer Serge. Ils avaient échangé quelques phrases rapides dans un dîner, Gallway peut-être trop sévère :

« ... Votre de Gaulle, Serge, avait-il dit, l'armée l'a porté au pouvoir. Chez nous les généraux, s'ils veulent faire de la politique, se font élire. »

Cordelier distrait, le regard attiré par d'autres invités, répondait :

« ... Vous autres Américains, vous voulez une France faible, soumise, et ce ne sera plus le cas avec de Gaulle, avec nous... »

Que dire à un homme qui ne s'interroge plus sur les mots qu'il prononce ? L'abandonner à ses certitudes.

Gallway n'avait plus revu Cordelier jusqu'à cette soirée du 17 mai.

Il avait regardé les voitures officielles prendre le boulevard, vers la Seine, puis il s'était dirigé vers son atelier, à pas si lents qu'une prostituée l'invitait à la suivre depuis le bord du trottoir opposé, silhouette brune, jeune à ce qu'il semblait dans la lumière bleuâtre du boulevard. Gallway avait hésité. Ne pas se retrouver seul. La porte de son appartement refermée, trop souvent il n'avait qu'une envie quelle que soit l'heure de la nuit, ressortir, pour ne pas penser à ces années passées comme des nuages qui glissent à l'horizon, aux occasions perdues, à Barcelone, quand Tina assise sur le lit... A la vie qui avait alors un goût de poivre. Elle était fade maintenant. Il fallait pourtant s'accrocher, aux mots, au travail, et Gallway se déshabillait dès qu'il était rentré chez lui, pour opposer à son désir de fuite dans la rue les gestes qu'il faudrait faire, passer la chemise, nouer les lacets, compter sur la paresse pour s'obliger à se coucher.

Le sommeil lent à venir, les questions, le tourniquet des jours passés, celui où Jorge avait sonné à l'atelier, il y a deux ans à peine.

Bowler venait de mourir, c'était tôt le matin, ce moment où Gallway travaillait déjà à ce roman, coup de sonnette, ce jeune homme brun, les cheveux coupés très court, un blouson de toile blanche, des chaussures de tennis, le doigt qu'il passait sur ses lèvres, un geste que reconnaissait Gallway, un geste à lui, le refus d'admettre qu'il s'agissait de Jorge, le ton agressif qu'avait pris Allen pour l'interroger en français alors qu'il était sûr qu'il s'agissait d'un Américain :

« ... Vous voulez quoi ? Vous cherchez qui ? »

La porte à peine entrebâillée :

« ... Bowler », il répétait seulement ce nom, « Bowler ». Il avait les yeux de Tina, gris.

L'envie de le prendre dans les bras.

Gallway ouvrait la porte, tournait le dos à Jorge, lui lançait « Come in, Come in », lui demandait de refermer la porte, s'asseyait à son bureau. Là, Gallway était à l'abri, les avant-bras de part et d'autre de la machine, les deux lampes à abat-jour d'opaline verte à hauteur de ses yeux, la machine à écrire comme un bouclier.

Jorge s'était avancé dans l'atelier, regardant autour de lui. Il était grand, efflanqué. La mesure des années brutalement. Gallway s'était souvenu de ce que Catherine expliquait de ses rapports avec Emmanuelle, Jorge était passé du bébé joufflu qu'il avait vu aux Etats-Unis, la seule période — avait-elle vraiment existé ? — de vie commune, Tina à ses côtés toutes les heures; puis à Paris, quand Jorge était venu dans cet atelier, s'asseyant sur les marches, le visage encore rond, et maintenant cet adolescent qui ne savait pas comment occuper ses bras, qui se grattait le front, la nuque, émouvant à force de maladresse dans les gestes.

« Ma mère », commençait Jorge.

Il avait imaginé, Gallway — vrai, faux — une voix se perd si vite — reconnaître l'accent de Bowler, celui, presque britannique, des gens de Boston.

« Je passe par Paris, reprenait Jorge. Je fais un tour d'Europe — il accompagnait sa phrase d'une rotation du doigt — ma mère, puisque vous connaissiez mon père depuis longtemps... »

Une situation de tragi-comédie bourgeoise, le faux père, le vrai père, le fils, etc. Il ne manquait qu'une réplique de Gallway, « viens, mon enfant, viens dans mes bras » et quelques pleurs.

Gallway se sentit sale, comme s'il était couvert d'une sueur poussiéreuse.

« Je dois beaucoup à Richard Bowler, dit-il. Il a publié mon premier texte... »

Gallway s'interrompait :

« Je vais faire un café, disait-il, puis il se ravisait – on va prendre un café dehors, et on déjeunera ensemble. »

La rue, les passants, les bruits, l'espace autour de Gallway pour le protéger de l'intimité avec Jorge.

Ils étaient de la même taille, une complicité d'épaules et de démarche, comme un souvenir physique, des temps fraternels de l'enfance, quand Allen marchait aux côtés de son frère, l'aîné. Un aîné de trois dizaine d'années, c'était lui maintenant.

« Cette Europe, alors, Jorge? Moi, je ne peux plus m'en passer. »

Jorge buvait son café rapidement, parlait avec enthousiasme. Attachant. La vivacité de Tina, son énergie. De moi qu'a-t-il? Gallway guettait Jorge, cherchant à se reconnaître. Mais Jorge était brun – comme Tina ou comme Bowler. La taille, la démarche, oui, certaines attitudes, ses mains qu'il plaçait à nouveau devant les lèvres.

« Voilà, disait Jorge – il hésitait – pour déjeuner, j'ai oublié, j'ai un ami qui... »

Gallway secouait la tête :

« Aucune importance, aucune. »

Jorge regardait sa montre.

« Allez-y, allez-y. Vous quittez Paris quand? »

Jorge partait le soir même pour Athènes. Adieu, Jorge.

Il se levait les paumes appuyées à la table, les mains fines, aux doigts longs, les mains de Tina. Il restait un moment ainsi, penché, ne regardant pas Gallway.

« J'ai lu vos livres, disait-il d'un trait, tous vos livres, je les aime beaucoup, surtout *La Maison ouverte* et *Le Village espagnol.* »

Jorge s'éloignait les mains dans le dos, la tête levée.

Allen allumait rapidement une cigarette, besoin de ces gestes, de la fumée devant les yeux, pour contrôler l'émotion, oublier par le retour aux habitudes cette dernière petite phrase de Jorge, les deux livres qu'il avait cités, ceux où se reflétaient les jours passés avec Tina.

La rencontre avec Jorge avait duré à peine plus d'une heure mais quand Gallway le vit disparaître – sa silhouette quelques minutes, la tête dépassant de la foule, puis sa course à grandes enjambées pour traverser le boulevard et Gallway se dressait à la terrasse du café pour essayer de l'apercevoir encore, avec le désir de le héler – il sut qu'il ne colmaterait plus la brèche. Une plaie qu'il s'était longtemps dissimulée et qui allait battre jour après jour. Il suffirait d'un adolescent croisé, ou bien d'un coup de sonnette inattendu le matin pour qu'il se souvienne ou espère.

Se jeter au travail alors. Se contraindre à cimenter une phrase par l'autre, à s'étayer à coups de mots, de pages, d'heures passées à creuser ce tunnel chaque matin, un livre, mais l'évasion n'était pas au bout dans la besogne de taupe.

Jours, mois, lignes recommencées, feuilles entassées, jusqu'à ce 17 mai 1959, Tina rencontrée, qui annonçait son départ, celui de Jorge pour son premier reportage, les quelques mots que Gallway avait écrits au bas de son texte, *Il n'est pas mon fils vraiment. S'en persuader à tout prix.* Sinon, que restait-il? Qu'à réussir ce que Gallway avait raté des années auparavant, sur la terrasse de la villa de Mackievicz à Beverly Hills, ce sommeil dont on l'avait tiré et avait commencé le voyage avec Jorge et Tina, Jorge endormi dans la voiture cependant que se déroulaient de part et d'autre de la route, sous le ciel rouge, les plaines bistre de l'Ouest.

Ne pas céder, pas encore.

Rentrant chez lui après avoir vu Catherine, Gallway s'étendit, commença à feuilleter le livre qu'elle lui avait remis. Il fut pris par le battement des mots. Un écrivain ce Marek Krivenko. Il racontait comment, une nuit d'été en Sibérie, alors qu'il travaillait dans la lueur incandescente des projecteurs, les tubulures et les barres d'acier comme des arbres dressés sur le ciel, il avait brusquement été saisi par le froid. Glace intérieure. Sensation qu'à ne pas dire ce qu'il avait vécu, il trahissait tous ces hommes qui travaillaient à ses côtés. Que son silence était la faille dans le mur. Qu'il lui fallait raconter.

Le livre de Krivenko n'était pas un roman. L'éditeur anglais, sans doute par souci commercial, avait détourné le sens de cette œuvre : un témoignage. On y voyait se lever l'incendie dans les plaines à blé de la Russie d'Europe, durant les années 30, on y entendait la voix du procureur des grands procès. Marek Krivenko y avait témoigné contre Kostia Loubanski, celui qui l'avait recueilli. *Mon foulard rouge de Komsomol était ma laisse,* écrivait-il. Puis la guerre. L'oubli. Le désir d'effacer, de construire, mais une lettre arrivait : un homme était de retour, Machkine, silencieux.

Marek Krivenko l'avait rencontré quelques mois après sa libération des camps. Il vivait à Leningrad chez la mère adoptive de Marek. Il ne connut qu'un hiver et un été de liberté puis il mourut. Pour Marek, il fut la mémoire. Il rentrait en Sibérie, il recommençait à travailler au barrage. Le soir il chantait penché sur le berceau de Maria, sa femme Zoia le tenant par le cou. Le bonheur avec pour prix le silence. Et une nuit, ce besoin de commencer à écrire ce livre, dont il traçait le titre, *MACHKINE,* sur le cahier où habituellement entre deux calculs il notait quelques vers, et le récit se développait ainsi entre les équations et la poésie.

Gallway relut la dernière phrase : *quoi qu'il en coûte à moi et aux miens, il fallait que ce livre surgisse. Il faut qu'il soit lu. Il y a dans mon pays des millions de Machkine. Ce livre est une stèle élevée à leur mémoire.*

Le matin déjà. Gallway était ankylosé. Il avait les genoux douloureux. Il prenait froid facilement et il avait lu sans sentir la fraîcheur humide de l'aube. Il ferma les yeux, tira la couverture sur lui, repensa à la journée, Tina, Catherine, Serge aperçu, ce livre. Il ne pouvait pas dormir. Il se leva, se fit chauffer du café et installé dans la cuisine, le livre posé près du bol, il l'ouvrit à nouveau, et brusquement cette indication qu'il n'avait pas lue : *traduit du russe par Julia Clerkwood-Scott.* Clerkwood ? Ce nom il le connaissait. Il se souvint d'une soirée chez les Cordelier, quai de Béthune, avant la guerre. Gallway faisait effort pour situer la date, c'était à son retour d'Espagne, en 1937. Il se leva sans plus sentir ses douleurs, chercha dans sa bibliothèque l'un des cahiers cartonnés dans lequel il tenait irrégulièrement son journal. Il retrouvait le cahier, l'année 1937 et à la date du *13 novembre 1937. Une heure du matin,* le récit de cette soirée, quand il avait découvert que Serge Cordelier était le neveu de Giulio Bertolini. Ce soir-là, il avait reçu la lettre de Tina lui annonçant qu'elle était enceinte et qu'elle s'était mariée avec Bowler. Mais il y avait autre chose qui fermait la boucle, achevait la coïncidence, Cordelier avait parlé le même soir, il y a plus de vingt ans, de cette enfant que son oncle avait adoptée à La Paz, et que Cordelier avait rencontrée. Elle s'appelait Clerkwood. Comme la traductrice du livre de Marek Krivenko, enfant adoptif lui aussi, et hier soir c'est ce livre à la main que Gallway avait aperçu Cordelier. Gallway eut la sensation d'avoir enfin traversé la forêt, la vie, d'apercevoir au-delà des derniers arbres la plaine ouverte. Il resta un long moment immobile, puis commença à reconstituer les maillons qui liaient entre eux les événements, les personnes. Certains devaient encore manquer. Voilà quel était le sujet du livre auquel il travaillait depuis près d'un an. Il fallait qu'il sache.

Il était à peine six heures du matin. Cordelier habitait-il toujours quai de Béthune ? Gallway forma le numéro, laissa la sonnerie retentir. Il retrouvait une passion, l'une de ces obsessions qui donnent une âme aux journées. Enfin la voix de Serge Cordelier ensommeillée, son étonnement.

« ... Je peux prendre le petit déjeuner avec vous ?

— ... Quand ? Aujourd'hui ?

— ... Dans une heure, Serge. »

Qu'est-ce qui avait pesé sur Serge pour qu'en quelques années il devienne autre ? La politique, le pouvoir ou simplement l'âge, ce travail du temps sur le corps et le caractère qui accuse certains traits, en efface d'autres. Qu'est-ce qui est vrai d'un homme ? Ce qu'il est à quarante ans ou à soixante ?

Gallway, assis en face de Serge Cordelier devant les fenêtres qui donnaient sur le quai de Béthune et la Seine, l'observait. Serge parlait paraissant avoir oublié que c'était Gallway qui lui avait téléphoné. Le visage ne s'était pas empâté, au contraire même il s'était affiné laissant apparaître l'ossature, le front plat, les pommettes. La calvitie l'allongeait. Les sourcils broussailleux et gris dissimulaient le regard que Gallway ne réussissait pas à saisir, qui l'effleurait, rapide, interrogeant sous le bavardage comme si ces mots jetés par Serge, sur le climat social du printemps, le résultat des élections, le problème algérien, l'attitude des Américains – « Le pétrole, mon cher Gallway, votre gouvernement ne s'intéresse qu'à ça » – n'étaient que dérobade.

Serge servait le café, mangeait rapidement, se levait, boitillant toujours, rapportant le pain grillé qu'il faisait crisser sous ses dents. Il prenait souvent une expression bonhomme, sourire bienveillant, vivacité brusquement effacée, mais le regard démentait cette attitude. Gallway se taisait, refusant d'un geste le pain que Cordelier lui offrait. Tout à coup, Cordelier posa sa tasse.

« Vous voulez me parler de Sarah, n'est-ce pas ? » dit-il d'une voix sèche.

Avant même qu'Allen ait pu répondre il reprenait.

« C'est elle qui a choisi. Elle a refusé de revenir habiter Paris, ici. Elle a délibérément tourné le dos à la vie sociale. Un choix que je ne conteste pas, Gallway. Elle pouvait recommencer une carrière de concertiste. » Il se levait, les mains sur les reins comme s'il éprouvait une douleur et de fait il grimaçait. « Les impressarii ne demandaient que cela, je l'aurais soutenue, Malraux maintenant, si elle le voulait, lui donnerait la direction d'une Maison de la Culture, passionnant vous ne trouvez pas ? Tout à faire, Malraux a raison quand il dit que ce sont les cathédrales du futur. Mais non, elle s'est renfermée – il se courbait comme pour dessiner l'attitude de Sarah – elle est hostile à mon engagement politique. Vous étiez là d'ailleurs, il y a dix ans, plus de dix ans, quand je me suis présenté pour la première fois aux élections, mais quoi, il fallait que je devienne un vendeur de villas pour retraités ? Voyons, Gallway, est-ce que je suis fait pour cela, est-ce que j'ai pris les risques que j'ai pris pour renoncer à une action publique ? Je crois à la nécessité de l'action des hommes et à leur rôle dans les événements, Sarah, non.

– Elle y a cru, murmura Gallway, elle a pris de grands risques aussi. »

Serge avait un geste violent :

« Mais qui le nie ! Elle est d'un courage exemplaire, elle l'a montré, Gallway, je le sais. Elle l'a été avant moi. J'étais aveugle, je tâtonnais. C'est vrai.

– Il y a Nathalia », dit encore Gallway.

Il ne savait plus très bien pourquoi il était venu. La fatigue de la nuit sans sommeil pesait sur lui plus vive au fur et à mesure que la fraîcheur de l'aube s'estompait.

« Nathalia, Nathalia, un prétexte. Elle étouffe cette enfant, elle l'enferme. Il fallait que Nathalia entre au Conservatoire, ici, à Paris. Mais non, Sarah s'imagine qu'elle est le meilleur professeur possible. »

Cordelier s'accoudait à la fenêtre ouverte, attendait qu'une péniche dont le moteur toussotait se fût éloignée, reprenait sans se retourner vers Gallway.

« Je la sens hostile, coupée du monde, elle voit Mietek, ce fou, souvent une ancienne déportée, Elisabeth Naldi, qui habite Vence une bonne partie de l'année, et dont le mari comme moi vit à Paris. J'ajoute – il faisait face à Gallway maintenant, appuyait chacune de ses phrases d'un mouvement de la main – qu'elle fait tout pour me gêner. Elle signe des manifestes contre l'action de l'armée en Algérie. »

Gallway se souvenait, le nom de Sarah Berelovitz au bas de l'une de ces pétitions contre la torture et la répression, *Sarah Berelovitz, pianiste, déportée en Allemagne, matricule 35021.*

« La torture, Serge, dit Gallway, c'est la torture qu'elle condamne. »

Serge Cordelier eut un brusque mouvement des épaules, il commença à marcher à grands pas dans la pièce.

« La torture, pas un de ceux qui signent n'a été torturé comme je l'ai été. Croyez-vous que je resterais au Gouvernement si je pensais couvrir ou favoriser des tortionnaires ? C'est un scandale intellectuel de nous accuser. La torture, je l'ai subie, et je ne suis pas le seul parmi les gaullistes. Seulement, les choses ne sont pas simples, Gallway, vous au moins vous pourriez le comprendre, si nous voulons que la paix revienne... »

Il s'interrompit, vint s'asseoir en face de Gallway.

« Je sais ce que Sarah a souffert en Allemagne. » Il parlait maintenant d'une voix basse. « Il y a un peu plus de trois ans, je me suis rendu en U.R.S.S, à Moscou, à Leningrad avec une délégation parlementaire. J'ai beaucoup pensé à Sarah là-bas, je me suis dit, nous allons nous retrouver, vivre à nouveau comme avant, je vais la convaincre, et puis... »

Serge eut un geste las, prit une cigarette.

« Leningrad », avait dit Serge. Un maillon de plus dans la chaîne : Machkine, le héros de Krivenko, était de Leningrad.

« Je voulais vous demander, commença Gallway, Clerkwood, ce nom, vous connaissiez, je crois... »

Julia Clerkwood avait attendu que le taxi de Gallway disparaisse au bout de Regent Street. Gallway l'avait déposée devant chez elle.

« Merci pour cette soirée, disait-il. Je n'aimais pas Londres. J'ai changé d'avis – il riait – peut-être à bientôt, qui sait ? La vie, vous avez vu, un manège, on peut tout et rien prévoir, on ignore toujours le point où l'on se trouve, mais ça tourne, alors je dis à bientôt. »

D'une enjambée, il avait regagné le taxi, ouvert vivement la portière, répété : « A bientôt, si le destin le décide. »

Julia avait mis longtemps à retrouver sa clé comme si elle n'avait pas voulu rentrer immédiatement dans sa maison – l'une de ces demeures blanches à un étage, qui donnent à certaines rues de Londres cet aspect de ville de province cossue et tranquille. Elle avait envie d'être encore, pour quelques minutes, seulement Julia Clerkwood. Une fois la porte franchie, elle aurait les malles à remplir. Il lui faudrait passer au collège avertir le directeur que Rafael quittait l'établissement à la fin du mois, « Mon mari, le colonel Ralph Scott, a été nommé attaché militaire à Tokyo... », légère inclinaison de tête du directeur : « Rafael, je crois, tirera de ce séjour là-bas un très grand profit, à treize ans, sa maturité... »

Tout cela, ces bavardages anglais, cette indifférence attentive, Julia pouvait le prévoir comme elle imaginait déjà le salon de l'ambassade à Tokyo, l'ambassadeur Milton Atkins, qu'elle avait connu au temps où elle assistait aux réceptions que donnait l'ambassade américaine. A l'une d'elles, elle avait connu Ralph. Mariage, angoisse durant la bataille d'Angleterre, désespoir quand Ralph avait été abattu au-dessus de l'Allemagne, joie d'apprendre qu'il n'était que blessé, prisonnier, libéré enfin. Et la vie. Rafael auquel elle avait donné ce prénom, malgré l'opposition de Ralph, pour rappeler l'Amérique latine. Sa mère avait conseillé de céder à Ralph, Reginald Scott, cela sonnait bien disait Dolorès, mieux que Rafael Scott. Julia n'avait pas renoncé et quand elle avait décidé de faire baptiser Rafael dans la religion catholique, Dolorès l'avait serrée contre elle.

Petites victoires dans la vie de Julia. Elle se prenait parfois à regretter la guerre, les bombes volantes au-dessus de Londres, les alertes et le plâtre qui blanchissait les cheveux, tombant des plafonds que faisaient trembler les explosions, les vitres éclatées et ce crissement du verre sous les pas, l'attente aussi de la paix, du retour de Ralph.

Il était rentré. Rafael était né dix mois plus tard. Les dîners officiels, avec ces Messieurs gris du Foreign Office ou du War Office. Tout ce que Julia avait détesté dans la vie de ses parents, le protocole, les conversations debout, un verre à la main, recommençait, alourdi par la raideur orgueilleuse des Britanniques, le poids des siècles impériaux. Face à Ralph, Julia se sentait américaine, indienne. Elle voulait le heurter. Elle choisissait de poursuivre ses études de russe, commencées quand son père était en poste à Moscou.

« Que comptez-vous faire de cela ? demandait Ralph.

— Interprète, pourquoi pas ? Traductrice. Je ne voudrais pas, mon cher Ralph, que ma vie se limite à disposer les cartons devant les assiettes avant vos — elle insistait sur le mot — vos dîners. »

Il avait ce geste ridicule de lisser du bout des doigts sa moustache, la moustache comme un complément de son uniforme de la Royal Air Force. Doux Ralph, pourtant d'une intelligence méticuleuse, d'un vrai dévouement. Elle avait pu le mesurer quand Dolorès Clerkwood, malade...

Elle avait raconté cela à Gallway au cours du dîner, dans le restaurant français proche de Piccadilly Circus où il l'avait invitée.

Il lui avait téléphoné de Paris, de la part de Serge Cordelier.

« Bien sûr, Serge, répondait Julia. Un ami de mon père. Ils se sont connus à Paris, revus ici, à Londres, pendant la guerre.

– Précisément, reprenait Gallway, je suis écrivain, je m'intéresse aux coïncidences, je suis un vieil ami de Serge, Allen Roy Gallway. »

Julia avait seulement dit : *L'Autre Côté de l'océan* ?

Gallway toussotait :

« Il n'y a qu'un seul auteur qui ait trouvé un titre aussi bizarre, je suis cet auteur-là. »

En entrant dans le restaurant elle l'avait reconnu. Il paraissait plus jeune que sur les photos qu'elle avait vues de lui au dos des couvertures, les cheveux presque entièrement blancs pourtant, un air de fatigue aussi dans l'attitude, voûté, le coude sur la table, le menton dans la main, des lunettes à la pointe du nez qui lui servaient à lire ce carnet ouvert devant lui, et souvent, sans doute pour dévisager qui entrait, son regard passait au-dessus des lunettes. Julia le saisit, naïf. La voyait-il s'avancer, il semblait distrait tout en la fixant, les yeux étonnés quand elle s'adressait à lui, qu'il sursautait, se levait, grand, il parut très grand, à Julia, peut-être aussi parce qu'il avait du mal à se tenir droit, repoussant la table, trébuchant, maladroit, lui proposant de s'asseoir en face de lui, disant qu'il était heureux qu'elle ait accepté de dîner mais qu'en somme, il ne savait plus que lui dire, il sentait qu'il avait besoin de rencontrer la personne qui s'appelait Clerkwood, qui avait traduit le livre de Marek Krivenko, parce qu'il y avait là des signes qui ne trompaient pas, qu'il lui expliquerait, mais que c'était difficile tout de suite, que pour qu'il puisse lui-même éclaircir ce réseau de liens entre des personnes que rien ne paraissait devoir rapprocher, il fallait un climat particulier. Il s'était interrompu. « Mais peut-être va-t-il naître en nous, ce soir », avait-il ajouté en lui souriant, voix assurée tout à coup qu'il corrigeait d'une grimace marquant son incertitude.

Entre eux cette confiance s'était établie et Julia avait parlé de la mort de sa mère.

S'était-elle déjà confiée à quelqu'un ? Tout en racontant à Allen, Julia s'interrogeait. Elle n'avait rien dit ni à son frère Ronald, ni à son père, ni à Ralph. Pour elle seule cette mort, pour elle seule ces nuits passées dans la chambre de l'hôpital de La Paz.

Une étrange histoire qui faisait trembler la raison, Julia en prenait conscience, en en déroulant les méandres pour Gallway.

Elle vivait à Londres, c'était à la mi-décembre 1950, le 19 très précisément. Elle était chez elle, seule avec Rafael et la nurse. On avait sonné et la nurse avait annoncé qu'un prêtre chinois demandait à voir Mme Clerkwood. Julia l'avait fait entrer. Il était fluet, sans âge, le costume gris de clergyman qu'il portait était trop large pour lui. Il avait souri en apercevant Julia et Rafael qui jouait près d'elle. Il devait y avoir erreur, la personne qu'il voulait voir avait cinquante ans : « Dolorès Clerkwood. » « Ma mère, avait répondu Julia.

— Je voudrais la rencontrer, répétait le Chinois, je suis le père Tieng. »

Les parents de Julia étaient rentrés aux Etats-Unis dès 1946. James Clerkwood avait passé deux ans au Département d'Etat à Washington, puis deux années à l'ONU à New York. Il venait de prendre sa retraite.

« Ma mère habite Boston », précisait Julia.

Elle parlait lentement comme si le père Tieng avait eu du mal à comprendre alors que son anglais était à peine hésitant. Il acceptait enfin de s'asseoir, et les bras croisés il commençait à évoquer la Chine de l'hiver 1939-1940.

« J'étais alors l'assistant du père Bertolini. Les troupes japonaises ont occupé Shanghai et deux officiers sont venus questionner le Père. C'est du père Bertolini que je voulais parler à Mme Dolorès Clerkwood – il s'interrompait, regardait Rafael qui, assis sur le sol, continuait d'assembler un jeu de construction – mais puisque vous êtes sa fille... »

Il avait expliqué comment le père Bertolini avait été arrêté, comment lui l'avait suivi.

« Nous étions dans la campagne, disait-il, sans un abri, un espace fermé de fil de fer barbelé, de miradors. Il y avait là surtout des Européens que les Japonais avaient arrêtés dans toute la Chine. Nous n'étions pas maltraités, mais – il hochait la tête – le froid, il a plu beaucoup en Chine, je ne savais pas qu'il pleuvait tant dans mon pays. Je suis resté près du Père, un homme saint – un exemple pour tous. »

Il se taisait longuement. Julia demandait à la nurse de sortir avec Rafael.

« Vous savez que votre mère a été adoptée par le Père, reprenait Tieng, le 1er janvier 1900. Il avait été très marqué par cet événement. Votre mère, vous le saviez ? »

Dolorès avait par bribes évoqué son enfance, les rues

de La Paz, le couvent, les chiens autour d'elle quand elle s'était enfuie, et son tuteur maître Trevijano qui avait veillé sur elle, jusqu'à ce qu'elle rencontre James Clerkwood à Buenos Aires.

« Nous avons connu, avait dit Julia, Serge Cordelier, le neveu du père Bertolini.

– Le Père ne m'a parlé que de Dolorès Clerkwood, répondait Tieng. Elle seule. Il voulait que je la rencontre pour lui dire qu'il avait pensé à elle toute sa vie, qu'elle avait été pour lui un signe de Dieu. Il est mort en parlant d'elle, madame. »

La pluie, l'humidité, le froid s'agrippant aux os, la toux.

« L'épuisement vraiment », concluait Tieng.

Il se levait, saluait d'un sourire.

« Vous avez pu sortir de Chine ? demandait Julia.

– Je suis peut-être le seul, disait-il. La protection du père Bertolini. »

Au départ des Japonais, Tieng avait regagné la Mission catholique où il avait été ordonné prêtre. Il assurait l'enseignement à la Mission quand les troupes communistes avaient occupé la ville. Il avait refusé de fuir et après quelques jours il avait été convoqué par les communistes au siège du commandement militaire de Shanghai. Il avait traversé la ville décorée de guirlandes. Parfois des gamins le poursuivaient de leurs injures mais il n'avait rencontré aucune hostilité réelle, plutôt une indifférence amusée. Dans le grand bâtiment de ciment de la municipalité où s'était installé l'état-major de la IVe Armée Populaire, les soldats le regardaient avec curiosité. On le questionnait, le faisait passer de bureau en bureau. Un officier seulement reconnaissable au revolver qu'il portait accroché à un baudrier, le dévisageait : « Le camarade Lee Lou Ching, commandant la IIIe Armée Populaire de marche, veut vous voir. »

Tieng s'était souvenu de l'interrogatoire du père Bertolini par les officiers japonais, le Père lui avait expliqué après leur venue qu'ils désiraient obtenir des renseignements sur Lee Lou Ching.

« Je ne sais rien, disait le père Bertolini en souriant, sinon qu'il parcourt la route comme un croyant doit le faire. »

Lee Lou Ching avait lui-même ouvert la porte. Il était un peu plus grand que Tieng. Son visage était joufflu et ses lunettes rondes, cerclées d'acier, semblaient collées aux yeux, il fumait une cigarette très longue au papier de couleur foncée. Il s'était assis posant sur la table placée devant lui ses mains potelées.

« Tu es le seul à être resté à la Mission ? » avait-il demandé.

Tieng avait expliqué qu'il y avait les enfants, qu'il n'avait rien à craindre des soldats qui se proclamaient les amis du peuple. Il était le fils de ce peuple. Il avait grandi en son sein.

« Qui t'a enseigné ? » demandait Lee Lou Ching.

Tieng avait donné le nom du père Bertolini.

« Il n'a plus posé aucune question, expliquait Tieng à Julia Clerkwood. Il a réfléchi. Moi, je sais qu'il pensait au Père, à l'enseignement que le Père lui avait donné à lui aussi. Nous étions, grâce au Père, un peu comme des frères lui et moi. Après il m'a dit qu'il ne voulait pas me rééduquer, que la Chine avait suffisamment de consciences neuves, sans aucune poussière de l'Ancien Monde, qu'on allait me conduire jusqu'à la frontière et m'expulser à Hong Kong.

– Je n'ai pas protesté, disait Tieng. A son regard, je savais qu'il n'était pas homme à changer d'avis. Mais avant que je parte il m'a demandé ce qui était arrivé au père Bertolini. C'est pour le savoir qu'il m'avait fait venir. Mais il ne le disait qu'à la fin. Je lui ai raconté comme à vous. Il m'a dit que le Père était mort comme un vrai fils de Chine. »

« Votre mère ? » avait demandé Gallway à Julia comme elle s'interrompait un instant.

De temps à autre, tout en parlant, Julia essayait de savoir ce que Gallway pensait de son récit. Il paraissait fasciné, hochant la tête, mordillant l'une des branches de ses lunettes. Quand Julia, le temps d'une bouchée, s'arrêtait de parler, il la regardait plus intensément encore.

« Vous ne mangez pas », disait-elle.

Il sursautait comme si la question de Julia lui rappelait qu'ils étaient dans un restaurant. Il prenait une bouchée, mâchait, reposait la fourchette.

« Votre mère ? demandait-il à nouveau.

– Savez-vous pourquoi je m'appelle Julia ? commençait-elle. Ma mère avait choisi mon prénom en souvenir de Giulio Bertolini. »

Il lui prenait la main.

« Un autre jour, disait-il, si nous nous rencontrons encore, je vous expliquerai comment les vies se croisent. Rares sont ceux qui en ont conscience. » Gallway secouait la tête. « On veut rester ignorant, c'est plus commode, sinon, si l'on comprend, si l'on a l'intuition qu'il y a ailleurs quelque chose qui nous guide – il avait un geste de dénégation – je ne dis pas Dieu nécessairement, mais peut-être une énergie, des personnes qui s'attirent vont de l'une à l'autre comme des électrons, qui se collent un moment par couple, positif, négatif. Ou bien vous savez, les oiseaux migrateurs, ces grands vols que les saisons chassent d'un bout à l'autre des continents, à leur naissance les oisillons sont encore aveugles, mais ils connaissent leur route. Nous sommes des oiseaux migrateurs, Julia – il s'interrompait, comme s'il avait craint d'avoir utilisé son prénom – nous allons suivant les saisons vers telle ou telle vie, nous savons où nous allons, mais c'est un savoir caché, que nous nous employons à masquer. Nous fuyons la connaissance, nous la refusons. »

Il se recula, s'appuyant au dossier de sa chaise.

« Excusez-moi », dit-il encore. Il lâchait sa main, ajoutait comme pour s'excuser : « Je voudrais rendre cela vivant dans le roman que j'écris et c'est pourquoi je divague un peu. »

Ils mangèrent en silence, commandèrent un dessert, se turent à nouveau.

« Le jour, reprit Julia, où le père Tieng est venu me parler de Giulio Bertolini, ma mère a disparu. »

Elle s'exprimait avec calme alors que le coup de téléphone de son père au milieu de la nuit l'avait affolée. Elle réveillait Rafael pour le tenir contre elle, comme s'il allait disparaître aussi.

James Clerkwood, la voix étouffée, expliquait qu'il avait attendu avant de téléphoner : « Ta mère, depuis quelques jours, j'avais le sentiment que cela n'allait pas. Elle n'aime pas Boston, je lui ai proposé de retourner vivre à Londres, près de toi, mais Ronald est ici. Elle était déchirée, dépressive, et voilà, elle n'est pas rentrée, la police a commencé les recherches, on ne sait pas, elle n'a pas pris la voiture. Je t'embrasse, ma chérie, je t'embrasse. Je te rappellerai. »

Ralph avait tenté de rassurer Julia. Il raisonnait.

« Votre mère, Julia, il y a plusieurs hypothèses... »

Une seule que Julia sentait, voyait : la mort à gueule de chien.

Quelques jours étaient passés, longs, poisseux avec le brouillard sur Londres, dans les pores de la ville et dans les yeux. Julia avait du mal à obtenir Boston, où son père paraissait désemparé, malgré la présence de Ronald.

« Le jour de Noël – Noël répétait Julia – j'avais malgré tout, comme le faisait ma mère quand j'étais enfant, installé une crèche pour Rafael... » Un télégramme de La Paz, de l'hôpital. « *Dolorès Clerkwood état grave demande présence Julia Clerkwood-Scott.* »

Ralph organisait le voyage, une correspondance à Washington pour Caracas, de là un vol pour...

« Voulez-vous que je vous accompagne ? » répétait-il.

Julia refusait.

« C'est moi, disait-elle, c'est moi qui dois, seule. Restez avec Rafael. »

Un vol épuisant, le jour, la nuit, des soleils qui paraissaient osciller sur un horizon courbe, le froid puis la moiteur puis cet air des rues de La Paz, coupant le souffle à ras de gorge.

« Elle avait le visage comme tiré à l'intérieur, je ne peux pas dire autrement, expliquait Julia à Gallway. La peau était tendue, presque transparente. Elle m'a reconnue dès que je suis entrée dans la chambre. Elle me parlait avec les yeux. La chambre, l'hôpital, sordides. Ralph avait télégraphié à l'ambassade britannique. Ils m'ont aidée... »

Julia sentait bien qu'elle fuyait les souvenirs, qu'elle préférait parler des infirmières dévouées mais incapables, des cafards qu'elle avait vus sous le lit, des gouttelettes d'eau qui suintaient sur les murs, du plafond craquelé. Elle n'osait pas revivre ces nuits – car ce ne furent que des nuits puisque les volets restaient clos – où penchée sur le visage de sa mère elle humectait ses lèvres, où elle voyait que peu à peu glissait dans la crevasse blanche celle qui lui avait donné la vie.

La seule fois où Dolorès avait pu parler, peu après l'arrivée de Julia, elle avait murmuré : « Je suis heureuse, tu es là, tu es ma fille, je t'ai vue toute une vie, ma mère... »

Elle avait secoué la tête et son corps avait commencé à devenir cette chose immobile.

« Elle est morte le 1er janvier, vers deux heures du matin, le jour de son anniversaire, dans la ville où elle était née. Ils ont été incapables... »

Le médecin-chef diagnostiquait une crise cardiaque, puis un empoisonnement, puis une morsure, puis l'effet d'une peur intense.

On l'avait trouvée allongée dans une rue du quartier indien, des chiens hurlant autour d'elle.

« Je l'ai laissée là-bas, disait Julia, dans le cimetière indien, celui des pauvres. Elle le voulait. Je suis revenue et me voilà. »

Elle souriait, sa main tremblant quand elle prenait une cigarette et qu'elle cherchait son briquet.

« Votre nom, disait Gallway, quand je l'ai lu au-dessous du titre, *traduit du russe par Julia Clerkwood-Scott,* a été un signal pour moi. Je savais que vous m'aideriez à nouer les derniers fils...

– Tout est clair maintenant ? »

Elle s'était, pendant qu'il parlait, essuyé les yeux.

Fumer la calmait. Et puis il y avait neuf ans de cela, plus de neuf ans.

« Non – Gallway faisait non avec le doigt – non, je me demande si ce n'est pas sans fin, comme dans certains tableaux, quand des spirales disparaissent dans les nuages, ou bien des portes s'ouvrent sur d'autres portes et ainsi jusqu'au bout d'une perspective, qui se perd elle-même à l'horizon. Ce livre de Krivenko, quand je l'ai lu... »

Julia se levait.

Ils marchaient côte à côte jusqu'à Piccadilly dans le clignotement incohérent des enseignes. Les taxis s'agglutinaient pour la sortie des spectacles.

« Le plus étonnant, dit Julia cependant que Gallway faisait signe à l'un d'eux, c'est que mon père se souvenait très bien de ce Krivenko, de l'affaire Machkine. Il était en poste à Moscou, il avait assisté au procès, et quand j'ai traduit le livre, il m'a semblé que je revivais des scènes connues, le témoignage de Krivenko contre Kostia Loubanski, cette femme Anna Spasskaia à la barre, avec son fils, celui de Machkine. J'ai eu l'impression que mon père nous en avait parlé. J'avais seize ans à ce moment-là, j'apprenais le russe, je m'intéressais beaucoup à ce qui se passait autour de nous. Et c'est ce livre-là que j'ai traduit.

– Qui d'autre que vous pouvait, dit Gallway. Vous deviez le traduire. Deviez, Julia – il détachait les syllabes.

– Un taxi », dit-elle.

Elle s'élança pour ne pas réfléchir à ce que Gallway suggérait.

V

SA VIE COMME CENDRES

1960

Depuis le matin, Sarah était assise dans la bibliothèque, face à la fenêtre, comme si elle observait, au-delà des rides brumeuses des collines, les variations de la lumière de novembre sur la mer immobile. Nathalia avant de partir pour le lycée était entrée en courant dans la pièce, ses anglaises noires tombant sur ses épaules, les livres serrés par une lanière qu'elle balançait à bout de bras, un léger maquillage teintant ses lèvres et ses paupières. Elle récitait d'une voix joyeuse « je suis en retard, je suis en retard ». Elle se penchait pour embrasser Sarah, « examen blanc ce matin », disait-elle, « je ne sais rien, je ne sais rien ». Brusquement, elle se redressait, regardait Sarah.

« Toi, tu n'es pas bien », murmurait-elle.

Voix anxieuse. Sarah fermait les yeux, tentait de sourire :

« Le dos, disait-elle, le temps est humide. »

Nathalia, les mains posées sur les accoudoirs du fauteuil, la dévisageait.

« Serge a téléphoné ? interrogeait-elle à voix basse.

– Va, ma chérie, tu es en retard », répondait Sarah.

Elle commençait à se lever, pour écarter le regard de

Nathalia, pour ne pas céder à la tentation des aveux, des larmes. La sollicitude de ceux qui vous aiment affaiblit. Seule. Supporter le choc seule.

« Va », répétait Sarah.

Elle avait pris les poignets de Nathalia.

« Elisabeth doit venir, continuait-elle pour la rassurer, nous dînerons ici ou peut-être à Cabris.

— Pour Serge... »

Nathalia, intuitive, toujours.

« Tout va bien, tu sais, très bien », disait Sarah.

Nathalia s'éloignait à regret.

Sarah la voyait qui traversait l'aire devant le mas, se retournant, hésitant avant de s'engager sur la route que commençait à éclairer le jour. Il y eut le bref coup de klaxon du car de Grasse, l'élan du moteur au moment où il abordait le virage, Nathalia se mit à courir dans l'allée de cyprès, laissant la campagne nue.

Nue.

Depuis qu'elle avait entendu la déclaration de Serge à la radio, Sarah se sentait nue. Cauchemar. Elle était à nouveau dans le troupeau, sur la place d'appel du camp, la honte faisant oublier le froid, la peau hérissée de tremblement pourtant. Nues, toutes nues, mère nue devant Sarah, mère jamais vue, les épaules si étroites, et les cris des surveillantes pour que les déportées gardent les mains le long du corps, leur interdire le geste de pudeur dérisoire, placer les mains devant le sexe, les bras écrasant, cachant les seins. Un coup de Gummi — la matraque en caoutchouc — sur les coudes pour qu'elles écartent les mains et les bras au moment où elles passaient devant eux, le commandant du camp, les S.S., les surveillantes, les kapos, l'état-major noir, sanglé de cuir.

Elles, nues. La honte brûlante et la glace sur soi.

Sarah retrouvait le geste. Assise, elle avait les mains croisées sur le sexe comme si elle était nue.

Elle l'était. Serge l'avait laissée sur la place du camp en lui arrachant, quelques phrases avaient suffi, tout ce qui la protégeait.

Elle s'était levée tôt, inquiète de ne pas avoir eu de nouvelles de Serge. Elle avait au cours de la semaine essayé de lui téléphoner au ministère ou quai de Béthume. « Monsieur le ministre est absent, lui répondait un membre du cabinet. Je regrette, madame. » Elle insistait pour qu'on l'avertisse de son appel : « Bien sûr, madame, dès que je verrai monsieur le ministre. »

Quai de Béthume, personne.

Elle lui avait écrit :

> « Je ne voudrais pas commettre une erreur, *expliquait-elle.* Je sais à quel point vous êtes attaché à votre *action* politique. »

Elle avait d'abord noté « votre *carrière* politique », mais elle ne voulait pas le heurter et elle avait raturé le mot.

> « Il faut donc, *avait-elle continué*, que vous m'indiquiez dans quel sens je dois répondre aux journalistes. Ils me harcèlent, vous l'imaginez bien et ils doivent vous guetter aussi. Je crois, mais vous êtes le mieux placé pour juger de ce qu'il faut faire et dire, qu'il nous faudrait adopter une attitude commune. En tout cas, soyez sans

crainte : je suivrai vos avis. Cette boue, ces calomnies ne m'atteignent pas. J'étais inquiète à propos de Nathalia. J'ai pris la décision de tout lui raconter, en détail : David Wiesel, mon action au service des Russes, leur attentat contre moi à Barcelone, et pour finir les accusations de Charles Weber et son suicide. Elle n'a qu'un peu plus de dix-sept ans, mais sa maturité est celle d'une adulte. Et pas de n'importe quelle adulte. Je suis très fière d'elle. Fière, oui. J'ai profité de ces confidences – j'ai naturellement parlé de la déportation, de ma mère – pour évoquer son adoption. J'étais sûre qu'elle avait deviné depuis longtemps, je vous l'avais dit il y a des années déjà. En effet. Mais je suis apaisée et l'attitude de Nathalia m'aide beaucoup. Comment aurais-je réagi à cette campagne contre moi et contre vous, sans elle ? Je ne saurais le dire. Avec Nathalia à mes côtés, elle ne m'atteint pas. Il faut donc, cher Serge, et je le répète très simplement dans votre intérêt, que vous m'expliquiez ce que vous souhaitez... car bien entendu c'est vous qui êtes visé... »

La manœuvre était claire en effet. Sarah dès les premiers échos en avait compris le but. Il s'agissait de créer autour de Serge un climat de suspicion afin d'empêcher de Gaulle de lui confier, comme on lui en prêtait l'intention, le ministère des Affaires algériennes.

La dernière fois que Serge était venu au Mas Cordelier, en septembre, il avait paru heureux, rajeuni. Le temps était doux comme en mai, avec en plus des crépuscules longs, alanguis, le frémissement régulier de la source se mêlant aux cris des hirondelles tournant haut dans le ciel roux. Il répondait calmement à Nathalia qui l'attaquait pourtant avec vivacité :

« ... Si je le pouvais, disait-elle, moi aussi j'aiderais les Algériens. Après tout, ce sont des résistants comme tu l'étais, et maintenant, de quel côté es-tu ? »

Il expliquait. L'armée. Les généraux. Les complots.

« ... La politique, disait-il, c'est le temps, il faut nous laisser le temps. »

Sarah essayait de retenir Nathalia, mais elle avait la fougue de la jeunesse, elle parlait de Monod, l'un des professeurs d'histoire du lycée, qu'on avait arrêté.

« ... Il est seul, tu comprends », disait-elle.

Elle prenait une cigarette.

« ... Tu fumes maintenant, s'étonnait Serge en regardant Sarah.

– Elle fume », disait Sarah en souriant.

Cela faisait longtemps qu'ils ne vivaient pas ensemble une telle soirée. L'immobilité de l'air, cette sensation de temps suspendu, la ligne digitale des cyprès comme un signe d'éternité, troublaient Sarah. Il lui semblait qu'elle vivait un instant de communion avec tous ceux qu'elle avait aimés et dont la nature lui parlait avec tendresse, son père, David, mère. Elle avait envie de se lever, d'aller au piano.

« Tu te souviens, dit-elle à Serge – depuis combien de temps ne le tutoyait-elle plus ? – à la bibliothèque polonaise, ce concerto de Mozart ? Tu t'étais assis dans l'allée.

– J'ai raccompagné ta mère, après », dit Serge.

Ils se turent, Nathalia respectant leur silence, fumant avec une application enfantine, les lèvres avancées, toussotant souvent.

« C'était quand – demanda Nathalia –, cette rencontre ?

– Je ne veux pas le savoir », dit Sarah.

Elle avait fermé les yeux. Il lui semblait entendre les applaudissements de la salle.

« ... Hier, dit-elle encore, hier soir. »

Serge hochait la tête.

« En 1917, dit-il. Il y a quarante-trois ans, quarante-trois !

– Je vais chercher un châle », dit Sarah.

Ce temps accumulé, traversé si vite qu'elle croyait pouvoir en toucher l'origine en se retournant, mais un abîme s'était ouvert.

Sarah se levait pour dissimuler son émotion, elle allumait les deux lampes du salon, elle donnait à manger au chat, commençait à faire du café. Des actes, des gestes. Ne pas rester au bord du passé. Eviter le vertige.

Quand elle revint, Serge et Nathalia parlaient encore de la guerre d'Algérie, de Monod que personne ne soutenait.

« ... Les communistes du lycée, ils distribuent des tracts, disait Nathalia, Paix en Algérie, oui, mais Monod, ils refusent de l'aider, lui il est en prison. »

– Il en sortira, dit Serge, je te le répète, il faut laisser de Gaulle... »

Nathalia se pencha, embrassa Sarah, passa près de Serge en lui touchant l'épaule :

« Un cousin de Thérèse, elle dit qu'il a vingt-et-un ans, il est mort là-bas, alors ta politique, le temps, de Gaulle, ces bonnes intentions – elle parlait d'une voix calme – joli tout ça dans les articles et les discours, à la télévision, mais merde, merde, merde. »

Elle avait crié les derniers mots. Ils l'entendaient qui claquait la porte de sa chambre.

Ils se regardèrent. Sarah ne se souvenait pas d'avoir, depuis des années, croisé si longuement les yeux de Serge. Ils s'effleuraient d'habitude pour esquiver les questions ou les reproches, Serge pour ne pas être retenu au Mas Cordelier, Sarah pour ne pas découvrir l'hésitation de Serge ou l'appui qu'il lui demandait, l'un et l'autre s'efforçant à l'indifférence, pour mieux se protéger, pour condamner sans comprendre.

« Passionnée, dit Serge, comme toi. Elle te ressemble de plus en plus, même le visage, les expressions. »

Sarah serra le châle sur ses épaules.

« Tu vas prendre froid, dit-elle, tu veux une veste ? »

Il fit non, la retint par la main comme elle ébauchait un mouvement.

« Ne bouge pas, dit-il. Nous ne sommes jamais ensemble. »

Il s'y prit à plusieurs fois pour allumer une cigarette. La brise commençait à se lever, porteuse des bruits et de la fraîcheur de la nuit déjà tombée plus bas dans les replis des collines et sur la plaine, du côté de Peymeinade ou de Mouans-Sartoux.

« Quand je m'arrête, murmura-t-il, je ne sais plus pourquoi je cours, pourquoi je participe à tout cela, je me dis que peut-être, c'est l'essentiel que je manque, toi, Nathalia, ces odeurs. Tu sens ? L'olivier, les figuiers, une partie de mon enfance, ici.

— Tu as choisi de courir, dit Sarah, dans ta nature d'agir, tu penses être utile. »

Elle l'observait. Les traits du visage, à l'heure de la fatigue du soir, avaient perdu leur force. Elle devinait dans la demi-obscurité les cernes sous les yeux, ces tavelures de la peau apparues depuis quelques années. Elle fut émue de cette faiblesse.

« Tu es utile », dit-elle avec conviction.

Il lui embrassa la paume, resta ainsi, les lèvres dans sa main, et elle se mit à lui caresser la nuque, ces quelques cheveux gris, apaisée par le mouvement instinctif de sa main et ce qu'il faisait renaître en elle de la douceur passée.

« Il faut rentrer », dit-elle.

Il soupira, se redressa et ils marchèrent en se tenant par l'épaule, comme autrefois, jusqu'au mas.

Dans le salon, Serge décida d'allumer un feu. Il cassait les branches, froissait le papier avec une joie puérile. Puis il vint s'asseoir près de Sarah. Sa lassitude avait disparu, il était repris par l'action, le besoin de convaincre.

« ... Rares sont ceux qui mesurent les obstacles que nous devons contourner, disait-il. Nathalia – il prenait la main de Sarah – toi aussi, j'en suis sûr, vous me condamnez. La paix, la paix en Algérie, les principes moraux, etc., dans l'absolu vous avez raison, Jeanson et son réseau d'aide aux Algériens, bravo sur le plan philosophique, mais la politique ce n'est pas la philosophie, ce sont des hommes qui changent, avec qui il faut ruser, mais oui, même si cela te choque... »

Elle s'éloignait à nouveau de lui. Elle ne pouvait partager l'ardeur de Serge. La politique n'était pour Sarah qu'un jeu de colin-maillard où celui qui a les yeux bandés crie qu'il voit.

« On se perd à ruser », murmura-t-elle.

Mais il n'entendit pas, à peine eut-il le soupçon qu'elle avait parlé. Il hésitait un instant, reprenait :

« Letel, par exemple, tu te souviens de Letel ? Il est passé dans le camp des ultras, soutien à l'Algérie française, compromission avec ceux qui complotent. Pourquoi ? Conviction, ambition ? Il nous a lâchés, habilement, prudemment, sans trop s'engager, un pied sur chaque case, suivant le moment, l'une ou l'autre.

– Je me couche », dit Sarah en se levant rapidement.

Elle craignait tout à coup qu'il ne la suive, qu'après des années...

Oui, des années qu'ils ne dormaient plus ensemble, qu'elle ne connaissait plus le bruit régulier de la respiration de Serge, la chaleur rassurante qui vient du corps de l'homme. Il avait fallu qu'elle s'habitue à cette part glacée du lit, à sa gauche, à cette sensation quand elle se couchait d'être enfermée, loin des autres, sommeil comme une mort qui sépare, de là sans doute depuis qu'elle dormait seule, ces insomnies, ce désir inconscient qui la tenait en éveil de guetter le vent, le piétinement des rats dans le grenier, la voix humaine des chats qui hurlaient dans la campagne, ou l'aboiement rageur d'un chien que l'écho multipliait. Elle avait peur pourtant que Serge, ce soir, n'entre avec elle dans cette intimitée désolée de la nuit solitaire, qu'il ne la voie, telle qu'elle se découvrait chaque matin, enlaidie, et qu'elle ne soit contrainte en le touchant de parcourir tout ce temps écoulé depuis leur première étreinte.

Serge se leva.

« Il n'est pas impossible que de Gaulle me confie les Affaires algériennes, dans un ou deux mois; il m'a demandé d'étudier les principaux dossiers. Rien n'est officiel naturellement. »

Elle était rassurée qu'il continue ainsi de parler. Elle s'écartait, atteignait l'escalier alors qu'il était encore devant la cheminée.

« Le ministère le plus difficile, dit-elle. Dangereux même. »

Il ne répondit pas, le visage grave, une expression de

désespoir qui bouleversa Sarah. Elle demeura immobile sur la première marche.

« Vous ne voulez pas de moi », murmura-t-il.

Elle ne pouvait parler, l'émotion comme une douleur à la base du cou. Elle avait envie de pleurer. Il avançait vers elle qui ne bougeait pas.

« Sarah, dit-il, restons ensemble. »

Il était devant elle. Elle ne voyait plus que ses yeux. Il lui mit les deux mains sur les épaules. Elle voulait dire non, parce qu'elle savait que la perte, après, serait trop profonde, qu'elle aurait le flanc rongé par la place vide dans le lit, car Serge repartait demain. Mais les corps se souviennent. Elle était comme la forme creuse qui attendait Serge, elle ne pouvait rien contre cela, que l'accueillir, quand il l'embrassait, qu'il lui prenait la taille, la contraignait à monter marche après marche, qu'il s'allongeait avec elle sur le lit, posant sa tête sur ses seins.

Ils s'étaient évités le lendemain matin, Sarah quittant la chambre quand le ciel est encore bleu sombre, que sur les planches caillouteuses, ici et là, entre les oliviers, les paysans allument des feux d'herbes sèches dont la fumée se confond avec la brume et monte droit dans un crépitement qui ressemble à celui des cigales. Elle avait entendu Serge qui se levait lui aussi, gagnait son bureau où depuis des années il dormait, seul.

Elle sortait sur l'aire, engourdie par la nuit, sensible à la fraîcheur, mais peu à peu, à désherber au bout du jardin, à bêcher le carré des rosiers, elle se dénouait.

Elle aimait cette respiration retenue du matin, ce moment d'harmonie avant que ne se brise l'unité sous la poussée de la lumière et des rumeurs. Elle s'interrompait, appuyée à sa bêche, guettant au-dessus de la mer la croissance rouge du soleil.

Nathalia l'avait rejointe, prête déjà, la prenant par la taille et toutes deux serrées, elles étaient montées sur la terrasse, à droite du mas, là d'où l'on aperçoit parfois, par temps clair, le profil cisaillé de la Corse.

« Je regrette, avait dit Nathalia, hier soir je me suis emportée contre Serge. » Elle posait son visage contre l'épaule de Sarah, elle entourait sa taille de ses bras. « Je sais bien qu'il est contre la guerre, la torture. J'ai lu – elle baissait la voix – ce livre sur la Résistance que tu m'as prêté, où on parle de lui. »

Elle s'interrompait et dans le silence, se serrant plus fort, elles imaginaient cette cellule du quatrième étage du 84, avenue Foch.

« Pourquoi ne démissionne-t-il pas ? Il a besoin d'être ministre ?

– Il pense qu'il aide à faire la paix plus vite », murmura Sarah.

Elles revinrent vers l'aire. Serge les regardait s'avancer, les mains derrière le dos, voûté, pensif. Il évita le regard de Sarah, dit à Nathalia :

« ... Veux-tu accepter que ma voiture officielle te dépose au lycée, je pars dans quelques minutes ?

– Je suis contre la collaboration », dit Nathalia en s'élançant.

Elle criait depuis le mas :

« ... Mais puisque c'est toi, je collabore, attends-moi. »

Serge et Sarah, seuls, face à face.

Serge allumait une cigarette.

« Il n'est pas impossible, disait-il, que le préfet fasse protéger la maison. Si de Gaulle me désigne, je serai l'une des cibles des ultras, je les crois prêts à tout. »

Il parlait, il marchait, pour se dérober, et Sarah arrachait les feuilles mortes des rosiers grimpants, sans se tourner vers lui.

« Me voilà », dit Nathalia.

Elle était sur le seuil, d'une beauté si spontanée qu'à la voir Sarah fut émue, lui effleura les cheveux et la joue du bout des doigts comme si elle avait eu peur qu'à l'embrasser, à la toucher, sa jeunesse se ternisse.

« Voilà la voiture », dit Serge.

Noire, elle roulait entre les cyprès, faisant crisser les graviers. Bruit de portières, voix du chauffeur.

« A bientôt », murmura Serge.

Il était devant Sarah.

L'agripper. Le contraindre à rester avec elle. Si peu d'années encore à être ensemble, tant de risques pris déjà, miracle que d'être en vie, pourquoi se jeter encore en avant? Elle avait peur. Elle se reprochait d'avoir peur, se souvenait de sa mère qui prédisait toujours le pire. Etait-elle à ce point devenue vieille?

« A bientôt », dit-elle.

Elle regarda Serge comme il approchait son visage pour l'embrasser. Elle sut qu'il s'interrogeait lui aussi.

« Dès que les négociations auront abouti, commença-t-il, je... »

Il s'interrompit hésitant à s'engager.

« Enfin, à bientôt, Sarah », dit-il seulement.

Elle resta immobile. Elle le voyait qui s'approchait, elle n'éprouvait rien quand il l'embrassait sur les joues. Elle jugeait ce couple qu'ils formaient, elle et lui, comme s'ils avaient été deux inconnus dont elle n'eût

rien ignoré pourtant. C'était leur dernière nuit, pensait-elle. Ils ne vont plus se revoir.
Et elle eut peur de ce qui leur restait à vivre.

Quand elle essayait de reconstituer ces semaines jusqu'à cette matinée de novembre où elle avait entendu à la radio – le journal de sept heures, celui qu'elle écoutait régulièrement – la voix de Serge, Sarah revenait toujours à la nuit, à la tendresse des premiers instants, le visage de Serge contre ses seins, l'illusion qui l'avait prise comme si le temps, l'âge n'existaient plus, comme s'ils avaient été encore allongés sur le tapis, devant la fenêtre de leur appartement quai de Béthune et qu'au-dehors passent les péniches.

Serge avait commencé à l'embrasser avec fougue et elle sentait sourdre en elle, venus du fond de sa mémoire corporelle, le besoin, le désir, si longemps étouffés jusqu'à croire qu'ils n'avaient jamais existé, ou bien qu'ils étaient morts.

Mais non, elle s'était simplement soumise à la loi de Serge, elle avait accepté son absence, elle avait eu peur de crier qu'elle avait envie de faire l'amour, de sentir encore un corps d'homme peser sur elle, de reconnaître la vie dans l'autre désirable, de s'assurer qu'on existait, vivante, parce que gonflaient les seins et le sexe, et qu'enfin s'ouvraient les lèvres et les jambes à l'humide et glauque chaleur du plaisir.

Une sorte de rage tardive, regret des nuits perdues, s'emparait de Sarah. Elle s'était voulue vieille, enlaidie puisqu'il ne couchait plus avec elle, et maintenant elle lui en voulait de la longue sécheresse à laquelle il l'avait contrainte. Elle le serrait contre elle, elle lui mordillait la poitrine, elle le tirait à elle, dans elle, en s'accrochant à ses reins, à ses fesses, qu'il entre en elle, qu'il la crève et que jaillisse en eux ce qui restait de vie.

Brusquement, parce qu'il répétait d'une voix douloureuse « Sarah, Sarah », elle ouvrit les yeux, échappa au tourbillon, le vit, les mâchoires crispées, les touffes grises des tempes ébouriffées, le visage en sueur. « Je ne peux plus, je ne peux pas », disait-il.

Elle tenta de respirer calmement, mais elle se sentait vibrer et le souffle lui manquait.

« Vous êtes déçue », dit-il en se couchant à côté d'elle.

Elle tendit la main pour prendre le paquet de cigarettes, ne le trouva pas, se leva. Dans la salle de bain, elle aperçut dans le miroir une femme aux joues rouges et aux yeux encore vifs. Elle éteignit la lumière, ferma la porte à clé et debout, appuyée au mur, elle se mit à pleurer.

Tout s'était joué cette nuit-là, elle en était sûre. Le reste, les articles de Berthet dans *Le Défi*, l'hebdomadaire de l'extrême droite, anecdotes.

Berthet tenait ses informations de Letel et à la manière des journaux antisémites d'avant-guerre — cette haine jamais arrachée, ce chiendent tenace qui s'agrippe aux hommes — il procédait par allusions :

> « *Ce n'est pas la consonance du nom de l'épouse de l'actuel ministre du général de Gaulle qui a retenu mon attention,* écrivait-il. *Après tout, chacun a les origines qu'il peut. Mais pourquoi faut-il que Mme Sarah*

Cordelier, née Berelovitz, ait signé tant de pétitions qui condamnent les soldats français et leur préfère les Ahmed et les Allah ? On imaginait Israël en guerre contre les Arabes. Mme Sarah trahirait-elle deux fois ? »

Quand Nathalia, au moment du procès du réseau Jeanson d'aide aux Algériens, avait rapporté ce numéro du *Défi* qui en première page portait le nom de tous les accusés et parmi eux *MONOD professeur d'histoire*, Sarah avait feuilleté l'hebdomadaire, cherchant à calmer Nathalia.

« ... Monod, disait-elle, n'est pas le principal inculpé et même si son nom...

— ... Mais ils appellent au meurtre », répondait Nathalia.

Elle lisait le titre : *La liste complète des traîtres qui assassinent nos soldats en Algérie.*

« ... La France, répondait Sarah, ce n'est pas l'Allemagne nazie, crois-moi. »

Et là, en page trois, cette photo, un homme debout près d'un piano sur lequel est posé un bouquet de fleurs. Assise devant le piano, une femme. Ces colonnes au fond de la scène, les tentures, les arbres en pots, le passé comme un puzzle : *Madame Cordelier,* dit la légende de la photo, *l'épouse du ministre gaulliste, quand elle s'appelait encore Sarah Berelovitz et se faisait photographier à Varsovie aux côtés de l'agent communiste Wiesel.*

L'envie de vomir, sa mère qui vomissait sur Sarah,

les femmes qui se battaient pour approcher de l'ouverture dans la paroi de bois du wagon, la morte dont la tête heurtait le cou de Sarah, les déjections, la merde, la pisse et quand les S.S. avaient fait glisser la porte, les aboiements des chiens devant l'entrée du camp.

Nathalia s'était approchée, elle se penchait et ses cheveux frôlaient les joues de Sarah qui fermait les yeux. Nathalia parlait sans que Sarah comprenne mais cette voix était de vie.

Le calme peu à peu, les mots de Nathalia qui redevenaient distincts.

« On va faire une pétition au lycée, disait-elle, pour Monod, nous allons faire signer les profs, on verra bien qui se dégonfle. Tu signeras ? »

Sarah regarda longuement Nathalia.

David Wiesel, sa lutte dans les rangs des communistes, son passé d'illusions et de risques, pourquoi le nierait-elle, qui devait porter la honte ? Eux ou nous ? Les complices des bourreaux ou David Wiesel ?

« Ils parlent aussi de moi », dit Sarah.

Elle lut le titre : *Le passé trouble de l'épouse du ministre de De Gaulle.* Elle continua, précise, détachant chaque syllabe : *Sarah Berelovitz a-t-elle oui ou non travaillé pour l'espionnage russe ?*

Chaque mot lui donnait du courage et chaque coup d'œil à Nathalia la rassurait.

« C'est Letel, dit-elle quand elle eut terminé de lire l'article. Il dirigeait le service de renseignements. Il a les dossiers. Il croit tenir tout le monde. Il veut briser Serge. Il va continuer, aller plus loin. La semaine prochaine, Berthet parlera de Charles Weber, de mon premier mari, de son suicide, c'est ainsi.

— Que vas-tu faire, maman ? » disait Nathalia.

Longemps qu'elle n'employait plus ce mot, maman, qu'elle le contournait, l'évitait en disant simplement Sarah.

« Rien », murmura Sarah.

L'émotion l'avait saisie à nouveau.

« Tu as fait tout cela, maman, vraiment ? » disait Nathalia.

Elle avait la voix d'une petite fille à laquelle on raconte une fable. Sarah l'attira contre elle.

« Il ne faut pas m'admirer pour ça. »

Sarah caressait les cheveux de Nathalia, glissait ses doigts dans les boucles, répétant à mi-voix comme on rêve : « Tu as de beaux cheveux. »

« J'étais pleine d'illusions, reprenait-elle. Et puis, je te raconterai, ceux en qui j'avais confiance étaient des bourreaux comme les autres. Ils ont essayé de me tuer. »

Nathalia avait serré ses bras autour du cou de Sarah.

« Tu ne regrettes pas ? demanda-t-elle.

— C'est mon passé, dit Sarah. Mais j'ai cru comme une aveugle. Doute, doute d'abord, toujours.

— Je t'aime », dit tout à coup Nathalia en l'embrassant.

Sarah se tut.

Elles restèrent enlacées plusieurs minutes.

« Je suis idiote », dit Sarah.

Elle se levait, se mouchait, essuyait ses joues.

« Moi aussi, dit Nathalia. Deux idiotes. »

Elles rirent.

Le soir seulement, quand Nathalia se fut couchée, Sarah se décida à téléphoner à Serge, s'étonnant qu'il ne l'eût pas appelée.

Elle l'imaginait quai de Béthune, rageur, et quand elle l'entendit, au premier mot, elle sut qu'il était devenu un adversaire :

« ... Ignoble, disait-il, un coup de ce salaud de Letel. Il a gardé les dossiers. Une besogne de maître chanteur.

— ... Ils vont continuer, avait dit Sarah.

— ... Nous ferons saisir le journal pour commencer, hurlait Serge. La solidarité ministérielle doit jouer ou alors...

— ... Mais ce qu'ils écrivent est vrai, répondait-elle.

— ... Vous revoilà avec la morale — il jurait, criait, l'obligeant à écarter le téléphone de l'oreille — pourquoi vous êtes-vous mêlée de politique puisque vous... — il s'interrompait — Bonsoir. »

Il raccrochait.

Novembre, déjà, les flaques boueuses sur l'aire, les volets qui claquaient contre la façade du mas et quand le vent se levait, l'averse jetée sur les vitres. Serge ne donnait pas de nouvelles comme s'il avait craint de se compromettre. Sarah lui écrivait. Que dire à ces journalistes qui la harcelaient et qu'elle devait chasser sans colère ?

Elle se réfugiait à Vence l'après-midi, chez Elisabeth Loubet. Certaines journées étaient inattendues, brûlantes d'une lumière intense et d'un soleil brutal. Elles restaient toutes deux dans le jardin, silencieuses, et parfois le mari d'Elisabeth, Marco Naldi, arrivant de Paris, les surprenait se tenant par la main, paraissant endormies. Mais Elisabeth se levait, puis Sarah et tous trois commençaient à parler, de Serge bien sûr.

« ... Manœuvre bien montée », disait Naldi.

Il dirigeait l'Agence de presse italienne, à Paris, suivait de près les questions politiques, affectait comme certains Italiens du Nord l'indifférence des Britanniques.

« ... Une manœuvre à double détente, continuait-il. On vous accuse, par Charles Weber interposé, d'avoir dénoncé Cordelier. On l'accuse d'avoir fait assassiner Weber pour vous couvrir. Il est votre victime et votre complice. Vous le tenez et il vous tient. »

Sarah écoutait. Sa vie comme cendres.

« ... Votre mari n'a pas le choix, Sarah, reprenait Naldi. Il doit remettre sa démission au Général. Après ? » Naldi souriait. « Chi lo sa ? De Gaulle fera ce qu'il voudra, comme il fait toujours. »

Le soir, Sarah devait rassurer Nathalia qui la guettait, anxieuse.

« ... Il n'a pas téléphoné ? demandait-elle.

– ... Jouons, toutes les deux », disait Sarah.

Elle tentait d'entraîner Nathalia vers le piano. Nathalia secouait la tête, appuyait sur le bouton de la télévision.

« ... Le journal, murmurait-elle, après le journal. »

Le matin, à nouveau la brume, obstinée, et la fumée lourde du moulin à huile qui filait horizontale vers les cyprès courbés et les oliviers gris. La maison froide, déjà le vent s'infiltrant de pièce en pièce, les draps humides, les tommettes couvertes, semblait-il, d'une pellicule glacée.

Sarah se levait, toussotait, chauffait ses mains au-dessus de la cafetière. Une tasse, le sucrier, un geste machinal vers la radio.

La voix de Serge.

... ma démission au président de la République qui l'a acceptée. J'ai été l'objet d'attaques ignobles...

Il parlait. Pas une fois son nom à elle.

Je vais maintenant pouvoir me défendre, disait-il.

Des voix de journalistes dans le brouhaha, des mots lointains : ... *Vous ignoriez son passé ?*

Faites-vous faire une enquête sur la femme que vous avez épousée ? Moi non. C'était une déportée, une...

Nue.

Serge l'abandonnait nue sur la place du camp.

VI

UN FILS RESTE UN FILS

1960-1977

Je me souviens du jour où nous avons quitté le Mas Cordelier.

Quand je suis rentrée du lycée, vers six heures, la nuit tombée, les cyprès de l'allée ployés par le vent, leurs ombres s'entrecroisant sous mes pas chaque fois qu'une voiture éclairait de ses phares la campagne. Sarah était assise dans l'entrée, deux valises posées sur la première marche de l'escalier. Le matin, je l'avais laissée dans la bibliothèque et j'avais deviné son anxiété. Quand je me suis immobilisée devant elle, elle m'a tendu les mains.

« Je n'ai plus de force, m'a-t-elle dit, aide-moi à me lever. »

J'ai pris ses mains et elle est venue contre moi, se serrant, me caressant les cheveux comme elle avait souvent l'habitude de le faire.

« Nous partons, Nathalia, a-t-elle murmuré. Mietek va venir nous chercher. Nous nous installons chez lui. »

J'aimais le mas. J'avais couru sur l'aire, m'arrêtant tout à coup, persuadée que j'étais perdue, loin du mas, avec devant moi les lourdes feuilles des figuiers entre lesquelles scintillaient les feux follets. J'avais guetté le retour des hirondelles, observé les lézards sur la façade rose, sauté de planche en planche, Allen Roy Gallway qui venait souvent au mas, me donnant la main. Nous courions ensemble, un muret, l'envol, l'élan, nous criions l'un et l'autre, et en quelques enjambées nous étions au bord d'un autre muret, que nous sautions encore, ainsi jusqu'au bord de la route, les oliviers derrière nous, le chemin qu'il fallait gravir et je disais : « Encore, Allen, encore. » Il secouait la tête. « Tu as des ressorts dans les jambes, moi je n'ai plus que des os, ils vont casser. » Je me pendais à son cou : « Allen, Allen, je t'en prie, une dernière fois. » Je n'avais pas très envie de recommencer cette longue course coupée de sauts, mais j'aimais l'entraîner, j'aimais nos cris. J'aimais Allen Roy Gallway. Des amis qui venaient au mas, il était avec Mietek Graevski celui que je préférais. Parfois, je m'asseyais entre eux, par terre, je prenais leurs mains, je les forçais à les nouer, et je riais. Je disais : « Vous êtes deux frères, les deux frères de maman. »

J'aurais voulu que Sarah Berelovitz ait autour d'elle l'une de ces grandes tribus qui se rassemblent dans la maison familiale, les cousins jouant avec les neveux. Dans les romans que je lisais, à ce moment-là, il y avait toujours un oncle Paul, grincheux, une tante Marie, et un grand-père acariâtre qui rudoyait tout le monde. Mais sur l'aire du Mas Cordelier, je ne rencontrais ni grands-parents, ni oncles, ni tantes. Sarah et Serge paraissaient être sans autre famille que celle constituée par leurs amis. Pouvait-on d'ailleurs appeler amis ces hommes qui bavardaient avec Serge à l'écart, lui montraient des dossiers, se taisaient quand je m'approchais ?

Je n'aimais que les amis de Sarah, Allen, Mietek, Elisabeth. Eux me voyaient, eux m'écoutaient. J'aurais souhaité les appeler oncle Allen, cousin Mietek, tante Elisabeth. Je souffrais qu'il n'y ait entre nous que l'amitié.

J'ai pris conscience de cela très tôt, dès les premiers jours de classe. Mes camarades étaient attendus à la sortie de l'école, sur cette route d'où l'on aperçoit les reliefs violents de l'Estérel et les hauts plateaux du Var, par des grand-mères, des tantes, des sœurs. Ils ignoraient l'étendue de la nébuleuse dont ils faisaient partie, mais d'instinct ils la revendiquaient comme une caractéristique de leur être. Je prenais la main de maman, et nous partions toutes deux vers le mas. Je me retournais souvent. Je voyais ces vieilles femmes en noir, un tablier gris couvrant leurs longues jupes, ou bien ces femmes opulentes, qui parlaient fort et formaient entre elles comme une autre famille, celle du village qui n'était pas non plus la nôtre.

Pour Serge Cordelier, la situation était différente et peut-être est-ce pour cela que je me suis méfiée de lui. Il employait des mots provençaux, il savait dire « Mestre Merle », à Merle, le boulanger. Mais nous, ma mère et moi, nous étions des étrangères.

J'écris « ma mère » si simplement, deux mots, six lettres qui naissent sous ma plume alors que j'ai toujours pressenti que Sarah ne pouvait être ma mère. Sans doute, y a-t-il une large part de reconstruction dans ce sentiment que j'éprouve aujourd'hui. La mémoire est habile à dissimuler ce qu'elle ne veut plus connaître. Je crois me souvenir, comme on distingue un relief par temps de brouillard, que je cherchais toute enfant, alors que je jouais devant le mas, à comprendre pourquoi chaque fois que je criais « maman », il me semblait que Sarah exprimait une inquiétude que je ressentais et qui brisait mon élan. Je me souviens aussi de silences qui s'établissaient entre elle et Serge, ou bien de conversations avec Allen interrompues, quand je survenais à l'improviste. Tous me regardaient et cette attention me gênait comme s'il s'était agi moins d'affection que de curiosité ou d'inquiétude. Quel secret pouvais-je percer ?

Il y eut, pour me mettre sur la voie, le fait que je ne portais pas le nom de Cordelier mais celui de Berelovitz. Je n'avais donc pas de père mais un ami, Serge, moins affectueux qu'Allen ou que Mietek. D'ailleurs, ses fonctions politiques retenaient Serge à Paris et quand il séjournait au mas, les visites des électeurs ou des maires de la région l'empêchaient de me parler.

Je me tenais souvent devant la fenêtre de la bibliothèque qui donne sur la terrasse. Assise par terre, dissimulée par le mur, je pouvais l'écouter sans qu'il m'aperçût. Je ne comprenais rien aux affaires qu'il débattait. Il y était toujours question de routes, d'impôts, de téléphone, de canalisations d'eau. Mais le ton de Serge, ses silences entre les mots, ses rires, retenaient mon attention.

Quand il nous avait à nouveau laissées le lundi matin je l'imitais : « Mon cher ami... » et ma mère riait. Je comprenais alors que je l'avais démasqué. Serge jouait et mentait comme je le faisais parfois quand l'institutrice venant vers moi me demandait : « As-tu écouté ce que j'ai dit, Nathalia ? »

Si Serge n'était qu'un ami de plus – et l'un de ceux qui m'étaient le moins chers – pourquoi Sarah n'aurait-elle pas été que cela aussi ?

Je l'appelais maman, je me serrais contre elle, je l'embrassais à l'étouffer. Elle faisait mine de me repousser mais je devinais sa joie. Elle disait : « ma petite fille, ma petite Nathalia », elle m'emprisonnait dans ses bras et je me persuadais qu'elle avait les mêmes craintes que moi, qu'elle voulait, comme moi, s'assurer que j'étais bien son enfant.

J'essayais de trouver d'autres chemins que j'imaginais plus sûrs. Je voulais lui ressembler : je comparais nos visages, la forme de nos mains, la couleur de nos cheveux. J'apprenais à jouer du piano non pour devenir ce qu'elle était mais pour révéler en moi ma filiation. Je pleurais quand me manquaient les notes aux doigts.

Ils croyaient tous, Sarah elle-même, Mietek, Allen ou Serge que j'étais appliquée ou bien à ce point amoureuse de la musique que la moindre erreur m'atteignait. Mais un accord manqué me bouleversait parce qu'il était la preuve que je n'étais pas la fille de Sarah. Mon désespoir parfois était si grand – ou je l'exagérais si bien – que Sarah me prenait sur ses genoux, me berçait et sa tendresse dont je ne pouvais douter, m'apaisait.

Je l'aimais, maman.

Je me suis découverte bientôt plus forte qu'elle. Un été, alors qu'elle me croyait assoupie, j'ai marché dans la pénombre de la maison jusqu'à sa chambre. Tous les volets étaient clos. La chaleur battait la campagne au rythme obstiné du zézaiement des cigales. Les tommettes avaient la fraîcheur d'une eau claire et je pensais déjà m'allonger sur le sol, près du lit de Sarah, comme on se baigne. Au moment d'ouvrir la porte j'ai entendu Sarah qui parlait ou qui pleurait, les mots qu'elle prononçait étaient aussi tristes que des sanglots. Je ne les comprenais pas. Peut-être téléphonait-elle à Mietek. Je voulais savoir. Je ne devais pas être bien vieille. Quel âge a un enfant qui doit se hausser sur la pointe des pieds, pour que son œil atteigne le trou d'une serrure ?

Maman – je ne peux l'appeler que maman à cette occasion tant j'éprouvais pour elle de l'amour et je revis mon émotion en racontant cette scène près de vingt-cinq ans plus tard, mais peut-être sont-ce les sentiments qui demeurent les plus vifs à la mémoire ? – maman était assise dans la bergère où j'aimais me recroqueviller quand elle me chantait les chansons de son enfance. J'aimais le contact de ce velours grenat, je posais mon visage sur les accoudoirs, je caressais le tissu comme s'il se fût agi du pelage d'un chat, j'écoutais maman. Je la voyais maintenant enfoncée dans le fauteuil, une boîte de bois ouverte sur ses genoux. Elle remuait des lèvres comme si elle parlait, pourtant elle me semblait seule. Je la vis à deux reprises se cacher le visage avec les mains et j'en fus à ce point bouleversée que je m'enfuis. J'entends encore le bruit de mes pieds nus claquant sur les tommettes. Sans doute l'avait-elle perçu aussi. Je m'étais à peine couchée dans la ruelle, dissimulée ainsi par le lit, qu'elle ouvrait ma porte, m'appelait « Nathalia, Nathalia ». Je retenais ma respiration. Je ne voulais pas regarder son visage que j'imaginais couvert de larmes. Je craignais qu'elle ne comprenne que je l'avais vue. Elle s'éloigna. Elle descendit l'escalier, me chercha dehors, elle criait mon nom sur la terrasse, je bondis, je poussai les volets.

Je me souviens de cette ruée de lumière presque blanche, de la bouffée de bruits et d'odeurs, de la chaleur qui paraissait naître de la terre. Je vis maman, du côté des figuiers, elle en écartait les branches, elle se tournait anxieuse vers le puits. Je l'appelai alors, jouant l'enfant espiègle et je courus vers elle qui me soulevait. Je m'accrochais à son cou, je croisais mes jambes autour de sa taille, je posais ma tête sur son épaule, je disais « je t'aime ». J'avais conscience qu'elle avait besoin de moi, de mon affection et je pensais que si elle avait été vraiment ma mère elle eût été plus forte.

Elle était vieille aussi ou tout au moins elle me paraissait telle, beaucoup plus âgée en tout cas que les mères de mes camarades de classe. J'enviais à Laurence – ou à Madeleine – leurs mamans qui ressemblaient à de grandes sœurs. La mienne était une « dame » comme l'institutrice. Elle ne pouvait pas courir. Elle s'essoufflait en montant la route vers le mas et elle était contrainte de s'arrêter, s'appuyant au grand mur de pierres blanches qui soutient la terre au-dessus du tournant.

Je rassemblais tous ces indices.

Est-ce pour cela que j'aimais tant les puzzles vers ma dixième année ? Je m'asseyais les jambes en tailleur, le dos au mur, sur la terrasse. Je balayais soigneusement le sol, je plaçais la boîte remplie de morceaux en vrac, le dessin à reconstituer devant moi, et je commençais. Calme de ces heures d'été. L'ombre peu à peu s'étendait, et levant les yeux je suivais le déplacement de la ligne de partage entre le clair et l'obscur.

Un après-midi, un dimanche sans doute, j'étais assise à recomposer le tracé d'une route traversant une forêt quand j'entendis Serge et son ami que je n'aimais pas, Louis Letel, entrer dans la bibliothèque tout en discutant.

Je suis, à tant d'années de distance, incapable de retrouver tous les mots qu'ils échangèrent. Je compris qu'ils parlaient de Sarah. Letel, je le sentais, lui était hostile, il répétait : « Elle signe, elle signe des manifestes. Pense-t-elle à vous, Cordelier ? Si elle préfère les ratons... »

Le mot me frappa et sans doute est-ce pour cela que je l'ai retenu. Je ne savais pas alors qu'il signifiait Arabes.

« ... Elle a été déportée, il faut la comprendre, répondait Serge.

— ... Mais vous aussi, Cordelier, vous avez été déporté. »

Ce mot-là, je le connaissais, il revenait souvent dans les conversations de l'aire.

Déporté, déportation, camp : j'avais avec ces trois mots imaginé l'histoire d'une petite fille que j'appelais Sarah et qu'un ogre retenait après l'avoir « portée » dans un camp.

J'avais interrogé Sarah, Allen et même Serge. Ils refusaient de me répondre avec précision.

« ... Ce sont des histoires de guerre, disait Sarah. Je t'expliquerai, plus tard. »

Je devinais que ces mots étaient gravés dans la chair de Sarah. J'avais – peut-être ces jours-là ? la mémoire, quand on regarde de loin, efface les intervalles, rapproche les plans – remarqué sur le bras gauche de Sarah ces chiffres bleus tatoués. Et quand Sarah, les manches retroussées, me lavait dans la baignoire, je retenais son bras par le poignet, je passais ma main sur ses chiffres : 35021.

J'avais beaucoup de mal à dire trente-cinq mille vingt et un. J'épelais trois, cinq, zéro, deux, un.

« ... Maman, qu'est-ce que c'est ? »

Elle me frictionnait le dos. Je me blottissais contre elle cependant qu'elle m'enveloppait dans le peignoir.

« ... Je veux ton peignoir, le jaune, pas celui de Serge, le tien. »

Elle faisait semblant de ne pas entendre ma question, elle commençait à me parler des bêtises que je faisais, quand j'étais « toute petite ». Souvent je me laissais entraîner. J'aimais que nous soyons ensemble depuis toujours, peut-être m'avait-elle trouvée alors que j'étais encore dans un œuf comme un oiseau ?

Elle me parlait du premier mot que j'avais prononcé.

« ... Tu regardais les hirondelles, tu as dit tout à coup oiseau. Allen était là, il s'en souvient sûrement, c'était très émouvant ton premier mot. Après tu en as vite appris des dizaines. »

Je m'émerveillais de moi. J'oubliais les chiffres bleus sur le bras de Sarah. Mais parfois, je m'obstinais :

« ... Maman, tu as ça, dis-moi. »

Un jour elle s'est assise sur le bord de la baignoire. Elle était grave, émue.

« ... Tu sais, m'a-t-elle dit, j'ai été prisonnière et pour nous reconnaître, on inscrivait un numéro là. »

J'ai demandé :

« ... Avec des plumes, de l'encre, ça pique, maman, ça faisait mal ? »

Elle me caressait les cheveux, elle disait non et son regard répétait oui.

J'ai trouvé dans la campagne, entre les oliviers, la douille d'une cartouche. Je me suis assise sous l'arbre, j'ai posé mon bras gauche sur ma cuisse et j'ai appuyé le bord de la douille sur la peau, j'ai tourné, et je n'ai cessé qu'après avoir laissé la trace, de trois cercles, trois zéros, fines griffures tangentes où perlait le sang.

Je regardais mon bras sous la fenêtre de la bibliothèque, le puzzle inachevé devant moi, les voix de Letel et de Serge qui se mêlaient.

« ... Elle a plus souffert que moi, disait Cordelier, sa mère est morte à côté d'elle. Les derniers jours. Heureusement pour elle, il y a cette enfant, sans cela... »

Il n'en a pas dit davantage, mais pour moi il ne pouvait plus y avoir de doute. On m'avait placée près de Sarah parce qu'elle était malade, triste, et qu'il fallait que je la guérisse, mais elle n'était pas ma maman.

Je me suis éloignée à quatre pattes, pour qu'on ne m'aperçoive pas. J'ai sauté les murets, sans crier de joie comme je le faisais avec Allen. Je suis remontée, j'ai recommencé, je cherchais la fatigue et la douleur, la peur aussi parce qu'il en était de hauts et quand je m'élançais je devais toujours vaincre une appréhension, et je craignais aussi le choc sur le sol sec. Enfin, je suis tombée, j'avais mal, je suis restée longuement couchée sur la terre. Je voulais pleurer, cela m'aurait plu de pleurer. J'étais Cendrillon, enfermée dans une tour par Barbe-Bleue. Tous les contes, toutes les légendes que j'avais lus, je les mêlais. J'étais perdue sur cette route dans la forêt et les oiseaux avaient picoré les miettes que j'avais laissées pour retrouver mon chemin.

« Je vais finir mon puzzle », ai-je pensé et je me suis levée sans une larme, retournant à la terrasse, chantonnant pour que Serge et Letel m'entendent. Je n'avais plus rien à écouter. Je trouvais immédiatement les derniers morceaux qui complétaient le dessin. J'étais heureuse. Je criais : « J'ai réussi mon puzzle, maman. » J'étais plus forte qu'elle. Je détenais son secret. Elle avait besoin de moi. Je l'aimais. Je l'aimais.

M'asseoir au piano, près d'elle, croiser mes mains avec les siennes, être l'une et l'autre emportées par le même mouvement fut souvent la manière que je choisis pour lui chanter ma joie d'être avec elle. A la fin, quand nous levions en même temps les doigts, nous restions quelques secondes comme suspendues dans l'espace lointain de la musique, là où nous avions cessé d'être deux personnes, pour ne plus former qu'une sphère de tendresse.

J'ai vu il y a peu de temps l'image symbolique – et conforme à la réalité peut-être – de deux fœtus jumeaux accolés l'un à l'autre dans le même œuf, l'un dans l'autre encastré, l'un la tête en haut, l'autre la tête en bas, un seul être à double face : nous étions cela Sarah et moi, quand nous jouions ensemble.

Nous avions tant de mal à nous séparer que le morceau achevé nous éclations du même rire en nous embrassant. Nous montions au premier étage du mas, Thérèse, la femme de ménage, nous criait de la cuisine :

« ... Vous avez fini ? C'était bien beau, on aurait dit qu'il n'y en avait qu'une qui jouait, vous voulez un peu de thé, madame Sarah ? »

Nous riions encore.

Sarah s'allongeait sur son lit, je m'installais dans la bergère. Parfois elle me demandait de lui apporter son paquet de cigarettes et j'en profitais pour rester près d'elle, mon corps collé au sien, éprouvant un plaisir étrange à sentir son odeur, à la toucher. Elle avait un corps dont j'aimais la rondeur, les seins surtout qu'elle avait larges.

Elle me racontait ses tournées de concert, je me laissais bercer, je la caressais, je l'interrompais :

« ... Tu crois que j'aurai des seins comme toi ? »

Je chuchotais :

« Laurence elle en a déjà. »

Elle riait et complice je me serrais contre elle, je lui soufflais dans le cou, dans l'oreille.

Thérèse frappait à la porte, entrait, secouait la tête d'un air désapprobateur :

« Le thé où je le mets ? »

Nous étions prises en faute comme deux petites filles, Sarah ma sœur, ma jumelle.

Ces souvenirs sont doux comme était le corps de Sarah.

Quand je partais à l'école, seule le matin, maman sur le seuil du mas agitait sa main et je balançais mon cartable au-dessus de ma tête, souvent je ne me retournais même pas, sûre qu'elle me regardait m'éloigner.

Je me sentais grande, plus grande que toutes, Madeleine ou Laurence, Sylviane ou Jacqueline ou même que les « garçons », Robert, Julien, Jean-Paul. J'appartenais à une autre lignée, maintenant je l'avais accepté parce que j'en avais découvert moi seule la preuve et j'étais fière d'être différente.

J'étais tentée de me confier, à Laurence surtout, la fille du médecin du village qui venait quelquefois au Mas Cordelier. Mais le docteur Castellan était un ami de Serge, ce qui précisément me retenait. Serge devait ignorer que je connaissais le secret. Je le soupçonnais, s'il l'apprenait, de m'utiliser comme une arme contre Sarah. Je décidai donc de faire comprendre à maman que je n'étais plus dupe mais qu'elle n'avait rien à craindre de moi.

J'écris cela le 15 juillet 1977, dans la bibliothèque du Mas Cordelier. J'ai trente-cinq ans. L'horizon est imprécis, la mer masquée par la brume. Il fait chaud. Les cigales que je n'entendais plus ont recommencé à bruire et m'entourent comme une eau qui monte. Mon fils dort. C'est pour lui que j'écris.

Je n'espère pas lui communiquer mon expérience. Qu'ai-je appris d'ailleurs? Je n'ai aucune illusion. Je ne sais rien sinon que Samuel est différent de moi, têtu déjà comme l'était son père. Il a le front étroit de Christophe, les cheveux noirs plantés dru si bas sur les tempes qu'ils paraissent être liées aux sourcils.

Quelle part de moi en lui?

J'ai aimé Christophe. J'ai voulu un enfant, malgré lui, pour que demeure dans la vie ce temps que nous avions partagé et notre passion que je savais passagère. Je ne le regrette pas.

Je n'écris que pour tenter de me connaître, pour mieux comprendre Samuel. Je n'écris pas pour lui léguer un livre. Ce que je peux lui donner, c'est mon amour. Ce que j'ai reçu de Sarah.

Je voulais donc expliquer à maman que je savais. Elle se dérobait, m'empêchait de parler dès qu'elle sentait que je m'aventurais dans le labyrinthe de mes origines.

Comment lui dire ?

Durant des semaines je n'ai pensé qu'à cela. J'en devins une élève inattentive qui ne réussissait plus une seule de ses dictées et était incapable d'apprendre ses récitations. Jusque-là j'avais été l'une des meilleures élèves mais l'institutrice s'étonnait –, pour ma dernière année à l'école de Cabris, je sombrais.

En recomposant mes idées d'alors, comme je l'aurais fait à l'époque d'un puzzle, je m'interroge. Cette lucidité que je me prête, cette volonté que je m'attribue, les ai-je eues réellement ?

Je me demande si je n'agissais pas plutôt instinctivement, non pas maîtresse de moi, comme mon récit peut le laisser croire, mais bien plutôt soumise à mes sentiments, à mon désir d'aimer et d'être aimée, à ma peur de cesser de l'être. Je cherchais peut-être tout simplement à lier pour toujours à moi Sarah, à l'obliger à demeurer ma mère, même si je l'avais démasquée. C'était un pari angoissant pour moi.

Je crois que je l'ai gagné un matin dans la salle de bain.

Je riais – de cela je suis sûre, je sais encore la manière dont je riais, comme quand on tombe et qu'on hésite entre les larmes et le rire – je ne me souviens plus de ce que j'ai dit mais entre Sarah et moi, à partir de ce matin-là, tout fut clair, plus tendre, plus passionné que par le passé.

Mes dernières compositions de l'année furent brillantes.

« ... Elle s'est redressée », disait l'institutrice à Sarah.

« Tu m'as fait peur, Nathalia », ajoutait-elle tournée

vers moi, puis à Sarah à nouveau : « Peut-être la croissance, avec les enfants, on ne sait jamais. »

Je les laissais bavarder, je partais en avant, traversant le pré, j'allais chez Mietek.

La porte de sa bastide était toujours ouverte. Il travaillait torse nu ou bien il portait un tricot rouge à mailles lâches, comme celles d'un filet. Je m'asseyais près de lui, je suivais le mouvement de ses mains cependant qu'il assemblait des tiges d'acier. Je disais :

« ... J'entre au lycée, Mietek. » Il marmonnait :

« Bien, bien. »

Je prenais une feuille, des fusains, je dessinais.

« Nous ne sommes que deux, Laurence et moi. »

Sarah nous rejoignait.

J'aimais la voir chez Mietek : elle rajeunissait, parlait plus vite, le visage animé. Il la rudoyait, l'embrassait, je l'observais comme si j'avais eu devant moi la petite fille qu'elle avait été.

« ... Et la musique, interrogeait Mietek, tu la prives de piano pour le lycée ? »

Sarah s'approchait de moi :

« ... Nous continuerons toutes les deux, murmurait-elle.

— ... Pour une fois ton Cordelier a raison, tu veux la garder avec toi, c'est tout. »

Je serrais la taille de Sarah.

« ... Je veux rester avec maman. »

Je l'avais déjà dit à Serge. Un dimanche soir alors que nous dînions sur la terrasse, les papillons se heurtant à l'abat-jour de la lampe et j'entendais le bruissement qu'ils faisaient emprisonnés dans le cône de toile, Serge avait interrogé Sarah :

«.. Vous inscrivez Nathalia au Conservatoire, n'est-ce

pas ? Nous pouvons nous installer rue d'Assas, l'appartement est plus grand...

– ... Je ne retournerai pas à Paris, Serge. Nathalia ira au lycée ici. »

Je n'avais pas attendu la réponse de Serge. Je m'étais levée, rapprochée de maman et glissée sous son bras, « ici avec toi », avais-je répété.

Serge nous avait regardées.

« ... Si l'on consulte les enfants », avait-il dit.

Puis cette phrase par laquelle il me rejetait : « Elle est à vous après tout. »

J'ai souffert plusieurs années de l'attitude de Serge. Je lui en voulais de nous quitter. Je sentais que Sarah, malgré l'indifférence qu'elle affectait, eût aimé qu'il restât avec nous au mas. Mais à cause de cela, j'étais aussi jalouse de lui. Il téléphonait et au pas de Sarah, à sa façon de descendre l'escalier, sautant une marche, ses talons claquant avec vigueur, je savais qu'il avait annoncé son arrivée.

Ainsi, je ne suffisais pas à Sarah.

Je boudais. Je prétextais une version latine à terminer. Je refusais de jouer du piano.

« ... Pas le temps, de toute façon, ça ne servira à rien. »

Il arrivait, ouvrait déjà ses dossiers.

« ... Il faut que je voie Castellan, disait-il. Je ne déjeunerai pas ici demain, il y a une réunion du Conseil général. »

Je devinais la peine de Sarah, l'effort qu'elle faisait pour se maîtriser, pour dire :

« ... Nathalia et moi nous allons chez Elisabeth,

passez si vous avez un moment, son mari sera là. »

Prétexte. Elle était triste et je haïssais Serge de ne pas s'en apercevoir.

« ... Très bien », disait-il.

Il téléphonait, feuilletait un dossier :

« ... Alors, mon cher ami, qu'avez-vous décidé pour demain, vous votez pour ? »

Je devins son adversaire.

Au lycée, la guerre d'Algérie divisait dans les grandes classes les élèves et les professeurs. Je m'attardais à la sortie, je n'osais encore m'approcher de ceux qui distribuaient des tracts. Laurence Castellan prenait mon bras : « Allons, viens. » Nous attendions le car de Cabris assises à la terrasse d'un café qui, au printemps, s'étendait sous l'épaisseur verte des platanes. Je fumais mes premières cigarettes, je levais les yeux vers Claude qui était avec nous en première et qui, appuyé des deux mains à la table, proposait de me raccompagner jusqu'au village à moto.

Je découvrais cette chaleur des joues et ce battement dans la gorge qui m'empêchaient de répondre et je me contentais de secouer la tête, cependant que Laurence riait. Elle refusait elle aussi et nous grimpions dans le car, nous asseyant sur la dernière banquette, tout au fond, faisant des signes à Claude qui roulait derrière nous puis doublait le car.

Nous le retrouvions à l'arrêt de Cabris, Laurence s'éloignait en direction du village, je marchais près de Claude qui avançait courbé sur le guidon de sa moto. Nous allions lentement le long de la route qui borde le pré, il me parlait de Monod, le professeur d'histoire dont on voyait le nom inscrit sur des affiches lacérées, collées au mur de la vieille ville.

« ... Il a travaillé chez Renault avant d'être prof, disait Claude. Lui, il s'engage à fond. On l'a arrêté quand il y a eu les manifestations de soldats, en 56. »

Je m'asseyais sur un banc, face à la montagne. Claude s'installait près de moi, les bras ouverts sur le dossier et je sentais sa main contre mon dos.

« ... Tu as signé pour la paix ? »

Il fouillait dans ses poches et en ramenant son bras il avait touché mon cou.

Je me souviens de ma joie craintive, de la ligne bleue du relief à laquelle je voulais accrocher mon regard pour ne pas tourner mon visage vers Claude, nos lèvres trop proches alors. Mais il fallait bien que je lui dise : « Je suis en retard, tu m'emmènes ? ».

J'ai senti ses cheveux sur mon front et sa main pesait sur ma nuque. Il fallait sur la moto que je colle à lui, mes bras autour de sa taille. Je lui hurlais dans l'oreille de tourner à gauche mais il prenait vers la montagne et j'avais mes cuisses contre les siennes. Nous montions dans le fracas et la nuit vers ces étendues pierreuses où s'accrochent les chênes nains. Il perçait la route et je me taisais, le froid dans la bouche, les yeux coupés par le vent qui me glaçait aussi le ventre, glissait sous ma robe et m'obligeait à presser ma poitrine contre son dos.

Nous avons cahoté sur l'un de ces chemins de terre qui partent en pente raide de la route et qui s'enfoncent entre les arbres. La lumière jaune du phare dressait les branches devant nous.

Il s'est arrêté et le silence m'a saisie, cependant qu'il couchait la moto sur le flanc.

J'ai passé la nuit les deux mains sur mon sexe, comme si j'avais voulu l'enfermer ou bien retenir cette courte brûlure que je ravivais, croisant mes doigts, effleurant cette ellipse allongée, humide, que je sentais gonfler et dont je m'étonnais qu'elle se fût ouverte, si étroite à mes doigts. Je craignais même de respirer tant ces mouvements de ma main me paraissaient bruyants, vacarme qui faisait battre ma tête, et il me semblait que Sarah allait entrer dans ma chambre, s'asseoir sur le bord du lit comme elle le faisait souvent et entendre.

Elle n'avait pas paru surprise de mon retard, m'interrogeant à peine – et j'étais rassurée et déçue qu'elle ne s'aperçoive pas de la frontière que je venais de franchir.

Je fus durant tout le dîner au bord de la confidence. Entre Sarah et moi je voulais que rien ne demeure obscur, mais je ne savais quels mots employer. Je commençais silencieusement des phrases : « je suis allée avec Claude », « j'ai couché avec Claude », « je ne suis plus vierge », « j'ai fait l'amour »; toutes me paraissaient incomplètes ou fausses. J'en imaginais de simples : « j'ai connu un garçon, ce soir »; de vulgaires qui m'écorchaient et que je me surprenais pourtant à énoncer dans ma tête tout en paraissant écouter la radio avec Sarah, « j'ai baisé avec Claude ». Pourquoi n'aurais-je pas dit : « j'aime Claude, il est entré dans moi, et je suis bien »! Mais aimais-je Claude?

Dès le début de l'année je l'avais remarqué, des cheveux noirs bouclés, un visage doux à la peau très blanche, des traits réguliers, qu'heureusement soulignaient une bouche charnue, un menton prononcé et des sourcils touffus. « Il est grec, tu sais », m'avait dit Laurence.

Il était assis au premier rang, interrompait de questions le cours de français.

« Lamy ne comprend rien », disait-il à la sortie de la classe.

Je passais près de lui, irritée de ses audaces, admirative aussi. Il était courageux. Il dialoguait avec Monod, qui le traitait en égal : « Makeronos, qu'est-ce que vous en pensez ? »

Est-ce que je l'aimais pour autant ? N'était-ce que cela l'amour dont tant d'œuvres étaient pleines ?

J'avais pourtant accepté qu'il entre en moi. J'en étais surprise jusqu'à me demander si cela s'était vraiment produit, mais je ne pouvais douter, il me suffisait de penser à cet instant pour que je sente à nouveau la brûlure, l'envie de l'autre aussi. Avais-je honte ? J'avais cherché à retenir Claude et depuis il me manquait. Je ne pouvais dire « je suis bien », je ne l'étais pas.

Je me reprochais de ne pouvoir trouver l'expression vraie. J'avais envie de me lever de table, de soulever ma jupe, de montrer à Sarah ma culotte de satin bleu tachée de rouge. J'étais folle et comment maman ne s'en apercevait-elle pas ?

Je découvrais à son absence d'intuition combien les choses du sexe qui nous touchent au plus profond sont singulières, incommunicables. Personne, même Sarah dont je savais l'amour, ne pouvait les percevoir. Désormais j'avais un domaine secret que je ne pourrais partager que dans la brève rencontre de l'acte. Et pouvais-je même être sûre de partager ? Que savait Claude de ce que j'avais ressenti, de ce que j'éprouvais encore alors qu'il devait – il me l'avait dit en me quittant – participer à un collage d'affiches avec Monod ? Et moi qu'avais-je appris de lui ? Qu'il avait un corps lourd qui me collait à la terre. Mais de lui vraiment, de cette raideur dont je sentais le rayonnement, la chaleur aiguë qui m'écartait, que savais-je ?

Je regardais Sarah comme je ne l'avais jamais fait. D'elle aussi j'ignorais cette part essentielle dont je mesurais maintenant l'importance. Oserais-je encore toucher son corps comme j'avais aimé le faire, m'allongeant près d'elle ? Désormais il était un entrelacs de mystères. Faisait-elle encore l'amour avec Serge ? En ressentait-elle le besoin et est-ce pour cela qu'elle souffrait de son absence ? Brutalement, les sentiments dont j'avais cru qu'ils gouvernaient les êtres, traînaient une ombre dense, les désirs du corps.

« Tu entends, tu entends », disait Sarah.

Elle était là en face de moi. Elle m'aimait. Elle m'avait vue chaque jour depuis seize ans. Elle m'avait nourrie, lavée, soignée. Pas un repli de ma peau qu'elle n'ait touché, embrassé. Et elle ne découvrait rien. Nous étions l'une et l'autre enfermées dans le corps secret de nos émotions.

« Ils font appel à de Gaulle, disait Sarah, je comprends pourquoi Serge... Tu te souviens ? »

Il me fallait écouter Sarah, la radio, l'annonce que les généraux à Alger réclamaient le retour du général de Gaulle au pouvoir. Serge, lors de son dernier séjour au mas, alors que Sarah prédisait que la France serait en Algérie « obligée de partir comme en Indochine », s'était emporté.

« ... Question de régime, avait-il dit, rien ne dit que celui-ci s'éternise, croyez-moi. Il est pourri, Sarah, sa tête est déjà morte. Plus un homme de valeur. Mendès peut-être, mais il a été gonflé. Si c'était un homme d'Etat on le saurait. Il n'a réussi qu'à négocier notre départ d'Indochine et de Tunisie. Pour un homme d'Etat, curieux palmarès ! Mais la situation ne se reproduira pas. N'oubliez pas de Gaulle, Sarah, ne m'oubliez pas aussi, je joue ma petite partition. »

Je cherchais toujours les mots, je voulais tenter de dire, mais Sarah m'obligeait à me taire, la radio annonçait que *Monsieur Serge Cordelier, député des Alpes-Maritimes, dont la fidélité envers le général de Gaulle...* Il demandait au nom des Compagnons de la Libération qu'on charge le général de Gaulle de prendre en main le destin du pays.

Pour dire les événements du monde, les mots jaillissaient à profusion. Ils ne manquaient que pour parler du plus intime de soi.

J'avais envie de crier, de faire des gestes.

J'ai embrassé Sarah qui, une cigarette au bout des doigts, rêvait écoutant la radio.

Je suis entrée dans ma chambre et j'ai pris beaucoup de temps à laver la tache rouge.

Le premier été de mon corps.

Je voyais Claude tous les jours. J'attendais son coup de téléphone, vers deux heures de l'après-midi. Je savais que Sarah somnolait. Je courais dans le couloir sur les tommettes zébrées par les rayures des volets clos. Quelques mètres seulement et pourtant j'étais essoufflée comme si j'avais dû gravir la pente abrupte d'une vallée. C'était cela. J'étais tapie dès la fin du repas dans une somnolence lointaine et attentive, enfouie au fond d'un trou de solitude. Sarah me parlait, j'enregistrais les renseignements utiles, « je vais dormir un peu, cette chaleur », ou bien « Elisabeth m'attend, tu viens avec moi ? Je pars tout de suite ». Je répondais difficilement d'un mouvement de tête.

Si Sarah restait au mas, je disais, phrase devenue rituelle : « Laurence va peut-être me téléphoner, j'irai chez elle jusqu'à ce soir. »

Rien ne bougeait dans la maison à ce mensonge et je m'en étonnais à chaque fois comme d'un miracle de plus en plus extraordinaire. J'attendais que se déclenche l'avalanche qui allait me couvrir de honte. J'étais blottie dans ma chambre, immobile.

Le téléphone.

Je bondissais. Je courais depuis l'extrême de mon attente. Parfois une voix morte : « Madame Cordelier ? Je vous passe M. le ministre, un instant, s'il vous plaît. » En posant brutalement l'appareil, je criais : « Maman, Serge », et je retournais dans ma chambre comme si l'on m'avait repoussée du sommet de la côte et qu'il m'eût fallu recommencer l'ascension.

Si Sarah était absente, j'étais contrainte d'écouter Serge. « Excuse-moi auprès de ta mère, veux-tu ? Nous sommes mobilisés ici, nous devons tout reconstruire, Constitution, armée. L'Etat, pour toi, ce mot ne signifie rien, bien sûr... » Je l'interrompais : « Ne me fais pas un cours, je t'en prie. Je dois dire quoi ? »

Il n'était, depuis sa désignation comme ministre des Anciens Combattants, venu qu'une seule fois, la voiture officielle de la préfecture se garant sous les cyprès et je voyais de ma fenêtre le chauffeur se précipiter, ouvrir la portière.

Je détestais cette façon qu'avait Serge de prendre le bras du chef de cabinet, de le présenter : « Chapuis, mon chef de cabinet, tout à fait remarquable. »

J'avais appris, depuis que je faisais l'amour, à regarder les corps. Ceux de Chapuis et de Serge me paraissaient morts, incapables de se glisser entre des bras, d'y demeurer enfermés, assoupis. Corps qui ne pouvaient jamais se dévêtir même quand ils étaient nus.

Enfin j'avais Claude au téléphone.

Quand Sarah était sortie il venait au mas. Je l'attendais près des figuiers, dans l'odeur entêtante et sucrée des fruits laiteux. J'écoutais gonfler le bruit de sa moto dans la moiteur repue des débuts d'après-midi.

Il était là, Claude, écartant les lourdes feuilles, un tricot blanc moulant son torse, le cou brun, droit. Je lui prenais la main pour le conduire mais il m'attirait à lui et nous restions un long moment debout au milieu des arbres, incapables de nous séparer. Je répétais : « Viens, viens. » Il m'embrassait encore avec tant de fougue que j'en avais le menton irrité, sa barbe drue rougissant ma peau.

Je l'entraînais. Nous nous glissions le long du mur jusqu'à la porte de la cuisine qui est au nord, du côté de la falaise.

« Tu es seule ? » interrogeait-il à voix basse.

La peur d'être surprise, mon audace, redoublaient mon plaisir. Quand je fermais la porte de ma chambre à clé, que je me retournais, que je voyais Claude debout près de mon lit, j'étais si émue, si ravie – au sens où le sont les enfants quand ils s'émerveillent – que je devais reprendre mon souffle. Il était sur mon territoire je le sentais inquiet. Moi – les craquements du plancher, les battements d'un volet, l'aboiement du chien dans le mas d'en haut – tout m'était familier. Il était pris dans les rets de mes habitudes. A moi. J'étais dans ma chambre, audacieuse et avide. Je lui donnais des ordres, je le rassurais : « Sarah ne rentrera pas », puis pour mieux le tenir j'ajoutais : « Si elle arrive, ça n'a pas d'importance, elle est comme une amie. »

Il était assis sur le lit, torse nu déjà et je caressais son dos. Il me regardait. J'aimais sa frayeur.

« ... Je souhaite même qu'elle nous surprenne, tu pourrais passer toutes les nuits ici, elle serait d'accord, j'en suis sûre. »

Il hésitait.

« ... Tu plaisantes », disait-il.

Je secouais la tête, mes mains autour de sa taille, sur la boucle de sa ceinture, le long de cette double épaisseur de tissu. Je le forçais à s'allonger. La tête et le dos sur mon lit, les jambes ballantes, le corps comme un arc.

De ces après-midi, me reste le souvenir de la sueur que je sentais perler entre mes seins, glisser de mes aisselles le long des bras, s'insinuer entre mes paupières et provoquer ce picotement des yeux; me reste cette brûlure au-dessus du sexe, parce que Claude et moi nous étions maigres comme le sont les jeunes gens et que nos peaux étaient tendues, irritées à force de se heurter; me reste quand nous nous séparions cette sensation d'arrachement, nos corps moites qui se quittaient avec un bruit de lèvres humides qui s'écartent.

Nous nous séchions dans l'air de la vitesse, dans la descente vers la côte et nous courions au milieu des gerbes vers le sel bleu de la mer.

Quand Sarah restait au mas, je rejoignais Claude au premier tournant de la route qui se dirige vers le plateau de Saint-Vallier. Lui, alors, était le maître.

« ... Grimpe, grimpe. »

D'une détente nerveuse de la jambe et de la hanche, il

remettait la moto en marche. Nous montions toujours plus haut vers les plateaux pierreux qu'interrompent les vasques vertes des dolines, amphithéâtres naturels où la terre est meuble, l'herbe drue et où se dressent, vestiges rugueux, des châtaigniers noueux comme des vieillards et les bories des bergers. Claude aimait ces constructions de pierre. Il ramassait de l'herbe. Il en faisait un lit. Il disait :

« ... En Grèce aussi, les bergers... »

Il me déshabillait, l'herbe griffait mon dos et son odeur dans la fraîcheur des pierres m'enivrait.

Nous redescendions à la nuit, la lune haute dans le ciel encore clair.

C'était l'été.

Je rentrais, j'embrassais Sarah, elle soulevait mes boucles :

« ... Tu as chaud, disait-elle, avec ces cheveux. »

Je m'éloignais vite, montant en courant l'escalier.

« Je prends un bain. »

Elle s'étonnait, riait.

« Encore. »

Puis après un moment qui me paraissait court, elle m'appelait, entrouvrait la porte de ma chambre. Je protestais, je n'étais pas prête. J'avais besoin avant de la retrouver de calmer mon corps, de l'observer aussi. Il me semblait que mes seins avaient grossi. Je me regardais, je pressais mes seins dans mes paumes, j'en effleurais la pointe. J'aurais aimé les embrasser. Je jouais avec mes cheveux de manière qu'ils les couvrent. Mes hanches aussi – imaginais-je – s'étaient arrondies. J'étais une femme. J'attendais mes règles avec impatience et quand elles venaient j'avais un sentiment de déception, celui d'une perte.

Je n'ai appris que plus tard que les femmes emploient ce mot, pertes, pour parler du sang qui s'écoule d'elles, inutile. J'aurais aimé tout retenir en moi pour ne rien abandonner de Claude.

Quand il me faisait l'amour, que sous l'herbe qu'il avait déposée dans le borie je sentais les pierres s'enfoncer dans mon dos, j'éprouvais le désir de le garder. Qu'il ne s'écarte pas de moi me laissant ouverte et vide. Je pensais à un enfant que je porterais dans moi, si pleine de lui que je ne ressentirais plus aucun besoin. Mais Claude me quittait d'un brusque déhanchement et nous restions l'un et l'autre, côte à côte.

Je descendais dans la cuisine, lavée, petite fille. Sarah était distraite, soucieuse. Elle se contentait de mes apparences et moi je détournais son attention de peur qu'elle ne devine.

Serge était ministre, le Comité contre les tortures en Algérie, que présidait Monod, demandait à Sarah de participer à ses activités.

« ... Je ne peux pas, m'expliquait Sarah. Signer des pétitions, oui, mais membre d'un groupe. Non, avec le rôle de Serge je ne peux pas. »

Je pouvais lui parler de Claude que la police avait retenu toute une nuit parce qu'il avait été surpris à lacérer des affiches en faveur de De Gaulle.

Il avait été giflé, insulté, transporté en voiture à plusieurs kilomètres de Grasse et contraint de rentrer à pied.

« ... La prochaine fois, on t'expédie chez les fellouzes », lui avait-on crié.

J'apprenais ces mots de guerre : torture, gégène — la dynamo dont on se servait pour électrocuter par à-coups les prisonniers algériens – fellouzes, fellagha, paras, fascistes, « la question », cet interrogatoire brutal comme au Moyen Age pour que les prisonniers parlent.

L'automne s'installait avec ses pluies d'averse, ses chemins détrempés, la terre rouge des dolines spongieuses. Nous allumions des feux dans les bories, puis nous regagnions le lycée. Claude transformait les cours de philosophie en meetings. Je me disputais avec Laurence Castellan, l'Algérie peut-être comme prétexte à nos rivalités de jeunes femmes ?

Il y eut un autre été mais je ne réussis pas à le distinguer du premier. Claude était-il déjà parti ? Ou bien notre liaison durait-elle encore ? Je confonds peut-être deux années.

J'ai échoué au baccalauréat, j'ai dû recommencer. Claude s'était inscrit à la Faculté des Lettres, à Nice. Il suffisait d'une heure pour s'y rendre, mais ce ne sont ni les kilomètres ni la durée du voyage, qui séparent. J'ai découvert ainsi, ce deuxième ou ce troisième été, que l'amour a une histoire, qu'il commence et qu'il finit.

Je m'asseyais sous un mûrier au bord de la route, là où Claude m'avait attendue. Il arrivait en retard. Je le guettais, cachée dans les figuiers et le téléphone sonnait : « Excuse-moi, je... »

Je ne me révoltais pas. Je ne pleurais pas. Je ne voulais pas que la rupture vienne de moi, je voulais être présente jusqu'à l'extrémité ténue de notre relation. J'attendais parfois plusieurs heures, un livre ouvert devant moi, incapable de lire pourtant, immobile, devenue souche.

Je me levais à la fin, satisfaite de mon obstination inutile. Je lui téléphonais. Je disais : « Je t'ai attendu. » J'éprouvais à sa gêne ou à sa colère – et l'une et l'autre se mêlaient – l'écart qui nous séparait désormais. Mais je l'attendais à nouveau le jour suivant, cherchant à comprendre pourquoi nous qui avions été si proches – nos corps comme nos doigts noués – étions emportés par des dérives contraires.

Je me disais parfois que nous avions dilapidé trop vite ce qui nous unissait. Ensemble toujours, nos corps donnés sans retenue, nos pensées retournées devant l'autre comme un sac qu'on vide. Mais quoi, fallait-il calculer en avare sa passion, gérer ses sentiments ? J'en étais incapable. S'il fallait faire carrière en amour comme Serge faisait carrière en politique, que vienne la solitude !

Nous nous sommes vus avec Claude pour la dernière fois en septembre 1960. Les mois de cette année-là furent si décisifs dans ma vie – dans notre vie à Sarah et à moi – que je ne peux me tromper.

Serge était venu au mas pour quelques jours. Je lui avais parlé avec violence de l'arrestation de Monod dont je le rendais responsable. Il était membre du gouvernement, n'est-ce pas ?

C'était le soir. Ils semblaient à nouveau Sarah et lui complices. Ils se tutoyaient. Ils évoquaient leur première rencontre. Je crois que j'étais jalouse, avec le sentiment d'être exclue de leur passé. Ou bien prenais-je conscience, à les voir se retrouver, de ces aller et retour dans les relations entre un homme et une femme, tout au long de leurs vies, comme si ce que je vivais avec Claude se jouait devant moi entre Serge et Sarah.

Je m'étais emportée contre Serge et le lendemain matin, me souvenant de ce qu'il avait subi pendant la guerre, feuilletant à nouveau le livre où l'on parlait de lui, de son courage sous la torture, j'avais accepté qu'il m'accompagne au lycée dans sa voiture officielle.

Je le quittais sur la place, avant les petites rues où la circulation est difficile.

« ... Pour Monod, disait-il, je vais voir le dossier. »

J'étais joyeuse. Je n'avais plus rencontré Claude depuis plusieurs jours. Il voyageait, m'avait-il expliqué d'un ton grave. J'étais bien de ne pas avoir à l'attendre. Le mas, Sarah, les événements, tout redevenait présent, comme lorsque après un coup de vent, les reliefs se découpent sur le ciel. Je voyais à nouveau.

Je descendais les rues en pente de la vieille ville, vers le lycée. Un pas derrière moi. Le cœur qui cogne tout à coup. Je me retournais. Claude.

« ... Viens, tu restes avec moi aujourd'hui, je t'explique. »

Jusqu'à l'extrémité ténue de notre relation.

Il avait une voiture. Je m'asseyais près de lui sans que nous ayons eu un geste pour nous toucher.

« ... Je voulais te voir, je m'en vais. »

Italie, Suisse, ce soir ou demain matin. L'armée, l'Algérie, jamais.

« ... Ne dis rien à personne. »

Une fin théâtrale et noble à nos amours.

« ... La frontière ? Tu pourras. »

Il riait. Je sentais qu'il avait craint les larmes. Il était heureux que je m'égare dans les détails pratiques de sa désertion, de ses faux papiers. Il pouvait me regarder, parler.

« ... Les copains ont organisé mon départ, pas de problème. »

Il baissait la voix, posait sa main sur mon genou.

« ... Mais je voulais passer la journée avec toi. »

Il ne doutait pas de mon acceptation. Il avait retenu une chambre dans un hôtel du Haut-de-Cagnes. Il désirait – pour la première fois la tristesse me submergeait – me faire profiter de ses expériences.

En si peu de mois un être change-t-il à ce point ?

Je me taisais cependant qu'il tirait les rideaux, qu'il allumait la veilleuse à droite du lit.

« ... On n'a jamais eu de lit comme ça », disait-il.

Un large espace où l'on se perd.

Il me prenait par le cou, il m'allongeait.

« ... Attends-moi. »

Il était fébrile, joyeux. Il se déshabillait en hâte, je le regardais de si loin. Il avait envie de moi et j'avais peur de son désir, comme si cette étreinte allait saccager tout ce que nous avions vécu.

« ... Tu ne te déshabilles pas ? »

Il croyait que ma tristesse était due à son départ.

« ... Je reviendrai, tu sais », murmurait-il en déboutonnant ma blouse.

Je nous observais. Je me souvenais.

« ... Guide-moi », murmurait-il.

Mais je craignais de toucher son sexe. Je ne pouvais qu'être passive, absente, ma seule manière d'être fidèle à nos étés révolus.

Il me faisait l'amour avec violence, presque avec hargne comme pour me débusquer et en finir avec moi, avec nous. Je me mis à geindre, j'imitais ce que j'avais éprouvé, je haletais les yeux fermés. J'étais honteuse de ma mise en scène, mais je voulais qu'il cesse et je découvrais qu'on peut jouer le plaisir, feindre l'émotion, mentir avec tout son corps et Claude qui était en moi, au plus intime, qui aurait dû sentir que je mentais, se laissait prendre, berné et fat.

J'étais désespérée d'avoir atteint mon but.

Je ne pus m'empêcher de pleurer. Claude me berçait.

« ... J'ai pensé que tu aurais pu venir avec moi, mais trop de risques, tu es la belle-fille de Cordelier, tu es mineure, tu... »

Il se méprenait. Je ne pleurais que sur la duplicité et l'aveuglement, sur le temps qui corrompt. Je me disais qu'être femme c'est vivre cela à chaque instant, le savoir dans son corps, par son corps. J'étais douloureusement heureuse d'être une femme. J'avais envie de retrouver Sarah, de lui parler, de rester avec elle. Je comprenais maintenant qu'elle soit encore émue par Serge, comme je l'étais par Claude, par cette pantomime masculine à laquelle tous les hommes peut-être se livraient.

Je me laissais caresser, je feignais de croire Claude, je disais qu'il me fallait rentrer, que j'allais prendre le car, qu'il avait des choses graves à faire, une frontière à passer.

Je voulais le quitter vite.

« Vraiment, disait-il, j'ai le temps, je peux... »

Je secouais la tête. Je murmurais : « ... Merci d'être venu me chercher, Claude, sois prudent. »

Aujourd'hui, je m'accuse de ne pas avoir été généreuse. Il eût fallu peut-être refuser cette parodie, me démasquer, obliger Claude à comprendre et non lui mentir.

J'ai des excuses. Je n'avais jamais aimé.

Claude parti, je n'eus guère le temps de penser à lui. Un journal d'extrême droite, *Le Défi,* mettait en cause le passé de Sarah pour attaquer Serge Cordelier.

L'éloignement de Claude, mon apprentissage de l'amour m'avaient encore rapprochée de Sarah. Au lycée j'avais aussi rejoint les quelques élèves qui animaient un Comité pour la Paix en Algérie. Je m'aventurais ainsi, sans le savoir, dans la politique et je mesurais la haine qu'elle suscite aux insultes que nous lançaient parfois des élèves rapatriés d'Algérie. Le corps, l'amour, devenaient outils de violence.

« Dans le cul ta paix, salope », « pute », « et ça, elle est pas belle ».

Ils mettaient leur paume sous leur sexe, comme s'ils s'apprêtaient à le soulever, à le brandir, arme élémentaire de l'homme.

A ces instants-là, je me souvenais du dernier après-midi avec Claude, dans l'hôtel du Haut-de-Cagnes. Lui aussi s'était servi de son sexe contre moi. Mais je n'avais pas de ressentiment. Il m'avait ainsi appris que le corps de l'autre, s'il n'est pas aimant, est ennemi et certains regards me faisaient proie.

Dans le car qui me ramenait à Cabris, je sentais souvent l'insistance à détailler mes jambes quand je montais les marches et que ma jupe se soulevait, à fixer mes seins si je me penchais.

Je haïssais cette mise à l'encan. J'étais une personne et pas seulement un assemblage de parties désirables. Je comprenais qu'une femme doit toujours se reconstituer, lutter contre la désarticulation qu'opère l'homme avec elle, cette réduction de ce qu'elle est à des formes séparées. Je ne me laisserais pas diviser. Si je suscitais du désir ce serait pour moi tout entière.

Je portais de plus en plus souvent des pantalons, une blouse ample qui dissimulait le modelé de mes seins. Je me distinguais de Laurence qui choisissait des chaussures à talons hauts, des jupes courtes, un maquillage de parade.

« ... Tu t'habilles comme moi, disait Sarah, c'est bien austère. »

Je l'embrassais. Je devinais qu'elle avait besoin de mon affection. Je recommençais à l'appeler maman, je m'indignais quand elle me lisait les articles du *Défi.* Je regardais le journal télévisé chaque soir dans l'attente d'une déclaration de Serge. J'ai essayé de lui téléphoner. Je voulais lui dire combien Sarah espérait un signe de lui. Elle ne demanderait rien, trop fière pour cela, mais elle attendait.

Je n'ai pu obtenir Serge. Je craignais qu'il ne se dérobe. Il était courageux, mais peut-être par une perversion inconsciente, imaginerait-il qu'il fallait sacrifier Sarah à des « intérêts supérieurs ». Il prendrait une pose héroïque pour défendre mesquinement sa carrière.

Dès que j'avais un instant, je retrouvais Sarah.

Je l'interrogeais. Je sentais qu'elle désirait se confier à moi, que ce passé que d'autres dénaturaient, elle voulait, pour elle d'abord, le revivre comme elle l'avait vécu. J'attendais près d'elle, devant le feu que j'allumais parfois, qu'elle se décidât. Les souches d'olivier brûlaient lentement, l'écorce éclatant comme un cri bref. J'étais assise par terre face à la cheminée, le dos appuyé aux jambes de Sarah. Elle posait sa main sur mes cheveux.

Un soir elle commença.

Elle voulait longuement évoquer mon adoption. Je l'interrompais. Une route en Allemagne, un hôpital. J'en avais assez. Je l'embrassais.

« ... Toi maman, raconte-moi, toi. »

Je n'avais pas imaginé qu'elle se fût à ce point engagée dans l'action. Je connaissais peu de chose de l'histoire de l'avant-guerre. L'U.R.S.S. n'était pour moi que le pays qui avait écrasé les révolutionnaires hongrois. Je ne comprenais pas que des hommes comme David Wiesel, ce médecin de Varsovie qu'avait connu Sarah, que Sarah elle-même, aient donné ou risqué leur vie pour un système dont le symbole était ce tyran gris, Staline.

« ... Le nazisme, l'antisémitisme, expliquait Sarah, l'injustice. David me parlait de ces enfants pauvres... » Elle s'interrompait. « Je ne regrette pas. Je suis heureuse de te parler. Je ne suis pas fière d'avoir été aveugle, mais je crois avoir été du côté où il fallait être, à ce moment-là. Quand je suis arrivée au camp avec ma mère, que j'ai retrouvé Elisabeth, que j'ai vu comment on nous traitait, je me suis reproché de ne pas avoir fait assez. Même si ce sont les Russes qui ont assassiné David, qui ont cherché à me tuer. »

Nous montions ensemble l'escalier du mas en nous tenant par la taille. Je chuchotais :

« ... Je peux coucher avec toi ?

— ... Tu seras très mal, répondait Sarah, je ronfle — elle ouvrait la porte de sa chambre — le corps des vieux sent mauvais. »

Je me précipitais dans ma salle de bain, je revenais en pyjama, je me glissais dans son lit avant elle. J'étais toute petite. Nous éteignions. Nous fumions l'une près de l'autre. Je demandais :

« ... Que ferais-tu aujourd'hui si tu avais mon âge ?

— ... Je ne sais pas », répondait-elle.

Elle se taisait longuement.

« ... Les vieux, ils ne savent pas davantage, disait-elle

enfin. Ils sont comme tout le monde. Ils se trompent ou bien ils ont raison. »

Je n'ai même pas réfléchi avant de commencer à parler.

« J'ai connu un garçon, ai-je dit sans émotion, il y a deux ans déjà, un peu plus. Maintenant il est parti. »

Silence.

« Je l'ai su, disait Sarah. Trop d'après-midi chez Laurence. »

Nous riions ensemble. Je me pelotonnais contre elle qui me caressait.

« Je croyais que...

— Ton visage, disait-elle. Tu ne sais rien cacher. »

J'enfouissais ma tête dans sa poitrine.

« Je te regardais rentrer le soir, reprenait Sarah. Ton menton rouge, l'air si heureuse, j'étais joyeuse pour toi. Je me disais, si elle a un enfant, tant mieux. Tu vois, je suis de très mauvais conseil. Folle », dirait Serge.

Entre nous, la clarté.

« Puis j'ai eu peur, continuait Sarah, tu es devenue triste. Je pensais que vous vous quittiez. Je voulais te parler. Mais on ne peut rien faire, rien dire. On apprend, on se débrouille toute seule. »

Tout en parlant elle me serrait contre elle.

Nous étions deux.

Un matin dans la bibliothèque, je l'ai trouvée assise face à la fenêtre. Je devais partir au lycée, un examen. Je l'ai sentie anxieuse.

Le soir, à mon retour, deux valises étaient posées sur la première marche de l'escalier. Mietek est venu peu après nous chercher. Nous nous installions chez lui.

« ... Serge, m'expliquait-elle cependant que nous roulions sur la route qui longe le pré, Serge a démissionné ce matin du ministère, j'ai écouté sa déclaration... »

Elle s'interrompait. Mietek jurait :

« Ce salaud, disait-il, pas un mot pour te défendre, tout pour lui. Et il imagine que ça va l'aider. »

Il klaxonnait à la manière des partisans de l'Algérie française qui rythmaient leur slogan.

« Une lâcheté, reprenait-il, ça ne sert jamais à rien.

– S'il m'avait prévenue, murmurait Sarah.

– Honte, hurlait Mietek. Il se cache de toi. »

Sa bastide était éclairée, portes et fenêtres ouvertes.

« Vous n'êtes pas frileuses ? » demandait Mietek.

Il freinait, se tournait vers Sarah, lui caressait la joue.

« Tu te souviens ? Lehaim, lehaim. »

Je ne savais pas que ce mot voulait dire « à la vie ».

Lehaim. J'ai cru longtemps que ce mot était maléfique. La bastide de Mietek qui avait été durant toute mon enfance une île proche et étrangère, dont j'aimais le désordre et la vie – les portes claquaient, Mietek l'emplissait de sa voix – je la trouvais ouverte au vent, désolée. Le feu que nous allumions Sarah et moi dans la grande salle ne réchauffait pas le ciment nu.

De la fenêtre de la chambre où nous couchions toutes deux, j'apercevais le toit de tuiles du Mas Cordelier, cime rose entre les cyprès. Sarah me rejoignait, nous regardions en silence. J'interrogeais :

« ... Serge sait que nous sommes ici ? »

Elle faisait non d'un geste imperceptible.

« ... Il devrait s'en douter, continuais-je.

— ... Il devrait. »

Mais Serge semblait avoir disparu. L'actualité poussait d'autres hommes. On l'avait remplacé au gouvernement. Le ministre des Affaires algériennes avait été désigné. Cordelier ? Il y eut quelques semaines plus tard un entrefilet dans le journal local : *La plainte déposée par Monsieur Serge Cordelier, député des Alpes-Maritimes, contre l'hebdomadaire* Le Défi *suit son cours...*

La pluie nous enveloppait comme à chaque début d'hiver mais à observer Sarah, je savais qu'elle souffrait comme moi de ces jours bas, de l'obstination monotone de l'averse, de cette campagne du Sud que l'orage endeuille.

Mietek allait mal. Le matin je pouvais oublier son âge. Il chantonnait dans son atelier, actif. Mais les vieux meurent chaque jour à la nuit. Quand je rentrais du lycée, la bastide était enfouie dans le silence. Sarah lisait devant le feu. Mietek, une couverture jetée sur ses épaules, grommelait, incapable de rester assis, voûté, les bras ballants, le regard égaré par la découverte de son impuissance, de sa fatigue contre lesquelles il se révoltait par ce mouvement de va-et-vient qui le conduisait d'un bout à l'autre de la pièce. Il refusait de dîner. Parfois à Sarah qui s'approchait, tentait de le convaincre d'accepter un plat, il répondait déterminé : « Je ne travaille pas, donc je ne mange pas. »

Quand nous nous couchions, son atelier était encore éclairé et nous l'entendions qui remuait ses cartons, déplaçait ses toiles et les chevalets, comme quelqu'un qu'obsèdent ses souvenirs.

« ... Le voir ainsi », murmurait Sarah.

Elle me parlait de l'autre Mietek, celui d'avant, qui déchirait la vie d'un grand mouvement du bras.

« ... Ma mère », commençait-elle...

Elle essayait de ne pas pleurer. Je m'approchais, je l'embrassais, « maman, maman ».

« ... Mietek, reprenait Sarah en m'écartant, Mietek effrayait ma mère, il se moquait d'elle, la traitait d'imbécile, un moment il a été amoureux d'elle... »

Je n'avais derrière moi qu'un mince sédiment de vie et j'étais jetée en avant loin de Mietek par l'âge et le désir, mais à écouter Sarah, à la sentir contre moi, émue et frêle, j'étais atteinte à mon tour. Moi aussi je me souvenais d'un autre Mietek, celui qui me prenait sur ses épaules ou me déposait sur le tabouret : « Ne bouge pas, colombe, je vais te donner des ailes. » J'étais saisie dans son regard, paralysée et apeurée de ses gestes rapides devant le chevalet. Il appelait Sarah, Allen, Serge. Nous entourions la toile. Il m'avait fait renaître.

Mort d'un homme de la naissance.

Les photographes cernèrent la bastide. Serge Cordelier vint avec le préfet.

Sarah et moi dans l'escalier. Héloïse, l'un des modèles de Mietek avec qui il avait vécu plusieurs années avant la guerre et à qui il léguait plusieurs toiles, debout le dos tourné, regardant le ciel neuf de janvier. J'étais, avec Sarah, l'héritière de la bastide et des œuvres.

Nous nous tenions la main quand, le préfet sorti, Héloïse toujours immobile au bout de l'atelier, Serge nous fit face. L'une et l'autre, je le devinais à nos doigts qui se serraient, nous avions envie de le prendre contre nous. Je me souvins tout à coup de ce rite enfantin, j'étais dans les bras de Serge ou de Sarah, je les embrassais, je disais : « la bise qui tourne », ils devaient s'embrasser après moi et je m'accrochais à leur cou.

« Retournez au mas », dit Serge.

Il était appuyé à une canne, déhanché. Il remarqua sans doute que j'observais son attitude.

« J'ai dû me faire opérer, ajouta-t-il, toujours des séquelles. »

Sa voix, comme s'il craignait de se faire entendre ou comme s'il eût voulu par sa faiblesse solliciter le pardon de Sarah.

« Je ne crois pas que je me représenterai aux prochaines élections », dit-il.

L'une de ces silhouettes noires et déférentes que je refusais de regarder, qui traversaient l'atelier d'un pas plein d'onction et tournaient autour de la table où l'on avait déposé cette boîte qui enfermait Mietek, s'approcha : « Madame si...

— Retournez au mas », répétait Serge.

Sarah me prit le bras.

« Trop tôt, Serge, trop tôt », disait-elle.

Nous avions déjà commencé à marcher derrière Mietek qui ne vivait plus qu'en chacune de nous.

Si j'ai dit *lehaim* mot maléfique, si je veux croire que Serge ait entendu le murmure de Sarah alors que nous traversions l'atelier et qu'une porte claquait au dernier étage de la bastide comme si Mietek avait été encore là-haut, dans les combles, à tordre le fer, à fendre la toile, à reculer de quelques pas, un pinceau ou un outil entre les dents, pareil à un guerrier qui chasse, si ce temps commencé avec notre départ du Mas Cordelier je le retrouve comme un hiver sans feu, c'est que Serge est mort quelques mois plus tard.

J'ai mis des années avant de pouvoir me souvenir de cette période de ma vie. Il a fallu que naisse Samuel. Dès que j'ai porté mon fils, j'ai ressenti le besoin de savoir ce qu'avait été mon enfance. J'ai cru d'abord qu'il s'agissait de ces rêveries dont parlent entre elles les femmes enceintes, puis j'ai dû admettre, malgré moi, que la seule manière de survivre autrement que dispersée était de mettre au jour mon existence antérieure. J'ai commencé d'écrire ce récit – pour ridicule que soit l'aveu je dois le faire – pour me donner la force d'allaiter Samuel comme si je devais aller puiser mon lait dans le sol enfoui de mes origines, l'enrichir de ma mémoire enfin ouverte, me nourrir et le nourrir de moi.

J'en suis ainsi venue à ce moment sinistre, la mort de Mietek, puis celle de Serge et, à les rapprocher, m'apparaît ce qui les lie. Je me demande si les vies ne sont pas comme pierres d'un mur, l'un de ceux qui soutiennent les planches autour du Mas Cordelier dans la campagne de Cabris. Pas de mortier pour accrocher les pierres entre elles, mais l'assemblage séculaire des creux et des pleins. Une pierre s'en va et si tombent des pluies d'averse, le mur s'effondre par pans qui laissent voir la terre brune.

Serge avait trahi Sarah. Une pierre manquait au mur. Mietek mourut, puis Serge.

Attentat la mort de Serge?

Ce fut une hypothèse. Il avait perdu le contrôle de sa voiture comme si la direction s'était brisée. Il roulait à grande vitesse, vers le sud, vers nous peut-être qui l'attendions sans nous l'avouer. Nous apprîmes par les journaux qu'il était sur une liste de personnalités condamnées à mort par l'Organisation de l'Armée Secrète. Elle frappait ici et là. Elle aveuglait une petite fille en voulant tuer Malraux. Elle faisait, disait-on, assassiner des manifestants dans une bouche du métro Charonne. Tout est possible quand la haine se lève. Je ne le savais pas encore clairement. Je l'ai appris depuis.

Accident la mort de Serge?

La vie reprend la vie quand elle veut, à sa manière obtuse qu'on appelle le hasard. Mais Serge avait pu aussi choisir de tenter le diable, de conduire à tombeau ouvert.

Ces expressions toutes faites, je les emploie à dessein. Les mots se soudent l'un à l'autre selon les lois d'une fusion profonde tels les glissements lents de la géologie de nos vies qui font surgir tout à coup l'accident.

Serge est mort dans un accident de la route brutal et flamboyant comme une explosion volcanique.

Des mois qui ont suivi, de notre retour au Mas Cordelier, je ne sais plus rien. Je suis sans mémoire. Les deux lueurs de l'hiver m'ont aveuglée. Sans doute avons-nous Sarah et moi tâtonné, aidées par Elisabeth.

Je ne retrouve que des images d'été, floues encore.

Sarah a des mouvements lents. Elle est debout, elle tend ses bras vers les rosiers grimpants le long de la façade. Je suis allongée dans le hamac, j'ai reçu de Suisse une courte lettre de Claude, elle est ouverte sur mon ventre, je l'ai effleurée des yeux comme une trace oubliée de ma préhistoire. J'ai besoin de soleil sur ma peau et non de mots. Je brunis. Parfois, je touche avec mes lèvres mon bras. J'aime cette chaleur qu'il semble emprisonner, je découvre qu'il y a une joie passive à vivre et Sarah qui somnole maintenant, assise sous les oliviers, l'éprouve aussi, je le sens.

Le soir, d'avoir traversé la journée estivale comme engourdies, nous nous sentons coupables. Pourtant, nous avons faim. Il fait frais. Je coupe des tomates, j'écrase de l'ail et du basilic, je verse l'huile verte et sirupeuse, âpre. Sur les assiettes blanches le rouge des fruits est vivant et pulpeux. Je bois du vin rosé. Nous parlons plus fort, je ris.

J'ai su cette nuit-là que j'échappais enfin à la lumière glacée de notre hiver.

Je n'arrivais pas à m'endormir. J'étais nue sur mon lit, les fenêtres ouvertes, j'aimais le parfum doux de mon corps. Je sentais sous mes doigts dans les plis de ma peau la sueur. Des mois que je ne pensais pas au plaisir et brutalement, le besoin avide et joyeux, une frénésie, mon corps qui se soulevait, se fendait, mes doigts comme des sexes d'homme et l'envie de crier quand je m'ouvrais à cette secousse retenue.

Puis le calme serein, sans remords, comme si je venais de célébrer des retrouvailles avec moi, de m'assurer que j'avais choisi le côté de la vie.

Le matin, j'ai su que je voulais quitter ce lieu de mon enfance. Je sortais du sommeil comme d'une eau profonde, au large, quand à regarder autour de soi, le bleu, la houle donnent l'ivresse et la peur. Je poussai les volets. Sous le soleil haut, diffus, l'horizon entre les caps était voilé. Le paysage était devenu miroir. Je l'avais tant de fois observé sous le soleil bulbeux des aurores et le violet des crépuscules que j'en savais toutes les variations. Il était comme mon corps étendu que ma main familière reconnaissait. J'avais besoin d'aller au-delà de mon regard. Je voulais que quelqu'un m'invente, ailleurs, me féconde et que basculent ces collines.

J'ai dû être odieuse comme une mouche prisonnière qui se heurte, irritante, aux vitres de la chambre. J'ai dû crier qu'il faisait chaud, étouffant, que je n'avais rien à lire, que l'ennui me prenait à la gorge. Sarah me prêtait la voiture, m'invitait à sortir. Mais je suis de celles qui refusent les calmants. Je haussais les épaules. Je retrouvai la lettre – la seule lettre – de Claude. Des phrases sans suite, pas d'adresse. Je la déchirai en petits rectangles que je jetai au vent sur l'aire et de les voir, taches blanches dispersées, me donnait envie de pleurer.

Souvent, j'allais vers Sarah, je m'asseyais près d'elle sur la terre du jardin. Elle avait des gestes précis et obstinés. Je disais :

« ... Je suis méchante, pardonne-moi. »

Elle souriait.

« On se fait du thé ? »

J'échappais pour quelques minutes à ma hargne. Nous nous asseyions à l'ombre. Le thé à la menthe, brûlant, rafraîchissait. Sarah allumait une cigarette, me regardait ironique et tendre, mais au moment où elle commençait à me parler, je m'enfuyais sous un prétexte ou un autre. J'entrais dans l'obscurité du mas. J'avais besoin de la spirale trapue de l'escalier, du plafond bas de la grande salle, de l'odeur même, comme si je voulais m'enfoncer dans mon enfance, m'y perdre au moment où je désirais si fort la quitter.

Quand je redescendais, Sarah était à nouveau au jardin et je lui reprochais son inattention. J'entendais le murmure des abeilles voletant dans les boules de lavande. Je jetais mon livre sur la table, je marchais, mais l'herbe sous les oliviers avait jauni. Je n'aimais plus sauter de planche en planche. Je rentrais en sueur.

La nuit, je ne réussissais plus à atteindre l'opaque innocence du plaisir. Je percevais chaque frôlement de mes doigts sur la peau. Je restais à la lisière, la bouche sèche. Il faisait chaud.

Peut-être ai-je traversé tout l'été ainsi? Peut-être avais-je seulement besoin d'un amant? Je me souviens qu'à plusieurs reprises j'ai eu la tentation de téléphoner à Laurence Castellan. Je rêvais quelques minutes. Elle m'invitait, nous descendions à Cannes. Plage, présentations, bar, dîner, coucherie. J'employais ce mot pour me dégriser. J'étais — je suis toujours, je crois — incapable de rechercher lucidement, d'organiser la rencontre avec un homme. Je sais bien que je suis hypocrite. Si je voulais quitter le Mas Cordelier et Cabris, c'était pour vivre, donc pour aimer. Mais je n'ai jamais clairement choisi un homme pour faire l'amour avec lui. J'ai besoin du halo de la surprise. Je ne téléphonai donc pas à Laurence. Trop aisé de prévoir ce qui allait survenir. Je préférai l'ennui, ma colère.

Je sentais que Sarah m'observait. Je me donnais des prétextes : il fallait que je reste pour elle. Je savais que c'était faux. Elle allait bien. Elle essayait de me le dire mais je ne voulais pas l'entendre car j'aurais dû alors admettre que je n'avais pas encore le courage de la quitter.

Un soir, comme je me levais pour allumer la télévision, Sarah m'a prise par le bras.

« Qu'est-ce que tu as? »

J'essayais de lui échapper d'un mouvement d'épaule mais sa poigne était résolue comme son amour pour moi.

« Tu ne t'esquiveras pas », disait-elle.

Je fuyais son regard. Elle me poussait sur le canapé, elle s'asseyait près de moi.

« Tu dois partir », reprenait-elle.

Je m'insurgeais, j'étais hostile.

« Tu veux partir. »

Elle me lâchait, prenait une cigarette et de la sentir si calme m'apaisait.

« On part toujours, tu sais. Il faut. Même si cela fait mal. Et puis on revient. »

Elle me tendait une cigarette, nous retrouvions la complicité des gestes.

« Mon père partait à chaque instant, trop. Je ne le supportais pas. Puis j'ai commencé à partir aussi, je laissais ma mère à Paris... »

Elle avait posé sa tête sur le dossier du canapé. J'aimais la noblesse vigoureuse de son visage, la franchise heurtée de ses traits, le nez busqué, le menton prononcé.

« Je le regrettais. Je n'ai plus de remords, pourtant elle est morte. »

Elle hésitait, me prenait le cou.

« Accepter la séparation, Nathalia, la seule loi de la vie, être séparé et ne pas oublier. »

Nous n'avions pas éclairé la pièce envahie par la nuit. Toutes les fenêtres étaient ouvertes.

J'allais partir.

Je fermais les yeux. J'écoutais l'eau de la source. Je respirais les parfums du jasmin et de la lavande. Je reconnaissais l'odeur sucrée et laiteuse des figuiers.

Je m'imprégnais de mon enfance avant de la quitter.

Je n'ai commencé à écrire qu'après m'être réinstallée au Mas Cordelier.

J'y suis arrivée il y a trois mois, en mai, la plus belle saison, mais l'herbe était haute sur l'aire, entre les pierres. Les terrasses, les oliviers, le jardin de Sarah, mes figuiers, là-bas, à la limite de notre terrain, tout donnait une telle impression d'abandon que j'ai failli ne pas oser rester. La mort de Sarah était autour de moi, dans les mauvaises herbes, cette haie de lauriers en désordre, branches poussées au hasard et qu'elle aurait taillées, minutieuse et tenace.

Seule, assise à gauche de la porte, sur la dalle large et usée, je me serais laissée aller au remords. Mais Samuel courait entre les cyprès, s'échappait, je l'entendais qui tirait la chaîne du puits, et je l'imaginais se penchant sur la margelle. Je criais à mon tour, comme l'avait fait Sarah pour moi : « Attention, veux-tu... » Je m'élançais, comme elle. Je disais : « viens » et j'entraînais Samuel, j'ouvrais la porte.

Je reconnaissais l'odeur sure de la pierre des murs, celle de la cire et du bois. Thérèse avait dû venir comme je le lui avais demandé. Je poussais les volets et les quinze années que j'avais vécues depuis mon départ du mas s'effaçaient.

Samuel m'avait pris la main comme s'il voulait que je me souvienne qu'il continuait d'être là, lui, qu'il ne se laisserait pas engloutir. Il entrait dans la bibliothèque, dans la chambre de Sarah. A chaque fenêtre ouverte, il m'obligeait à quitter la pièce, à parcourir trop vite ces lieux où j'aurais voulu m'attarder. A la fin, j'ai tenté de rester seule, le conduisant sur l'aire : « Joue, attends-moi. »

Je suis rentrée pour que m'entoure l'unique rumeur de leurs voix, Serge, Sarah. J'étais prête à sangloter avec complaisance, à m'accuser de lui avoir si peu écrit, et de l'avoir contrainte quand elle voulait me voir, à me rejoindre là où je traînais ma vie. Je me suis assise dans la bibliothèque, je regardais ces cartes du XVIIIe siècle aux couleurs vives qui appartenaient aux Cordelier depuis que Jean Cordelier, le fondateur, avait construit la maison. Quinze années ne les avaient pas jaunies davantage.

Je n'étais pas revenue. J'avais craint de ne plus trouver assez de force pour repartir. Je croyais que j'avais une trajectoire à parcourir, que là était mon devoir, qu'il fallait renoncer à la douceur de ces retrouvailles avec le mas, avec hier, avec Sarah. J'étais dans cette période sauvage de la vie où l'on croit qu'à se faire mal, à blesser les autres, on se grandit, on se purifie. Il a fallu que naisse Samuel, que meurent Sarah puis Christophe pour que je comprenne que j'avais atteint le bout de ce que j'appelais avec une emphase qui me fait honte ma « vie personnelle » ou bien, mais c'était toujours le même égoïsme, ce que je nommais « notre engagement ».

Seule, de retour ici, j'aurais pu sangloter mais Samuel criait, pleurait. Je me penchais à la fenêtre. Il s'était assis au milieu de l'aire, la tête sur les genoux, encerclé par les herbes.

Mes quinze années les voici dans ce nœud de vie issu de moi.

Je suis descendue en courant, je l'ai pris dans mes bras. « Tu es lourd, qu'as-tu ? » Il se blottissait, il reniflait. « Je vais te montrer, quand j'étais petite... »

J'allais explorer avec lui la mémoire des lieux pour qu'il s'en empare et les aime.

Chaque jour, pour lui, j'ai retrouvé de nouvelles traces plus profondes, j'ai entrebâillé le placard à bois où je me cachais quand j'étais enfant, j'ai écouté avec lui la marche qui craquait et dont j'avais peur, j'ai parlé des lézards et des hannetons, des papillons que j'avais épinglés.

Je partageais avec mon fils. Je le nourrissais de ma mémoire. Je suis devenue comme l'une de ces femmes qui ont trop de lait et dont les seins gonflés sont douloureux. Elles prennent leurs seins à deux mains et les pressent pour que jaillisse le lait. J'ai agi comme elles. J'ai commencé à écrire ce que je ne pouvais raconter à Samuel, et qui me faisait mal en moi, ces quinze années de vie, si brèves, si lointaines déjà, qu'à les écrire il me semble que je les rêve.

Ainsi de mon départ du Mas Cordelier que j'avais désiré mais que je laissais Sarah organiser.

J'avais peur. Je ne voulais plus. Je lui reprochais de chercher à m'éloigner d'elle. Je me protégeais par cet artifice de mes remords à venir. Aujourd'hui je découvre l'habile lâcheté inconsciente qui m'a permis de croire que Sarah était responsable, qu'elle m'avait chassée. Quand elle me proposait de m'inscrire dans une faculté à Paris ou dans une université étrangère — « Oxford, pourquoi pas ? » — je me révoltais. Les études me lassaient. Les professeurs me paraissaient ternes, installés avec suffisance dans la répétition.

Je me confiais parfois à Pierre Monod qui, libéré de prison, amnistié, avait repris ses cours au lycée. J'allais chez lui, dans l'une des ruelles qui conduisent à la cathédrale. Nous nous installions sur la terrasse, nous regardions s'estomper les ciels violets et rouges.

J'attendais, patiente.

Je comprends maintenant – et j'aime dans l'écriture la découverte de ce qu'on a ignoré et pourtant voulu, organisé, j'aime cette remontée du fleuve qui fait éprouver la force du courant qui nous entraînait – je suis sûre que l'idée de faire de Monod mon amant était ancienne, peut-être même n'avais-je accepté Claude que parce qu'il était l'élève de Monod ?

M'eût-on affirmé cela il y a quelques années, je me serais récriée ou bien j'aurais ri. Mais je sais depuis quels détours prend le désir, à quels jeux de masques se livre la volonté, la vraie, celle que l'on ignore, qui pousse devant soi l'autre, la marionnette des résolutions proclamées et des choix clairs. Puis-je même dire que mes convictions d'alors, la passion avec laquelle je m'affirmais hostile à la guerre d'Algérie n'étaient pas suscitées par le désir que j'avais de Pierre Monod ?

Que la politique soit ainsi liée aux plus opaques zones de mon affectivité, de ma sensualité, j'ai mis aussi des années à le comprendre. Mais je parlerai de cela plus tard. J'essaie tant bien que mal de respecter l'ordre de naissance de mes émotions.

Je veux revenir à cette terrasse de l'appartement de Pierre dans la vieille ville de Grasse.

J'arrivais vers la fin de l'après-midi, à l'heure des ocres orangés, quand le soleil du soir fait trembler les façades et met la nostalgie au cœur. Je montais l'escalier en colimaçon, sombre et humide. Il était étroit et quand quelqu'un descendait il fallait que je m'appuie à la rampe de fer forgé dont je sentais le contact froid.

Mon détachement et mon indifférence, mon audace aussi m'étonnent encore aujourd'hui. Je me souviens pourtant d'avoir à plusieurs reprises trébuché comme si j'avais heurté un obstacle imprévu. J'avais peur tout à coup de glisser jusqu'au bas des marches. J'imaginais en quelques secondes des scènes tragiques, ma tête heurtant le palier de marbre, un attroupement autour de moi. Je m'arrêtais, je reprenais mon souffle et quand je sonnais à la porte de Pierre Monod, j'étais à nouveau calme.

Je crois que je ne voulais pas savoir ce que j'espérais. Je l'ai dit déjà, je ne me suis jamais préparée à ce qu'un homme devienne mon amant. Pourtant, quand, de si loin – quinzc ans, quinze ans – j'aperçois cette jeune étudiante, moi, assise près de Pierre sur sa terrasse, je n'ai plus aucune illusion sur les stratégies obscures de ma séduction.

Il me tutoyait. Nous ne parlions que de grande politique. Du gaullisme comme dictature du capital, des *damnés de la terre,* ces foules démunies qui s'élançaient à l'assaut de l'Occident industriel. Pierre, même chez lui, pour moi seule, faisait un cours. Il se penchait vers moi, et j'exagérais encore mon détachement et mon indifférence pour qu'il s'avance plus près, qu'il cherche à me convaincre. Je me faisais étendue d'eau calme pour qu'il y plonge, sans crainte. Castro – « Fidel, Fidel », disait-il – changeait le sens de l'histoire en Amérique latine.

« ... Un continent tout entier, Nathalia, bascule et ça, à terme, c'est la fin du capitalisme nord-américain, donc du capitalisme mondial. »

Je ne répondais pas, sensible seulement à son enthousiasme. Il s'inquiétait de mon attitude, s'interrompait :

« ... Veux-tu boire ? » demandait-il.

Je secouais la tête, mais il se levait quand même, revenait avec deux verres et une brochure qu'il me tendait :

« ... Tu devrais lire ça, disait-il, Lee Lou Ching analyse parfaitement la situation mondiale, les contradictions, le rôle des campagnes, l'Occident comme une ville encerclée par la révolution paysanne. Lee Lou Ching... »

Quels que soient les mots, ils peuvent, entre un homme et une femme, être porteurs du désir.

J'étais curieuse du corps de Pierre Monod. Je l'écoutais et j'essayais de deviner – je vis pour la première fois cette sensation lucidement, en la reconstituant – à la manière dont il prononçait Lee Lou Ching, ou bien Mao, comment il pèserait sur moi.

Nos différences, son âge surtout, m'attiraient.

Il devait avoir quarante ans. Peut-être trente-cinq seulement comme moi aujourd'hui. Je croyais alors qu'il avait atteint le lieu où l'on est définitivement soi. J'étais naïve. Je pensais qu'il est un moment dans la vie où l'on devient immobile, et je me sentais si imprécise, si floue encore que Pierre m'apparaissait comme une certitude rassurante. J'aimais même les rondeurs de sa taille, j'avais la tentation d'effleurer son estomac. Qu'il fût presque chauve ne me gênait pas. Au contraire. Il était l'autre, que je voulais connaître pour qu'il m'aidât à percer le mystère de l'âge, qu'il m'accompagnât dans ce territoire qu'on nomme l'état adulte, qu'il m'initiât aux secrets qui donnent la gravité, la sagesse.

Ce que j'écris est vrai mais l'essentiel se dérobe encore. Je multiplie les vérités bavardes pour dissimuler la vérité brûlante. Je n'ose pas dire simplement que je voulais savoir ce que signifiait faire l'amour avec un homme d'expérience, « un homme mûr ».

Je hais cette expression toute faite, ridicule, qui fait de la vie un fruit. Avec de tels mots la vie s'émiette. Mais j'avais la tête pleine de ces clichés dont on met trente ans – si l'on a de la chance – à comprendre qu'ils sont truqués.

J'ai donc écouté Pierre jusqu'à ce que, au moment de nous séparer, un soir – la nuit était tombée, c'était septembre – dans l'entrée, sa porte déjà ouverte, nous fûmes l'un contre l'autre, dans un mouvement qui pouvait paraître de hasard et que nous préparions depuis des semaines.

Je découvris la douceur dont l'homme est capable. Le corps de Claude était anguleux, celui de Pierre rond. Mais j'apprenais aussi que l'âge ne donne aucune assurance. Pierre, nu, me semblait plus jeune que moi tant il était inquiet. Finies les certitudes de la politique. Oubliés Mao, Castro, Lee Lou Ching. J'avais à côté de moi dans ces après-midi ensoleillés de l'automne un homme quelquefois enthousiaste et souvent désolé.

« ... Je suis déjà vieux », disait-il.

Il remettait ses lunettes, s'écartait de moi et les mains croisées sous la nuque recommençait à parler du capitalisme et de l'aliénation.

Parades. Alibis.

Je prenais l'initiative, je lui enlevais ses lunettes d'un mouvement brusque, je les glissais sous le lit.

« ... Tais-toi. »

Je lui mettais la main sur la bouche, j'appuyais sur ses épaules. Je tenais sous moi, je dominais les années à venir, l'âge adulte. Je me grisais de ce pouvoir et si je réussissais à donner à Pierre du plaisir – j'osais cela – il me semblait vraiment que j'étais initiée, avant les autres, et j'étais fière de ce privilège.

Pierre m'aida ainsi – par sa maladresse et ses angoisses mêmes – à découvrir mon corps. Entre Claude et moi, la passion rageuse et joyeuse de l'acte avait empêché la connaissance. J'étais – nous étions –

emportés. Pierre, faute d'élan? – je m'interroge aujourd'hui avec tendresse et presque nostalgie, je l'aimais bien Pierre, – Pierre prenait son temps, me donnait du temps. Je connus ces houles qu'on sent venir de loin, qui recouvrent et la respiration manque. Je saisissais son poignet pour qu'il cesse de me caresser. J'émergeais avec le désir d'être noyée à nouveau. J'abandonnais son bras, je me serrais contre lui. Il avait le corps doux. Il était généreux. Il n'avait pas l'avidité conquérante de Claude.

Nous aimions-nous? Ni lui ni moi n'avons au cours des quelques semaines qu'a duré notre relation conjugué ce verbe. Quand en sueur – l'automne 1962 fut très chaud, sec et limpide comme un été – je me levais, qu'il cherchait ses lunettes avant de reprendre son discours, je l'embrassais distraitement, puis je m'enfermais dans la salle de bain, ne percevant à travers le ruissellement de la douche que quelques-unes des phrases qu'il criait. Peut-être disait-il son amour? Mais quand je le retrouvais il était habillé déjà, pensif, des journaux, des livres ouverts autour de lui. Il m'observait un instant. Je ne voulais pas qu'il parle, qu'il me retienne.

Une chanson ces années-là, un poème mis en musique et dont l'air me revient chargé non de regret mais d'émotion, dit mieux que je ne l'écrirai ce qu'il y eut entre nous :

Il n'aurait fallu qu'un moment de plus pour que l'amour vienne.

Ce moment il n'osa pas le prendre. Pierre Monod croyait à la responsabilité. Il s'imaginait vieux, il me voyait très jeune.

Ce moment je ne voulais pas le donner. J'attendais peut-être qu'il me l'arrache, qu'il l'impose. Je l'ignore encore. Mais Pierre respectait la liberté, ma liberté. Ce n'est pas l'amour qui naît d'elle mais l'estime et l'amitié.

Je me suis interrompue. J'y suis contrainte souvent. Ce que j'évoque éveille en moi une rêverie proche de la passivité. Ecrire c'est mettre de l'ordre, agir et j'aimerais quand un souvenir s'avance mot à mot fermer les yeux, pour mieux le voir, m'y lover comme dans un cocon.

Quand je rentrais de chez Pierre, j'avais un désir semblable à celui-là. Je voulais rester seule avec la mémoire de mon plaisir.

Je m'allongeais dans le hamac que nous accrochions aux troncs de deux oliviers. Je laissais s'amortir le balancement, j'attendais le recueillement qu'est l'immobilité. Il faisait encore chaud. Les cigales avec la nuit s'interrompaient et un silence précaire tentait de s'établir. J'aimais cet intervalle avant que viennent les coassements, les crécelles des grillons, ou bien l'appel de Sarah : « Tu es là, et tu ne me disais rien ? »

J'étais mal à l'aise avec elle. Je ne pouvais plus ignorer qu'elle me perçait à jour. Je bougonnais. Elle parlait de mon départ : « Tu devrais... » Nous nous heurtions. J'étais injuste. Je lui reprochais de ne pas oser lui parler de Pierre, de rétablir entre nous des silences qui sont toujours mensongers. J'échafaudais des explications : elle était jalouse, elle m'en voulait d'être la maîtresse d'un homme plus âgé que moi. Car elle savait, bien sûr, comme elle avait su pour Claude. Elle était conformiste et désirait m'éloigner, pour me préserver.

Je retrouve sans plaisir mes pensées poisseuses. Et pour cela aussi je me suis interrompue.

J'ai fait dîner Samuel. Le voir mâcher, engloutir, me ravit. Je dois résister à la tentation de le gaver. Quand il dit : « encore », je me précipite. La bouche vide je ne peux m'empêcher de mastiquer comme lui. Je communie d'instinct avec mon fils.

Je l'ai couché. Je suis retournée dans la bibliothèque et relisant ce que j'avais écrit j'ai voulu écouter la chanson que j'avais retrouvée. Je désirais me mettre au piano pour reprendre au bout de mes doigts la mélodie, expressive comme une tristesse un peu fanée. Je me suis tout à coup souvenue, cherchant le disque, des paroles exactes de la chanson :

Il n'aurait fallu qu'un moment de plus pour que la mort vienne.

L'amour, la mort. J'avais pris un mot pour l'autre.

Avais-je si peur de l'amour – en ai-je encore si peur peut-être – qu'il est pour moi l'équivalent de la mort ?

J'ai réfléchi ainsi à ce que j'ai écrit de mes rapports avec Pierre Monod.

Je n'aime pas cette petite personne glacée qui dissèque, fait le bilan et s'enveloppe pour finir des plis soyeux de l'emphase : l'amour, la mort.

Je fus cela pourtant, aussi cela. J'ai trop longtemps manqué de courage et de noblesse avec Pierre. Je n'ai pas été différente de Laurence Castellan que je rencontrai sous les arcades de la place aux Aires.

Elle me prenait par le bras après m'avoir embrassée.

« Tu as une liaison avec Monod, il paraît ? C'est comment, dis-moi ? Il est bien ? »

Elle attendait, avide, des confidences, elle riait, me donnait en appât quelques bribes de sa vie.

« Tibor, le peintre... Il est fou de moi, il... »

Détails qui me compromettaient. Puisque l'on osait me dire – « après – Laurence pouffait – il chante, si tu l'entendais, il se frappe la poitrine avec le poing fermé, il me fait peur » – j'appartenais à ce clan des femmes bourgeoises que je voulais fuir. J'avais beau refuser les jupes courtes, les talons hauts, le maquillage, le coiffeur, je n'étais rien de plus que l'une d'elles : un amant qu'on observe sans passion, deux corps qui se côtoient de cinq à sept pour satisfaire des besoins et la curiosité en est un des plus forts, puis le commérage, l'autre qu'on livre pour le plaisir orgueilleux de paraître. Il s'est mis nu, il imaginait n'être qu'avec une femme. Pour le voir les yeux de tout un groupe, les amies, les relations des amies.

Horreur.

« Je quitte la France, ai-je dit à Laurence, pour plusieurs années.

– Tu es enceinte de Monod ? »

Je n'ai pas répondu à Laurence. Elle me tendait le piège de ses petitesses. La médiocrité est contagieuse. Je devais partir.

Je me souviens sans honte de ces derniers jours de l'automne 1962. J'avais pris conscience de la manière avare dont je me conduisais avec Pierre.

A plusieurs reprises, j'avais refusé de passer quelques jours avec lui, en Italie. Peur de trop accorder, de m'engager. Certitude que j'avais obtenu de Pierre tout ce qu'il pouvait me donner. Ce jugement étriqué et sordide de boutiquière qui calcule son profit, je l'ai éprouvé. Comme si les relations entre un homme et une femme, pour exister, ne devaient pas toujours jouer avec le risque ! Ce n'est qu'à doubler la mise qu'on gagne. Vivre de rente en gérant petitement ses sentiments, voilà ce que j'avais fait avec Pierre.

J'avais abandonné Laurence sur la place, j'étais irritée contre moi, et la colère est parfois bonne conseillère. Je rentrais au Mas Cordelier. Au milieu de l'allée de cyprès, j'entendis Sarah qui jouait. Vivacité allègre de cette pièce de Mozart, je me mis à courir, elle était joyeuse, Sarah, je le devinais à sa manière de jouer. Je la vis par la fenêtre, la tête penchée sur le côté accompagnant de tout le buste le mouvement léger de ses doigts. Je m'assis sur le rebord de la fenêtre, et quand elle eut fini, qu'elle se retourna, je lui ouvris les bras pour que, après si longtemps – quelques jours de brouille cela nous semblait à l'une et à l'autre éternel – nons nous retrouvions.

« Allen, dit-elle, Allen a un enfant. »

J'avais vu arriver au mas les lettres d'Allen Roy Gallway. Je connaissais son écriture hachée aux longs jambages, Sarah avait voulu me parler de lui mais j'étais trop enfermée en moi-même pour l'écouter. Il s'était marié, m'avait-elle dit, avec la fille de l'un de ses amis, Julia Scott, beaucoup plus jeune que lui, ils vivaient dans une ferme isolée en Irlande, au bord de la mer. « Entre les pierres et les vagues », avait dit Gallway.

J'ai pris Sarah par le cou, je suis entrée dans la pièce en franchissant la fenêtre, je l'ai entraînée jusqu'au canapé.

« Nous allons toi et moi, ai-je dit, aller les voir. Je resterai peut-être là-bas et tu rentreras te chauffer ici. »

Si facile de donner de la joie.

Sarah riait.

« ... Je n'avertirai pas Allen, disait-elle, nous allons le surprendre. Tu veux vraiment que j'organise ce voyage ? »

Je restais contre elle, je murmurais :

« ... Dans dix jours. Avant je veux partir avec quelqu'un. Tu connais Monod ? Pierre, celui qui a été arrêté, le prof de Claude ? »

Je sentais les muscles de Sarah se raidir. Je l'embrassais.

« ... Il faut que je le fasse, maman. Mais nous partirons toutes les deux. Si je dois revenir pour vivre avec Pierre, ici, ce sera après notre voyage à toi et à moi. »

Je savais que je ne vivrais pas avec Pierre, mais je voulais en prendre le risque pour effacer ces relations au jour le jour où je m'étais médiocrement embourbée. Je ne m'apitoyais pas sur Pierre. Je ne lui donnais pas un pourboire avant de le quitter. Je voulais simplement m'assurer que je ne ressemblais pas à Laurence. Les autres me poussent à agir. Leurs vies que je vois si souvent passives me fascinent et m'attirent. J'ai si peur de devenir leur double que je m'écarte d'un mouvement brusque de leur route, que j'ai pourtant envie de suivre, et ce faux pas fantasque, ma défense, je me maudis de l'accomplir, tout en en étant fière.

« Allons en Italie, ai-je dit à Pierre, tu le voulais, n'est-ce pas ? »

Il me prenait le visage à deux mains et comme à chaque fois qu'il regardait de près il soulevait ses lunettes, les posait sur son front : « Toi... » disait-il.

Ses yeux étaient doux, trop sans doute pour moi. Son nom, Pierre Monod – on s'attache parfois à des signes dérisoires – je le trouvais trop français, sans vigueur. Je ne vivrais pas avec Pierre.

« Toi, reprenait-il, tu vas me faire passer un examen ? »

Je secouais la tête, je fixais ses yeux, j'y lisais l'incertitude et la bonté, je ne savais que dire, je me jurai de ne plus jamais accepter de faire l'amour avec un homme que si je me croyais prête à tout partager avec lui. Ridicule en notre temps de liberté mais qu'importe ! Je faisais l'expérience amère de la division de moi, trop difficile à vivre pour moi. Je ne chargeais mon refus d'aucune morale. Je me découvrais ainsi, absolue.

« Tu me quittes, alors ? » interrogeait Pierre.

Il s'écartait de moi, s'asseyait sur le lit, remettait ses lunettes. Il se voûtait. Il souriait si tristement que c'en était une grimace.

Seule, rester seule plutôt que de faire souffrir.

Si facile de donner de la peine.

« L'Italie, ajoutait-il, où veux-tu que nous allions ? »

Je citais des noms de villes, j'évoquais les peintres et les piazze, je disais les fontaines, les cyprès de la campagne toscane, les rades et les promontoires, les villes ensevelies, dépliant touristique pour des amours de convention. Je cessais tout à coup.

« Partons, Pierre, ayons cela en commun, cette

semaine entière sinon ce que nous avons vécu... »

Je me souviens de ce qu'il me dit alors, je garde ses mots comme un témoignage qui me rassure, une preuve que je présente au procureur que je porte en moi pour qu'il m'accorde que, au moins à la fin, j'ai été droite avec Pierre.

« Droite, disait-il précisément, tu es droite et claire, Nathalia, je t'aime pour cela. Nous allons partir ce soir si tu veux. »

Faire confiance à l'autre, dire la vérité et en tout cas ne pas lui mentir, je m'engageais à cela cependant que Pierre téléphonait au lycée, expliquait qu'il était souffrant, qu'il serait absent. Il faisait rapidement une valise, nous passions par le Mas Cordelier afin que je prenne quelques affaires.

« Viens, ai-je dit à Pierre, tu ne connais pas Sarah, ma mère. »

Sarah timide.

J'étais émue de ses maladresses, de ses hésitations :

« ... Puis-je vous offrir... » commençait-elle.

Elle butait sur les mots, me jetait un regard rapide. Je sentais que les rapports entre nous ne seraient plus jamais les mêmes, qu'en lui présentant Pierre je venais de m'affirmer adulte.

Je l'embrassais. Je disais :

« ... Je vous laisse, Pierre et toi, je n'en ai que... »

Je montais l'escalier en courant. De ma chambre, cependant que je lançais des vêtements sur le lit, j'entendais la voix lente de Pierre, cette illusion d'assurance qu'il donnait en détachant les mots :

« ... Dans l'affrontement avec les Etats-Unis,

Khrouchtchev s'est conduit d'une manière que je crois aventureuse, les Chinois, de ce point de vue... – fusées soviétiques à Cuba, Kennedy, la Chine – une stratégie de lutte contre l'impérialisme américain... »

J'étais heureuse, je riais silencieusement tout en fermant mon sac de voyage. J'avais osé. J'étais moi devant Sarah, devant Pierre. J'apprenais que c'est là le plus grand des plaisirs, le privilège majeur. Ne jamais y renoncer.

Je me donnais un coup de peigne, je les écoutais. Ils poussaient leurs mots comme des animaux flairent, effleurent d'une patte pour reconnaître l'autre.

« ... La Chine, disait Sarah, mon mari s'y est beaucoup intéressé. Son oncle, un jésuite, avait eu comme élève Lee Lou Ching, oui, l'un des proches de Mao, semble-t-il, son porte-parole en tout cas...

– Voilà. »

Je posais ma valise au pied de l'escalier. Sarah me regardait, désemparée.

« Tu pars alors, si je...

– Je téléphonerai, maman, tous les jours. »

Je la serrai contre moi. Je sentis ses larmes sur mes joues.

Pierre baissait la tête, coupable.

« J'entraîne Pierre, ai-je dit en riant. Il n'avait aucune envie de m'accompagner. »

Sarah me caressait les cheveux.

« Tu sais ce que tu veux, disait-elle à mi-voix.

– Une semaine, ai-je chuchoté, puis toutes les deux, toi et moi. »

Je sortais la première. Je les laissais en face l'un de l'autre. Pierre balbutiait.

Je m'installais dans la voiture.

« Roule vite », ai-je dit.

Ce voyage en Italie, à la frontière de l'automne et de l'hiver, je n'en ai retrouvé que peu de traces. Effacées par la pluie qui nous accompagna de ville en ville. Nous grelottions dans des hôtels vides, les draps des lits étaient humides, les rues crevées de flaques et j'avais chaque soir les pieds glacés. Des pudeurs inattendues entre nous, comme si l'intimité de tout un jour, de la nuit à venir, nous faisait découvrir que nous étions demeurés étrangers. L'amour en harmonie grise avec le temps. Pierre se mit à tousser. Il achetait à Pise un chapeau qui lui donnait une tête de paysan, peut-être notre seul rire.

Nous sommes rentrés au bout de cinq jours par la route qui longe la mer et que battaient l'averse et les embruns. Dérapage après le pont de Villeneuve-Loubet, à quelques kilomètres de notre lieu d'arrivée. Nous étions indemnes, nous regardions la voiture qui avait glissé dans le fossé. Pierre ouvrait les bras en signe d'impuissance.

« ... Je ne voulais pas qu'on se quitte, disait-il, mais même cela c'est raté. »

Nous souriions l'un et l'autre comme de vieux complices.

« ... Prends le car », ajoutait-il.

Nous marchions côte à côte, les platanes étaient déjà nus et la terre avait l'odeur des feuilles tombées.

Quand j'ai revu Pierre, il y a quelques semaines, par hasard...

Quelqu'un m'appelait, je portais Samuel sur le bras gauche, les rues de Grasse sont en pente raide et j'étais lasse, j'avais beaucoup de peine à me retourner, mais la voix m'était familière sans que je puisse l'identifier : « Nathalia, Nathalia. »

Pierre était derrière moi, à quelques pas qui faisaient quinze années, Pierre rond, chauve et le même air de bonté et d'enfance.

« Ton fils ? » demandait-il, ses premiers mots.

Alors je me souvins du bord de route, du car qui démarrait et de la silhouette entre les platanes. Pierre qui saluait cérémonieusement, le chapeau tenu à bout de bras sous l'averse.

Pierre, tout en marchant près de moi, me racontait quinze années, un bout de rue bordée de maisons roses pour parcourir ce temps, une longue part de nos vies.

« ... Je suis à la Fac, maintenant, toujours pareil, on se bat, on se bat. »

Il s'excusait d'être resté semblable et à l'entendre je mesurais combien il avait eu d'influence sur moi. J'avais cru, parce que je n'avais jamais éprouvé pour lui de la passion mais de la curiosité, l'avoir tenu à distance. Je m'interroge. J'avais écouté Pierre, adopté beaucoup de ses convictions, précisément parce qu'il était resté pour moi l'autre, que je ne cherchais pas à me perdre en lui. Peut-être avions-nous eu vraiment une relation « adulte », raisonnable — pouah, pouah, je ne peux m'empêcher d'écrire ma grimace mais je veux aller au-delà de cette condamnation instinctive — une fraternité qui laissait à chacun la liberté de voir l'autre, d'entendre de lui plus que les mots violents et tourmentés de l'amour

« Je crois, continuait Pierre, que tout va se jouer en France en 78, si la gauche l'emporte aux prochaines élections, il y a une chance pour un socialisme enfin... »

Je ne m'étais jamais identifiée à lui comme je l'ai fait plus tard avec les deux hommes que j'ai aimés. J'avais seulement été contrainte – et c'est ainsi qu'on se fait – de savoir ce que j'étais par rapport à lui.

Nous étions parvenus sur la place aux Aires, l'un des lieux d'autrefois, l'une de ces rades où les temps se mêlent.

« Tu habites le Mas Cordelier ? » demandait-il.

Je montrais Samuel.

« Avec lui.

– Seule avec lui ? »

Je disais oui.

« Qu'est-ce que tu fais ?

Je secouais la tête, mes cheveux étaient trop longs. J'avais chaud.

« Je raconte.

– Tu écris ? »

Il me prenait le bras, il riait.

« Je savais que tu finirais comme ça. Tu n'étais pas dans les choses vraiment, mais à côté, à les observer. Tu t'es toujours regardée vivre, Nathalia. Dans ces cas-là, un jour, on écrit. »

Je m'insurgeais. Je ne voulais pas admettre que, il y a quinze années déjà, les jeux de ma vie étaient faits.

« J'ai beaucoup vécu, Pierre. Politique, etc. Tout aurait pu être différent. Ma vie a été une suite d'accidents, de surprises. »

J'embrassais Samuel.

« Je vois, je vois, disait Pierre. Mais moi, tu ne m'étonnes pas. Je regrette. Logique que tu en sois à... – il pianotait – je t'ai toujours vue comme une machine à écrire. »

Je haussais les épaules, je murmurais :

« ... Je dois rentrer, je te téléphonerai. On dînera si tu veux, quand j'aurais terminé, je commence seulement. »

Mot à mot, ma vie à dire.

Un long parcours ma vie, même si à l'écrire tout se condense et que la tentation est grande, au lieu de laisser les volutes se déployer telles que je les ai vécues, d'aller droit d'un point à l'autre, de mêler les visages et les lieux, de bouleverser le temps, de dire d'abord la fin, la mort de Christophe, avant de parler de ma rencontre avec lui.

Mais il en va ainsi de la mémoire, Christophe est double désormais, Janus aux cheveux bouclés, avec qui je m'asseyais un soir, dans ce café qui fait l'angle de la rue du Val-de-Grâce et du boulevard Saint-Michel, août 1966, je crois, l'été orageux et une averse nous avait poussés là alors qu'il me raccompagnait chez moi, j'habitais rue Saint-Jacques, et ce n'était pas le trajet le plus court, nous aurions dû, de la rue d'Ulm, prendre directement, mais nous avions l'un et l'autre le désir de marcher jusqu'aux jardins de l'Observatoire, vers la fontaine et le silence des allées.

« ... Tu comprends. »

J'entends encore ce verbe qu'il plaçait au début de chaque phrase.

« ... Tu comprends, disait-il, il faut interroger le réel. »

La curieuse manière de parler de Christophe. Quand il avait commencé son intervention dans cette petite salle de cours de l'Ecole normale supérieure, je m'étais penchée vers Emmanuelle Tomi :

« ... Qui est-ce ? »

Les mots qu'il employait, simples pourtant, me paraissaient prendre un autre sens.

« ... Le Guen, disait Emmanuelle, philosophe lui aussi, Christophe Le Guen. »

Elle poussait vers moi l'une de ces revues rouges où les lettres des titres étaient des sillons noirs, l'ouvrait, me montrait un article : *Aller au peuple pour apprendre.*

« ... Christophe », murmurait-elle.

Christophe, Janus aux cheveux ras, couché sous ce drap blanc qui lui cache la gorge et le menton. Je voudrais faire un pas, soulever le drap, voir la plaie qui doit s'ouvrir, là sous le pli à peine perceptible du tissu. Je connaîtrais ce point de mort où Christophe a placé le canon du fusil de chasse, un matin. Je ne sais plus qui m'a téléphoné, qui m'a conduite jusqu'à la morgue d'Aubenas où on l'avait descendu.

« ... Il n'a pas résisté, m'expliquait-on. La montagne, le silence, il faut y être habitué depuis la naissance. »

Christophe n'est pas mort du silence des choses mais du mutisme des hommes qui n'avaient pas répondu à son appel.

Christophe aux cheveux bouclés, Christophe aux cheveux ras. La mémoire a comblé l'intervalle du temps, des années qui séparaient les deux visages. Je les confonds. Je juxtapose à ces phrases qu'il m'écrivit peu avant son suicide :

L'homme est écartelé
Et nous vivons, l'absence
d'Unité
Mourir d'un choix
Et non crever
A quatre pattes

Les premiers mots que nous échangeâmes après la réunion rue d'Ulm.

« ... Tu viens d'où, me demandait Christophe, U.E.C. ? »

J'ignorais le sens des initiales. Je répondais « Irlande ».

Il riait d'une longue secousse bruyante qui le rajeunissait encore, il me prenait par l'épaule.

« ... On va parler, U.E.C. : Union des Etudiants Communistes », et il m'entraînait vers les jardins de l'Observatoire, sous ce ciel orageux d'août.

Quand nous sortions du café à l'angle de la rue du Val-de-Grâce et du boulevard Saint-Michel...

Mais j'ai déjà situé ce lieu. A tout mêler je ne sais plus ce que j'ai dit. Bientôt, je vais parler de Samuel avant même de raconter que Christophe et moi nous vivions ensemble depuis plusieurs années et j'oublierai d'expliquer que je voulais cet enfant pour m'accrocher à la vie, pour me souvenir de Christophe dont je savais qu'il allait me quitter.

Je dois renoncer à ce vice de la mémoire qui veut tout revivre simultanément. Je vais suivre la pente naturelle du temps.

Il me faut commencer par Renvyle, la maison longue et basse d'Allen Roy Gallway.

Allen avait écrit à Sarah : « Nous vivons entre les pierres et les vagues. » Je découvrais d'abord le ciel couleur de galets; la terre brune dans laquelle les paysans creusaient de longues tranchées, puis ils avançaient courbés vers la route, portant des hottes lourdes, remplies de tourbe.

Sarah ne m'accompagnait pas. A mon retour d'Italie, elle m'avait évitée. Elle était malade, expliquait-elle. Jamais je ne l'avais vue ainsi, distante et silencieuse, évitant de me regarder comme si je l'avais trahie. J'insistais : « Nous partirons ensemble, sinon... »

Elle me montrait la réponse d'Allen :

« ... Je lui ai écrit que tu arrivais, disait-elle. Il t'attend, sa femme a besoin de quelqu'un pour garder leur fils. Elle souffre de je ne sais quoi. Tu auras même un salaire, indépendante tout à fait. Ce qu'il te faut, tu ne crois pas ? »

Jouait-elle ce rôle pour que je puisse la quitter sans remords ou bien se révoltait-elle, malgré elle, contre mon départ ?

Il me semblait que j'avais fait ce que je devais.

Un matin, j'ai téléphoné à l'aéroport, organisé mon voyage, Nice-Londres-Dublin, préparé mes bagages sans avertir Sarah. A déjeuner, comme elle se taisait, je lui ai demandé d'appeler Allen, j'arriverais à Dublin le lendemain, s'il voulait m'y attendre.

— Tu pars ? » demandait Sarah.

J'avais déjà retenu un taxi.

« C'est ce que tu voulais, n'est-ce pas ? »

J'étais agressive. Je me le reproche, mais souvent les mots éclatent comme des coups de feu, par imprudence. Je ne connaissais pas encore la force de certaines répliques. Je me croyais toujours menacée, attaquée.

Qui m'aimait ? J'imaginais que je ne souffrais plus d'être une enfant de parents perdus ou morts. N'avais-je pas appris très tôt quelles étaient mes origines ? Sarah, je l'avais voulue ma mère autant qu'elle m'avait choisie sa fille. Et je croyais que décider suffit.

Mais j'ai un fils. Dès qu'on a posé Samuel encore gluant sur mon ventre, j'ai su que nos corps étaient des machines à mémoire, que la peau se souvenait, que mes muscles garderaient présentes leurs tensions quand il leur avait fallu porter cette vie naissante puis se tendre pour lui donner le jour. Mémoire instinctive et charnelle d'avant le langage, d'avant la naissance. Samuel sait qu'il a sa place au creux de moi. Je reconnais son odeur, sa peau : son front appartient à Christophe, mais un Christophe que j'ai remodelé.

Quand je lave Samuel, que ma main glisse vers l'aine, que je touche son sexe, j'ai envie de rire. Il est de moi, ce fils. Samuel se contorsionne comme un petit chat qui se mettrait sur le dos. Il ronronne. Il ne me craint pas. Il s'ouvre, ma tendresse et ma peau lui appartiennent, il retrouve à mon contact, j'en suis sûre, le temps protégé d'avant le premier cri.

Moi, je n'ai rien.

Qui m'a donné la peau blanche, ces taches de rousseur sur mes avant-bras ? De qui ma bouche ? Mes yeux ?

En moi, un abysse. Mon corps cherche l'autre qui lui ressemble et d'où il vient.

Je pars. J'espère peut-être un jour rencontrer ceux qui m'ont laissée au bord de la route allemande.

A moins que je ne quitte Sarah, ma mère douce et impuissante à me combler, que pour revivre plus durement la perte essentielle qui est ma marque.

Allen Roy Gallway avait arrêté sa voiture contre l'un de ces murs de pierres grumeleuses qui partagent à perte de vue, franchissant les mamelons, la lande ployée par le vent et font de la campagne un champ chaotique. Je m'étais assise sur l'herbe humide, à l'abri du vent, j'entendais, à gauche de la route, la mer soulevée et sifflante. J'observais le ciel strié, protubérant. J'avais froid. J'étais loin. Allen vint s'asseoir près de moi, il posa sur mes épaules un chandail.

Nous avions peu parlé depuis Dublin. Il m'interrogeait, quelques questions brèves à mi-voix : « Sarah ? » ou bien il évoquait Serge :

« ... Je n'ai appris sa mort qu'avec beaucoup de retard, j'étais au Japon, la France, vue de là-bas, l'Europe même... Accident ? »

Je faisais une moue. Je n'avais pas envie d'expliquer. Je sentais qu'Allen me regardait. Il se taisait, ralentissait, puis alors que nous venions d'entrer dans ce paysage hostile fait de pierres et de vent, il disait :

« ... Nous allons nous arrêter un peu. »

La voiture tanguait à chaque rafale, nous sortions courbés, nous installant derrière un mur bas. Il me tendait une cigarette, un briquet :

« ... Allume si tu peux. »

J'y réussissais enfin et la chaleur âcre dans ma gorge, le pull-over noué autour du cou, je me sentis mieux.

Toutes mes années d'Irlande, près de quatre, furent semblables à ces premières heures que je passai avec Allen. Une inquiétude qui tenait au pays, à la mer, au ciel, au vent, aux pierres, à la couleur de la terre. Je marchais sur la grève quand, à marée basse, se découvrent des langues de galets à la limite des prés et de la plage, pour attendre que finisse le jour au-dessus de l'Océan. Les moutons s'agglutinaient dans les creux pour se protéger du vent et ne bougeaient pas quand je passais près d'eux. Je faisais le tour de l'étendue d'eau – un lac ? – séparée seulement de la mer par un bras de terre. A l'équinoxe, au moment des grandes marées et des tempêtes furieuses, les vagues franchissaient cette séparation fragile et venaient s'abattre avec un bruit sourd sur l'eau plus noire que ne ridaient que de courtes crêtes.

Je courais pour échapper à l'averse et aux embruns. J'aimais l'odeur de fumée de la maison. Je m'y sentais bien. Le feu brûlait en permanence, feu de tourbe aux flammes bleues, feu de genêts aux éclats soyeux et jaunes, feu de souche, rouge vif.

Julia Scott était une femme énergique d'une quarantaine d'années qui m'avait embrassée dès mon arrivée. Il me semblait que je l'avais toujours connue, amie, sœur aînée, généreuse. Elle allaitait son fils, Martin, assise devant la cheminée, les deux seins dénudés, avec une joie de tout le corps qui me donnait le désir de connaître cette plénitude de la maternité. Allen Roy Gallway regardait, assis sur l'escalier de bois qui conduisait à son bureau où j'allais souvent prendre un livre, bavarder avec lui. Je frappais quand je n'entendais pas le cliquetis de la machine à écrire.

« ... Entre, entre, Nathalia. »

Sa voix était gaie. Les coudes posés de part et d'autre de la machine, les mains croisées, les pouces appuyés au menton, les lunettes sur le bout du nez, il me souriait.

« ... Alors ? »

Il me désignait le canapé placé sous la fenêtre.

« Comment vas-tu ? Que veux-tu lire ? »

Une bibliothèque couvrait le mur du bureau qui faisait face à sa table de travail. J'y trouvais des romans américains ou français, des traités de psychologie, des Mémoires.

« Une œuvre d'Allen Roy Gallway, que me conseilles-tu ? *Le Village espagnol* ou *La Maison ouverte ?* »

Il haussait les épaules.

« Les deux », disait-il ironiquement.

Je voulais tout lire. J'y mis quelques mois et chaque fois que j'avais terminé l'un de ses romans, j'en parlais avec lui. Il répondait à mes questions, ses yeux droit devant lui, comme si j'avais été absente de la pièce. J'aimais sa timidité, l'expression enfantine de son visage sous les cheveux blancs. Peu à peu, il s'enthousiasmait.

« Tu vois, disait-il, je n'ai encore rien écrit d'essentiel, j'ai cédé à la facilité, à la sentimentalité, pire, à la sensiblerie, toujours la surface. Maintenant, si Dieu le veut – il se tournait vers moi – oui, Nathalia, si Dieu le veut, je veux creuser. »

Je contestais.

« Tu as creusé, j'aime beaucoup tes personnages, je t'y retrouve, je...

– Justement, on ne devrait pas m'y retrouver, seulement l'homme, atteindre à quelques vérités qui valent pour tous, ici, pour l'Irlandais mais aussi pour l'Espagnol, le Japonais, moins d'anecdotes; Nathalia, si tu écris un jour, chasse l'anecdote, ou alors qu'elle soit biblique, oui, biblique, qu'elle devienne aussi fondamentale qu'une fable des origines, un mythe... »

Il s'interrompait.

« Tu l'entends? »

Martin criait dans la pièce du bas.

« Je descends, disait Allen, je ne veux pas manquer cela. »

Il me prenait le bras.

« Tu es une femme, être dans la vie t'est naturel, Nathalia, moi, il faut que je le décide. A plus de soixante ans, je ne sais rien, j'ai tout à découvrir. »

Il se taisait. Devant la cheminée, Julia donnait le sein

à Martin. Allen s'asseyait sur l'escalier, chuchotait : « ... Je n'ai jamais pris le temps. Maintenant, je donne tous mes livres, pour ça, je ne sais pas si tu comprends. »

Je descendais, Julia me tendait Martin.

Elle avait installé son bureau dans une petite construction attenante au bâtiment principal. Les murs étaient tapissés de livres, les dictionnaires restaient constamment ouverts sur la table. Julia traduisait. Le soir, souvent, Allen et moi nous lui demandions de lire les pages qu'elle avait terminées. La porte de la chambre où dormait Martin était entrebâillée, de temps à autre Julia s'interrompait, se levait, entrait dans la chambre.

Allen avait les yeux fermés. Je posais deux briquettes de tourbe sur le foyer, je m'allongeais sur le tapis.

« Je continue ? » interrogeait Julia.

J'avais hâte de connaître la suite de ce roman-témoignage de Marek Krivenko, *Le Barrage*. J'avais lu son livre précédent, *Machkine*, qu'avait traduit Julia. Je retrouvais la même force de vérité, les mots simples résonnaient comme des coups de hache, on entendait tomber les arbres lourdement dans la neige, les marteaux-piqueurs creusaient la roche glacée, le barrage peu à peu s'élevait fermant le fleuve, mais il était aussi le mur qui emprisonnait le mouvement de la vie.

« Le sens, disait Allen, tu entends ? – il se tournait vers moi – toujours double, chaque mot, chaque situation est à la fois concrète et symbolique, voilà, voilà ce qu'il faut faire.

Si j'écris, je le dois à ces années passées près d'Allen et de Julia. Le bruit des machines à écrire m'est devenu familier, j'ai découvert ces vies multiples que donnent les mots. J'avais aimé le piano mais je prenais conscience que, quels que soient mes dons pour la musique – et Sarah et Serge les avaient crus grands – elle n'était pas ma manière personnelle de m'exprimer. J'avais désiré m'identifier à Sarah, mais je préférais la silencieuse et intense existence des mots, des livres. Je ne les quittais plus. Sur la grève, dans la lande, ils étaient avec moi. Je glissais un livre dans le landau de Martin quand je le promenais. La vie même devenait pour moi un livre.

Nous nous promenions souvent avec Julia. Dès qu'il faisait beau, que le ciel s'ouvrait sur le bleu vif des ciels atlantiques, nous quittions la maison. Je poussais le landau – plus tard, quand Martin commença à marcher, je le portais ou lui tenais la main – Julia avait les mains pleines de livres, qu'elle allait parcourir, humer avant de commencer la traduction.

Nous nous asseyions derrière la maison, face à un pré clôturé, le dos appuyé au mur, protégées du vent par les bâtiments. Des arbres entre lesquels passaient des chevaux pommelés fermaient l'horizon. Nous commencions par le silence, nous lisions l'une et l'autre. Puis Julia – à moins que ce ne fût moi – disait :

« ... Ecoute, intéressant. »

Le passage d'un livre, quelques mots seulement parfois et nous rêvions toutes les deux. Il nous semblait – je dis nous car Julia, j'en suis persuadée, ressentait la même chose que moi – que ces phrases parlaient de nos vies et nous continuions à lire, non plus les livres, mais notre passé. Je me confiais à Julia, elle se confiait à moi. Je lui parlais de Sarah et de Serge, de Claude et de Pierre, je lui disais – et je le croyais :

« ... Je n'aimerai plus, j'ai été trop vite, trop... »

Elle m'embrassait en riant.

« ... Qui peut dire, folle, tu imagines que plus rien ne va bouger en toi, autour de toi, et puis... »

Tout avait changé pour elle en quelques mois.

« ... Quand j'ai rencontré Allen, j'imaginais que j'étais heureuse. Je devais rejoindre Ralph à Tokyo. Je suis partie, bien sûr, mais j'avais dîné avec Allen... – elle riait – comment t'expliquer, quelque chose entre nous, le coup de foudre ? Je sais que c'est ridicule. Le destin ? Allen peut t'en parler, interroge-le sur les coïncidences, demande-lui de donner son sentiment. » Un long silence de Julia. « Il m'inquiète parfois, le hasard cesse d'exister avec lui. Notre rencontre ? Prévisible, te dira-t-il. Moi, je me suis enfuie, j'avais peur de ce que je pressentais. Tout pouvait se remettre en mouvement dans ma vie, mais j'avais un mari, un fils – tu rencontreras Rafael, il te plaira – toute ma vie était faite, organisée. Je suis arrivée à Tokyo, j'ai cru que rien ne s'était passé entre moi et Allen, rien, un bavardage sympathique au cours d'un dîner, rien de plus. Puis j'ai commencé à me sentir mal, j'imaginais que je souffrais de ce pays, de cette foule, la chaleur, l'été, la peur des tremblements de terre. Ni mon mari ni mon fils, je n'étais plus sensible à rien. Un soir, vers minuit, le téléphone a sonné. Habituellement je ne réponds jamais, c'est l'ambassade qui appelle Ralph, là je l'ai devancé. Pour moi cet appel, j'en étais sûre. Allen me téléphonait de Paris... Il arrivait, nous devions vivre ensemble, je n'avais pas le droit de refuser, lui et moi... »

Je regardais Julia cependant qu'elle parlait. Les yeux mi-clos, laissant sa cigarette inutile entre ses doigts, elle s'interrompait souvent comme si à raconter, l'émotion, la surprise revenaient.

Je les partageais, j'imaginais Allen se présentant à l'ambassade britannique, demandant à voir Monsieur l'attaché militaire Ralph Scott, « urgent et personnel de la part d'Allen Roy Gallway », les deux hommes si différents, leur calme à l'un et à l'autre.

« ... Curieuse démarche, Monsieur, disait Ralph Scott, ma femme ne m'a pour l'instant...

— ... Nous ne nous sommes vus qu'une fois, Monsieur, elle sait que je suis à Tokyo mais elle ignore cette entrevue. Il me faut agir ainsi, Monsieur, je n'ai plus beaucoup de temps, j'ai soixante ans, votre fils ne souffrira pas du départ de sa mère, bien entendu, s'il veut vivre avec elle, avec nous. »

« ... J'attendais, m'expliquait Julia. Le jour où Allen est arrivé à Tokyo, je suis rentrée chez moi, impossible de bouger, je me souviens que Rafael est venu plusieurs fois me parler, mais j'étais incapable de lui répondre. Quelque chose devait se produire. Ralph Scott est rentré, nous avons dîné comme chaque soir, bavardé très calmement, puis Rafael nous a embrassés. Quand nous avons été seuls, Ralph a commencé à parler sur le ton de la conversation la plus officielle : « Gallway m'a « rendu visite cet après-midi, à l'ambassade. Dois-je « croire ce qu'il m'a dit ? » Je me le suis reproché plus tard, mais j'ai eu un tremblement de joie, une lumière vive devant les yeux, en moi. « Vous devez le croire, en « effet, ai-je répondu. — Il me semble tout à fait « inutile, dans ces conditions, d'essayer de vous faire « entendre raison... »

« J'ai rejoint Allen le lendemain. Je n'ai plus revu Ralph. Nous avons vécu plusieurs semaines à Toba, au bord de la mer, dans un hôtel très simple. Aucun mal à nous adapter l'un à l'autre, aucun, comme si nous avions toujours vécu ensemble. — Julia se levait, embrassait Martin qui commençait à se réveiller. — « Dès que j'ai été enceinte, nous avons décidé d'habiter dans un lieu retiré. Allen et moi, nous sommes vieux – elle riait, prenait Martin dans ses bras – lui a beaucoup voyagé, reportages, guerres, moi aussi avec mon père, Hambourg, Moscou, Londres, les malles à chaque instant, ma mère en est morte – elle s'interrompait – ma mère, je te raconterai – une Indienne, une enfant adoptée – Allen et moi ici, une nouvelle existence, il écrit, il y a Martin, il y a toi maintenant. »

Elle me tendait Martin.

« Je vais travailler, disait-elle. Tu le gardes ? »

Je serrais Martin contre moi, je disais :

« Je suis comme ta mère, Sarah m'a adoptée, j'avais un an, à la fin de la guerre. »

Julia se penchait vers moi, me caressait les cheveux comme le faisait Sarah :

« Tu seras donc la meilleure des mères. »

Je sais aujourd'hui tout ce que je dois à Allen et à Julia. Ils s'aimaient. Ils me donnaient confiance : la vie n'était donc pas seulement usure et perte. Je les regardais quand, le soir, Julia ayant terminé sa lecture, elle prenait la main d'Allen et murmurait :

« ... Tu t'es endormi ? n'est-ce pas ? »

Il sursautait, essayait de mentir, riait.

« ... J'ai beaucoup travaillé ce matin, disait-il enfin.

– Au lit, Gallway, au lit. »

Julia le poussait vers la chambre, restait encore quelques instants avec moi et parfois, alors que s'éteignait le feu, nous nous murmurions les parties secrètes de nos vies, elle la peur qu'elle avait eue quand elle portait Martin, qu'il ne soit un enfant anormal :

« ... Il me semblait, disait-elle, qu'il ne bougeait pas,

j'avais des cauchemars chaque nuit, j'accouchais d'un enfant avec une tête de rat, de rat. »

Elle allumait une cigarette, respirait profondément comme si elle ne se libérait qu'à cet instant de cette crainte.

« ... Je suis indienne par ma mère, reprenait-elle, je dois avoir la superstition dans le sang, puis je ne suis plus toute jeune, et j'avais abandonné mon mari, mon fils, j'attendais le châtiment. Stupide, mais... »

Moi j'osais lui dire mes certitudes grises, je resterais seule, je n'aurais pas d'enfant, je... Il fallait que je m'interroge. J'étais si complaisante avec moi, je dessinais avec orgueil un destin si singulier, tragique, que les larmes me venaient aux yeux. Pressentiment de ce que je devais vivre un jour ? Je le pense parfois. Je crois aussi qu'avec orgueil je voulais vivre ce destin-là. Je recherchais l'exceptionnel. Il me semblait que mes origines m'obligeaient à subir – à choisir – ce que les autres ne vivent pas.

Julia m'entraînait à la cuisine, me servait à boire un verre de lait, elle m'entourait de ses bras, elle caressait mes hanches.

« Il suffit de toucher ton corps, disait-elle, pour savoir que tu auras des enfants, regarde-toi. »

Elle me poussait devant un miroir. Je détournais la tête. Je crois que j'avais peur de me plaire.

« Toi aussi au lit, ajoutait Julia, et pas de lecture, dors immédiatement. »

J'aimais son autorité. Elle venait quelquefois, alors que je la croyais couchée, s'asseoir sur le bord de mon lit.

« Veux-tu que nous demandions à Sarah de te rejoindre, pour quelques jours ? »

Sarah vint. J'étais déjà trop différente pour retrouver

mes élans de petite fille et je n'avais pas assez vécu pour prendre d'autres chemins vers elle. Elle repartit. Nous nous étions à peine effleurées d'une tendresse d'habitude.

« Renvyle n'est pas très sain pour toi, me disait encore Julia, seule ici avec nous deux, tu devrais aller à Londres chaque mois, ou à Paris. Revenir quand tu veux. »

Ils me donnèrent des noms, des adresses, des numéros de téléphone. Ronald Clerkwood, le frère de Julia, était en poste à l'ambassade des Etats-Unis à Londres; Allen téléphonait à l'une de ses amies à Paris, une journaliste, Catherine Jaspars, dont la fille, Emmanuelle Tomi, avait le même âge que moi.

Je fis d'abord le voyage de Londres. Je traînai seule autour de Piccadilly Circus, dans la foule bariolée, presque exubérante des années 60, lumières crues, musique qui m'incitait à me ployer, à me désarticuler. Je me laissai aborder, je bus, fumai pour la première fois une cigarette au papier froissé, très fine, qui donnait aux choses et aux visages des contours bleus, à mon corps une existence à côté de moi, telle que je croyais pouvoir le toucher. Il était là, à ma droite, distinct, c'est lui qu'un garçon de rencontre caressait au rythme de refrains tendus dont les aigus perçaient ma tête.

J'ai réussi à tituber, à échapper aux lueurs rouges et violettes qui zébraient alternativement les visages et les murs.

Le lendemain, je vis Ronald Clerkwood.

Etait-ce ma soirée? Cette lucidité douloureuse qu'elle m'avait laissée, mais je le trouvais caricatural, cheveux coupés en brosse, franchise du regard, netteté des traits, politesse. Il était fade. Je m'étais déjà habituée à des hommes différents, tourmentés et complexes. Serge, Claude, Pierre ou Allen. Ronald n'était qu'une silhouette dont je pouvais prévoir chaque geste, chaque mot. Il m'invitait à déjeuner, il me proposait de choisir entre la visite de je ne sais quel musée ou un concert. Il traversait les rues, en courant, en me serrant le bras au-dessus du coude, pour bien indiquer qu'il était un homme énergique, sensible à ma féminité. Pouah !

J'ai moins de violence aujourd'hui. Un homme n'est jamais seulement son apparence. Si j'avais pris le temps... Pouah !

Une dizaine d'années plus tard, je retrouve ma réprobation d'alors. Je n'aime pas les hommes conformistes. J'aime le refus et la révolte. Christophe – que j'aimais précisément pour cela – disait de moi dans son langage qui réduisait chaque comportement à une notion politique : « Tu es anarchiste, Nathalia. »

Simplement, je n'aime pas les hommes réduits à leur image sociale, ceux qui se coulent dans le moule de leurs fonctions, jusqu'à ressembler, vêtements, gestes, voix, à des modèles sociologiques. Qu'ils soient heureux, en paix, ces mannequins, ces hommes d'ordre. Qu'ils donnent le bonheur aux femmes qui leur ressemblent. Moi ils m'ennuient. Je préfère la tourmente, peut-être est-ce folie ?

Je fus injuste, agressive avec Ronald.

Nous dînions dans un restaurant chinois, non loin de mon hôtel, Sloane Street, Ronald parlait intelligemment de choses anodines. Il m'interrogeait avec une curiosité bienveillante. Je l'interrompais, je lui demandais ce qu'il pensait du napalm. La politique, je ne savais pas à quel point elle faisait déjà corps avec moi, épousant les aspérités de mon caractère, arme utile contre ceux que je n'aimais pas, moyen de m'affirmer. Je haussais le ton. *Impérialisme. Capitalisme. Révolution.* Les sédiments que Claude, Pierre ou même Sarah avaient déposés en moi, prenaient forme, devenaient l'expression de ma singularité. Je dénonçais l'injustice du monde, l'exploitation des pauvres. J'employais les mots de Pierre. Je disais de cette manière ma déception devant Ronald, le regret qu'il ne me séduisît pas, le besoin que j'avais d'un homme. Les idées, les convictions, j'en suis sûre, collent aux désirs comme la peau à la chair.

Ronald ne savait quel comportement choisir. D'une phrase je renversais les convenances.

« ... Pour moi, vous êtes un ennemi de classe. »

J'apprenais, en m'opposant à Ronald Clerkwood, ce que je pensais. Mes idées, vagues jusqu'alors, formaient des concrétions hérissées de saillants. Ronald haussait les épaules :

« ... Nathalia, croyez-vous que l'U.R.S.S. soit un pays démocratique, le communisme... »

Je ne m'attachais pas à ce que les mots signifient d'oppression ou de liberté dans la vie quotidienne. J'étais du côté de la vérité, du côté de mon histoire, aveuglée quant aux raisons intimes de mon engagement.

Tout ce que je disais n'était pas faux, mais puisque je ne savais pas pourquoi je le disais, mes convictions n'avaient aucune valeur.

« Ne me raccompagnez pas », ai-je dit à Ronald.

J'étais exaltée, seule à Londres, fière et malheureuse à la fois, épuisée, la tête douloureuse avec la sensation qu'elle battait à chaque pulsation de mon cœur, contrainte, alors qu'il eût fallu qu'elle brise les parois osseuses, se dilate jusqu'à exploser.

« Tu as un drôle de regard », me dit Allen quand je rentrai à Renvyle, deux jours plus tard.

J'avais à nouveau fumé ces cigarettes dont dépassaient des brins qui ressemblaient à de l'herbe. Il me saisit par les bras, approcha son visage du mien. Mes paupières me faisaient mal, j'avais l'impression qu'elles quittaient mes yeux.

« Tu as des yeux de poisson mort ! » hurla tout à coup Allen.

Il me repoussa, monta en courant l'escalier, fit claquer la porte de son bureau. Je restais en miettes, je me voyais avec cette précision que j'avais découverte à la première cigarette d'herbe, mes sentiments avaient une forme et je dénombrais les fragments de mon corps que la violence d'Allen avait dispersés.

J'étais témoin de moi.

« Qu'as-tu ? dit Julia. Tu es mal ? »

Je n'étais ni mal ni bien, je n'étais pas là où l'on me voyait mais diffuse dans la pièce, à m'observer avec les yeux de Julia ou ceux d'Allen.

Il avait rouvert la porte de son bureau, commencé à descendre les escaliers, était remonté puis du palier, il criait :

« Je ne peux pas accepter que les êtres se mutilent. Tu as vu ses yeux ? Elle qui a l'intelligence dans les yeux, toute la vie, voilà ce qu'elle choisit, la bêtise, je n'accepterai jamais, même si c'est au nom de la liberté. Si elle se drogue, qu'elle s'en aille, je ne peux pas, j'ai une autre conception de la vie, vieille, usée peut-être – il claquait à nouveau la porte, la rouvrait – la lucidité, le courage, le travail, moquez-vous – il ne criait plus, parlait d'une voix lasse – je ne changerai pas, vous ne me ferez pas accepter la démission au nom de je ne sais quelle fuite, quel plaisir.

— Viens. »

Julia m'entraînait.

Je n'avais pas besoin des mots d'Allen mais de sa tendresse, de sa compréhension qu'il me refusait. Je n'avais pas à me justifier ou à m'excuser. Cette expérience m'avait été nécessaire. Je n'en étais ni fière ni humiliée, déçue seulement qu'Allen ne m'accepte que s'il se reconnaissait en moi. Si je devenais étrangère, il me rejetait.

« Tu fais ce que tu sens, me disait Julia, assise près de moi dans le pré. Mais comprends Allen aussi, je suis sûre qu'il regrette sa colère. »

Peu à peu je reprenais pied dans le monde aux limites nettes. J'ai dormi, retrouvé ses livres.

Allen et moi nous nous évitions. A table Julia seule parlait. Quand elle lisait ses traductions devant la cheminée, je m'asseyais près d'elle, sur le tapis.

Un soir que Martin pleurait, qu'elle nous quittait pour se rendre auprès de lui, Allen a murmuré :

« Tu m'en veux ? Si nous nous expliquions ? »

Je le regardais, je retrouvais le visage préocupé que j'avais connu lors de ses séjours au Mas Cordelier. Il s'inquiétait pour moi.

« Rien, ai-je dit à Allen, une expérience.

— Peut-être suis-je trop vieux », dit-il.

Il se levait, allait jusqu'à la chambre de Martin, en fermait la porte comme s'il ne voulait pas que Julia entende.

« Trop vieux pour comprendre, reprenait-il. J'ai eu aussi ma drogue, le travail. Cela m'a empêché de vivre, de voir les autres, de les aimer, de risquer avec eux. Un jour, je te parlerai de Tina, de Jorge. Je n'ai donc pas à juger, à te condamner, mais que veux-tu — sa voix s'enflait — je crois qu'un homme doit d'abord créer, pas seulement sa propre vie, créer hors de soi, transformer. J'aurais aimé travailler avec mes mains, un sculpteur, j'ai souvent envié Mietek, tu te souviens? Aujourd'hui, ces jeunes qui se laissent porter, qui dérivent, non, non, Nathalia, je suis opposé à cela.

— Moi aussi, Allen. »

Je me levai, je l'embrassai.

Julia rentrait dans la pièce. Nous nous séparions un peu gênés. Elle se contentait de dire :

« Si nous buvions quelque chose? Thé, lait ou une bonne drogue alcoolisée? »

Nous avons ri ensemble.

Plus tard, j'ai mieux compris Allen.

Nous habitions Argenteuil avec Christophe qui ne travaillait plus. « La boîte », comme nous disions, l'avait licencié avant les vacances. Indemnité légale. Procédure légale. Compression de personnel, comité d'entreprise averti, syndicat impuissant. Dehors, Christophe Le Guen.

« Salut, Le Guen, tu files en Bretagne?

— Ils m'ont lourdé, je suis viré. »

Deux ou trois ouvriers avaient, le temps d'échanger ces quelques mots, entouré Christophe. Mais ils avaient la bagnole à préparer pour le départ.

« On se tire cette nuit, tu comprends, avant les bouchons. »

Eté gluant dans la chambre que nous occupions non loin de l'usine et du centre d'apprentissage, où j'enseignais depuis que Christophe s'était fait embaucher à la

C.M.G. Je lui ai proposé de descendre dans le Midi. Nous logerions au Mas Cordelier ou dans la bastide de Mietek. Sarah nous aurait accueillis. Christophe refusait.

Plus de deux ans dans la boîte, une vie de taupe à renoncer à ce qui avait fait la vie, les bibliothèques, les discussions rue d'Ulm ou aux terrasses des cafés de la petite place derrière le Panthéon, ou bien aux « manifs » dans les rues familières, entre la Seine et la montagne Sainte-Geneviève, ou encore aux meetings où l'on se disait solidaires des peuples en lutte, meeting de la « Mutualité », « la Mutu », cette salle dont il fallait sortir en courant parce que les flics ou les fachos guettaient. Deux ans à renoncer au ciné, en fin d'après-midi, à la séance de dix-huit heures, quand la salle est à moitié vide. On en sortait les yeux éblouis, et si l'envie nous prenait, un autre ciné, les programmes lus dans *Le Monde*, debout dans la rue. Entrer dans la librairie, la nôtre, ouverte jusqu'à minuit, une odeur de tabac et de poussière, il fallait pousser du coude pour accéder aux rayons, lire quelques pages sur le dernier mouvement de libération qui dans l'est de l'Afrique ou au fond de l'Asie brandissait fusil, livre et drapeaux rouges. Oublier cette chaleur des lieux et des habitudes, ces privilèges. Salir ses mains, apprendre la douleur des ongles écrasés par une pièce qui tombe, voir dans les plis de la peau la crasse qu'il faut chaque soir décaper à la soude aux lavabos des vestiaires, s'imprégner d'autres odeurs, non plus celle des livres mais celle de la sueur qui raidit avec la graisse les blouses ou les combinaisons bleues – devenues noires – qu'on passe le matin quand retentit la sonnerie et qu'on vient de pointer dans le hall glacé de la C.M.G.

Deux ans que Christophe avait choisi *la cause du peu-*

ple et je l'avais suivi, enseignant au Centre d'apprentissage de la rue du Nord.

Moi je marchais dans cette rue bordée de hangars et de terrains vagues avec la trouille au ventre, une trouille bleue – c'est ainsi que nous parlions. Je me disais : un matin ils vont me tomber dessus, ceux que j'ai mal notés, ces gosses aux cheveux sales qui n'étaient pas capables d'écrire trois mots à la suite, étrangers, retardés, débiles légers. Le Centre, au fond de cette rue, était un dépôt où venaient attendre quelques mois, quelques années, des gosses qui ne pouvaient s'embaucher tout de suite. Trop jeunes. Il y a des lois pour protéger l'enfance, n'est-ce pas ?

Ils étaient en face de moi, goguenards ou assoupis, grossiers. Ils m'effrayaient.

Peu à peu pourtant, Christophe et moi nous avons reconstitué notre trame. Des rayonnages pour les livres dans la chambre, des copains qui venaient du Quartier – le quartier des Ecoles, du Ve arrondissement, bien sûr – nous voir comme on va visiter un foyer de guérilla implanté dans une cordillère lointaine. Ils portaient avec eux les échos des dernières batailles idéologiques : « Althusser, quand il définit les appareils idéologiques d'Etat... » Nous avions la condescendance apitoyée et nostalgique des combattants de première ligne qui reçoivent des bureaucrates. Nous commencions à savoir ce qu'était le monde ouvrier.

Mais il est trop tôt pour que j'évoque l'expérience de Christophe Le Guen alors que je vivais avec lui à Argenteuil et qu'il partait chaque matin, une sacoche en plastique noire sous le bras, vers la C.M.G. – Constructions et Mécanique Générale – la « boîte », où il était O.S. 2, ouvrier spécialisé, catégorie 2, lui que j'avais connu philosophe.

Trop tôt.

Je veux aller à la fin d'abord puis je reprendrai à l'origine.

La fin ce fut son licenciement à la veille des vacances 1971, l'été que nous passâmes à ne pouvoir quitter Argenteuil dans les bruits des marteaux-piqueurs et des bulldozers. On défonçait le sol pour y creuser les fondations de nouveaux immeubles, catégories semi-luxe, car la misère et le travail étaient rejetés plus loin du centre encore.

Christophe n'acceptait pas que ses deux années d'usine se terminent sans éclair, comme une mort naturelle. Ni grève pour le défendre, ni même un tract, rien, la légalité, l'indifférence, la boîte fermée, les vacances.

« Va te faire voir ailleurs, monsieur le professeur, lui avait dit le chef d'atelier, fini de foutre la merde ici, laisse-nous entre nous. Ils se débrouilleront sans toi. »

A peine agressif. On le disait sympathisant communiste bien qu'appartenant à la maîtrise de l'usine.

« Les pires, m'expliquait Christophe. La classe ouvrière, ils la bouclent comme on clôture une chasse. »

Je sentais que la fin venait. Notre fin à nous, ce couple que nous formions depuis presque cinq ans, depuis août 1966, quand en sortant du café qui faisait l'angle de la rue du Val-de-Grâce et du boulevard Saint-Michel, Christophe m'avait dit : « Je passe la nuit avec toi, tu es d'accord ? »

J'habitais rue Saint-Jacques, à cinq minutes. J'étais d'accord. Et comme il pleuvait nous courûmes jusque chez moi, nous protégeant de l'averse avec la dernière édition du *Monde*.

Ces cinq années, les plus pleines de ma vie, je ne voulais pas qu'elles disparaissent dans le gouffre capricieux de la mémoire.

« ... Tu vas me faire un enfant », ai-je dit à Christophe.

Il haussait les épaules.

« Ton problème », disait-il.

Il passait ces jours de l'été 1971 assis devant la seule table de notre logement. Il transcrivait ses notes prises au jour le jour, après le travail. Il le faisait sans entrain, se balançant sur la chaise, regardant la fenêtre, répétant souvent :

« ... Foutu. Il y a des situations historiques où c'est foutu. Toutes les solutions sont mauvaises, toutes. Le cas ici. »

J'ai eu mon enfant et j'ai perdu Christophe.

Il retournait au Quartier. Il ne voyait plus ses camarades. D'ailleurs les cellules s'étaient dispersées. Il rentrait tard, les yeux voilés, des périodes d'exaltation succédant à l'abattement. Il s'allongeait. Il ne me voyait pas. Il ne m'entendait pas.

Quand il se levait, après plusieurs heures d'immobilité, il était irritable.

« ... Tu m'emmerdes ! » criait-il.

Il avait des crises de larmes. Il se voûtait. Je m'asseyais près de lui, je le berçais. « Chris, Chris, mon Chris. »

Il s'endormait parfois, la tête entre mes seins et je pouvais alors suivre les rides qui s'étaient ouvertes sur son visage, autour de la bouche et des yeux.

Je me souvenais de la colère d'Allen contre moi et j'avais la tentation d'y céder. Chaque jour la volonté de Chris s'effritait. J'essayais de le soutenir, de l'empêcher de basculer. Il réagissait avec violence, me prenait par les poignets.

« ... Mais dis-moi, s'il n'y a que cette merde, si on ne peut rien changer que sa petite vie à soi, tu crois vraiment que ça vaut pas mieux de... »

Il faisait virevolter sa main droite devant son visage pour indiquer qu'il choisissait une autre manière de transformer les choses : ne plus les voir ou découvrir une face dissimulée.

Trip. Voyage. Herbe. Puis les veines bleues piquées de noir à la saignée du bras.

Faut-il si quelqu'un se noie le laisser vous empoigner les cheveux ?

Je me suis enfuie avec Samuel que je portais.

Samuel contre Christophe. La loi de la vie c'est le troc, mort contre naissance. Mon départ d'ailleurs, j'espérais aussi qu'il obligerait Christophe à changer d'existence, à quitter Argenteuil.

Il le fit. S'installa dans le Massif Central, haut, dans une bergerie où seul parlait le vent.

Quand je revis son corps à la morgue d'Aubenas, il avait les cheveux coupés ras.

Mais j'ai déjà raconté cela.

Il me faut retourner en Irlande. Avant.

Avant Christophe.

Je gardais Martin, je commençais à aider Julia dans ses traductions. Elle dictait au magnétophone, je déchiffrais, je polissais le texte avant qu'elle le relise une dernière fois. J'aimais la minutie de ce travail, ce puzzle des mots qui me rappelait les jeux de mon enfance.

Sarah était revenue nous voir, avait passé deux semaines avec nous. Elle songeait à s'installer en Israël.

« Tu auras le Mas Cordelier pour toi », disait-elle.

Je me cabrais. Je ne voulais pas qu'elle se sacrifie. Elle riait :

« Mais non. Mon père, Mietek aussi, ils rêvaient tous au jour où nous aurions enfin une patrie, notre terre. Ma mère a eu peur toute sa vie, tu ne peux pas imaginer », Sarah baissait la tête – et elle avait raison d'avoir peur.

Nous nous promenions sur la grève, le vent nous obligeant à avancer penchées, à parler fort pour qu'il ne déchire pas les mots et les emporte.

« J'aimerais... commença Sarah, si tu as un fils, appelle-le Samuel, comme mon père, tu veux bien ? »

Je l'embrassais. Je n'imaginais pas à ce moment-là avoir un jour un fils.

« Et si c'est une fille, ai-je dit, tu sais quel sera son prénom ? »

Je lui prenais la taille, je l'aidais à marcher contre le vent, les moutons recherchaient les creux des prés et l'eau du lac était drossée sèchement contre les berges.

« Sarah, ai-je dit, je l'appellerai Sarah. »

Sarah pleurait. Quelques années de séparation avaient suffi pour qu'elle devienne cette vieille femme encore belle mais dont l'émotivité disait l'âge. Elle évoquait aussi de plus en plus souvent son enfance à Varsovie, l'escalier et le couloir de sa maison où elle se cachait au moment où son père partait. Ses parents, présents à chaque phrase, comme si sa mémoire se recroquevillait sur l'origne, ce temps long et sensible des premières années. La vie, une boucle dont les deux brins se rejoignent.

Je la raccompagnais à Dublin, émue par ses silences, ses questions interrompues.

« Tu restes encore ?... »

Sa discrétion.

Je lui mentais.

« Je viendrai te voir cet été, au Mas ou en Israël, là où tu seras. »

Je multipliais les petites lâchetés de femme jeune que la vieillesse dérange. J'étais égoïste. Mais je m'interroge, peut-on vivre sans égoïsme ? Peut-on devenir soi sans se choisir contre les autres ?

Je ne sais toujours pas.

Julia, à mon retour de Dublin, m'avait empêchée d'entrer dans la maison. Elle m'entraînait vers la mer.

« Je te guettais », disait-elle.

Elle éloignait Martin, « cours, regarde les moutons »...

Elle me prenait le bras.

« Il faut que tu saches », murmurait-elle.

Le vent était tombé. Je l'avais affronté depuis Dublin, le laissant s'engouffrer vif dans la voiture. J'avais conduit trop vite sur ces routes qui ressemblent à des chemins creux et que de brusques averses rendaient glissantes. Je dois rappeler ces heures, le camion que je doublais, par défi, pour oublier Sarah que le temps emportait. La boue avait couvert mon pare-brise et en face de moi, ces phares, deux lueurs irisées vers lesquelles il me semblait que j'allais droit, comme on répond à un appel, puis au dernier moment – ce que j'avais vécu comme le dernier moment – le long hurlement du klaxon qui me frôlait, et devant moi la route, libre, semblable au plaisir quand tombent, la nuit, les dernières défenses.

Plaisir : le mot est venu de lui-même. Je devrais écrire passion.

Julia me racontait.

Jorge, Jorge Bowler, le journaliste dont on avait parlé à propos de l'enquête sur l'assassinat du président Kennedy :

« ... Tu te souviens ? demandait Julia. – Pour moi un nom dans les journaux. – Il est avec Allen. »

Un matin, alors que nous déjeunions derrière la maison, Allen s'était levé, ne répondant pas à Julia qui l'interrogeait. Il traversait le pré, s'éloignait entre les arbres, les mains derrière le dos, Julia criait : « Allen, qu'est-ce qu'il y a ? »

Il faisait un grand geste du bras, pour indiquer que tout allait bien, que nous pouvions continuer sans lui. Nous l'avions aperçu, marchant sur la route, vers la presqu'île, là où à marée basse on découvre les ruines d'une tour médiévale.

« L'inspiration », avais-je dit en plaisantant.

Julia feuilletait le journal qu'avait laissé Allen, s'immobilisait. Je regardais par-dessus son épaule, un jeune homme photographié devant le bâtiment d'où l'on avait tiré sur le président Kennedy à Dallas.

« Veux-tu garder Martin ? » me demandait Julia. Elle ajoutait, hochant la tête : « Je vais rejoindre Allen. »

Peu après, je la voyais sur la route, se dirigeant vers la presqu'île d'un pas rapide.

Ils étaient rentrés vers la fin de la matinée, se tenant par la taille, si heureux d'être ensemble que je ne les avais pas interrogés. Mais je me souvenais de la légende de la photographie : *Jorge Bowler, ici à Dallas, affirme que le président Kennedy ne peut avoir été abattu par un seul tireur.*

Ce prénom – Jorge – Allen l'avait déjà prononcé devant moi quand j'étais revenue de Londres.

Maintenant, Julia me parlait de Tina, de Barcelone en 1937, de Richard Bowler et de Jorge. J'apprenais que les vies ne sont jamais simples. Qu'à les croire droites, on se leurre toujours.

Jorge était arrivé la veille alors que j'étais partie vers Dublin.

Allen, quand il avait reçu son coup de téléphone, avait voulu quitter Renvyle.

« ... Je ne l'avais jamais vu ainsi, disait Julia. S'il avait eu la voiture, il se serait enfui, mais – elle souriait – à pied, avec la pluie, il a dû accepter de recevoir Jorge. »

Jorge Bowler préparait un livre sur les Kennedy, histoire, enquête, biographie. Il faisait des recherches en Irlande, voulait une préface d'Allen : « Vous êtes aussi d'origine irlandaise. Mon livre...

– Têtu ce Jorge, disait Julia.

– Tu crois qu'il sait ? »

Julia me serrait le bras.

« Il n'y a pas eu d'allusion entre eux, j'en suis sûre, mais à la manière dont Jorge a parlé de sa mère – elle haussait les épaules indulgente – il a davantage parlé de Tina que des Kennedy, chaque fois pour répéter que c'est elle qui avait eu l'idée de la préface. Allen a tout accepté. »

Julia s'asseyait dans l'herbe, attirait Martin contre elle, l'embrassait.

Je descendais vers la grève. L'histoire de Jorge et d'Allen je la vivais comme mienne. J'étais à la fois rassurée et inquiète des correspondances que j'établissais.

L'arrivée de Jorge, que signifiait-elle pour moi qu'on avait abandonnée aussi ? Que révélait-elle de mon avenir ? Je me persuadais que rien ne surgissait par hasard. Chaque acte, tôt ou tard, alors même qu'on l'avait oublié, prenait sa place, et le dessin de la vie ne se fermait qu'au jour de la mort, comme la figure d'un puzzle qui jusqu'à la dernière pièce demeure énigmatique. Des images tremblées et doubles, vécues par d'autres, donnent parfois le sens de ce que l'on vit, de ce qui vient. Encore faut-il voir.

Jorge, Allen, Tina. Ces noms dont j'ignorais, alors que je marchais sur la grève de Renvyle, et que la marée par vagues couvrait peu à peu la plage me forçant à reculer comme on fuit devant les évidences, qu'ils traçaient les lignes de mon avenir.

Jorge, Allen, Tina

je peux, maintenant, écrire au-dessous de chacun d'eux son homologue :

Samuel, Christophe, Nathalia.

J'aurais dû imaginer plus tôt que Jorge et Allen me tendaient leurs vies comme un miroir. Mais pour déchiffrer les événements et les visages, il faudrait s'arrêter de les vivre, les ouvrir comme un fruit et je ne le fais qu'aujourd'hui en écrivant, alors peut-être que d'autres, cette écriture même, ou bien les cris que pousse Samuel devant le mas, sur cette aire où tant de fois j'ai joué, m'échappent.

Je demeure aveugle. Je n'éclaire de ma route que ce que j'ai déjà parcouru.

Je retrouvai Julia.

« Je les ai laissés ensemble, disait-elle. Allen va consacrer plusieurs jours à écrire sa préface, un prétexte pour que Jorge reste ici. J'imaginais le connaître. »

Julia rêvait un moment.

Des appels. Nous nous retournions. Allen et Jorge, debout devant la maison.

« ... Père et fils, dit Julia à voix basse comme si Allen et Jorge avaient pu l'entendre. Ils se ressemblent, tu ne trouves pas ? »

Nous marchions vers eux, lentement.

Ils parlaient avec animation, Allen riant aux éclats, prenant Jorge par l'épaule. Ils étaient de la même taille, Jorge brun, Allen les cheveux blancs; leurs mouvements – le corps un peu penché en avant – les bras longs qu'ils croisaient, semblaient calqués l'un sur l'autre, avec un temps de retard chez Jorge comme si, sans qu'il l'eût voulu, il imitait Allen.

J'étais émue. Dans la façon dont Jorge se tenait en retrait, je devinais une attention filiale.

« Il le sait », ai-je dit à Julia.

Je voulais qu'ils se soient reconnus, que la rencontre dont je rêvais pour moi ait lieu. Je partageais ce qu'ils vivaient, si fort, que je ne pouvais plus les regarder. Ils étaient comme ces lueurs que j'avais vues sur la route, vers lesquelles j'allais, fascinée par le danger qu'elles représentaient, la mort qu'elles m'offraient dans leur éclat.

Je craignais et je subissais. J'aurais dû fuir et je désirais.

La passion me tendait son piège. Je ne l'avais jamais vécue.

Quand, assise près de Jorge, il me fut impossible de me tourner vers lui de crainte qu'il ne sentît le désir que j'avais qu'il me parle, qu'il me touche, je compris que Claude et Pierre n'avaient été que des amours de découverte. Sans risques, j'étais devenue une femme. Avec Jorge je me mettais en jeu, aveuglément lucide.

Le deuxième soir, dans le couloir du premier étage de la maison, là où étaient ma chambre et la sienne, Jorge m'a prise par les poignets.

Nous avions durant la journée marché au milieu des prés, flatté les chevaux qui levaient la tête, et nos mains se frôlaient sur leur pelage roux, leur peau qui frissonnait.

Au cours du déjeuner Allen avait longuement expliqué ce qu'il écrivait dans sa préface :

« ... Si la société américaine ne peut éclaircir les circonstances du meurtre de son président, disait-il, peu à peu par zones elle deviendra entièrement opaque, je crois qu'un mensonge accepté corrompt un système tout entier, il faut toujours porter le fer dans la plaie... »

Je n'avais pas supporté cette leçon de morale. J'avais dit :

« Dans la vie privée, est-ce qu'il faut accepter le mensonge ? »

Tous me regardaient. Je me levais.

« Le silence est déjà un mensonge. »

J'étais au bord des larmes, me reprochant d'avoir été agressive, m'éloignant de la maison avec le sentiment d'être exclue, moi seule sans lien avec eux, autres que ceux de l'amitié.

La passion est peut-être aussi née de cela, du besoin

de m'accrocher à eux, à Allen par Jorge, à Julia par Allen.

Qu'ils ne m'oublient pas, qu'ils ne me laissent pas sur le bord d'une route.

Ecrivant ces lignes, je comprends brusquement qu'une des raisons de mon départ du Mas Cordelier, sans doute la plus forte et la moins noble, le mobile masqué que l'écriture enfin dévoile, était la solitude de Sarah. Je ne pouvais pas supporter qu'elle ait été trahie par Serge, qu'après la mort de Mietek et de Serge elle demeurât seule. J'avais fui Sarah comme on s'éloigne d'une malade contagieuse.

Quand Jorge s'est collé contre moi, dans le couloir de la maison d'Allen à Renvyle, j'ai cru que quelqu'un m'accueillait, qui serait ma famille et venait d'elle.

Commencèrent des nuits silencieuses où seuls dialoguaient nos corps.

Dans la journée, nous évitions de nous regarder, de nous parler. Martin courait autour de nous, Julia entrait des feuillets à la main.

« Jorge, Nathalia, que dites-vous de ce passage ? »

Allen ouvrait la porte de son bureau, lançait :

« On ne me consulte pas ? »

Il descendait, nous buvions du thé, j'allumais le feu.

« J'ai presque terminé, disait Allen à Jorge. Peut-être ce soir. »

Je me tassais. Il allait repartir.

« Pourquoi ne feriez-vous pas de Renvyle votre résidence en Irlande ? reprenait Allen. Vous pourriez écrire votre livre ici. »

Je n'écoutais pas la réponse de Jorge. Les pulsations graves et rapides de mon cœur emplissaient mes oreilles, ma gorge.

Ne pas le perdre.

Je suis incapable de me souvenir du son de sa voix. Je ne la reconnaîtrais pas mais je saurais dans une foule aller vers son corps.

Nous avons toujours gardé les rideaux tirés, les lumières éteintes. Nous nous sommes tus de peur d'être vus ou entendus par Julia et Allen et parce que l'obscurité et le silence me permettaient d'imaginer au lieu de vivre. Je prenais le visage de Jorge entre mes mains, je l'attirais contre le mien. L'obscurité me rendait audacieuse. J'osais exprimer mon désir. Ne pas voir Jorge m'effrayait. Mais la passion, je crois, a besoin d'inquiétude. Je n'entendais que sa respiration courte, puis son cri étouffé avant que son corps n'écrase le mien durant quelques secondes d'abandon.

Il ne passait jamais la nuit entière dans ma chambre. Il se levait, tâtonnait, sa silhouette dessinée par l'étroite frange de lumière au moment où il ouvrait la porte.

Puis rien.

Chambre-tombeau où tournaient mes angoisses.

Je ne trouvais pas le sommeil. Je rêvais les yeux ouverts sur le noir. Je luttais pour ne pas m'endormir, sûre qu'il allait profiter de la nuit pour partir. Finalement, je succombais, me réveillais en sursaut, tirais les rideaux pour voir si sa voiture était encore garée devant la maison. J'avais alors quelques heures de répit.

Je ne travaillais plus pour Julia. Je me contentais de surveiller Martin, je marchais avec lui le long de la route, guettant le moment où Jorge sortirait de la maison.

Il portait le plus souvent un pull-over blanc très large, gardait les mains dans les poches, avançait légèrement penché en avant – pareil en cela à Allen – comme s'il avait craint d'affirmer sa haute taille.

Je n'osai pas m'approcher de la maison. Je jouais

avec Martin, ne levant jamais la tête pour regarder Jorge. Pourtant, je le voyais.

Qu'éprouvait-il pour moi ?

Je ne me suis posé la question que beaucoup plus tard, quand j'ai eu quitté Renvyle, à cause de lui. Je ne pouvais plus après son départ vivre là où je l'avais connu.

Un matin, sa voiture avait disparu. J'étais descendue, me heurtant à Allen, qui me retenait, m'emprisonnait dans ses bras.

« Il est parti, Nathalia, je sais. »

Je le repoussais mais il me serrait, m'expliquait. Ce que j'avais cru secret, Allen et Julia le connaissaient.

« Je lui ai conseillé de partir, continuait Allen, c'est moi. »

Je criais, je l'insultais, qu'avait-il à se mêler de ma vie, jalousie encore. Je l'accusais.

« J'ai prévu ta colère, disait-il. Je savais que tu quitterais Renvyle, toi aussi, mais Jorge, rien de possible avec toi, rien. »

J'ai haï Allen de son assurance. De quel droit décidait-il de ce qui est possible ou ne l'est pas ? Il me rejetait pour briser cette passion qu'il n'avait pas osé vivre avec Tina. Je lui lançais au visage qu'il était lâche, qu'il avait laissé Tina partir, un autre élever son fils. Lâche qui ne trouvait qu'un confortable courage, à la fin de sa vie, avec Julia.

« Trop commode de donner des leçons. »

Il avait erré, fui, il avait fait de ses livres, de son travail un barrage contre la vie.

« Lâche. »

Je pleurais. Julia essayait de me raisonner, de m'entraîner dans le pré, là où le soleil et le vent rendent aux sentiments leur véritable importance.

Mais je voulais vivre mon désespoir.

Je quittais Julia, je m'éloignais de la mer, je m'enfonçais dans la campagne, je me persuadais que j'avais été trahie par tous, qu'une malédiction pesait sur moi, l'abandonnée, que Jorge, attiré seulement par la distraction que je lui offrais chaque nuit, ne m'avait jamais aimée. J'essayais de me souvenir de ce qu'il m'avait dit. Rien. Le silence. Je découvrais que la passion n'a pas besoin de l'autre. Elle l'imagine.

Julia me rejoignait sur la route :

« ... Nathalia, voyons », commençait-elle.

Je m'obstinais. Me priver de la douleur c'était cesser d'être, renoncer à moi. J'avais besoin — j'étais jeune, à peine un peu plus de vingt ans — de sentiments extrêmes.

« Je pars ce soir, ou demain, ai-je dit. Je rentre en France. »

Je ne voulais plus parler à Allen. J'entassais mes bagages dans le coffre de la voiture, Julia m'accompagnait..

« Il est très affecté », disait-elle.

Allen était devant la porte de la maison, les bras croisés.

Il ressemblait tant à Jorge que je me mis à sangloter. On m'abandonnait toujours.

Allen s'avançait, me tendait une lettre.

« Tu la liras plus tard, à Paris; si tu veux, tu me répondras. »

Je faisais non. Je prenais la lettre. Je partais une nouvelle fois.

Il me semble que je n'ai jamais cessé de partir.

Depuis quelques semaines seulement, je sais que je ne bougerai plus. Je suis chez moi au Mas Cordelier. J'ai choisi d'avoir un enfant pour me contraindre à l'immobilité, me guérir de la répétition, car je rejouais la scène primitive, ces cris que je devais avoir poussés, seule sur le bord d'une route, mes parents disparus.

A Paris, j'ai lu la lettre d'Allen.

J'ai à nouveau pleuré et de l'aéroport je lui ai télégraphié : « Je vous aime. Merci à vous deux. J'embrasse Martin. »

La déchirure était plus forte, le désespoir plus grand d'aimer ceux qu'on quittait.

Je retrouve la lettre d'Allen. Elle est adressée à quelqu'un que j'ai connu il y a une dizaine d'années, une femme de vingt ans qui m'émeut. Elle souffrait de si peu :

> J'aime ta colère, Nathalia, *m'écrivait Allen.* J'aime ton désespoir. Si la jeunesse n'est pas excessive, si elle n'a pas le goût de l'absolu – et l'amour est un absolu – il ne reste plus de braises quand ont passé les années.
>
> Si j'ai demandé à Jorge de quitter Renvyle ce n'est donc pas parce que je condamnais ta passion pour lui, si évidente qu'un aveugle en eût été ébloui. Tu rayonnais de silence. Ta discrétion appliquée ne m'a jamais trompé. Nous en avons été émus avec Julia. Ma joie aurait été complète si j'avais cru un seul instant que Jorge eût

partagé, ne fût-ce que partiellement, tes sentiments.

Tu sais qu'il est mon fils. Tu sais que je l'aime même si comme tu me l'as dit, crûment mais justement, j'ai choisi la voie lâche de ce que tu appelles mon confort et qui fut aussi un abandon.

Je comprends que tu sois impitoyable. La jeunesse doit être impitoyable avec les lâchetés de ceux qui s'appellent adultes et donnent des leçons.

Je n'ai jamais voulu être un donneur de leçons, Nathalia. J'ai trop douté à chaque instant de ma vie des choix que je faisais pour me permettre de dire à qui que ce soit : « Voilà la route qu'il faut prendre. »

Mais j'ai parlé à Jorge. Je l'ai jaugé. Avec le temps et l'habitude que donne le temps, on apprend à se faire une idée de ce que vaut quelqu'un.

Je ne juge pas en fonction de mes valeurs ou des valeurs sociales.

Jorge est intelligent, brillant, même. Il est ambitieux, courageux. Il fera ce qu'on appelle une grande carrière et son livre sur les Kennedy sera un succès, j'en suis convaincu.

Mais, Nathalia, il manque de générosité. Il n'est pas capable de cet abandon de soi qui fait qu'on peut vivre avec une femme. Je ne parle pas de bonheur. Je ne sais ce que c'est. Je ne l'ai jamais recherché.

Etre heureux ? Qu'est-ce que cela signifie ?

Mais je reconnais, pour l'avoir pratiqué,

l'égoïsme, la fermeture à autrui, le refus de partager.

Jorge me ressemble. Il a tous mes défauts, aggravés encore parce qu'il n'a pas connu la pauvreté, la fraternité qui rapproche – parfois – les démunis.

Il a l'orgueil naturel de ceux qui possèdent sans l'inquiétude et l'humilité un peu servile que donne la peur du lendemain. Je ne voulais pas qu'il te fasse mal.

Il m'aurait plu que vous restiez tous les deux près de nous au lieu de nous laisser. Votre jeunesse était belle à voir.

J'ai parlé avec lui, t'ai-je dit. Il ne t'aimait pas. Il est – peut-être changera-t-il – pour l'instant incapable d'aimer, enfermé qu'il est dans ses projets, l'élan de son ambition.

Tu vas souffrir.

Mais s'il t'avait aimée aurait-il quitté Renvyle comme je le lui ai suggéré? Il a – je t'estime, donc je te parle brutalement sans égard – saisi immédiatement le prétexte que je lui offrais.

Il était heureux de partir.

Cela devrait te suffire. Mais la passion n'est pas raisonnable. Tu vas pleurer. Continuer à m'en vouloir. Soit. Il faut quelquefois accepter de se faire détester.

Je t'embrasse avec toute ma tendresse. Si ce mot a un sens, il veut dire que tu es pour moi (et pour Julia, il en va de même) comme ma fille.

Allen

P. -S. Tu manques beaucoup à Martin.

J'ai téléphoné à Catherine Jaspars. Elle serait heureuse de te connaître.

Tu as l'adresse et le numéro de téléphone de sa fille, Emmanuelle Tomi, que tu as déjà rencontrée. Je n'ai donc pas besoin de te dire que tu peux trouver en elle une amie sûre. Mais mieux vaut te le dire. Je l'ai prévenue aussi.

J'ai eu avec Catherine des relations intimes et franches. Emmanuelle... n'est pas ma fille, sois-en persuadée !

ARG

J'ai passé plusieurs jours à l'hôtel de l'Observatoire, boulevard Saint-Michel.

Emmanuelle Tomi habitait non loin de là, rue Saint-Jacques. J'avais eu la tentation de lui téléphoner dès mon arrivée, mais la solitude me parut plus digne de mon chagrin. La passion et le désespoir ont besoin de mise en scène et je ne m'en privais pas.

Je restais enfermée dans ma chambre d'hôtel, ne sortant qu'au moment où les femmes de service m'en chassaient, déjeunant d'un sandwich, achetant des journeaux américains dans l'espoir d'y lire un article de Jorge Bowler. Puis je remontais dans ma chambre, je m'allongeais sur le lit.

Il faisait chaud, orageux. Souvent des cortèges parcouraient le boulevard Saint-Michel et des voix juvéniles scandaient au rythme de leur course : « *FLN vaincra* », « *Paix au Vietnam* ».

Je me levais, je regardais passer sous les platanes ces drapeaux rouges et ces calicots blancs. Puisque ma vie personnelle était un échec, je devais la brûler au brasier de l'histoire comme l'avait fait Sarah. Si elle devait s'y consumer, au moins ne s'effriterait-elle pas jour après jour dans les lâchetés et les mesquineries de la vie quotidienne.

Il faut avoir vieilli pour reconnaître la grandeur – peut-être même la grandeur n'est-elle que là – d'une vie sans éclat. Mais la jeunesse est mon excuse, je recherchais l'exceptionnel.

J'adoptai donc le mot révolution.

Ma passion pour Jorge, mon désespoir, la fougue de ma jeunesse prirent les couleurs de l'époque. La politique ne m'était pas étrangère. Je m'accrochais à elle pour ouvrir ce cercle de solitude qui me serrait. J'avais besoin de camarades, de livres qui déchiffreraient ma vie sans parler d'elle. Je devins l'exploitée en lutte, le paysan bolivien ou le soldat de Giap. Je trouvai en Mao un père, le Che fut mon frère, mon amant. Je chantai avec Joan Baez la nostalgie des temps édéniques.

Je m'installais chez Emmanuelle Tomi.

J'aimais le désordre de ces deux petites pièces, les « copains » qui poussaient la porte entrebâillée, qui déposaient un paquet de tracts, des livres, des journaux à vendre rue de la Sorbonne, qui téléphonaient. J'appris ce vocabulaire qui crée les solidarités de secte, *Manif, réviso, fachos, Lin Piao, Mao, Lee Lou Ching, Fidel, Maspero, parti d'avant-garde, impérialisme. UJCML,* plus tard *GP, PCML, PC, CGT.* Traduire n'a plus aucune importance aujourd'hui. Les lettres sont retournées à leur place dans l'alphabet des vies quotidiennes. Les érudits seuls et quelques militants qui se souviennent jouent avec ces mots de jadis aux osselets de la mémoire.

Je ne le ferai pas.

Je dépouille de leurs colifichets, de leurs grelots et de leurs masques, ces clowns que nous fûmes, et j'y reconnais des hommes et des femmes qui n'acceptaient pas que le monde fût une arène où les mêmes toujours s'en vont mourir pour le plaisir des grands.

Je fus la moins aveugle — et la moins généreuse. Je fis cependant la part qui m'échut. Je suivis Christophe Le Guen quand il s'enfonça dans ce qu'il appelait le peuple. Mais je suis restée vivante. Je vis avec Samuel, au Mas Cordelier.

Christophe est mort sur la scène. Emmanuelle aussi. Je ne veux pas faire leur autopsie. Ils sont morts de leur Geste et je leur laisse les parures dont ils s'enveloppèrent.

Emmanuelle, je l'aimais comme ma sœur folle, mon aventureuse compagne.

Elle était petite et nerveuse, brune, les cheveux bouclés coupés très court. Le matin, elle bondissait de son lit, la cigarette au bout des doigts, déjà elle enfilait un pantalon, une chemise de paysanne, serrait sa grosse ceinture de cuir, commençait à téléphoner. Elle aimait à la va-vite, comme elle faisait tout. « Les mecs, ils te font perdre un temps, plus tard, quand... »

Plus tard, plus tard, quand les générations futures...

Elle avait le corps couvert de plaies, Emmanuelle. Quand elle disait *le Parti* je voyais une cicatrice. Puis elle parlait des intellectuels français : « Des donneurs de leçons, pour un qui risque sa peau, les autres qui... »

Elle passait d'un groupe à l'autre, *Mouvement du 22 mars, FER, GP, Ligue,* à quoi bon retracer son itinéraire ? Je m'y perds et je crois qu'elle s'y égarait aussi.

Nous nous retrouvâmes, après mai, alors que je vivais avec Christophe à Argenteuil, que nous cherchions à créer des *bases rouges* dans les usines de banlieue, et j'en souris aujourd'hui à grosses larmes tant nous mîmes d'énergie dans cette tâche irraisonnable dont Christophe mourut.

Emmanuelle posa son sac de voyage sur le sol, dans un café près de la gare du Nord.

« Je pars, je pars, Nathalia. »

Elle m'embrassait, je l'interrogeais.

« Dis-moi. »

Elle riait, elle refusait de parler, dévisageait les consommateurs comme si toutes les polices impérialistes avaient décidé de la suivre.

« Plus tard, si je reviens. »

Elle riait encore.

Elle me raccompagnait. Je portais son sac. Elle était menue.

« Toi, tu n'es pas assez folle — brusquement, elle était grave, désespérée même — tu as gardé les pieds sur terre, nous, moi, trop tard. Il faut qu'on brûle. »

Je pensais qu'elle disait vrai, je savais que Christophe, comme elle, avait trop respiré cet acide qui rend la vie normale morte.

« Ecris sur nous, après, quand... »

Elle avait recommencé à rire, et d'un geste, les doigts

repliés, elle mimait l'action de tuer d'un coup de feu.

Elle m'envoya quelques mots de La Paz.

Je songe aujourd'hui à la mère de Julia, cette Indienne, Dolorès, je me dis que s'échangent les vies, d'un continent à l'autre, dans ce siècle où les destins se croisent. J'imagine ces quartiers indiens de La Paz où le père Bertolini recueillit Dolorès, et Emmanuelle m'écrivait de ces mêmes quartiers.

> Un autre monde. L'immobilité indienne devant la misère me révolte. Cette soumission, née du meurtre de générations entières par les Européens, je la hais. L'injustice ici dévore tout, personne ne songe à cacher l'inégalité. Les enfants ont le corps rongé par la faim.
>
> J'ai honte d'avoir vécu jusqu'à aujourd'hui de leur pauvreté. Car nous vivons d'elle, sache-le.
>
> Des actes, des actes, contre ce scandale !
>
> Je t'embrasse.
>
> Emmanuelle.

J'ai devant moi des enveloppes de couleur bistre et mes agendas d'alors. J'y rayais chaque jour passé comme si derrière moi plus rien ne devait exister, terre brûlée, l'avenir seul ouvert, coupons les amarres, détruisons les navires.

Je recherche maintenant, sous les hachures que j'ai tracées, les repères. Je vide les enveloppes sur la table où j'écris.

Revoici la lettre d'Allen que j'ai recopiée. Je lève les

yeux, devant moi la mer couverte de brume. Je baisse les yeux, devant moi la mort d'Emmanuelle, les carnets de Christophe où je peux suivre aussi, soir après soir — il notait en rentrant de l'usine ce qu'il avait vu — sa marche vers la mort.

J'ouvre mon agenda, 1969. Un signe dans la marge, en novembre un E majuscule.

ainsi j'indiquais ceux qui étaient tombés dans le combat.

J'avais acheté le journal à la gare d'Argenteuil, en revenant du Centre d'apprentissage. Je le lisais en marchant, distraite, pensant à la nuit qui m'attendait, notre chambre qui deviendrait grise, la fumée, les voix, les phrases qu'il faudrait récrire jusqu'à ce que nous soyons tous d'accord. Je taperais le texte à la machine, Christophe la cigarette éteinte entre les lèvres ferait chauffer du café, cependant que Jean-Paul, Robert, reliraient au fur et à mesure les feuilles que je leur tendrais.

Je retrouve les tracts ronéotypés, des lettres effacées là à la pliure. Si peu de mots disparus alors que tant d'entre nous sont morts, Emmanuelle, Christophe. Les textes mieux que les hommes résistent au temps :

> *Nous dirons que les Groupes d'Etablissement doivent devenir le facteur dirigeant du mouvement dans son ensemble. Cela ne signifie nullement que nous devons supprimer toutes les autres formes de travail ou d'organisation. Cela signifie que pour ce qui*

est du style de travail, de la propagande, de la presse, de la répartition des forces militantes, c'est le point de vue des Groupes d'Etablissement qui doit l'emporter.

Notre langage, nos sigles, *G-E, M-L.* Nous étions des *m-l,* marxistes-léninistes. Nous étions le grain qui avait besoin du sol fertile de la classe ouvrière. Et Christophe s'était fait embaucher à la C.M.G. à Argenteuil, et Robert chez Citroën. Moi, j'enseignais au bout de la rue du Nord, à ces enfants qui savaient à peine écrire leur nom. Notre vie – qu'importe si nous n'étions que quelques-uns qui ne reflétions en rien la vie du pays, c'était notre vie, la sueur de Christophe et ses doigts écrasés par une pièce, et ses paumes coupées par le bord d'une tôle – notre vie devenait cette abstraction, ces phrases, sur ce papier râpeux, où je reconnais jusqu'à l'odeur de l'encre :

Les Groupes d'Etablissement sont composés de camarades qui ont pris des mesures pratiques pour aller vivre parmi les masses, partager leur condition d'exploitation, travailler avec elles et se joindre à leurs luttes. L'objectif immédiat de ces Groupes d'Etablissement est d'organiser les masses, de constituer des noyaux m-l, ouvriers et paysans, le plus souvent sur les lieux mêmes du travail, de raviver et d'unifier, à l'échelle locale et régionale, les luttes de classe.

Briser cette gangue de mots que je retrouve dans ces papiers dispersés sur ma table, au soleil et qu'il me faut retenir parce que le vent les fait glisser, que Samuel, entré dans la bibliothèque, essaye de les saisir. Je le prends sur mes genoux, je ne veux pas qu'il déchire ce qui est resté à nous, un jour...

Je pense encore à l'avenir comme nous y pensions.

Nos mots, nos rêves : *A propos des perspectives d'organisation d'un détachement de prolétariat,* notre jargon : *Ne pas isoler la lutte contre le révisionnisme de la lutte contre la bourgeoisie, construire le futur,* nous voulions avec cela construire le futur.

La gangue a séché. Elle dure.

Qui saura, si je ne le dis pas, les yeux fiévreux de Christophe, sa toux quand il passa près de trois mois à la forge? Sa colère et sa peine quand il me racontait comment tel ou tel...

Leurs noms, qu'importe? Ils avaient le visage d'ailleurs, Voyo le Yougoslave, Patrice le Martiniquais, Ahmed...

J'écris, et je crains que ces noms ne sonnent faux parce que ce que je dis est vrai.

Ouvrir l'un des carnets de Christophe. Une écriture minuscule, mais très lisible, chaque lettre soigneusement calligraphiée.

4 mai. Discuté aujourd'hui à la cantine avec Ahmed, Algérien. Cinquante ans? Ou

quarante ? Il balaie les ateliers. Il récupère les chutes de métaux au pied des machines. Envoie chaque mois les trois quarts de sa paie à sa famille. Deux fils qui étudient, qu'il n'a pas vus depuis trois ans. Ne veut pas rentrer l'été. Economie.

Page après page, je pourrais reconstruire les ateliers de la C.M.G., le bruit des perceuses qui vrillent dans la tête. L'aigu ou bien la fatigue.

Pour la fatigue je n'ai pas besoin de ce carnet.

Emmanuelle m'avait entraînée rue d'Ulm.

« ... Il faut que tu viennes, me disait-elle, ils sont bien, un peu trop sectaires, mais... »

J'avais quitté la réunion avec Christophe, sous l'averse d'août et nous étions entrés dans ce café qui fait le coin de la rue du Val-de-Grâce et du boulevard Saint-Michel...

Tout cela je l'ai déjà dit.

Après nous sommes allés sur Saint-Jacques. Je savais qu'Emmanuelle ne rentrerait pas, mais j'accrochais à la porte le petit médaillon vermeil à l'emblème de Mao, notre signal : « Ne pas déranger. »

Nous avons fait l'amour avec Christophe calmement, comme ceux qui ont le temps devant eux, qui s'engagent ensemble pour une longue route. Et nous partageâmes des années.

Jusqu'à ce qu'il se fît embaucher à la C.M.G. Christophe était un homme jeune, nerveux et vigoureux. Il devint cet ouvrier manuel qui sentait le lubrifiant, dont les mains – le pourtour des ongles – étaient incrustées de graisse noire, ce travailleur qui s'allongeait et s'endormait, respiration hachée et bruyante qui me tenait éveillée. Il ajoutait à son travail les réunions, les manifs, les affrontements parfois avec les « révisos » du P.C. ou les fachos. La fatigue. Une vie meulée.

Pourquoi un homme est-il fidèle à ses idées jusqu'à y sacrifier sa chair ?

Je n'interrogeais pas Christophe. Je savais qu'il ne renoncerait pas. En feuilletant ses carnets, je trouve les réponses qu'il n'aurait pas faites aux questions que je n'ai pas osé lui poser.

> « Le privilège, *écrivait-il,* j'en jouis et il me fait horreur. Depuis que je suis ouvrier, je me sens un peu mieux. Je n'éprouve plus la certitude de la trahison. J'ai retrouvé mes origines. Et je comprends pourquoi la révolte, même individuelle, même celle de l'ambition, a du mal à prendre, flamme vite éteinte. Il y a du plaisir, du plaisir oui, dans la servitude et la fatigue.
>
> Quand je suis avec les autres à la cantine, que nous sommes coude contre coude, dans nos bleus de travail tachés de graisse, que nous avalons trop vite cette nourriture lourde – pommes de terre huileuses, choux au lard, ragoûts – je prends conscience de la perte de mon individualité. Je fais partie

de l'armée du travail. Même chose dans l'atelier.

Une classe sociale — la classe ouvrière — c'est cela, une armée, et peut-être plus essentiellement, un troupeau.

Aucun contenu péjoratif à ce mot; je lui donne sa valeur « naturelle », biologique.

Si rares sont ceux qui s'échappent de la condition ouvrière, alors qu'on pourrait imaginer quelqu'un choisissant d'être clochard dans le midi de la France. N'est-ce pas mieux que d'être mineur? Mais le lien qui retient dans le groupe est physique, physiologique. Le concept « classe ouvrière » n'est qu'une manière savante d'exprimer cela.

Mais, mais...

Je suis fils d'ouvrier.

Je me suis échappé par et dans la culture. Je me sens seul. Le troupeau m'appelle. J'y retourne. Fraternité, solidarité dans la servitude.

Penser en termes de libération collective n'est-ce pas avoir peur de tenter l'aventure individuelle?

Notre philosophie marxiste-léniniste ne contribue-t-elle pas à tenir les ouvriers enfermés dans leur condition?

J'ai peur de penser ce que je pense.

J'ai peur d'être un anarchiste petit-bourgeois.

Relire les classiques. Mao, Lee Lou Ching aussi. »

Il essayait de lire, mais sa tête s'inclinait sur les mots. Il tombait de sommeil : cette expression est vraie. Je l'ai vue vivre par Christophe chaque soir.

Je venais des terres du privilège, là où on a le temps de faire l'amour, de s'asseoir devant un piano, de regarder fondre dans l'horizon gris la chaleur du jour.

J'avais vécu l'évidence naturelle du confort. Eau chaude. Eau froide. Et utilisé ces curieuses machines, si dociles, qu'on appelle bonnes ou femmes de ménage.

Notre cuisine à Argenteuil était un placard. L'eau était sur le palier. Nos voisins, des ouvriers algériens, vivaient à sept dans deux pièces.

Le jour se lève tôt et meurt tard en banlieue.

J'ai eu peur de vivre cela toute ma vie. J'ai compris – Emmanuelle avait eu raison, je n'étais pas folle, peut-être pas assez généreuse – que l'ordre établi ne changerait pas. Pas encore. Que ma vie était brève, que je voulais un enfant et désirais pour lui le privilège.

Assez de mots, assez de misère.

J'ai eu peur de laisser ma peau pour rien dans cette rue du Nord, à Argenteuil, où il me semblait que me guettaient des ombres.

Quand j'atteignais la gare d'Argenteuil, j'étais rassurée. Les zones éclairées s'élargissaient. J'achetais *Le Monde*. Je sortais de la sauvagerie, les mots s'ordonnaient à nouveau. Je lisais distraite et, au bas de la page 3, à gauche, en caractères gras, l'article, si bref pour une vie...

Je l'ai retrouvé. Je l'avais donc découpé et j'ai honte de ce geste d'avare qui classe et conserve ses émotions.

UNE FRANÇAISE ABATTUE A LA PAZ AU COURS D'UNE OPERATION DE POLICE.

Dans le cadre de la lutte contre les derniers foyers de guérilla, on confirme à La Paz que des opérations de police ont eu lieu dans différents quartiers de la capitale bolivienne.

Dans la haute ville où se concentre la population d'origine indienne, une maison a notamment été cernée par les forces de l'ordre.

Une longue enquête, à laquelle semble-t-il ont participé des officiers de la C.I.A., a permis de localiser ce lieu de réunion des militants révolutionnaires réfugiés en ville après l'échec des tentatives de soulèvement dans les campagnes.

L'assaut, qui n'a duré que quelques minutes, a surpris les occupants de la maison. Des coups de feu ont été échangés.

Cinq personnes ont été tuées. Parmi elles se trouverait une Française qui aurait été liée, à Paris, aux milieux d'extrême gauche, Emmanuelle Tomi.

L'ambassade de France à La Paz et le Quai d'Orsay ne sont pas en mesure de confirmer cette nouvelle mais dans les milieux officiels de la capitale bolivienne — comme à l'ambassade des Etats-Unis — on la tient pour sûre.

Au-dessous de ce texte, entre parenthèses, quelques lignes encore :

(Agée de vingt-sept ans, Emmanuelle Tomi était née à Paris. Elle est la petite-fille de l'académicien Gilbert Jaspars et la fille de Catherine Jaspars-Grave qui fut journaliste aux Lettres françaises.

Emmanuelle Tomi, après avoir été membre du bureau de l'Union des Etudiants Communistes, s'en était séparée pour se rapprocher des mouvements trotskistes puis maoïstes. Elle avait participé à la rédaction des Cahiers de l'U.J.C.M.L. *et avait joué un rôle actif durant les événements de mai 1968.*

Elle avait quitté la France au début de l'année 1969, séjournant semble-t-il à Mexico durant quelques semaines.)

Je suis rentrée avec la mort d'Emmanuelle serrée contre moi.

J'avais jeté ce journal sur la table, devant Christophe, Robert, Jean-Paul. J'ai dit : « Voilà, camarades. »

J'attendais de la tristesse. Ils l'avaient connue comme moi, Emmanuelle. Ils avaient pris son bras ou sa main au premier rang des manifestations. Ils avaient dormi ensemble dans le bureau de Censier où se réunissait en mai le comité d'autogestion de la Faculté. Ils avaient gueulé, chanté avec elle. Ils avaient lu les mêmes livres, pleuré ensemble dans les rues, après, quand éclataient loin devant les barrages casqués les lueurs soufrées.

Peut-être l'un ou l'autre avait-il caressé ses cheveux.

Ils ont refermé le journal. Ils ont dit – peu m'importe lequel d'entre eux a parlé le premier, leurs voix se sont mêlées – « ligne politique suicidaire, le jeu de l'impérialisme, les contradictions secondaires, Mao, Lee Lou Ching, C.I.A., volontarisme petit-bourgeois, Régis Debray, les P.C. révisos ».

Comme si elle n'avait jamais existé pour eux.

Je les écoutais, je les voyais recommençant à jouer avec les mots, alors qu'elle était morte, elle qui se levait tôt le matin, pâle et active, qui fredonnait en préparant le café dans l'appartement de la rue Saint-Jacques, ces chansons nostalgiques et résolues qui accompagnent les révolutions avortées; elle, Emmanuelle, qu'ils écartaient de leurs souvenirs à coups de slogans.

Pour la première fois, je les ai vus mes camarades et Christophe parmi eux, avec leurs visages crispés de fanatiques. Je me suis tout à coup réveillée, échappant à leur rêve, sûre qu'ils se trompaient et moi avec eux, me souvenant de cette réunion, un an, deux ans déjà, je ne sais plus.

Lee Lou Ching recevant, lors de son passage à Paris, une délégation d'étudiants européens, Christophe et moi parmi les invités, dans la grande salle de l'ambassade de Chine, les murs décorés de portraits de Mao, la table – une immense table autour de laquelle nous nous asseyions, couverte d'une nappe blanche – Lee Lou Ching qui posait ses mains sur la nappe.

J'avais cru que l'émotion était à l'origine de mon malaise. J'avais observé Lee, essayé de saisir son regard, de comprendre l'homme à la manière dont il levait la main, nous montrait en souriant le petit livre rouge de Mao. Il parlait chinois, puis à la fin de sa courte allocution il avait dit quelques mots en anglais, en français et en italien, et j'avais pensé : le pape à Rome, les jours de bénédiction...

On nous avait donné à chacun un livre de Mao, un numéro de *La Chine en construction,* le texte du discours de Lee Lou Ching : *Pour une politique de juste paix dans le monde.* Nous étions restés un moment devant l'ambassade, avec la vie de la rue autour de nous, les passants qui se retournaient pour nous regarder, quelques agents. Un instant j'avais pensé : « Nous sommes fous. » Mais je m'étais à nouveau enfermée avec eux, Christophe entraînait quelques étudiants étrangers dans un café, des Italiens, un Allemand.

Plus tard, cet Allemand...
Est-ce lui ?

J'étale devant moi mon jeu de patience, lettres d'Allen, d'Emmanuelle, de Julia, de Sarah, carnets de Christophe, articles découpés. Je rapproche ou j'éloigne, je recouvre. De mon passé, je fais une réussite.

Dans le fond d'une enveloppe j'ai découvert quelques feuillets que j'ai écrits peu après la mort d'Emmanuelle :

La tristesse était
ample
comme une plaine

sans chemin
J'avais la mort au bout des mains
tendre
Et
C'était le matin.

Je me levais avant Christophe. Je restais assise devant la fenêtre à regarder la banlieue et j'avais froid. Je m'enveloppais d'une couverture, j'allumais une petite lampe de chevet qui ressemblait à un champignon, j'essayais de lire mais les mots fuyaient, les pages se désagrégeaient. Je griffonnais pour retenir mes pensées, ne pas céder à la peur.

J'ai écrit, un de ces matins-là :

Un enfant par égoïsme. Un enfant à aimer pour qu'il m'emporte loin
De la folie qui nous entoure.
Un enfant de Christophe pour me garder en vie.

Quand Christophe se réveillait, que je le voyais assis sur le bord du lit, penché en avant, je sentais physiquement qu'il allait succomber.

Je voulais crier : assez de mots. La politique n'est juste que si elle laisse en vie, que si elle donne la vie. Emmanuelle était morte. Christophe, que recherchait-il sinon à en finir avec ce qu'il était devenu ?

Je refusais.

On le licencia de la C.M.G. et il commença sa dérive que mon amour pour lui fut impuissant à empêcher.

C'était le temps de la dispersion. Robert devenait professeur, écrivain. Jean-Paul, cuisinier. « La bouffe, tu comprends, me disait-il bien plus tard quand il publia – lui aussi – un livre de cuisine, la bouffe c'est élémentaire, vrai, on touche, on partage avec les autres, on aime quoi ! »

Gâchis de tant d'années, profusion de mots inutiles pour découvrir à la fin qu'il faut aimer.

Je ne voudrais pas que Samuel fasse ce long détour mais peut-être chacun doit-il connaître les jours d'errance et ce que j'écris là, mon expérience, je sais bien que Samuel ne la découvrira qu'après, quand lui-même reviendra du pays des mirages.

S'il revient.

Je le prends contre moi, je l'embrasse peut-être avec trop de fougue, je voudrais le mettre en garde, mais je peux si peu pour lui, simplement lui donner mon amour.

J'ai parlé hier avec le jardinier. Il regardait courir Samuel.

« Il est beau votre fils », disait-il.

Il recommençait à tailler les lauriers qui bordent l'aire, devant le mas. Il soupirait, allumait une cigarette.

« La vie, aujourd'hui, c'est une aventure, je voudrais même pas recommencer. »

Toujours ainsi.

Ce besoin pourtant de donner la vie.

Christophe me répétait :

« ... Un enfant ? Ton problème. »

Nous ne pouvions plus rien l'un pour l'autre. Je voulais seulement – j'écris ce mot alors qu'il faudrait employer son contraire – de lui un fils.

Vint Samuel.

Je crus d'abord qu'il pouvait aussi sauver Christophe. Il me rendit visite à la clinique. Il avait coupé ses cheveux, il s'asseyait au bord du lit, il regardait Samuel, il souriait.

J'ai parlé la première, je lui ai dit que j'allais bien, que j'hésitais entre m'installer au Mas Cordelier ou bien passer quelques semaines, quelques mois peut-être à Renvyle, chez Allen et Julia.

« Viens avec nous », ai-je dit.

Nous : ce mot remplissait toute ma bouche, qui gonflait mes seins.

« Plus tard, disait Christophe. D'abord j'ai besoin d'être seul, pour me reprendre en main, liquider... »

Il me clignait de l'œil.

« J'ai trouvé un truc, une bergerie à la montagne, la santé quoi. Dans un an ou deux, je te ferai signe. OK ? »

Il s'était aventuré trop loin au pays des mirages, comme Emmanuelle, et je ne le revis que couché, ce drap tiré jusqu'au menton, un pli du tissu au-dessus de la blessure de la gorge, dans la morgue d'Aubenas.

Qui choisit ceux qui reviennent et ceux qui se perdent ? Robert, Jean-Paul, moi, vivants.

Emmanuelle, Christophe, engloutis.

J'observe Samuel et en même temps je détourne le regard. Je voudrais savoir et je crains de reconnaître un signe. Pourra-t-il, comme moi, ou bien tel Christophe... Que puis-je faire ? Ma tendresse peut l'affaiblir. Mon indifférence le blesser. Quelle est la juste mesure ? Qui décidera de son sort ? Quelles rencontres modifieront l'élan que je lui ai donné, pesant sur lui plus que je ne le ferai ? Sera-t-il comme cet étudiant allemand avec qui nous avions échangé quelques mots, dans ce café non loin de l'ambassade de Chine, après notre rencontre avec Lee Lou Ching ?

Mais s'agit-il vraiment de cet étudiant-là ? Je ne peux le croire.

Je reprends mon jeu de patience, je vide l'enveloppe marquée Sarah. Sa dernière lettre.

> Ma chérie,
>
> Je n'aurai pas cette fois-ci le temps de te voir. J'ai eu beaucoup plus à faire que je ne pensais : les lois sont compliquées et j'ai dû presque chaque jour rencontrer un notaire ou un représentant du ministère de la Culture. Je crois que les trois successions sont en ordre, celle de Serge, de Mietek et la mienne. Ouf !
>
> J'ai toujours détesté ces questions mais je devais les régler. Je me résume. Tu restes – toi et Samuel bien sûr – propriétaire du mas et de la bastide de Mietek ainsi que des œuvres qu'elle contient. Tu t'engages à faire de la bastide un musée Graevski, une sorte de fondation, tu trouveras tous les détails chez Maître Lans, à Grasse...

Je tourne la page. Les choses – maisons, tableaux, papiers, meubles – envahissent nos vies.

... Je pars pour Israël ce lundi, là-bas aussi j'ai beaucoup de problèmes à régler : achat de maison, etc.

Quand viendrez-vous toi et Samuel ? Je serai installée fin novembre, il le faut.

Si vous arriviez pour la nouvelle année ce serait pour moi mon plus beau cadeau d'anniversaire.

Je vous embrasse tous les deux.

Lehaim.

Sarah

Autour de la lettre, autour de la vie, je place d'autres papiers, des articles.

Il faudrait aussi que je raconte comment, ouvrant par habitude la radio, à l'heure des informations, j'entendis...

Mais à quoi bon ?

Ils étaient trois. Ils sont descendus d'une voiture blanche, qu'on retrouvera plus tard. Ils ont traversé le hall de l'aérogare, se dirigeant vers l'entrée qui donne accès aux vols internationaux. Ils avaient des billets pour Caracas. Le vol Swissair décollait à 19 h 12. Ils entrèrent dans la salle d'attente des passagers qui est voisine de celle de la compagnie E.L.A.L. Le vol pour Tel-Aviv était prévu à 19 heures. A 18 h 25 on commença à appeler les passagers...

Dès les premiers coups de feu les passagers se jetèrent sur le sol. Les terroristes, qui étaient au nombre de trois, lancèrent deux grenades qui n'explosèrent pas.

Pris sous le feu des C.R.S. et sans doute de certains membres du service de sécurité de la Cie E.L.A.L., ils s'enfuirent en tirant des rafales de pistolet mitrailleur. C'est à ce moment que plusieurs passagers furent blessés dont trois mortellement. Les terroristes se réfugièrent...

... Parmi les victimes une Française, Sarah Cordelier, la veuve de l'ancien ministre du général de Gaulle. Elle fut, avant la guerre, une concertiste réputée; son nom avait été mêlé à une campagne de presse dirigée, au moment de la guerre d'Algérie, contre Monsieur Serge Cordelier, elle...

Je me suis enfuie avec Samuel à Renvyle et ce n'est que plus tard, assise sur la grève – Martin lisait, Samuel faisait ses premiers pas –, que j'ai demandé à Allen de me confier les journaux qu'il avait conservés.

Ils relataient l'attentat d'Orly, racontaient comment les deux Palestiniens, Al Hassan et Saadi Jeddah, avaient été tués à l'aéroport même; l'Allemand mort de ses blessures cinq jours plus tard.

On le voyait, évacué sur un brancard, la poitrine ensanglantée, tendant le bras, faisant le V de la victoire. Un journal anglais donnait de lui une photographie d'identité et je crus reconnaître l'étudiant dont j'ignorais le nom. Il était assis près de moi dans ce café voisin de l'ambassade de Chine, il avait levé son verre avec Christophe à la révolution mondiale, au triomphe de la justice, à la fin de l'exploitation de l'homme par l'homme. Et il avait ouvert le feu avec un pistolet mitrailleur AK-47, tuant Sarah Berelovitz, ma mère, qui gardait, tatoués à l'intérieur du bras gauche, ces petits chiffres bleus, que je réussissais mal, enfant, à déchiffrer : 35021.

L'identité du terroriste atteint de plusieurs balles lors de l'attaque des passagers du vol E.L.A.L. à Orly et décédé des suites de ses blessures est aujourd'hui connue.

L'homme était porteur d'un passeport au nom de Vincent Alkmaar, représentant de commerce, de nationalité hollandaise. La police allemande – informée par les services français et Interpol – l'a rapidement identifié comme l'un des membres recherchés de la Fraction Armée Rouge – Rote Armee Fraktion. Il s'agit d'un étudiant munichois, Klaus Menninger, né en 1948.

Il est issu d'une famille très connue dans la capitale bavaroise. Il est en effet le petit-fils du général Karl Menninger qui s'illustra durant la Seconde Guerre mondiale, en Pologne et en France, puis en Afrique aux côtés de Rommel. Son père, Dietrich Menninger, est l'un des grands avocats d'affaires de Munich.

Klaus Menninger avait rompu avec sa famille dès l'âge de vingt ans. Etudiant à la

Faculté de sociologie de Munich, il avait quitté l'Allemagne en 1970. Il a séjourné à Paris, puis au Moyen-Orient, sans doute dans l'un des camps d'entraînement palestiniens.

La police allemande avait perdu sa trace tout en le considérant comme l'un des anarchistes les plus dangereux. Elle le soupçonnait d'avoir participé à l'assassinat d'Ulrich Schumecker accusé par ses anciens camarades d'avoir livré à la police des membres de la bande Baader-Meinhof.

L'avocat Dietrich Menninger a refusé de répondre aux questions des journalistes.

Il a simplement déclaré : « Un fils reste un fils. »

VII

IL N'Y AVAIT PAS DE HASARD

1978

ALLEN ROY GALLWAY pensait à ces trajectoires, ces vies qui se croisent, à la balle qui paraissait avoir frappé Sarah Berelovitz par hasard, alors qu'il eût suffi que Sarah choisisse de partir le lendemain pour Tel-Aviv. Mais elle avait dû, toute la journée, regarder sa montre, pour ne pas manquer le rendez-vous avec ce petit volume d'acier, ces trois hommes qui ne l'avaient jamais rencontrée, qui guettaient eux aussi le moment où il faudrait bondir hors de l'ombre anonyme, tuer et offrir leurs corps à la mort.

Trajectoire.

Gallway leva les bras. Un policier le palpa, passa tout le long de son corps un détecteur d'objets métalliques, fit signe à Gallway qu'il pouvait entrer dans l'aéroport.

Martin et Julia avaient déjà subi la fouille.

Gallway avança vers eux lentement. Il savait que sa démarche hésitante, le dos voûté, le corps légèrement penché en avant, irritait Martin qui ne disait rien mais se détournait comme s'il n'avait pu supporter de découvrir que son père était un vieil homme, dont les pieds collaient déjà à la terre. Gallway, dès qu'il était devant son fils, accentuait encore son comportement de vieillard. Il toussotait, se courbait, bougeait la tête en grimaçant pour bien marquer que son cou était ankylosé, qu'il souffrait. Quand il en prenait conscience, il se reprochait cette attitude. Normal qu'à seize ans Martin refuse la vieillesse. Mais chaque fois Gallway recommençait. Julia le prenait par le bras, elle chuchotait, complice, tendre : « Allen, n'exagère pas, je t'en prie, attends d'avoir quatre-vingt-dix ans, tu veux vérifier quoi ? Que Martin t'adore ? Il t'adore, voilà, marche un peu plus vite, maintenant. »

Gallway riait et cela lui faisait mal dans le dos, à la base du cou, mais il se sentait mieux malgré tout.

« Je vous attends au bar, dit Gallway, quand l'avion sera annoncé... »

Martin s'éloignait déjà et Julia le suivait après un regard pour Allen.

Gallway s'assit, but distraitement, observant sa femme et son fils qui, debout devant les tableaux d'arrivée, bavardaient entre eux. Julia forte, les cheveux coupés court, la main accrochée à la lanière de son sac, les jambes écartées, droite sur le sol; Martin, grand, très brun, un blue-jean serré sur ses longues jambes, allait et venait autour de sa mère. S'il s'arrêtait un instant, il se dandinait.

Vigueur. Jeunesse.

Ils étaient tous les deux, elle, si douce avec Allen, Martin qui – Julia avait raison – l'adorait, la meilleure part de la vie de Gallway. Venue tard, trop tard, mais venue cependant.

Gallway croisait ses mains sur la table comme on prie. La meilleure part et si lointaine de lui pourtant que parfois il se disait qu'il n'aimait personne, ou bien qu'on ne l'aimait pas assez. Pour cela peut-être exagérait-il ses malaises, pour que Julia s'approche, que Martin lui dise d'un ton bourru : « Comment vas-tu, ce matin ? » Il geignait un peu plus puis se reprenait : « Bien, bien. »

Mais alors cette obligation de reconnaître que, quelle que soit l'intensité de l'amour qu'on lui portait ou de celui qu'il éprouvait pour Julia et Martin, de la surprise heureuse qu'ils continuaient de faire naître en lui quand il les apercevait côte à côte, comme s'ils avaient été tous deux ses enfants – et Julia aurait pu être sa fille s'il avait été un jeune père d'une vingtaine d'années, mais il avait perdu tant de temps – d'avouer que malgré leur présence Allen demeurait seul et que les jours – chaque heure même – l'isolait davantage.

Vieillesse cela ? Ou bien pointe extrême de ce qu'il avait été, un solitaire, un égoïste, un enfant qui se barbouille le visage de mots ?

Et maintenant, les mots étaient devenus sales, vieux jouets fangeux dont il continuait à user parce que l'habitude, la sénilité, et que faire d'autre quand on ne sait plus que s'asseoir à une table et gribouiller ?

Il reste à mourir, Gallway.

Pas de regret à les quitter, les autres, ceux qu'il aimait. La certitude que la vie serait plus forte que leur peine. Il avait cru que Sarah ne survivrait pas à la mort de sa mère, mais non, on survit. Il avait cru que Nathalia... mais non, elle était arrivée à Renvyle après la mort de Sarah. Elle aimait Samuel, elle était sauvée. Elle s'était installée au Mas Cordelier, elle expliquait dans ses lettres que ses journées étaient pleines, que Samuel grandissait si vite, qu'elle noircissait des pages et qu'un jour, si elle l'osait, elle les leur lirait.

Elle oserait.

De l'amertume, Gallway ?

De la mélancolie et de la lassitude, parfois du désespoir, comme au moment où finissent ces longues journées d'été, dans les pays de l'Ouest où le crépuscule s'étire et l'on voudrait que tombe d'un seul coup la nuit, brutale, parce qu'il est si long d'attendre que le rouge sang passe au violet.

Trop de crépuscules depuis ceux de Frisco, quand les chalutiers traversaient la baie, qu'Allen tenait serrée la main de Jim, qu'ils regardaient ensemble – ensemble – s'éloigner le cargo d'Extrême-Orient, et ils croyaient que le père jusqu'à l'horizon restait à la poupe, puis plus haut agrippé au mât pour les voir, saluer, ses deux fils.

Ils rentraient alors en courant vers la 17ᵉ Rue, reconnaissant ce battement de la pompe qui alimentait en eau la blanchisserie Petersen où travaillait leur mère, ce battement...

Fermer la boucle, se réunir en eux, ceux des origines, toute une vie pour perdre cette énergie qu'ils vous avaient donnée, toute une vie à chercher cet amour, cette fusion des premiers instants, peut-être ceux d'avant la naissance quand s'unissent deux trajectoires fécondes.

Trajectoires.

Ce hasard de la vie et de la mort.

Gallway se souvint de ce livre qu'il avait écrit à Paris, après son retour de Varsovie, à la fin de l'année 1939. Il habitait alors boulevard Raspail, l'atelier, il commençait à rencontrer Catherine Jaspars. Il voyait souvent Cordelier qui lui avait donné quelques renseignements biographiques sur les nouveaux officiers allemands, ce Karl Menninger dont la campagne de Pologne venait de révéler le talent de stratège, qui était né comme Allen, le 1ᵉʳ janvier 1900, et dont le petit-fils, à Orly, tuait Sarah par hasard.

Hasard : ce pauvre mot stupide qui cachait l'essentiel, les rencontres, le sens d'une naissance et d'une mort. Ne pas pouvoir expliquer cela à l'aide de phrases, le ressentir seulement, le vivre aussi. Et Gallway commença, assis au bar de l'aéroport de Dublin, à recomposer la trame de sa vie, un fil chevauchant l'autre, jusqu'à cet instant où...

« L'avion est annoncé », dit Julia.

Elle avait posé la main sur l'épaule d'Allen. Il sursautait.

« Je suis là depuis un moment, reprenait-elle, je te parle, tu as les yeux ouverts et tu ne m'entends pas. »

Gallway se leva, toucha son oreille.

« Je suis sourd », dit-il.

Julia lui avait pris le bras, le serrait.

« Tu n'es pas sourd, répondait-elle. Parfois, tu choisis d'entendre. Mais le plus souvent tu te parles, il n'y a plus de place pour la voix des autres, tu te parles trop fort. »

Martin était devant la sortie du vol en provenance de Londres. Il dépassait de la tête les quelques personnes qui attendaient les passagers. Il se tourna vers Allen et Julia, leur montra le rectangle de carton qu'il gardait sur sa poitrine et sur lequel il avait écrit en lettres majuscules : GALLWAY.

« Je suis émue, dit Julia un peu angoissée, comment seront-ils ? Après tout... »

Ce fut Gallway qui lui serra le bras.

« Ils seront comme toi et moi, dit-il, tu as lu ses livres, tu as entendu sa voix. »

Ils avaient rejoint Martin, s'étaient placés derrière lui

et Gallway abandonna le bras de Julia, posa ses deux mains sur les épaules de son fils qui sans se retourner dit : « appuie-toi, appuie-toi » et Gallway se laissa aller.

Les premiers passagers apparurent et parmi eux ils les reconnurent immédiatement, leurs vêtements peut-être, ou bien leurs visages aux traits plus creusés comme ceux qu'ont les marins que frappent sans trêve le vent et les embruns.

« Je ne pouvais pas me tromper, vous êtes les plus grands », dit Marek Krivenko en s'arrêtant devant Martin et Allen.

Il parlait anglais lentement, avec un accent russe prononcé. Il avait posé ses valises fermées à l'aide de lanières de cuir. Il serrait de ses deux mains la main de Gallway, celle de Martin. Il riait devant Julia, il l'embrassait :

« Vous, disait-il à Julia, vous êtes moi puisque vous me traduisez, vous me connaissez mieux que je ne me connais. »

Il se tournait, ouvrait les bras pour présenter sa femme Zoia, sa fille Maria. Elles souriaient, regardant autour d'elles.

« Fatigant, épuisant, n'est-ce pas? interrogea Gallway.

– Nous n'avons été avertis que la veille du départ, dit Marek. Je ne pensais pas qu'ils nous laisseraient quitter le pays. Grâce à vous, à ce que vous avez fait pour mes livres... »

Il se tournait, chuchotait en anglais :

« Ma mère, Anna Spasskaia, elle est très choquée, son fils... »

Il s'interrompit, fit quelques pas vers une vieille femme qui avançait lentement, le col de fourrure de son manteau relevé. Il lui prit le bras, ajouta toujours en anglais :

« Son fils est mort, je vous expliquerai... »

Ils étaient maintenant seuls devant la sortie, un peu empruntés.

« Spassibo, spassibo, merci, dit Marek, merci pour votre hospitalité.

— La maison est grande, dit Gallway. Vos livres nous ont tant donné. »

Il marchait aux côtés de Marek Krivenko.

« Quand j'ai lu *Machkine* puis *Le Barrage* — Gallway s'interrompit — je dois vous dire, Marek, sans votre livre, *Machkine*, je ne vivrais pas avec Julia et Martin ne serait pas né, les livres parfois...

— Je sais », dit Marek.

Martin se tenait auprès d'eux. Julia parlait avec Zoia, Maria et Anna Spasskaia.

« Je sais, reprit Marek après un silence, Anna m'a adopté. Je vous raconterai. C'était en 1937, une année dont on se souvient. Puis quand j'ai écrit *Machkine*, le fils d'Anna, Ivan, s'est suicidé. Si je n'avais rien écrit, il aurait continué... »

Gallway lui entoura les épaules de son bras.

« Vous deviez l'écrire, Marek, vous ne pouviez pas ne pas l'écrire.

— Depuis, reprit Marek, Anna... »

Gallway se retourna, regarda Anna Spasskaia.

Elle avait les cheveux d'une blancheur inhabituelle et il pensa — il se reprocha de penser ainsi comme un maniaque — qu'il ne pourrait pas écrire, s'il lui fallait parler d'elle, qu'elle avait des cheveux de la couleur de la neige. Banal. Vrai pourtant, vrai qu'elle portait sur elle, en elle, la blancheur émouvante de l'hiver.

Zoia Krivenko lui donnait le bras, Julia lui parlait. Anna Spasskaia semblait écouter, elle hochait la tête, elle souriait.

« Elle est très belle, dit Gallway, elle est noble.

– Pour moi, dit Marek, c'est ma mère. »

Ils firent encore quelques pas. Martin s'éloigna en courant vers le parking.

« J'aime ce ciel », murmura Marek.

Rapides passaient les nuages atlantiques.

« Un livre en cours ? » demanda Marek à Gallway.

Gallway ne répondit pas. Il regardait Anna Spasskaia. Il la devinait comme s'il avait vécu près d'elle.

« Votre mère, commença-t-il.

– Sans tout ce que nous avons subi, interrompit Marek – il s'écartait et Gallway faisait quelques pas avec lui –, Anna Spasskaia serait une grande musicienne, mais elle est comme la Russie, on a frappé sur ses doigts durant soixante ans, comment voulez-vous qu'elle joue juste ? »

Gallway ressentit tout à coup une forte émotion. Il ne désirait pas poser la question mais elle montait à ses lèvres comme un caillot de sang.

« Quel âge, demanda-t-il, quel âge, Anna Spasskaia ?

– L'âge du siècle », dit Marek.

Gallway ferma les yeux.

Il n'y avait pas de hasard.

Paris. Spéracèdes,
Août 1978.

TABLE

ŒUVRES DE MAX GALLO

Romans

Chez le même éditeur :

LE CORTÈGE DES VAINQUEURS, Paris 1972.
UN PAS VERS LA MER, Paris 1973.
L'OISEAU DES ORIGINES, Paris 1974.
LA BAIE DES ANGES :
Tome I LA BAIE DES ANGES, Paris 1975.
Tome II LE PALAIS DES FÊTES, Paris 1976.
Tome III LA PROMENADE DES ANGLAIS, Paris 1976.
QUE SONT LES SIÈCLES POUR LA MER, Paris 1977.
LES HOMMES NAISSENT TOUS LE MÊME JOUR :
Tome I AURORE, 1979.
Tome II CRÉPUSCULE, 1980.

Histoire, essais

L'ITALIE DE MUSSOLINI, Paris, Perrin, 1964.
LA GRANDE PEUR DE 1789, Paris, Laffont, 1966.
L'AFFAIRE D'ÉTHIOPIE, Paris, Le Centurion, 1967.
GAUCHISME, RÉFORMISME ET RÉVOLUTION, Paris, Laffont, 1968.
MAXIMILIEN ROBESPIERRE, HISTOIRE D'UNE SOLITUDE, Paris, Perrin, 1968.
HISTOIRE DE L'ESPAGNE FRANQUISTE, Paris, Laffont, 1969.
CINQUIÈME COLONNE 1939-1940, Paris, Plon, 1970.
TOMBEAU POUR LA COMMUNE Paris, Laffont, 1971.
LA NUIT DES LONGS COUTEAUX, Paris, Laffont, 1971.
LA MAFIA, MYTHES ET RÉALITÉS, Paris, Seghers, 1972.
L'AFFICHE, MIROIR DE L'HISTOIRE, Paris, Laffont, 1973.
LE POUVOIR À VIF, Paris, Laffont, 1978.
LE XXe SIÈCLE, Paris, Perrin, 1979.

« Composition réalisée en ordinateur par IOTA »

IMPRIMÉ EN FRANCE PAR BRODARD ET TAUPIN
7, bd Romain-Rolland - Montrouge - Usine de La Flèche.
Le Livre de Poche - 12, rue François 1er - Paris.
ISBN : 2 - 253 - 02629 - 8

30/5476/4